shiji
wenxue
jingdian

世纪文学经典

林海音 著

林海音精选集

北京燕山出版社
BEIJING YANSHAN PRESS

"世纪文学60家"书系总策划：
白烨、陈骏涛、倪培耕、贺绍俊、张红梅

"世纪文学60家"评选专家名单：
（以姓氏笔画为序）

丁　帆	南京大学中文系教授
王中忱	清华大学中文系教授
王晓明	华东师范大学中文系教授
王富仁	汕头大学中文系教授
白　烨	中国社会科学院文学研究所研究员
孙　郁	鲁迅博物馆研究员
吴思敬	首都师范大学文学院教授
陈思和	复旦大学中文系教授
陈晓明	北京大学中文系教授
陈骏涛	中国社会科学院文学研究所研究员
陈子善	华东师范大学中文系教授
孟繁华	沈阳师范大学教授
於可训	武汉大学文学院教授
杨匡汉	中国社会科学院文学研究所研究员
杨　义	中国社会科学院文学研究所研究员
张　炯	中国社会科学院文学研究所研究员
张　健	北京师范大学文学院教授
张中良	中国社会科学院文学研究所研究员
赵　园	中国社会科学院文学研究所研究员
洪子诚	北京大学中文系教授
贺绍俊	沈阳师范大学教授
谢　冕	北京大学中文系教授
程光炜	中国人民大学中文系教授
雷　达	中国作家协会创研部研究员
黎湘萍	中国社会科学院文学研究所研究员

出版前言

"世纪文学60家"书系的创编与推出,旨在以名家联袂名作的方式,检阅和展示20世纪中国文学所取得的丰硕成果与长足进步,进一步促进先进文化的积累与经典作品的传播,满足新一代文学爱好者的阅读需求。

为使"世纪文学60家"书系的评选、出版活动,既体现文学专家的学术见识,又吸纳文学读者的有益意见,我们采取了专家评选与读者投票相结合的方式。我们依据20世纪华文作家在中国现当代文学史上的地位与影响,经过反复推敲和斟酌,确定了100位作家及其代表作为候选名单。其后,又约请25位中国现当代文学专家组成"世纪文学60家"评选委员会,在100位候选人名单的基础上进行书面记名投票,以得票多少为顺序,产生了"世纪文学60家"的专家评选结果。为了吸纳广大读者对20世纪华文作家及作品的相关看法和阅读意向,我们与"新浪网·读书频道"的全力合作,展开了为期两个月的"华文'世纪文学60家'全民网络大评选"活动。2005年12月16日,读者评选结果在"新浪网·读书频道"正式公布。为了使"世纪文学60家"的评选与编选,能够比较客观地反映专家和读者两方面的意见,经过反复协商,最终以各占50%的权重,得出了"世纪文学60家"书系入选名单。

"世纪文学60家"书系入选作家,均以"精选集"的方式收入其代表性的作品。在作品之外,我们还约请有关专家、学者撰写了研究性序言,编制了作家的创作要目,为读者了解作家作品、创作特点和其在文学史上的地位,提供必要的导读和更多的资讯。

"世纪文学60家"评选结果

排名	作家	专家评分	读者评分	评选结果	排名	作家	专家评分	读者评分	评选结果
1	鲁迅	100	100	100	31	赵树理	85	55	70
2	张爱玲	100	97	98.5	32	梁实秋	67	71	69
3	沈从文	100	96	98	33	郭沫若	70	65	67.5
4	老舍	94	94	94	33	陈忠实	67	68	67.5
4	茅盾	100	88	94	35	张恨水	64	70	67
6	贾平凹	94	92	93	36	苏童	58	75	66.5
7	巴金	94	90	92	36	冰心	51	82	66.5
7	曹禺	100	84	92	38	穆旦	78	52	65
9	钱钟书	80	99	89.5	39	丁玲	78	47	62.5
10	余华	85	92	88.5	40	顾城	29	95	62
11	汪曾祺	100	76	88	41	舒婷	51	69	60
12	徐志摩	85	89	87	42	张承志	67	51	59
12	莫言	94	80	87	43	王朔	45	72	58.5
14	王安忆	94	77	85.5	44	刘震云	58	58	58
15	金庸	70	98	84	45	韩少功	54	57	55.5
15	周作人	94	74	84	46	阿城	54	56	55
17	朱自清	70	93	81.5	47	张洁	64	44	54
18	郁达夫	78	83	80.5	48	三毛	22	85	53.5
19	戴望舒	94	66	80	49	铁凝	51	53	52
20	史铁生	80	79	79.5	50	张炜	60	40	50
20	北岛	78	81	79.5	50	李劼人	78	22	50
22	孙犁	94	62	78	52	宗璞	64	33	48.5
22	王蒙	78	78	78	53	郭小川	58	36	47
24	艾青	94	60	77	53	柳青	58	36	47
25	余光中	78	73	75.5	55	施蛰存	51	42	46.5
26	白先勇	85	64	74.5	56	张贤亮	42	49	45.5
27	萧红	85	61	73	56	刘恒	64	27	45.5
27	路遥	60	86	73	56	高晓声	45	46	45.5
29	闻一多	78	67	72.5	56	李锐	51	40	45.5
30	林语堂	54	87	70.5	60	徐訏	45	43	44

目 录

从老北平城南走来的台湾文坛护佑者
.... 周玉宁 001

小说编

城南旧事 003
婚姻的故事 123
烛 195
金鲤鱼的百裥裙 205
琼君 216
阳光 229
爱情的散步 233
绿藻与咸蛋 238

散文编

北平往事 ……………………… 251

平凡之家 ……………………… 313

春声已远 ……………………… 345

写在风中 ……………………… 379

创作要目 ……………………… 397

从老北平城南走来的台湾文坛护佑者

周玉宁

很多读者认识林海音,是从《城南旧事》开始的。从老北平城南走出来的林海音,在台湾办报、办刊、写作、出版,联络了大批文化界人士,提携了大量台湾的文学青年,被称为台湾文坛护佑者。她以自己的文学成就和人格魅力,成为连接大陆与台湾文学之间的桥梁、中国与世界文坛的桥梁。她的作品被译为多种文字,她的一生荣获众多文学奖项。

一

林海音祖上是从广东迁往台湾的。林海音的曾祖父"阿五妹"是前清贡生,在19世纪五六十年代是台湾文学界的著名人物。林海音的祖父林台先生,曾中过秀才,能诗善对,是当时小镇上有名的风雅之人。在林家的祖辈中,最令林海音感兴趣的是曾祖母钟氏——她是曾祖父的正室,却不是林海音的亲曾祖母。钟氏没有生育,她坎坷孤独的一生,对林海音的文学创作具有深刻影响,这一影响直接体现为她在作品中对女性悲剧命运的关注情怀。

林海音的父亲林焕文是家中长子,毕业于当时台湾的最高学府——台湾总督府国语(日语)学校师范部,执教几年后到日本经商。1918年农历三月十八,林海音出生在日本大阪"回生医院",取名林含英,小名英子。因林父不擅经商,1921年全家返回台湾。林海音的大妹妹出生后,林父独自离开台湾到北平谋生。两年后,全家搬到北平,由此拉开了小英子城南生活的序幕。

林海音的城南生活,在十二岁前是幸福无忧的。其时,林海音的父亲在北平邮政局工作,薪水足够一家人安居乐业。林家虽然在北平搬过几次家,但基本上都是在琉璃厂一带。老北京胡同里浓郁的平民生活气息,给予了年幼的林海音无数童年乐趣,也是她一生创作的丰富源泉。《城南旧事》《家住书坊边》《我的京味儿回忆录》《我的童玩》《虎坊桥》等充满老北京风情的作品就是见证。

1930年,林海音的小叔叔因参加朝鲜人的抗日活动被捕,不久被毒死在牢里。林海音的父亲因此深受打击,旧有的肺病复发,一病不起。1931年农历五月初九林父病逝于日华同仁医院(今同仁医院),丢下林海音年仅二十九岁的妈妈、十三岁的林海音和林海音的六个弟弟妹妹。

林焕文撒手归去后,林家面临着留北京还是回台湾的问题。林海音的祖父林台先生多次写信让他们回去。如果回台湾就要进日本人的学校读书,这是已经读到中学的林海音所不愿意的,而林海音的妈妈也愿意留在北京。凭着邮局的抚恤金,一家人留在了北京。为了节约用度,林家搬到专给福建、台湾乡亲住的南柳巷晋江会馆。林焕文去世后的第二年,林海音六岁的四妹燕瑛病死了。不久,只有三岁的幺弟燕璋也因脑膜炎病死了。父亲的早逝,对林海音的影响是不言而喻的。若干年后,她以书信体的方式叙述了当时的情形:

亲爱的祖父:

当你接到爸爸病故的电报,一定很难受的。您有四个儿子,却死去了三个,而爸爸又是死在万里迢迢的异乡。我提起笔来,眼泪已经滴满了信纸。妈妈现在又躺在床上哭,小弟弟和小妹妹们站在床边莫名其妙是怎么回事。

以后您再也看不见爸爸的信了,写信的责任全要交给我了。爸爸在病中的时候就常常对我说,他如果死掉了的话,我应当帮助软弱的妈妈照管一切。我从没有想到爸爸会死,也从来没有想到我有这样大的责任。亲爱的祖父,爸爸死后,只剩下妈妈带着我们七个姐弟们。北平这地方您是知道的,我们虽有不少好朋友,却没有亲戚,实在孤单得很,祖父您还要时常来信指导我们一切。

……

就在这样的境况下,林海音进入了她的少女时代。

二

林海音当时就读的私立春明女中位于城南,这里是演艺人员聚居的地方。林海音和不少京剧、话剧、电影界人士的子女成了同学好友。她经常到北新书局和现代书局看书买书,为自己订了一份《现代》杂志,还阅读林语堂的《生活的艺术》《吾国与吾民》,以及林语堂创办的中文幽默杂志《论语》《人间世》和《宇宙风》。

女中学生的生活也开始丰富起来,林海音并不是个书虫子似的人物,她的业余生活很丰富,喜爱明星,也爱好话剧。初三的时候,林海音有了一个登台表演的机会。时逢北平国立艺专戏剧系排演《茶花女》,林海音被挑上饰演女仆纳宁娜。戏排了两个月,演出三天,获得成功。戏演完了,林海音写了一首《献给茶花女》的新诗,发表在《世界画刊》上:

你在终夜看守着这脆弱的生命,

你在你的肉体里还留存着偎抱中所灌输的温和的柔情;

你紧紧地对着那默静无言的唇,

这也是你爱阿芒而给阿芒的爱的初吻。
无情的风，无情的雨，
再加上一个无情而柔弱无力的黄昏；
你为了青春，你牺牲了你的青春，
一个不可超越的身体，便会有忧闷、悲苦，和消灭的
温存。

这是林海音最早发表的诗作，也是一首颇像样的诗，虽然显露着女中学生的稚嫩与纯情，但已初显她的创作才能。

林海音从春明女中初中毕业后，进入翊教女中。开学不久，她听说著名报人成舍我先生创办了北平新闻专科学校，专门培养新闻编采人员，学员不用交学费，可以一边上课一边在报馆实习，毕业后有机会进报馆工作。林海音考虑到家庭情况，就自作主张报考了北平新专。在学校里，林海音接受了新闻专业知识启蒙和严格的训练。

1937年，林海音从北平新专毕业，正式进入《世界日报》工作，采访文教及妇女新闻。记者生活辛苦但新鲜有趣，半个多世纪以前的女记者还不多见，这种生活使林海音比一般妇女有了更多的见识与阅历，也给她日后从事文学创作提供了素材。

对林海音来说，在《世界日报》工作最重要的收获之一就是认识了夏承楹——她日后的丈夫、一生的伴侣。夏承楹笔名何凡，是著名报人、作家，1910年12月生于北京。夏承楹的父亲"举人出身，曾任国会议员、财政部次长及国务院秘书长，精通诗文词曲"。夏家有八子一女，夏承楹排行六。夏承楹自小会读书，中英文俱佳，不但热爱体育，还能吹口琴。北师大毕业后夏承楹进入《世界日报》做编辑，主编"学生生活"版，与林海音共用一张办公桌。经过一段时间的恋爱，1939年5月13日，林海音和夏承楹在协和医院礼堂举行了新式婚礼。婚后，林海音进入了一个有着四十多口人的大家庭生活。林海音身历其中几十年，酸甜苦辣变成了《闲庭寂寂景萧条》《难忘的姨

娘》等韵味无限的散文。

林海音婚前婚后这段时间,正值抗战爆发,时局动荡,《世界日报》关闭,林海音和夏承楹都失去了工作。1940年,林海音由公公介绍到北师大图书馆编目部工作。几年的图书馆工作,她养成了搜集资料、保存资料以及编目的兴趣和习惯。在北师大图书馆工作期间,她看到一本佛教杂志——《海潮音》,很喜欢,就选了其中"海音"两个字做笔名,在报上发表些文章。这就是享誉华文文坛的"林海音"的由来,她的本名反倒不常被人提起。

1945年8月15日日本宣布投降,8月23日,全国报业复员联合会成立,林海音与夏承楹又回到报界工作。然而好景不长,时局再次动荡起来——内战爆发。夏承楹和林海音决定去台湾暂时避难。1948年11月10日,林海音先带三个孩子和母亲、妹妹从上海挤上了中兴轮前往台湾。

三

台湾的一切对林海音来说是新鲜的,也是熟悉的,这里的一草一木、山山水水对幼年即已离开的林海音来说是新鲜的,但从饮食习惯、语言方式来说林海音又是熟悉的,因为在北平时父母和他们说客家话、闽南方言,母亲还经常做台湾菜吃。尽管如此,台湾对林海音来说仍然是一个需要重新起步的地方,工作是需要重新找的,家也需要重新安的。

1949年初,林海音一家搬进台北城南古亭区重庆南路三段的半幢宿舍。初到台北,日子是艰难的。林海音一时找不到工作,便开始了投稿写作生活:

> 三十八年初,我们就搬到重庆南路三段的宿舍来住,十八坪不大,只有一项日本"皇军"色的大蚊帐,一张矮桌,也

就勉强可以应付我们一家人二十四小时的生活所需了。三个孩子——八岁的,四岁的,两岁的——就每天在这十八席上翻来滚去。榻榻米的房子,日子倒也好混!

……

为了写作,我们实在缺少了一张书桌。那张矮桌虽可席地伏案,但我们毕竟不是日本的夏目漱石、谷崎润一郎,盘腿跪坐,来不赢!阿烈哥知道了,他日据时代在放送局,即光复后的中广公司工作,住在长安西路的宿舍里,就要提前退休了,把一张小小的旧书桌送给了我。没想这张书桌,我使用了差不多二十年,趴在上面写了千千万万的字,后来桌面干了、翘了,木板生虫了,碎屑常一堆堆撒落在榻榻米上,我扫巴扫巴还是一样地使用。它曾放在卧室的窗前,更久是放在走廊的尽头。走廊头上也有一扇窗,我白天在那里写作,有窗明几净的感觉;晚上嘛,夏天脚下是一盘蚊香,冬天膝头是一张毛毯。请看我在这张破书桌前的照片,倒也颇有"一箪食,一瓢饮,在陋巷,人不堪其忧,回也不改其乐"的心情呢!

夏承楹到了台湾,进入《国语日报》,不久即成为重要成员,四个月后升任副总编辑,1951年升任总编辑,与《国语日报》结下了一生之缘。于是林海音也就夫唱妇随,于1949年进入《国语日报》,担任编辑。

刚到台湾时,多数人的日子都很艰苦,好在一家人和乐的生活让林海音对物质的要求不那么在意,她的兴趣很快投注在写作上。这个时期,她对家乡台湾的研究兴趣甚浓,写了不少台湾风土人情方面的文章,如写于1950年的《新竹白粉》《爱玉冰》《滚水的天然瓦斯》《虱目鱼的成长》《珊瑚》《说猴》《台北温泉漫写》《鲈鳗和流氓》等。林海音另一个主要的写作资源是她的家庭生活,写于1951年的《三只丑小鸭》《平凡之家》《教子无方》,写于1954年的《今天是星期天》,写于1955年的《鸭的喜剧》《分期付款》《书桌》等。这类文章主要收集在了散文集《冬青树》中。

使林海音在台湾文坛产生影响的,则是她生命中的一次机遇——到《联合报》主编《联合副刊》。林海音是1953年11月受聘担任"联副"主编的。她走马上任的第一件事,就是把"联副"从综艺性转变为文艺性,增加散文和小说的创作作品,开辟中篇小说连载,并介绍国外作品和国际文坛报道。同时,广开投稿之门,提供文艺园地,好让初出茅庐的新人发表作品。在台湾上世纪50年代反共文学甚嚣尘上的时候,出现这样一位不紧跟政治、趣味高雅的文学编辑实在是台湾文学的大幸。

1963年4月23日,林海音在"联副"左下角刊出了署名"风迟"的《故事》:

从前有一个愚昧的船长,
因为他的无知以至于迷航海上,
船只漂流到一个孤独的小岛;
岁月悠悠,一去就是十年时光。

他在海上邂逅了一位美丽的富孀,
由于她的狐媚和谎言致使他迷惘,
她说要使他的船更新,人更壮,然后起航;
而年复一年所得到的只是免于饥饿的口粮。

她曾经表示要与他结成同命鸳鸯,
并给他大量的珍珠玛瑙和宝藏,
而他的须发已白,水手老去,
他却始终无知于宝藏就在自己的故乡。

可惜这故事是如此的残缺不全，
以致我无法告诉你以后的情况。

此诗见报后，台湾当局认为有影射蒋介石之意而加以责难。受此影响，林海音辞职，以免除报馆和自己的麻烦。

离开"联副"后一两年间，林海音创作出版丰收，她的短篇小说集《婚姻的故事》《烛》及第一本儿童读物《金桥》出版，并为夏承楹整理出版《玻璃垫上》专栏《三叠集》《谈言集》《一心集》。她的短篇小说集《绿藻与咸蛋》的英文版也出版了。1964年她还受聘担任台湾省教育厅儿童读物编辑小组第一任文学编辑，1965年，她辞去工作。

1966年9月，在自家后院，林海音、夏承楹及几个朋友开始酝酿创办《纯文学月刊》。在当时的台湾，纯粹私人办刊甚是艰难，但林海音认为："身为文人，不此之图，又将何待？困难是会有的，但是坚定而诚实地应付，也许会克服。主要的这是花自己的钱，说自己的话，独立自主，兴之所在，就不会觉得辛苦。"《纯文学月刊》于1967年1月发行，由林海音担任发行人、主编，还兼理社务。

林海音在编《纯文学月刊》时，除了发表已成名的作家的作品、介绍优秀的外国作家作品，还提携优秀的年轻作家。翻阅《纯文学月刊》可以发现，许多作家后来被肯定的作品，当年都是发表在《纯文学月刊》上的。像创刊号上余光中的《望乡的牧神》、於梨华的《再见，大伟》、梁实秋的《旧》、金溟若的《白痴的天才》，以及后来张晓风的《钟》、琦君的《髻》、张秀亚的《书房的一角》，等等。最难能可贵的是，林海音在办刊物时能突破意识形态的藩篱。从1967年2月起，在《纯文学月刊》开设"中国近代作家与作品"专栏，介绍了庐隐、周作人、凌叔华、郁达夫、俞平伯、朱湘、鲁彦、孙福熙、孙伏园、夏丏尊、罗淑、戴望舒、许地山、沈从文、朱自清、老舍、宋春舫、徐志摩等作家的作品。尽管林海音小心翼翼，所选的均不是具有鲜明政治色彩的作家，但介绍他们，尤其是时在大陆的作家，在当时的台湾仍属犯规，弄不好会被冠以"通匪"的罪名。林海音却冲破种种政治禁忌，为介绍这些大陆作家做了最大努力，为台湾读者接续上了"五四"以后的作家作品的脉络。

《纯文学月刊》出版以来，由于文学性浓，销路有限，维系艰难。林海音一共办了五十四期，学生书局接手后办了八期，到1972年2月无奈停刊。

1968年林海音创办了纯文学出版社，出版的书不仅有品位高雅的小说、散文，诗画摄影集，还有很多通俗却不失品位的文化类书。六百万字的《何凡文集》和林海音自己的许多重要作品，也是在纯文学出版。1995年底，出于年龄和身体的原因，林海音结束了经营二十七年的纯文学出版社。至此，纯文学出版社共出版了四百余本书，为读者留下了一批品质优异的出版物。

晚年的林海音生活幸福，也多次回大陆探访亲友、与大陆文学界交流、回母校参观、探访旧居，写成多篇回忆文章。2001年秋，多年的糖尿病以及突如其来的心肌梗塞击倒了林海音。2001年12月1日，林海音辞世于台北。

四

自1948年11月全家从北平迁去台湾，到2001年12月1日去世，林海音在台湾文坛耕耘了半个世纪。她从事文学作品的编辑出版工作，扶持奖掖了一大批台湾文艺人士，为台湾新文学的进步与发展立下了汗马功劳。同时，她也是台湾文坛20世纪后半叶有代表性的贡献突出的女作家。她撰写了大量小说、散文作品，有的成为了中国新文学发展史上的名篇佳作，如《城南旧事》《金鲤鱼的百裥裙》等。因此，她又被称为台湾文学"祖母级的人物"。

我们现在看到的林海音作品，大多是她三十岁以后的创作。她的创作有一种中年的理性把握,她的不少作品从构思到故事取材都很生活化,有独特的角度,也有叙述的智慧,感情充沛而内敛。

林海音的小说,自始至终以描写女性为主,写她们的婚姻悲剧、感情矛盾,这其实反映了林海音作为女性的自我认同感。她对男性的理解与看透是不及对女性的理解的,她笔下的男性是被忽略的,如《晓云》中的男主角,如《城南旧事》中的宋妈丈夫,如《春风》中的曹宇平,等等。她对于自己的同类——女人有一种博大而深厚的爱,为她们的感情世界、婚姻故事而喜怒哀乐,既不沉湎于自我感情的宣泄,又不执着于对社会人生的偏激,而是致力于对那个时代整体女性生活的写实。她看到了那个时代女性生活的很多方面,从旧时代的姨太太到新时代的职业女性,从安于家庭生活的传统女性到欢场的歌女,她都写到了。这些女性都以鲜活的面貌呈现在我们面前——从金鲤鱼到方大奶奶到静文到孟珠到晓云,都给我们留下了深刻的印象。这些人物是"五四"以来的新文学人物画廊中很有特色的一批,既承袭了"五四"传统,又开启了台湾现代女性文学人物的新章,这些新人形象对于20世纪六七十年代的台湾女性文学创作是有启发意义的。

林海音的写作,取材多是身边的故事,尤其是她的散文作品。这些作品经常津津有味地反复讲述自己和家人的故事。林海音对生活的热情与投入是极富人情味的,她对琐事的热情、对亲友的关爱正体现出她心中的大爱以及对世事人情的洞达和为人处世的健朗心态。因了这份爱、洞达与健朗,林海音才能忙于日常事务、却又不被日常事务所局限。她的写作有身边的琐事,却又不仅仅是琐事,她所关注的是人的命运,尤其是女性的命运,她的作品有一种经得住时间考验的恒久魅力——以一种极富审美表现力的纯净语言表达自己在日常生活中的诗性向往,表达人类心灵深处最温柔的对于人的关爱与同情。

小说编

城南旧事

代　序

差不多十年前了,我写过一篇题名《忆儿时》的小稿,现在把它抄录在这里:

我的生活兴趣极广泛,也极平凡。我喜欢热闹,怕寂寞,从小就爱往人群里钻。

记得小时在北平的夏天晚上,搬个小板凳挤在大人群里听鬼故事,越听越怕,越怕越要听。猛一回头,看见黑黝黝的夹竹桃花盆里,小猫正在捉壁虎,不禁吓得呀呀乱叫。但是把板凳往前挪挪,仍是怂恿着大人讲下去。

在我七八岁的时候,北平有一种穿街绕巷的"唱话匣子的",给我很深刻的印象。也是在夏季,每天晚饭后,抹抹嘴急忙跑到大门外去张望。先是卖晚香玉的来了,用晚香玉串成美丽的大花篮,一根长竹竿上挂着五六只,妇女们喜欢买来挂在卧室里,晚上满室生香。再过一会儿,"换电灯泡儿的"又过来了。他背着匣子,里面全是些新新旧旧的灯泡,贴几个钱,拿家里断了丝的跟他换新的。到今天我还不明白,他拿了旧灯泡去做什么用。然后,我最盼望的"唱话匣子的"来了,背"话匣子"(后来改叫留声机,现在要说电唱机了!),提着胜利公司商标上狗听留声机的那种大喇叭。我便飞跑进家,一定要求母亲叫他进来。母亲被搅不过,总会依了我。只要母亲一答应,我又拔脚飞跑出去,还没跑出大门就喊:

"唱话匣子的!别走!别走!"

其实那个唱话匣子的看见我跑进家去,当然就会在门口等着,不得到结果,他是不会走掉的。讲价钱的时候,门口围上一群街坊的小孩和老妈子。讲好价钱进来,围着的人便会挨挨蹭蹭地跟进来,北平话叫作"听蹭儿"。我有时大大方方地全让他们进来,有时讨厌哪一个便推他出去,把大门砰的一关,好不威风!

唱话匣子的人,把那大喇叭按在话匣子上,然后装上百代公司的唱片。片子转动了,先是那两句开场白:"百代公司特请梅兰芳老板唱宇宙锋",金刚钻的针头在早该退休的唱片上摩擦出吱吱扭扭的声音,吱吱啦啦地唱起来了,有时像猫叫,有时像破锣。如果碰到新到的唱片,还要加价呢!不过因为熟主顾,最后总会饶上一张"洋人大笑",还没唱呢,大家就笑起来了!等到真正洋人大笑时,大伙儿更笑得凶,乱哄哄地演出了皆大欢喜的"大团圆"结局。

母亲时代的儿童教育和我们现代不同,比如妈妈那时候交给老妈子一块钱(多么有用的一块钱!),叫她带我们小孩子到"城南游艺园"去,便可以消磨一整天和一整晚。没有人说这是不合理的。因为那时候的母亲并不注重"不要带儿童到公共场所"的教条。

那时候的老妈子也真够厉害,进了游艺园就得由她安排,她爱看张笑影的文明戏《锯碗丁》《春阿氏》,我就不能到大戏场里听雪艳琴的《梅玉配》。后来去熟了,胆子也大了,便找个题目——要两大枚(两个铜板)上厕所,溜出来到各处乱闯。看穿燕尾服的变戏法儿,看扎着长辫子的姑娘唱大鼓,看露天电影郑小秋的《空谷兰》。大戏场里,男女分座(包厢例外),有时观众在给"扔手巾把儿的"叫好,摆瓜子碟儿的,卖玉兰花儿的,卖糖果的,要茶钱的,穿来穿去,吵吵闹闹,有时或许赶上一位发脾气的观众老爷飞茶壶。戏台上这边贴着戏报子,那边贴着"奉厅谕:禁止怪声叫好"的大字,但是看了反而使人嗓子眼儿痒痒,非喊两声"好"不过瘾。

大戏总是最后散场,已是夜半,雇洋车回家,刚上车就睡着了。我不明白那时候的大人是什么心理,已经十二点多了,还不许人睡,坐在她们(母亲或老妈子)的身上,打着瞌睡,她们却时时搬动你说:"别睡!快到家了!"后来我问母亲,为什么不许困得要命的小孩睡觉?母亲说,一则怕着凉,再则怕睡得魂儿回不了家。

多少年后,城南游艺园改建了屠宰场,城南的繁华早已随着首都的南迁而没落了,偶然从那里经过,便不胜今昔之感。这并非是眷恋昔日的热闹生活,那时的社会习俗并不值得一提,只是因为那些事情都是在童年经历的。那是真正的欢乐,无忧无虑,不折不扣的欢乐。

一九五一年七月二十八日

我记得写上面这段小文的时候,便曾想:为了回忆童年,使之永恒,我何不写些故事,以我的童年为背景呢!于是这几年来,我陆续地完成了本书的这几篇。它们的故事不一定是真的,但写着它们的时候,人物却不断地涌现在我的眼前,斜着嘴笑的兰姨娘,骑着小驴回老家的宋妈,不理我们小孩子的德先叔叔,椿树胡同的疯女人,井边的小伴侣,藏在草堆里的小偷儿。读者有没有注意,每一段故事的结尾,里面的主角都是离我而去,一直到最后的一篇《爸爸的花儿落了》,亲爱的爸爸也去了,我的童年结束了。那时我十三岁,开始负起了不是小孩子所该负的责任。如果说一个人一生要分几个段落的话,父亲的死,是我生命中一个重要的段落,我写过一篇《我父》,仍是值得存录在这里的:

  写纪念父亲文章,便要回忆许多童年的事情,因为父亲死去快二十年了,他弃我们姊弟七人而去的时候,我还是个小女孩。在我为文多年间,从来没有一篇专为父亲而写的,因为我知道如果写到父亲,总不免要触及他离开我们过早的悲痛记忆。

  虽然我和父亲相处的年代,还比不了和一个朋友更长久,况且那些年代对于我,又都是属于童年的,但我对于父亲的了解和认识极深。他溺爱我,也鞭策我,更有过一些多么不合理的事情表现他的专制,但是我也得原谅他与日俱增的坏脾气和他日渐衰弱的肺病身体。

  父亲实在不应当这样早早离开人世,他是一个对工作认真努力,对生活有浓厚兴趣的人。他的生活多么丰富!他生性爱动,几乎无所不好,好像世间有多少做不完的事情,等待他来动手,我想他对自己的死是不甘心的。但是促成他的早死,多种的嗜好也有关系:他爱喝酒,快乐地划着拳;他爱打牌,到了周末,我们家总是高朋满座。他是聪明的,什么都下功夫研究。他得肺病以后,对于医药也很有研究,家里一个五斗柜的抽屉,就跟个小药房似的。但是这种饮酒熬夜的生活,便可以破坏任何医药的功效。我听母亲说,父亲在日本做生意的时候,常到酒妓馆林立的地方,从黑夜饮到天明,一夜之间喝遍一条街,他太任性了!

母亲的生产率够高,平均三年生两个,有人说我们姊妹多是因为父亲爱花的缘故,这不过是迷信中的巧合。但父亲爱花是真的,我有一个很清楚记忆,便是父亲常和挑担卖花的讲价钱,最后总是把整担的花全买下。于是父亲动手了,我们也兴奋地忙起来,廊檐下大大小小的花盆都搬出来。盆里栽的花,父亲好像特别喜欢文竹、含羞草、海棠、绣球和菊花。到了秋天,廊檐下,客厅里,摆满了秋菊。

花事最盛是当我们的家住在虎坊桥的时候,院子里有几大盆出色的夹竹桃和石榴,都是经过父亲用心培植的。每年他都亲自给石榴树下麻渣,要臭好几天,但是等到中秋节,结的大石榴都饱满地裂开了嘴!父亲死后的第一年,石榴没结好;第二年,死去好几棵。喜欢附会迷信的人便说,它们随父亲俱去。其实,明明是我们对于剪枝、施肥,没有尽到父亲那样勤劳的缘故。

父亲的脾气尽管有时暴躁,他却有更多的优点,他负责任地工作,努力求生存,热心助人,不吝金钱。我们每一个孩子他都疼爱,我常常想,既然如此,他就应该好好保重自己的身体,使生命得以延长,看子女茁长成人,该是最快乐的事。但是好动的父亲,却不肯好好地养病。他既死不瞑目,我们也因为父亲的死,童年美梦,顿然破碎。

在别人还需要照管的年龄,我已经负起许多父亲的责任。我们努力渡过难关,羞于向人伸出求援的手。每一个进步,都靠自己的力量,我以受人怜悯为耻。我也不喜欢受人恩惠,因为报答是负担。父亲的死,给我造成这一串倔强,细细想来,这些性格又何尝不是承受于我那好强的父亲呢!

一九五一年八月八日

童年在北平的那段生活,多半住在城之南——旧日京华的所在地。父亲好动到爱搬家的程度,绿衣的邮差是报告哪里有好房的主要人物。我们住过的椿树胡同、新帘子胡同、虎坊桥、梁家园,尽是城南风光。

收集在这里的几篇故事,是有连贯性的,读者们别问我那是真是假,我只要读者分享我一点缅怀童年的心情。每个人的童年不都是这样的愚骏而神圣吗?

一九六〇年七月

惠安馆

一

太阳从大玻璃窗透进来,照到大白纸糊的墙上,照到三屉桌上,照到我的小床上来了。我醒了,还躺在床上,看那道太阳光里飞舞着的许多小小的、小小的尘埃。宋妈过来掸窗台,掸桌子,随着鸡毛掸子的舞动,那道阳光里的尘埃加多了,飞舞得更热闹了,我赶忙拉起被来蒙住脸,是怕尘埃把我呛得咳嗽。

宋妈的鸡毛掸子轮到来掸我的小床了,小床上的棱棱角角她都掸到了,掸子把儿碰在床栏上,格格地响,我想骂她,但她倒先说话了:

"还没睡够哪!"说着,她把我的被大掀开来,我穿着绒裤裤的身体整个露在被外,立刻就打了两个喷嚏。她强迫我起来,给我穿衣服。印花斜纹布的棉袄棉裤,都是新做的;棉裤筒多可笑,可以直立放在那里,就知道那棉花够多厚了。

妈正坐在炉子边梳头,倾着身子,一大把头发从后脖子顺过来,她就用篦子篦呀篦呀,炉子上是一瓶玫瑰色的发油,天气冷,油凝住了,总要放在炉子上化一化才能搽。

窗外很明亮,干秃的树枝上落着几只不怕冷的小鸟。我在想,什么时候那树上才能长满叶子呢?这是我们在北京过的第一个冬天。

妈妈还说不好北京话,她正在告诉宋妈,今天买什么菜。妈不会说"买一斤猪肉,不要太肥"。她说:"买一斤租漏,不要太回。"

妈妈梳完了头,用她的油手抹在我的头发上,也给我梳了两条辫子。我看宋妈提着篮子要出去了,连忙喊住她:

"宋妈,我跟你去买菜。"

宋妈说:

"你不怕惠难馆的疯子?"

宋妈是顺义县人,她也说不好北京话,她说成"惠难馆",妈说成"灰娃馆",爸说成"飞安馆",我随着胡同里的孩子说"惠安馆",到底哪一个对,我不知道。

我为什么要怕惠安馆的疯子?她昨天还冲我笑呢!她那一笑真有意思,要不是妈紧紧拉我的手,我就会走过去看她,跟她说话了。

惠安馆在我们这条胡同的最前一家,三层石台阶上去,就是两扇大黑门凹进去,门上横着一块匾,路过的时候爸教我念过:"飞安会馆。"爸说里面住的都是从"飞安"那个地方来的学生,像叔叔一样,在大学里念书。

"也在北京大学?"我问爸爸。

"北京的大学多着呢,还有清华大学呀!燕京大学呀!"

"可以不可以到飞安——不,惠安馆里找叔叔们玩一玩?"

"做唔得！做唔得！"我知道，我无论要求什么事，爸终归要拿这句客家话来拒绝我。我想总有一天我要迈上那三层台阶，走进那黑洞洞的大门里去的。

惠安馆的疯子我看见好几次了，每一次只要她站在门口，宋妈或者妈就赶快捏紧我的手，轻轻说："疯子！"我们就擦着墙边走过去，我如果要回头再张望一下，她们就用力拉我的胳膊制止我。其实那疯子还不就是一个梳着油松大辫子的大姑娘，像张家李家的大姑娘一样！她总是倚着门墙站着，看来来往往过路的人。

是昨天，我跟着妈妈到骡马市的佛照楼去买东西，妈是去买搽脸的鸭蛋粉，我呢，就是爱吃那里的八珍梅。我们从骡马市大街回来，穿过魏染胡同、西草厂，到了椿树胡同的井窝子，井窝子斜对面就是我们住的这条胡同。刚一进胡同，我就看见惠安馆的疯子了，她穿了一身绛紫色的棉袄，黑绒的毛窝，头上留有一排刘海儿，辫子上扎的是大红绒绳，她正把大辫子甩到前面来，两手玩弄着辫梢，愣愣地看着对面人家院子里的那棵老洋槐。干树枝子上有几只乌鸦，胡同里没什么人。

妈正低头嘴里念叨着，准是在算她今天一共买了多少钱的东西，好跟无事不操心的爸爸报账，所以妈没留神已经走到了"灰娃馆"。我跟在妈的后面，一直看疯子，竟忘了走路。这时疯子的眼光从洋槐上落下来，正好看到我，她眼珠不动地盯着我，好像要在我的脸上找什么。她的脸白得发青，鼻子尖有点红，大概是冷风吹冻的，尖尖的下巴，两片薄嘴唇紧紧地闭着。忽然她的嘴唇动了，眼睛也眨了两下，带着笑，好像要说话，弄着辫梢的手也向我伸出来，招我过去呢。不知怎，我浑身大大地打了一个寒战，跟着，我就随着她的招手和笑意要向她走去。——可是妈回过头来了，突然把我一拉：

"怎么啦，你？"

"嗯？"我有点迷糊。妈看了疯子一眼，说：

"为什么打哆嗦?是不是怕——是不是要溺尿?快回家!"我的手被妈使劲拖拉着。

回到家来,我心里还惦念着疯子的那副模样儿。她的笑不是很有意思吗?如果我跟她说话——我说:"嘿!"她会怎么样呢?我愣愣地想着,懒得吃晚饭,实在也是八珍梅吃多了。但是晚饭后,妈对宋妈说:

"英子一定吓着了。"然后给我沏了碗白糖水,叫我喝下去,并且命令我钻被窝睡觉⋯⋯

这时,我的辫子梳好了,追了宋妈去买菜,她在前面走,我在后面跟着。她的那条恶心的大黑棉裤,那么厚,那么肥,裤腿绑着。别人告诉妈说,北京的老妈子很会偷东西,她们偷了米就一把一把顺着裤腰装进裤兜子,刚好落到绑着的裤脚管里,不会漏出来。我在想,宋妈的肥裤脚里,不知道有没有我家的白米?

经过惠安馆,我向里面看了一下,黑门大开着,门道里有一个煤球炉子,那疯子的妈妈和爸爸正在炉边煮什么,大家都管疯子的爸爸叫"长班老王",长班就是给会馆看门的,他们住在最临街的一间屋子。宋妈虽然不许我看疯子,但是我知道她自己也很爱看疯子,打听疯子的事,只是不许我听我看就是了。宋妈这时也向惠安馆里看,正好疯子的妈妈抬起头来,她和宋妈两人同时说"吃了吗?您!"爸爸说北京人一天到晚闲着没有事,不管什么时候见面都要问吃了没有。

出了胡同口往南走几步,就是井窝子,这里满地是水,有的地方结成薄薄的冰,独轮水车来一辆去一辆,他们扭着屁股推车,车子吱吱扭扭地响,好刺耳,我要堵起耳朵啦!井窝子有两个人正向深井里打水,水打上来倒在一个好大的水槽里,推水的人就在大水槽里接了水再送到各家去。井窝子旁住着一个我的朋友——和我一般高的妞儿。我这时停在井窝子旁边不走了,对宋妈说:

"宋妈,你去买菜,我等妞儿。"

妞儿,我第一次是在油盐店里看见她的。那天她两只手端了两个碗,拿了一大枚,又买酱,又买醋,又买葱,伙计还逗着说:"妞儿,唱一段才许你走!"妞儿眼里含着泪,手摇晃着,醋都要洒了,我有说不出的气恼,一下蹲到妞儿身旁,叉着腰问他们:

"凭什么?"

就这样,我认识了妞儿。

妞儿只有一条辫子,又黄又短,像妈在土地庙给我买的小狗的尾巴。第二次看见妞儿,是我在井窝子旁边看打水。她过来了,一声不响地站在我身边,我们俩相对着笑了笑,不知道说什么好。等一会儿,我就忍不住去摸她那条小黄辫子了,她又向我笑了笑,指着后面,低低的声音说:

"你就住在那条胡同里?"

"嗯。"我说。

"第几个门?"

我伸出手指头来算了算:

"一,二,三,四,第四个门。到我们家来玩儿。"

她摇摇头说:"你们胡同里有疯子,妈不叫我去。"

"怕什么?她又不吃人。"

她仍然是笑笑地摇摇头。

妞儿一笑,眼底下鼻子两边的肉就会有两个小旋涡,很好看,可是宋妈竟跟油盐店的掌柜说:

"这孩子长得俊倒是俊,就是有点薄,眼睛太透亮了,老像水汪着,你看,眼底下有两个泪坑儿。"

我心里可是有说不出的喜欢她,喜欢她那么温和,不像我一急宋妈就骂我的:"又跳?又跳?小暴雷。"那天她跟我在井窝子边站了一会儿,就小声地说:"我要回去了,我爹等着我吊嗓子。赶明儿见!"

我在井窝子旁跟妞儿见过几次面了,只要看见红棉袄裤从那边闪过来,我就满心的高兴,可是今天,等了好久都不见她出来,很失望,我的绒褂子口袋里还藏着一小包八珍梅,要给妞儿吃的。我摸摸,发热了,包的纸都破烂了,黏糊糊的,宋妈洗衣服时,我还得挨她一顿骂。

我觉得很没意思,往回家走,我本来想今天见着妞儿的话,就告诉她一个好主意,从横胡同穿过到我家,就用不着经过惠安馆,不用怕看见疯子了。

我低头这么想着,走到惠安馆门口了。

"嘿!"

吓了我一跳!正是疯子。咬着下嘴唇,笑着看我。她的眼睛里透亮,一笑眼底下——就像宋妈说的,怎么也有两个泪坑儿呀!我想看清楚她,我是多么久以前就想看清楚她的。我不由得对着她的眼神走上了台阶。太阳照在她的脸上,常常是苍白的颜色,今天透着亮光了。揣在短棉袄里的手伸出来拉住我的手,那么暖,那么软。我这时看看胡同里,没有一个人走过。真奇怪,我现在怕的不是疯子,倒是怕人家看见我跟疯子拉手了。

"几岁了?"她问我。

"嗯——六岁。"

"六岁!"她很惊奇地叫了一声,低下头来,忽然撩起我的辫子看我的脖子,在找什么。"不是。"她喃喃地自己说话,接着又问我:

"看见我们小桂子没有?"

"小桂子?"我不懂她在说什么。

这时大门里疯子的妈妈出来了,皱着眉头怪着急地说:

"秀贞,可别把人家小姑娘吓着呀!"又转过脸来对我说:

"别听她的,胡说呢!回去吧!等回头你妈不放心。嗯——听见没有?"她说着,用手扬了扬,叫我回去。

我抬头看着疯子,知道她的名字叫秀贞了。她拉着我的手,轻摇着,并不放开我。她的笑,增加了我的勇气,我对老的说:

"不!"

"小南蛮子儿!"秀贞的妈妈也笑了,轻轻地指点着我的脑门儿,这准是一句骂我的话,就像爸爸常用看不起的口气对妈说"他们这些北仔鬼"是一样的吧!

"在这儿玩不要紧,你家来了人找,可别赖是我们姑娘招的你。"

"我不说的啦!"何必这么嘱咐我?什么该说,什么不该说,我都知道。妈妈打了一只金镯子,藏在她的小首饰箱里,我从来不会告诉爸爸。

"来!"秀贞拉着我往里走,我以为要到里面那一层一层很深的院子里去找上大学的叔叔们玩呢,原来她把我带进了她们住的门房。

屋里可不像我家里那么亮,玻璃窗小得很,临窗一个大炕,中间摆了一张矮炕桌,上面堆着活计和针线盒子。秀贞从桌上拿起了一件没做完的衣服,朝我身上左比右比,然后高兴地对走进来的她的妈妈说:

"妈,您瞧,我怎么说的,刚合适!那么就开领子吧。"说着,她又找了一根绳子,绕着我的脖子量,我由她摆布,只管看墙上的那张画,画儿是一个白胖大娃娃,没有穿衣服,手里捧着大元宝,骑在一条大大的红鱼上。

秀贞转到我的面前来,看我仰着头,她也随着我的眼光看那张画,满是那么回事地说:

"要看炕上看去,看我们小桂子多胖,那阵儿才八个月,骑着大金鱼,满屋里转,玩得饭都不吃,就这么淘……"

"行啦行啦!不——害——臊!"秀贞正说得高兴,我也听得糊里糊涂,长班老王进来了,不耐烦地瞪了秀贞一眼说她。秀贞不理会她爸爸,推着我脱鞋上炕,凑近在画下面,还是只管说:

"饭不吃,衣服也不穿,就往外跑,老是急着找她爹去,我说了多少回都不听,我说等我给多做几件衣服穿上再去呀!今年的衬裤倒是先做好了,背心就差缝纽子了。这件棉袄开了领子马上就好。可急的是什么呀!真叫人纳闷儿,到底是怎么档子事儿……"她说着说着不说了,低着头在想那纳闷儿的事,一直发愣。我想,她是在和我玩"过家家儿"吧?她妈不是说她胡说吗?要是过家家儿,我倒是有一套玩意儿,小手表,小鼻盘,小铃铛,都可以拿来一起玩。所以我就说:

"没有关系,我把手表送给小桂子,她有了表就有一定时候回家了。"可是,这时我倒想起妈会派宋妈来找我,就又说:

"我也要回家了。"

秀贞听我说要走,她也不发愣了,一面随着我下了炕,一面说:"那敢情好,先谢谢你啦!看见小桂子叫她回来,外头冷,就说我不骂她,不用怕。"

我点了点头,答应她,真像有那么一个小桂子,我认识的。

我一边走着一边想,跟秀贞这样玩儿,真有意思;假装有一个小桂子,还给小桂子做衣服。为什么人家都不许他们的小孩子跟秀贞玩儿呢?还管她叫疯子?我想着就回头去看,原来秀贞还倚着墙看我呢!我一高兴就连跑带跳地回家来。

宋妈正在跟一个老婆子换洋火,房檐底下堆着字纸篓,旧皮鞋,空瓶子。

我进了屋子就到小床前的柜里找出手表来。小小圆圆的金表,镶着几粒亮亮的钻石,上面的针已经不能走动了,妈妈说要修理,可一直放着,我很喜欢这手表,常拿来戴在手上玩,就归了我了。我正站在三屉桌前玩弄着,忽然听见窗外宋妈正和老婆子在说什么,我仔细听,宋妈说:

"后来呢?"

"后来呀,"换洋火的老婆子说,"那学生一去到如今晚儿就没回来!临走的时候许下的,回到他老家卖田卖地,过一个月就回来明媒正娶她。好嘛!这一等就是六年啦!多俊的姑娘,我眼瞧着她疯的……"

"说是怎么着?还生了个孩子?"

"是呀!那学生走的时候,姑娘她妈还不知道姑娘有了,等到现形了,这才赶着送回海甸义地去生的。"

"义地?"

"就是他们惠安义地,惠安人在北京死了就埋在他们惠安义地里。原来王家是给义地看坟的,打姑娘的爷爷就看起,后来才又让姑娘她爹来这儿当长班,谁知道出了这么档子事儿。"

"他们这家子倒是跟惠难有缘,惠难离咱们这儿多远哪?怎么就一去不回头了呢?"

"可远喽!"

"那么生下来的孩子呢?"

"孩子呀,一落地就裹包裹包,趁着天没亮,送到齐化门城根底下啦!反正不是让野狗吃了,就是让人捡去了。"

"姑娘打这儿就疯啦?"

"可不,打这儿就疯了!可怜她爹妈,这辈子就生下这么个姑娘。唉!"

两个人说到这儿都不言语了,我这时已经站到屋门口倾听。宋妈正数着几包丹凤牌的红头洋火,老婆子把破烂纸往她的大筐里塞呀塞呀!鼻子里吸溜着清鼻涕。宋妈又说:

"下回给带点刨花来。那——你跟疯子她们是一地儿的人呀?"

"老亲喽!我大妈娘家二舅屋里的三姐算是疯子她二妈,现在还在看坟,他们说的还有错儿吗?"

宋妈一眼看见了我,说:

"又听事儿,你。"

"我知道你们说谁。"我说。

"说谁?"

"小桂子她妈。"

"小桂子她妈?"宋妈哈哈大笑,"你也疯啦?哪儿来的小桂子她妈呀?"

我也哈哈笑了,我知道谁是小桂子她妈呀!

二

天气暖和多了,棉袄早就脱下来,夹袄外面早晚凉就罩上一件薄薄的棉背心,又轻又软。我穿的新布鞋,前头打了一块黑皮子头,老王妈——秀贞她妈,看见我的新鞋说:

"这双鞋可结实哟——把我们家的门槛儿踢烂了,你这双鞋也破不了!"

惠安馆我已经来熟了,会馆的大门总是开着一扇,所以我随时可以溜进来。我说溜进来,因为我总是背着家里的人偷着来的,他们只知道我常常是随着宋妈买菜到井窝子找妞儿,一见宋妈进了油盐店,我就回头走,到惠安馆来。

我今天进了惠安馆,秀贞不在屋里。炕桌上摆着一个大玻璃缸,里面是几条小金鱼,游来游去。我问王妈:

"秀贞呢?"

"跨院里呢!"

"我去找她。"我说。

"别介,她就来,你这儿等着,看金鱼吧!"

我把鼻子顶着金鱼缸向里看,金鱼一边游一边嘴巴一张一张地在喝水,我的嘴也不由得一张一张地在学鱼喝水。有时候金鱼游到我的面前来,隔着一层玻璃,我和鱼鼻子顶牛儿啦!我就这么看着,两腿跪在炕沿上,都麻了,秀贞还不来。

我翻腿坐在炕沿上,又等了一会儿,还不见秀贞来,我急了,溜出了屋子,往跨院里去找她。那跨院,仿佛一直都是关着的,我从来也没有见谁去过那里。我轻轻推开跨院门进去,小小的院子里有一棵不知道什么树,已经长了小小的绿叶子了。院角地上是干枯的落叶,有的烂了。秀贞大概正在打扫,但是我进去时看见她一手拿着扫帚倚在树干上,一手掀起了衣襟在擦眼睛,我悄悄走到她跟前,抬头看着她。她也许看见我了,但是没理会我,忽然背转身子去,伏着树干哭起来了,她说:

"小桂子,小桂子,你怎么不要妈了呢?"

那声音多么委屈,多么可怜啊!她又哭着说:

"我不带你,你怎么认得道儿,远着呢!"

我想起妈妈说过,我们是从很远很远的家乡来的,那里是个岛,四面都是水,我们坐了大轮船,又坐大火车,才到这个北京来。我曾问妈妈什么时候回去,妈说早着呢,来一趟不容易,多住几年。那么秀贞所说的那个远地方,是像我们的岛那么远吗?小桂子怎么能一个人跑了去?我替秀贞难过,也想念我并不认识的小桂子,我的眼泪掉下来了。在模模糊糊的泪光里,我仿佛看见那骑着大金鱼的胖娃娃,是什么也没穿啊!

我含着眼泪,大大地倒抽了一口气,为的不让我自己哭出来,我揪揪秀贞裤腿叫她:

"秀贞!秀贞!"

她停止了哭声,满脸泪蹲下来,搂着我,把头埋在我的前胸擦来擦去,用我的绵绵软软的背心,擦干了她的泪,然后她仰起头来看看我笑了,我伸出手去调顺她的揉乱的刘海儿,不由得说:

"我喜欢你,秀贞。"

秀贞没有说什么，吸溜着鼻涕站起来。天气暖和了，她也不穿绑腿棉裤了，现在穿的是一条肥肥的散腿裤。她的腿很瘦吗？怎么风一吹那裤子，显得那么晃荡。她浑身都瘦，刚才蹲下来伏在我的胸前时，我看那块后脊背，平板儿似的。

秀贞拉着我的手说：

"屋里去，帮着拾掇拾掇。"

小跨院里只有这么两间小房，门一推吱扭扭的一串尖响，那声音不好听，好像有一根刺扎在人心上。从太阳地里走进这阴暗的屋里来，怪凉的。外屋里，整整齐齐地摆着书桌、椅子、书架，上面满是灰土，我心想，应该叫我们宋妈来给掸掸，准保扬起满屋子的灰。爸爸常常对妈说，为什么宋妈不用湿布擦，这样大掸一阵，等一会儿，灰尘不是又落回原来的地方了吗？但是妈妈总请爸爸不要多嘴，她说这是北京规矩。

走进屋里去，房间更小一点，只摆了一张床，一个茶几。床上有一口皮箱，秀贞把箱子打开来，从里面拿出一件大棉袍，我爸爸也有，是男人的。秀贞把大棉袍抱在胸前，自言自语地说：

"该翻翻添点棉花了。"

她把大棉袍抱出院子去晒，我也跟了去。她进来，我也跟进来。她叫我和她把箱子抬到院子太阳底下晒，里面只有一双手套，一顶呢帽和几件旧内衣。她很仔细地把这几件零碎衣物摊开来，并且拿起一件条子花纹的裰子对我说：

"我瞧这件裰子只能给小桂子做夹袄里子了。"

"可不是，"我翻开了我的夹袄里给秀贞看，"这也是用我爸爸的旧衣服给改的。"

"你也是用你爸爸的？你怎么知道这衣服就是小桂子她爹的？"秀贞微笑着瞪眼问我，她那样子很高兴，她高兴我就高兴，可是我怎么会知道这是小桂子她爹的？她问得我答不出，我斜着头笑了，她逗着我的下巴还是问：

"说呀！"

我们俩这时是蹲在箱子旁，我很清爽地看着她的脸，刘海儿被风吹倒在一边，她好像一个什么人，我却想不出。我回答她说：

"我猜的。那么——"我又低声地问她，"我管小桂子她爹叫什么呀？"

"叫叔叔呀！"

"我已经有叔叔了。"

"叔叔还嫌多？叫他思康叔叔好了，他排行第三，叫他三叔也行。"

"思康三叔，"我嘴里念着，"他几点钟回家？"

"他呀，"秀贞忽然站起来，紧皱着眉毛斜起头在想，想了好一会儿才说，"快了。走了有个把月了。"

说着她又走进屋，我再跟进去，弄这弄那，又跟出来，搬这搬那，这样跟出跟进忙得好高兴。秀贞的脸这时粉嘟嘟的了，鼻头两边也抹了灰土，鼻子尖和嘴唇上边渗着小小的汗珠，这样的脸看起来真好看。

秀贞用袖子抹着她鼻子上的汗，对我说："英子，给我打盆水来会不会？屋里要擦擦。"

我连忙说：

"会，会。"

跨院的房子原和门房是在一溜儿的，跨院多了一个门就是了，水缸和盆就放在门房的房檐下。我掀开水缸的盖子，一勺勺地往脸盆里舀水，听见屋里有人和秀贞的妈说话：

"姑娘这阵子可好点儿了吗？"

"唉！别提了，这阵子又闹了，年年开了春就得闹些日子，这两天就是哭一阵子笑一阵子的，可怎么好！真是……"

"这路毛病就是春天犯得凶。"

我端了一盆水,连晃连洒,泼了我自己一身水,到了跨院屋里,也就剩不多了。把盆放在椅子上,忽然不知哪儿飘来炒菜香,我闻着这味儿想起了一件事,便对秀贞说:

"我要回家了。"

秀贞没听见,只管在抽屉里翻东西。

我是想起回家吃完饭还要到横胡同去等妞儿,昨天约会好了的。又凉又湿的裤子,贴在我的腿上,一进门妈妈就骂了:

"就在井窝子玩一上午?我还以为你掉到井里去了呢。看你弄这么一身水!"妈一边给我换衣服,一边又说,"打听打听北京哪个小学好,也该送进学堂了,听说厂甸那个师大附小还不错。"

妈这么说着,我才看见原来爸爸也已经回来了,我弄了一身水,怕爸爸要打骂我,他厉害得很,我缩头看着爸爸,准备被挨打的姿势,还好他没注意,抽着烟卷儿在看报,漫应着说:

"还早呢,急什么。"

"不送进学堂,她满街跑,我看不住她。"

"不听话就打!"爸的口气好像很凶,但是随后却转过脸来向我笑笑,原来是吓唬我呢!他又说,"英子上学的事,等她叔叔来再对他说,由他去管吧!"

吃完饭我到横胡同去接了妞儿来,天气不冷了,我和妞儿到空闲着的西厢房里玩,那里堆着拆下来的炉子、烟筒,不用的桌椅和床铺。一个破藤箱子里,养了最近买的几只刚孵出来的小油鸡,那柔软的小黄绒毛太好玩了,我和妞儿蹲着玩弄箱里的几只小油鸡。看小鸡啄米吃,总是吃,总是吃,怎么不停啊!

小鸡吃不够,我们可是看够了,盖上藤箱,我们站起来玩别的。拿两个制钱穿在一根细绳子上,手提着,我们玩踢制钱,每一踢,两个制钱打在鞋帮上"嗒嗒"地响。妞儿踢时腰一扭一扭的,显得那么娇。

这一下午玩得好快乐,如果不是妞儿又到了她吊嗓子的时候,我们不知道要玩多么久。

爸爸今天买来了新的笔和墨,还有一叠红描字纸。晚上,在煤油灯底下,他教我描红模字,先念那上面的字:"一去二三里,烟村四五家,亭台六七座,八九十枝花。"

爸爸说:

"你一天要描一张,暑假以后进小学,才考得上。"

早上我去惠安馆找秀贞,下午妞儿到西厢房里来找我,晚上描红模字,我这些日子就这么过的。

小油鸡的黄毛上长出短短的翅膀来了,我和妞儿喂米喂水又喂菜,宋妈说不要把小鸡肚子撑坏了,也怕被野猫给叼了去,就用一块大石头压住藤箱盖子,不许我们随便掀开。

妞儿和我玩的时候,嘴里常常哼哼唧唧的,那天一高兴,她竟扭起来了,她扭呀扭呀比来比去,嘴里唱着:"……开哀开门嗯嗯儿,碰见张秀才哀哀……"

"你唱什么? 这就是吊嗓子吗?"我问。

"我唱的是打花鼓。"妞儿说。

她的兴致很好,只管轻轻地唱下去,扭下去,我在一旁看傻了。她忽然对我说:"来! 跟我学,我教你。"

"我也会唱一种歌。"不知怎,我想我也应当露一露我的本事,一下子想起了爸爸有一回和客人谈天数唱的一首歌,后来爸曾教了我,妈还说爸爸教我这种歌真是没大没小呢!

"那你唱,那你唱。"妞儿推着我,我却又不好意思唱了,她一定要我唱,我只好结结巴巴地用客家话念唱起来:

"你听着——想来么事想心肝,紧想心肝紧不安! 我想心肝心肝想,正是心肝想心肝……"

我还没数完呢,妞儿已经笑得挤出了眼泪,我也笑起来了,那几句词儿可真是拗嘴。

"谁教你的？什么心肝想心肝，心想心肝想的，哈哈哈！你唱的这是哪国的歌儿呀！"

我们俩搂在一堆笑，一边瞎说着心肝心肝的，也闹不清是什么意思。

我们真快乐，胡说胡唱胡玩，西厢房是我们的快乐窝，我连做梦都想着它。

妞儿每次也是玩得够不够的才看看窗外，忽然叫喊："可得回去了！"说完她就跑，急得连"再见"都来不及说。

忽然一连几天，横胡同里接不到妞儿了，我是多么的失望，站在那里等了又等。我慢慢走向井窝子去，希望碰见她，可是没有用。下午的井窝子没那么热闹了，因为送水的车子都是上午来，这时只有附近人家自己推了装着铅桶的小车子来买井水。

我看见长班老王也推了小车子来，他一趟一趟来好几趟了，见我一直站在那里，奇怪地问我：

"小英子，你在这儿发什么傻？"

我没有说什么，我自己心里的事，自己知道。我说：

"秀贞呢？"我想如果等不到妞儿，就去找秀贞，跨院里收拾得好干净了。但是老王没理我，他装满了两桶水，就推走了。

我正在犹豫着怎么办的时候，忽然从西草厂口上，转过来一个熟悉的影子，那正是妞儿，我多高兴！我跑着迎上去，喊她："妞儿！妞儿！"她竟不理我，就像不认识我，也像没听见有人叫她。我很奇怪，跟在她身边走，但她用手轻轻赶开我，皱着眉头眨眼，意思叫我走开。我不知道是怎么回事，但见她身后几步远有一个高大的男人，穿着蓝布大褂，手提着一个脏了的长布口袋，口袋上露出来我看见是一把胡琴。

我想这一定是妞儿的爸爸。妞儿常说"我怕我爹打"、"我怕我爹骂"的话,我现在看那样子就知道,我不跟妞儿再说话了,就转身走回家,心里好难受。我口袋里有一块滑石,可以在砖上写出白字来,我掏出来,就不由得顺着人家的墙上一直画下去,画到我家的墙上。心里想着如果没有妞儿一起玩,是多么没有意思呢!

我刚要叫门,忽然听见横胡同里咚咚咚有人跑步声,原来是妞儿气喘着跑来了,她匆匆忙忙神色不安地说:"我明儿再来找你。"没等我回答,她就又跑回横胡同了。

第二天早晨,妞儿来找我,我们在西厢房里,蹲下来看小油鸡。掀开藤箱盖子,我们俩都把手伸进去摸小油鸡的羽毛,这样摸着摸着,谁也没说话。我本来是要说话的,但是没有出声,只是在心里问她:"妞儿,为什么好多天没来找我?""妞儿,是你爸爸很厉害不许你来吗?""妞儿,昨天为什么不许我跟你说话?""妞儿,你一定有什么难受的事吧?"真奇怪,这些话都是我心里想的,并没有说出口,可是她怎么知道的,竟用眼泪来回答我? 她不说话,也不用袖子去抹眼,就让眼泪滴答滴答落在藤箱里,都被小油鸡和着小米吃下去了!

我不知怎么办好了,从侧面正看见她的耳朵,耳垂上扎了洞用一根红线穿过去,妞儿的耳朵没有洗干净,边沿上有一道黑泥。我再顺着她的肩膀向下看,手腕上有一条青色的伤痕,我伸手去撩起她的袖口看,她这才惊醒了,吓得一躲闪,随着就转过头来向我难过地笑笑。早晨的太阳,正照到西厢房里,照到她的不太干净的脸上,又湿又长的睫毛,一闪动,眼泪就流过泪坑淌到嘴边了。

忽然,她站起来,撩开袖口,撩起裤角,轻轻地说:

"看我爸爸打的!"

我是蹲着的,伸出手正好摸到她腿上那一条条肿起的伤痕。我轻轻地摸,倒惹得她哭出声音来了。她因为不敢放声,嘤嘤地小声哭,真是可怜。我说:

"你爸爸干吗打你?"

她当时说不出话来,哭了好一会儿才说:

"他不许我出来玩。"

"是因为在我家待太久了?"

妞儿点点头。

因为在我家玩久了,害得她挨打,我又难过,又害怕,想到那个高大的男人,我不由得说:

"那么你快回去吧!"她站着不动,说:

"他一早出去还没回来。"

"那么你妈呢?"

"我妈也拧我,她倒不管我出来的事。爸爸也打她。打了她,她就拧我,说是我害的。"

妞儿哭了一阵子好些了,又跟我说这说那的,我说我从来没有看过她的妈妈,妞儿说她的妈妈有点跛,一天到晚就是坐在炕头上给人缝补衣服赚钱。

我告诉妞儿,我们从前不住在北京,是从一个很远的岛上来的。她也说:

"我们从前也不住在这儿,我们住在齐化门那边。"

"齐化门?"我点点头说,"我知道那地方。"

"你怎么会也知道齐化门呢?"妞儿奇怪地问我。

我想不出我是怎么知道的,但我的确知道,好像有什么人大清早曾带我去过那里,而且我也像看见了那里的样子似的,不,不,不是,我所看见的很模糊,也许那是一个梦吧?因此我就回答妞儿说:

"我梦见过那个地方,有没有城墙?有一天,有一个女人抱着一个包袱,大清早上,偷偷地向城墙走去……"

"你是讲故事吧?"

"也许是故事,"我斜着头又深深地想了想,"反正我知道齐化门就是了。"

妞儿笑了笑,手伸过来搂着我的脖子,我的手也伸过去搂住她的。但是我捏住她的肩头,她轻喊了一声:"疼!疼!"

我的手连忙松开,她又皱着眉说:"连这儿都给我抽肿了!"

"什么抽的?"

"掸子。"停了一下她又说,"我爸,还有我妈,他们——"但她顿住不说下去了。

"他们怎么样?"

"不说了,下回再跟你说。"

"我知道,你爸爸教你唱戏,要你赚钱给他们花。"这是我听宋妈跟妈妈讲过的,所以一下子就给说出来了。"要你赚钱还打你,凭什么!"我说到后来气愤起来了。

"嘀嘀,你瞧你什么都知道,我不是要跟你说唱戏的事,你哪儿知道我要跟你说什么呀!"

"到底要说什么呢?说嘛!"

"你这么猴急,我就不说了。你要是跟我好,我有好多话要跟你说,就是不许你跟别人说,也别告诉你妈。"

"我不会,我们小声地说。"

妞儿犹豫了一会儿,伏在我的耳旁小声而急快地说:

"我不是我妈生的,我爸爸也不是亲的。"

她说得那样快,好像一个闪电过去那么快,跟着就像一声雷打进了我的心,使我的心跳了一大跳。她说完后,把附在我耳旁的手挪开,睁着大眼睛看我,她像在等着看我听了她的话,会怎么个样子。我呢,也只是和她对瞪着眼,一句话也说不出来。

我虽然答应妞儿不讲出她的秘密,可是妞儿走了以后,我心里一直在想着这件事,我越想越不放心,忽然跑到妈妈面前,愣愣地问:

"妈,我是不是你生的?"

"什么?"妈奇怪地看了我一眼,"怎么想起问这话?"

"你说是不是就好了。"

"是呀,怎么会不是呢?"停一下妈又说,"要不是亲生的,我能这么疼你吗?像你这样闹,早打扁了你了。"

我点点头,妈妈的话的确很对,想想妞儿吧!"那么你怎么生的我?"这件事,我早就想问的。

"怎么生的呀,嗯——"妈想了想笑了,胳膊抬起来,指着胳肢窝说:

"从这里掉出来的。"

说完,她就和宋妈大笑起来。

三

我手里拿着一个空瓶子和一双竹筷子,轻轻走进惠安馆,推开跨院的门,院里那棵槐树,果然又垂着许多绿虫子,秀贞说是吊死鬼,像秀贞的那几条蚕一样,嘴里吐着一条丝,从树上吊下来。我把吊死鬼一条条弄进我的空瓶里,回家去喂鸡吃,每天都可以弄一瓶。那些吊死鬼装在小瓶里,咕噜咕噜地动,真是肉麻,我拿着装了吊死鬼的瓶子,胳膊常常觉得痒麻麻的,好像吊死鬼从瓶里爬到我的胳膊上了,其实没有。

我在把一条吊死鬼往瓶里装的时候,忽然想到了妞儿,心里很不安。她昨天又挨揍了,拿了两件衣服偷偷地来找我,进门就说:

"我要找我亲爹亲妈去!"她的脸有一边被打得红肿了。

"他们在哪儿呢?"

"我不知道,到齐化门,再慢慢地找。"

"齐化门在哪儿呢?"

"你不是说你也知道那地方吗?"

"我是说我好像做梦梦见过那地方的。"

妞儿把两件衣服塞在西厢房的空箱子里,很有主意地抹干了眼泪,恨恨地说:

"我非找着我亲爹不可。"

"你知道他长得什么样子吗?"我真佩服她,但觉得这是一件太大太大的事。

"我一天一天地找,就会找到我亲爹跟我亲娘。他们的样子我心里知道。"

"那么——"我也不知道要说什么,因为我一点主意也没有。

妞儿临走的时候说,她不定哪天就要偷偷地走,但是一定会先来这里跟我说一声,并且带走存在这里的两件衣服。

我昨天一直在想妞儿的事,心里很不舒服,晚上就吃不下饭了,妈妈摸摸我的头说:

"好像有点热,不吃也好,早点去睡。"

我上了床,心里还是不舒服,又说不出,就哭起来了。妈妈很奇怪,她说:

"哭什么?哪儿不舒服?"我不知怎么一来竟哭着说:

"妞儿她爸爸啊……"

"妞儿她爸爸?怎么啦?她爸爸怎么着你啦?"宋妈也过来了,她说:

"那个不是东西的,准是骂了我们英子了,还是打了你啦?"

"不是!"我忽然觉出我是说了什么糊涂话,便撒赖地哭喊着说,"我要找我爸爸!"

"是要找你爸爸呀!唉!吓人!"宋妈和妈妈都笑了。妈妈说:

"你爸爸今天去看你叔叔,回来得晚点儿,你先睡吧!"她又对宋妈说:"英子一生下来,她爸爸就给惯的,一不舒服,爸爸就抱着睡。"

"羞不羞?"宋妈用一个手指划我的脸我不理她,转过脸去冲着墙闭上眼睛。

今天我早晨起来就好得多了,不像昨天那样不安心。但是现在又想起妞儿,手里不由得停止了捉虫子的工作,呆呆地想,不知道什么时候,妞儿就会离开我。

我把瓶子扔在树下,站起来走到窗下向里看。秀贞正在里屋床前的一个机凳上坐着,面向着床,我只看到她那小平板儿似的背影,辫子也没梳好。她比手画脚,又扬手轰苍蝇,其实哪儿有苍蝇?我轻轻地走进屋里,在外屋桌旁靠着,傻看她在干什么,只听她说:

"我准知道你昨儿晚上没吃饭就睡觉了,是不是?那怎么行!"

咦,真奇怪,秀贞怎么知道我昨晚没吃饭就睡觉了呢?我倚在里屋的门框说:

"谁告诉你的!"

"啊?"她回过头来看见我愁眉不展的样子,很正经地对我说:

"还用人告诉我吗?这碗粥一动也没动呀!"说完指着床旁茶几上的一个碗和一双筷子。

我这才知道秀贞说的不是我。自从天气暖和了,打开一向深闭的跨院门以后,秀贞就一天到晚在这两间屋里出出进进,说着那种我又懂又不懂的话。最先我以为是秀贞跟我玩"过家家儿",后来才又觉得不是假装的事情,它太像真事了!

秀贞又向着那空床发呆看了一会儿,转过头来,轻手轻脚地拉着我走到屋外来,小声地说:

"睡着了,让他睡去吧!这一场病也真亏他,没亲没故的!"

外屋书桌上摆着那缸春天买的金鱼,已经死了几条,可是秀贞还是天天勤着换水,玻璃缸里还加了几根水草,红色的鱼在绿色的水草中钻来钻去,非常好玩。我怎么知道鱼是红的草是绿的呢?妈妈教过我,她说快考小学了,老师要问颜色,要问住在哪儿,要问家里有几个人。秀贞还养了一盒蚕,她对我说过:

"你要上学,我们小桂子也该上学了,我养点蚕,吐了丝,好给小桂子装墨盒用。"

有几条蚕已经在吐丝了,秀贞另外把它们放在一个蒙了纸的茶杯上,就让它们在那纸上吐丝。真有趣,那些蚕很乖,就不会爬到茶杯下面来。另外的许多蚕还在吃桑叶。

秀贞在打扫蚕屎,她把一粒粒的蚕屎装进一个铁罐里,她已经留了许多,预备装成一个小枕头,给思康三叔用。因为他每天看书眼睛得保养,蚕屎是明目的。

我在旁边静静地看着鱼缸,看着吐丝,院子里的树,正靠在窗下,这屋里阴凉得很,我们俩都不敢大声说话,就像屋里真的躺着一个要休息的病人。

秀贞忽然问我:

"英子,我跟你说的事记住没有?"

我一时想不起是什么事,因为她对我说过的事,真真假假的太多了。她说将来要我跟小桂子一块儿去上学,小桂子也要考厂甸小学。她又告诉我从厂甸小学回家,顺着琉璃厂直到厂西门,看见鹿犄角胡同雷万春的玻璃窗里那对大鹿犄角,一拐进椿树胡同就到家了。可是她又说过,她要带小桂子去找思康三叔,做了许多衣服和鞋子,行李都打点好了。

我最记得秀贞说过的话,那是她讲的生小桂子的那回事。有一天,我早早溜到这里找秀贞,她看见我连辫子都没梳,就端出梳头匣子来,从里面拿出牛角梳子,骨头针和大红头绳,然后把我的头发散开来,慢慢地梳。她是坐在椅子上的,我就坐在小板凳上,夹在她的两腿中间,我的两只胳膊正好架在她的两腿上,两只手摸着她的两膝盖,两块骨头都成了尖石头,她瘦极了。我背着她,她问我:

"英子,你几月生的?"

"我呀?青草长起来,绿叶发出来,妈妈说,我生在那个不冷不热的春天。小桂子呢?"秀贞总把我的事情和小桂子的事情连在一起,所以我也就一下子想起小桂子。

"小桂子呀,"秀贞说,"青草要黄了,绿叶快掉了,她是生在那不冷不热的秋天。那个时光,桂花倒是香的,闻见没有?就像我给你搽的这个桂花油这么香。"她说着,把手掌送到我的鼻前晃一晃。

"小——桂——子。"我吸了吸鼻子,闻着那油味,不由得一字字地念出来,我好像懂得点那意思。

秀贞很高兴地说:

"对了,小桂子,就是这么起的名儿。"

"我怎么没看见桂花树?这里哪棵树是桂花?"我问。

"又不是在这屋子里生的!"秀贞已经在编我的辫子了,编得那么紧,拉得我的头发根怪痛的,我说:

"为什么用这么大的力气呀!"

"我当时要是有这么大力气倒好了。我生了小桂子,浑身都没劲儿,就昏昏沉沉地睡,睡醒了,小桂子不在我身边了。我睡觉时还听见她哭,怎么醒了就没有了呢?我问,孩子呢?我妈要说什么,我婶儿接过去了,她瞥了我妈一眼,跟我和和气气地说:你的身子弱,孩子哭,在你身边吵,我抱到我屋去了。我说,噢。就又睡着了。"秀贞说到这儿停住了,我的辫子已经扎好,她又接着说:

"仿佛我听我妈对我婶说:不能让她知道。真让人纳闷儿,到底是怎么档子事儿?我怎么到这儿就接不下去了呢?是她们把孩子给——?还是扔——绝不能够!绝不能够!"

我已经站起来,脸冲着秀贞看,她皱着眉头,正呆呆地想。她说话常常都会忽然停住了,然后就低声地说"真是让人纳闷儿,到底是怎么档子事儿"的话。她收梳头匣子的时候,我看见我送小桂子的手表在匣子里,她拿起手表,放在掌心里,又说:

"小桂子她爹也有个大怀表,可是死了当了,当了那个表,他才回的家,这份穷,就别提了!我当时就没告诉他我有了,反正他去个把月就回来。他跟我妈说,放心,他回家卖了山底下的白薯地,就到北京来娶我。千山万水,走一趟也不容易,我要是告诉他我有了,不也让他惦记着!你不知道他那情意多深!我也没告诉我妈我有了,说不出口,反正人归了他了,等嫁了再说也不迟……"

"有了什么?"我不明白。

"有了小桂子呀!"

"你不是刚说什么没有了吗?"我更不明白。

"有了,没了,有了,没了,小英子,你怎么跟我乱扰?你听我给你算。"她把我给小桂子的表收起来,然后用手指捏着算给我听:

"他是春天走的。他走的那天,天儿多好,他提着那口箱子,都没敢多看我,他的同乡同学,有几个送他到门口儿的,所以他就没好再跟我说什么。他在头天晚上我给他收拾箱子的时候,我们俩也说得差不多了。他说,惠安的日子很苦,有办法的都到海外谋生去了,那儿的地不肥,不能种什么,白薯倒是种了不少。他们家,常年吃白薯、白薯饭、白薯粥、白薯干、白薯条、白薯片,能叫外头去的人吃出眼泪来。所以,他就舍不得让我这个北边人去吃那个苦头儿。我说可不是,我妈就生我独一个女儿,跟你去吃白薯,她怎么舍得!他说,你是个孝女,我也是个孝子,万一我母亲扣住了我,不许我再到北京来了呢?我说,那我就追你去。

"送他到门口,看他上了洋车,抬头看看天,一块白云彩,像条船,慢慢儿地往天边儿上挪动,我仿佛上了船,心是飘的,就跟没了主儿似的。

"我送他出去,回到屋里来,恶心要吐,头也昏,有点儿后悔没告诉他这件事,想追出去,也来不及了。

"日子一天天地挨,他就始终没回来,我肚子大了,瞒不住我妈,她急得盘问我,让我说不出道不出的,可是我也顾不得害臊了,就告诉了我妈。我说,他总有一天回来,他不回来,我去!我妈听了拿手堵住我的嘴,直说:姑娘,可别这么说了,这份丢人呀!他真要是不回来,咱们可不能嚷嚷出去。就这样,把我送回了海甸。

"小桂子生下来,真不容易,我一点劲儿都没有,就闻着窗户外头那棵桂花树吹进来的一阵阵香气,我心说,生个女的就叫小桂子。接生的姥娘婆叫我咬住了辫子,使劲,使劲,总算落了地,呱呱呱,哭声好大呀!"

秀贞说到这儿,喘了一大口气,她的脸色变青了,故事接不下去,就随便说了,她说:

"小英子,你不心疼你三婶吗?"

"谁是三婶?"

"我呀!你管思康叫三叔,我就是你三婶,你还算不过这账来。叫我一声。"

"嗯——"我笑了,有些难为情,但还是叫了她,"三婶。秀贞。"

"你要是看见小桂子就带她回来。"

"我怎么知道小桂子什么样儿?"

"她呀,"秀贞闭上眼睛想着说,"粉嘟嘟的一个小肉团子,生下来我看见一眼了,我睡昏过去那阵儿,听我妈跟姥娘婆说,瞧!这真是造孽,脖子后头正中间儿一块青记,不该来,非要来,让阎王爷一生气用手指头给戳到世上来的!小英子,脖子后头中间有指头大一块青记,那就是我们小桂子,记住没有?"

"记住了。"我糊里糊涂地回答。

那么,她现在问我说的事记住没有,就是这件事吗?我回答她说:"记住了,不就是小桂子那块青记的事吗?"

秀贞点点头。

秀贞把桌上的蚕盒收拾好,又对我说:

"趁着他睡觉,咱们染指甲吧。"她拉我到院子里。墙根底下有几盆花,秀贞指给我看,"这是薄荷叶,这是指甲叶。"她摘下来了几朵指甲草上的红花,放在一个小瓷碟里,我们就到房口儿台阶上坐下来。她用一块冰糖在轻轻地捣那红花。我问她:

"这是要吃的吗?还加冰糖?"

秀贞笑得呵呵的,说:

"傻丫头,你就知道吃。这是白矾,哪儿来的冰糖呀!你就看着吧。"

她把红花朵捣烂了,要我伸出手来,又从头上拿下一根夹子,挑起那烂玩意儿,堆在我的指甲上,一个个堆了后,叫我张着手不要碰掉,她说等它们干了,我的手指甲就变红了,像她的一样,她伸出手来给我看。

我的手,张开了一会儿,已经不耐烦了,我说:

"我要回家去了。"

"你回家非弄坏了不可,别走,听我给你讲故事儿。"她说。

"我要听三叔的故事儿。"

"小声点儿,"她向我摆手,轻轻地说,"让我先看看他醒过来没有,他要不要喝水。"她进去了一下,又出来了,坐下后,手支撑在大腿上托着下巴颏儿,忽然向着槐树发起呆来。

"说呀!你。"我说。

她惊了一下,"嗯?"好像没听见我的问话,但跟着眼泪掉下来了,"还说呢,人都没影儿了,都没影儿了!老的!小的!"

我一声不响,她自己抽抽噎噎地哭了一会儿,才又大喘了一口气,望我笑了,那泪坑!我就觉得在什么地方看见过秀贞这个人,这个脸。

秀贞用手指抹抹泪,拉过我的手托在她的手上,这样,我就轻松点,不觉得张开染指甲的手很累了。她又侧起身子看着跨院门,好像在张望什么人。她自言自语地说:

"就是这时节他来的,一卷铺盖,一口皮箱,搬进了这小屋里。他身穿一件灰大褂,大襟上别着一支笔。我正在屋里没打扫完呢!爹领他进来的,对他说:'会馆里正院房子都住满了,陈家二老爷让给您腾出这两间小屋来。'他说:'好,好,这样就很好。'爹给他打开行李,把那床又薄又旧的棉被摊开,我心想,他怎么过这北京的大冷天?小英子,住在会馆念书的学生,有几个有钱的?有钱的就住公寓去了。我爹常说,想当年,陈家二老爷上京来考举,还带着个小碎催伺候笔墨呢!二老爷中了举,在北京做官,就把这间会馆大翻修了一回,到如今,穷学生上京来念书,都是找着二老爷说话。二老爷说,思康是他们乡里的苦学生,能念出书来,要我们把堆煤的这两间小屋收拾了给他住。

"我还在赶着擦玻璃呢,没正眼看他。我爹对他说,这床被呀!过不了冬。爹真爱管人家的事,他准是不好意思了,就乱嗯嗯啊啊地没说出什么来。爹又问他在哪家学堂,他说在北京大学,喝!我爹又说了,这趟不近,沙滩儿去了!可是个好学堂呀!

"爹帮着他收拾好了那几件破行李,就出去了,临走看见我还在擦玻璃,他说,行啦,姑娘。我跟出来了,回头看了他一眼,谁知道他也正抬眼看我呢!我心里一跳,迈门坎儿差点摔出去!看他那模样儿,两只眼儿到底有多深!你还没看清楚他,他就把你看穿了。回到屋里来,我吃饭睡觉,眼前都摆着他的两只那么样看人的眼睛。这就是缘分,会馆一年到头,来来往往的大学生多的是,怎么我就……我就……咳!"

秀贞的脸微微红涨,抬起我的手,看我染的指甲干了没有,她轻轻地吹着我的指甲,眼皮垂下来,睫毛像一排小帘子,她问我:

"小英子,你明白了吗?缘分。"她并不一定要我回答她,我也没打算回答她,只是心里想着,这样的长睫毛,有一个人也有的,我想到西厢房我那位爱哭的朋友了。秀贞又接着唠叨:

"我天天给他送开水去,这件事本该是我爹做的。早晚两趟,我们烧了大壶开水,送到各屋里给先生们洗脸、泡茶。爹走惯了正院,就是把跨院给忘了。有时候思康就自己到我们窗根底下来要。"长班。"他就是这么轻轻叫一声,"有滚水吗?"爹这才想起来,赶紧给人家补送去。有时爹倒是没等叫就想起来了,可是他懒得再走,就支使我去。一来二去,这件差事——到跨院送开水,仿佛就该是我做的了。

"我送水,一句话也没跟他说过,我进了屋,他在书桌前坐着,就着灯看书呢,写字呢,我就绷着脸儿,打开那茶壶盖儿,唰——的,就听见开水灌进壶的声儿。他胆子小着呢,连眼都不敢斜过来,就那么耷拉着眼皮坐着。有一天,我也好新鲜,往前挪了一步,微探着身子看他写什么,谁知他也扭过头来了,说:'认得字吗?'我摇了摇头。打这儿起,我们俩就说话了。"

"那时小桂子在哪儿呢?"我忽然想起这个跟秀贞有关系的人。

"她呀!"秀贞笑了,"还没影儿呢!对了,小桂子到底哪儿去了?你给找着没有?那是我们俩的命根子呀!我还没跟你说完呢,他有一天拉起我的手,就像我这么拉你的手,说:'跟了我吧!'他喝了点儿酒,我也迷糊了,他喝酒是为的取暖,两间屋子,生一个小火,还时有时无的。那天风挺大,吹得门框直响,我爹跟我娘回海甸取地租去了,让舅妈来陪我,她睡着了,我就溜到这跨院里来。他的脸滚烫,贴着我的脸,他说了好多话,酒气熏着我,我闻也闻醉了。

"他常爱喝点儿酒,驱驱寒意,我就偷偷地买半空儿花生,送到他的屋里来,给他下酒喝。北风打着窗户纸,响得吹笛儿似的。我握着他的手,暖乎乎的两个人,就不冷了。

"他病了,我一趟趟地跑,可瞒不住我妈了。那天我端着粥,要送给他吃,妈说:'避点儿嫌疑,姑娘,懂得不懂得?'我一声也没言语。"

我从秀贞的眼里,仿佛看见了躺在屋里床上的思康三叔:他蓬着头发,喝水也没力气,吃饭也没力气,就哼哼着。

"后来呢?好了没有?"我不由得问。

"不好怎么走的?我可要倒下了!原来是小桂子来了!"

"在哪儿?"我转回头去看跨院门,并没有人影儿。在我的幻想中,跨院门边,应当站着一个女孩子,红花的衫裤,一条像狗尾巴似的黄毛辫子,大大的眼睛,一排小帘子似的长睫毛,一闪一闪的,在向我招手呢!我头有点昏,好像要倒下来,闭了一下眼睛,再睁开,门那边,果然有个影子,越走越近了,那么大的一个东西,原来——原来是秀贞的妈正向我招手,她说:

"秀贞,怎么让小英子在老爷儿里晒着?"

"刚才这地方没太阳。"秀贞说。

"快挪开,这边儿不是有阴凉儿吗?"秀贞的妈过来拉起我。

那幻影在我眼中消失了,我忽然又想起秀贞还没讲完的故事。我说:

"妞儿,不,小桂子在哪儿呢?你刚说的?"

秀贞扑哧笑了,指着她的肚子:

"在这儿呢,还没生呢!"

秀贞的妈是来这院里晾衣服的。一根绳子从树枝上牵到墙那边,她正一件件地往上晾。

秀贞看了说:

"妈,裤子晾在靠墙边儿去吧,思康出来进去的不合适。"

王妈骂说:

"去你的!"

秀贞被她妈妈骂一句,并不生气,又对我说:

"我妈倒是也疼思康,她跟我爹说,咱们没儿子,你这老东西又没念过书,有个读书识字的人在咱们家也是好事儿。我爹这才答应了。我刚才说到哪儿啦!噢,他好了,我不是病了吗?他就说都是他害的我,他不是说要娶我教我念书吗?就在这时候,他家里来了电报,他妈病了,叫他赶快回去。……"

"小英子,"王妈忽然截住秀贞的话,对我说,"你怎么那么爱听她那颠三倒四的废话?也真怪,小孩子都怕她,躲着她,就是你不。"

"妈,您别搅,我这儿还没说完呢!我还有事托小英子呢!"

老王妈不理她,只顾对我说:

"小英子,该回去了,刚才我听见宋妈在胡同里叫你,我不敢说你在这儿。"

老王妈说完拿着空盆走了。秀贞看见她妈妈走出了跨院门,才又说:"思康这一去,有……"她掰着手指头算,"有一个多月了,有六年多了,不,还有一个多月就回来,不,还有一个月我就生小桂子了。"

不管是六年,是一个多月,秀贞跟我一样地算不清楚。她这时把我的手拿起来看看,就把指甲上的干烂花剔开,哟,我的指甲都是红的了!我高兴极了,直笑直笑,摆弄我的手。

"小英子,"她又低声说,"我有件事托你,看见小桂子就叫她来,一块儿找她爹去,我们要是找到她爹,我病就好了。"

"什么病?"我看着秀贞的脸。

"英子,人家都说我得了疯病,你说我是不是疯子?人家疯子都满地捡东西吃,乱打人,我怎么会是疯子,你看我疯不疯?"

"不。"我摇摇头,真的,我只觉得秀贞那么可爱,那么可怜,她只是要找她的思康跟妞儿——不,跟小桂子。

"他们怎么都走了不回来了呢?"我又问。

"思康准是让他妈给扣住了。小桂子呢,我也纳闷是怎么档子事儿,没在海甸,没在我姘儿屋里。我一问,妈急了,说:'扔啦!留那么一个南蛮子种儿干吗?反正他也不回来了,坑人!'我一听,登时就昏倒了,醒了,他们就说我是疯子。小英子,我千托万托你,看见小桂子就带她来,我什么都预备好了。回去吧。"

我听愣了,脑子里好像有一幅画,慢慢越张越大,我的头也有点不舒服似的,我一边答应:"好好,好好。"一边跑出跨院,跑出惠安馆,一路踢着小石块,看着我手上的红指甲,回到了家。

四

"看你脸晒得那么红!快来吃饭。"妈妈看见我满头大汗地回来,并没有太责备我。

但是我只想喝水,不想吃饭,我灌了几杯凉开水下去,坐到饭桌上,喘着气,拿起筷子,可是看我自己的指甲玩。

"谁给你染的?"妈问。

"小妖精,小孩子染指甲,做唔得!"爸爸也半生气地说。

"谁给你染的?"妈又问。

"嗯——"我想了一下,"思康三婶。"我不敢,也不肯说秀贞是疯子。

"跑到外面去认什么阿叔阿婶!"妈给我夹了一碟子菜,又对我说,"你叔叔说,还有一个月就要考小学了,你到底会数到什么数了?算算看,不会数就考不上的。"

"一,二,三……十八,十九,二十,二十六……"我的脑筋实在有些糊涂,只想扔下筷子去床上躺一会儿,但是我不肯这样做,因为他们会说我有病了,不许我出去。

"乱数!"妈瞪了我一眼,"听我给你算,二俗,二俗录一,二俗录二。二俗录三,二俗录素,二俗录五……"

在旁边伺候盛饭的宋妈首先忍不住笑了,跟着我和爸爸都哈哈大笑起来,我趁此扔下筷子,说:

"妈,你的北京话,我饭都吃不下了,二十,不是二俗;二十一,不是二俗录一;二十二,不是二俗录二……"

妈也笑了,说:

"好啦好啦,不要学我了。"

我没有吃饭,爸妈都没注意。大概刚才喝了凉开水,人好些了,我的头已经不晕了。爸妈去睡午觉,我走到院子里,在树下的小板凳上坐着,看那一群被放出来的小油鸡。小油鸡长得很大了,正满地地啄米吃。树上蝉声"知了知了"地叫,四下很安静。我捡起一根树枝子在地上画,看见一只油鸡在啄虫吃,忽然想起在惠安馆捉的那瓶吊死鬼忘记带回来。

我虽然这样想着,但是竟懒得站起身来,好像要困了,不由得闭上了眼睛,随着俯下身子来,两手抱住头,深深地埋在大腿上。

在这像睡不睡的梦中,我的眼前一片迷乱;在跨院的树下捉蚕,吊死鬼在玻璃瓶里蠕动着,一会儿又变成了秀贞屋里桌上的蚕,仰着头在吐丝,好像秀贞把蚕放在胳膊上爬,一发痒,猛睁开眼抬起头来看,原来是两只苍蝇在我的胳膊上飞绕。我扬扬手轰开苍蝇,又埋头睡下了。这回是一盆凉水,顺着我的脊背浇下来,凉飕飕的,我抱紧了头,不行,又是一盆凉水从脖子上灌下来,又凉又湿,我说冷啊!旁边有人咯咯地笑,我挣扎着站起来,猛下子醒了,睁开眼,闹不清这是什么时候了,因为天好像一下子暗了,记得我坐在这里的时候是有太阳光的呀!站在我面前的是妞儿,她在笑,我还觉得脊背是湿的冷的,用手背向后面去摸,却又不是湿的。但身上还是有些凉意,不禁打了一个哆嗦,随着又打了两个喷嚏,妞儿笑容收敛了,说:

"你怎么了?傻乎乎的,睡觉直说梦话。"

我好像还没醒过来,要站不住,便赶快又坐下来。这时雷声响了,从远处隆隆地响过来。对面的天色也像泼了墨一样的黑上来,浓云跟着大雷,就像一队黑色的恶鬼大踏步从天边压下来。起了微微的风,怪不得我身上觉得凉。我不由得问妞儿说:

"你冷不冷?我怎么这么冷。"

妞儿摇摇头,惊疑地看着我,问:

"你现在的样子真特别,好像吓着了,还是挨打了?"

"没有,没有,"我说,"我爸爸只打我手心,从来不会像你爸爸,打你那么凶。"

"那你是怎么了呢?"她又指指我的脸,"好难看啊!"

"我一定是饿的,中午没吃饭。"

这时候雷声更大了,好大的雨点滴落下来,宋妈到院子来收衣服,把小鸡赶到西厢房里。我和妞儿也跟着进来。宋妈把小鸡扣好在鸡笼里,就又跑出去,嘴里还说着:

"要下大雨了,妞儿回不去了。"

宋妈出去了以后,可不是雨立刻下大了。我和妞儿倚着屋门看下雨。雨声那样大,噼噼啪啪地打落在砖地上,地上的雨水越来越多了,院子犄角虽然有一个沟眼,但是也挤不下那么多的雨水。院子的水涨高了,漫过了较低的台阶,水溅到屋门来,溅到我们的裤脚上了,我和妞儿看这凶狠的雨水看呆了,眼睛注视着地上,一句话也不讲。忽然妈妈在北屋的窗内向我说话又扬手,话我听不见,扬手的意思是叫我们不要站在门口被雨溅湿了。我和妞儿便依着妈妈的手势进屋来,关上了门,跑到窗前向玻璃外面看。

"不知道要下多久?"妞儿问。

"你可回不去了。"我说完,连着又打了两个喷嚏。

我望着屋里,想找个地方倒下来,最好有一床被让我卧在里面。屋里虽然有个旧床铺,但是床上堆了箱子和花盆,而且满是灰尘。我受不住了,不由得走向床那边去,靠在箱子上。忽然想起妞儿存在空箱里的两件衣服,打开拿了出来。

妞儿也过来了,她问:

"你要干吗?"

"帮我穿上,我冷了。"我说。

妞儿笑笑说：

"你好娇啊！下一点雨，就又打喷嚏，又要穿衣服的。"

她帮我穿上一件，另一件我裹在腿上。我们坐在一块洗衣板上，挤在墙角，这样我好像舒服一些。但是妞儿却心疼被我裹在腿上的衣服，说：

"我就这两件衣服，别给我拉扯坏了呀！"

"小气鬼，你妈给你做了好多衣服呢！借我一件都舍不得！"也许我的头又发晕，不知怎么，嘴里说妞儿的妈，心里可想到秀贞屋里炕桌上一包小桂子的衣服。

妞儿瞪大了眼，指着她自己的鼻子说：

"我妈？给我做好多衣服？你睡醒了没有？"

"不是，不是，我说错了。"我仰起头，靠在墙上，闭上眼，想了一下才说：

"我是说秀贞。"

"秀贞？"

"我三婶。"

"你三婶，那还差不多，她给你做了好多衣服，多美呀！"

"不是给我做，是给小桂子做的。"我转过头，对着妞儿的脸看，她的一个脸，被我看成两个脸，两个脸又合成一个脸。是妞儿，还是小桂子，我分不清了，我心里想的，有时不是我嘴里说的，我的心好像管不住我的嘴了。

"干吗这么瞪我？"妞儿惊奇地把头略微闪躲了我一下。

"我在想一个人，对了，妞儿，讲讲你爸跟你妈的故事吧！"

"他们有什么可讲的！"妞儿撇了一下嘴，"我爸爸在前清家有皇上的时候，不用做事一天到晚吃喝玩乐，后来前清家没有了，他就穷了，又不会做事，把钱花光了，就靠拉胡琴赚钱，他教我唱戏，恨不得我一下子就唱得跟碧云霞那么好，那么赚钱。——嘿！小英子，我现在上天桥唱戏去了,围一圈子人听,唱完了我就捧着个小箩筐跟人要钱,一要钱人都溜了,回来我爸爸就揍我!他说,给钱的都是你爷爷,你得摆个笑脸儿,瞧你这份儿丧!说着他就拿棍子抡我。"

"你说的那个碧云霞也在天桥唱呀?"

"哪儿呀!人家在戏院子里唱,城南游艺园,离天桥也不远,听碧云霞的才都是大爷哪!可是我爸爸常说,在戏园子唱的,有好些是打天桥唱出来的。他就逼着我学,逼着我唱。"

"你不是也很爱唱吗?怎么说是他逼的?"

"我爱随我自己,愿意唱就唱,愿意给谁听就给谁听,那才有意思。就比如咱们俩在这屋里,我唱给你听。"

是的,我想起刚认识妞儿的那天,油盐店的伙计要她唱,她眼睛含着泪的那样子。

"可是你还得唱呀!你不唱赚不了钱怎么办!"

"我呀,哼!"妞儿狠狠地哼了一声,"我还是要找我亲爹亲妈去!"

"那么你怎么原来不跟你亲爹亲妈在一起呢?"这是我始终不明白的一件事。

"谁知道!"妞儿犹豫着,要说不说的样子。外面的雨还是那么大,天像要塌下来,又像天上有一个大海的水都倒到地上来。

"有一天,我睡觉了,听我爸跟我妈吵架。我爸说:'这孩子也够拗的,嗓门儿其实挺好,可是她说不玩就不玩,可有什么办法呢!'我那瘸子妈说:'你越揍她,越不管事儿。'我爸说:'不揍她,我怎么能出这口气!捡来的时候还没冬瓜大,我捧着抱着带回家,而今长得比桌子高了,可是不由人管了。'我妈说:'你当初把她捡回来就错了主意,跟亲生亲养的到底不一样,说老实话,你也没按亲生的那么疼她,她也不能拿你当亲爹那么孝顺。'我爸叹了口气,又说:'一晃儿五六年了!我那天也真邪行,走到齐化门脸儿屎急了。'我妈说:'是呀,你说一大早儿捡点煤核来烧,省得让人看见怪寒碜的,每天你不都是起来先出恭后才漱口洗脸吗?那天你忙得没上茅房,饶着煤核没捡回来,倒捡了个不知谁家私生的小崽子来。'我爸又说:'我想着找城根底下蹲蹲吧,谁知就看见个小包袱了呢!我先还以为我要发邪财,打开一看,敢情是她,活玩意儿,小眼还骨碌骨碌直转哪!'我妈说:'哼!你而今打算在她身上发财,赶明儿唱得跟碧云霞那么红,可不易。'……"

我又闭上眼睛,仰头靠着墙听妞儿絮絮叨叨地说,我好像听过这故事,是谁讲的呢?还说大清早就把那孩子裹包裹包扔到齐化门城根去?也许我是做梦,我现在常常做梦,宋妈说我白天玩疯了晚饭又吃撑了,才又咬牙又撒吃症的。是吗?我就闭着眼问妞儿:

"妞儿,你跟我说了好几遍这故事啦!"

"胡说,我跟谁也没说过,我今儿头一回跟你说。你有时候糊里糊涂的,还说要上学呢!我瞧你考不上。"

"可是,我真是知道的呀!你生的那时候,正是青草要黄了,绿叶快掉了,那不冷不热的秋天,可是窗户外头倒是飘进来一阵子桂花的香气……"

妞儿推推我,我睁开眼,她奇怪地问:

"你在说什么?是不是又睡着了撒吃症?"

"我刚才说了什么?"我有些忘了,刚才也许是在梦中。

妞儿摸摸我的头,我的胳膊,她说:"你好烫啊!衣服穿多了吧!把我的衣服脱下来吧!"

"哪里热,我心里好冷啊!冷得我直想打哆嗦!"我说着,看自己的两条腿,果然抖起来。

妞儿看看窗外说:

"雨停了,我该回去了。"

她要站起来,我又拉住她,搂住她的脖子说:

"我要看你后脖子上的那块青记,小桂子,你妈说你后脖上有块青记,让我找找……"

妞儿略微地挣开我,说:"你怎么今天总说小桂子小桂子的?你现在这样儿,就像我爸喝醉了说胡话一样!"

"是呀!你爸爸就爱喝口酒,冬天为的驱驱寒意,那天风挺大,你妈给他打了点儿酒又买了半空儿花生……"

我糊里糊涂地说着,拉开妞儿那条狗尾巴小辫儿,可不是,可不是,恍恍惚惚的,我看见在那杂乱的黄头发根里面,中间是有一块指头大的青记。我浑身都抖起来了。

妞儿把她的脸贴在我的脸上,惊奇地说:

"你怎么啦?你的脸好热啊!都红了,是不是病了?"

"没有,我没病。"我这时精神起来了,但是妞儿把我搂在她的怀里,我正好看到妞儿尖尖的下巴。她低下头来,一对大眼睛里,忽然含满了泪。我也好像有什么委屈,实在我是觉得头发重,支持不住了。妞儿这么搂着我,摸抚着我,一种亲爱的感觉,使我流出泪来了。妞儿说:

"英子,好可怜,身上这么烫!"

我也说:

"你也好可怜,你的亲爹,亲妈——啊,妞儿,我带你找你的亲妈去,你们再一块儿去找你亲爹。"

"上哪儿找去?你睡觉吧,我怕你,你别瞎说了。"说着,她又搂紧我,拍哄我。但是我听了她的话,立刻从她怀里挣扎起来,喊着说:

"我不是瞎说!我是知道你亲妈在哪儿,就在不远。"我又搂着她的脖子在她耳旁小声说:"我一定要带你去,你亲妈说的,叫我看见你就带你去,就是,不错,脖子后面有块青记的嘛!"

她又奇怪地望着我,好一会儿才说:

"你的嘴好臭,一定是吃多了上火。可是,真的有这回事儿?

……你说我亲妈?"

我看着她那惊奇的眼睛,点点头。她的长睫毛是湿的,我一说,她微笑了,眼泪流到泪坑上!我觉得难过,又闭上眼,眼前冒着金星,再睁开眼,她变成秀贞的脸了,我抹去了眼泪再仔细看,还是妞儿的。我这时又管不住我的嘴了,我说:

"妞儿,晚上你吃完饭来找我,咱们在横胡同口见面,我就带你上秀贞那儿去,衣服你也不用带,她给你做了一大包袱,我还送了你一只手表,给你看时候。我也要送秀贞一点东西。"

这时我听见妈在叫我。原来雨停了,天还是阴的,妞儿说:

"你妈叫你呢!咱们先别说了,那就晚上见吧!"说着她就站起身,匆匆地推门出去了。

我很高兴,所以有一股力气站起来了,脱下妞儿的衣服,扔在鸡笼上。我推门出去,院子里一阵凉风吹着我,地上满是水,妈妈叫我顺着廊檐走,可是我已经蹚水过来了。妈妈拉起我的手,刚想骂我吧,忽然她又两手在我手上、身上、头上乱按,惊慌地说:

"怎么浑身这样烧,病了,看是不是?中午从大太阳底下晒回来,脸通红,刚才又淋了雨,现在又蹚水。水,总是要玩水!去躺下吧!"

我也觉得浑身没有力气了,随着妈妈把我拖到小床来。她给我脱了湿的鞋,换了干的衣服,把我安置在床上躺下来,裹在软绵绵的被里,我的确很舒服,不由得闭上眼睛就睡着了。

醒来的时候,觉得热了,踢开了被。这时屋里漆黑,隔着布帘子空隙,可以看见外屋已经点了灯。我忽然想起一件要紧的事,大声叫:

"妈,你们是不是在吃饭?"

"这样混,她居然要吃饭呢!"是爸爸的声音。跟着,妈妈进来了,端进来煤油灯放在桌上。我看见她的嘴还动着,嘴唇上有油,是吃了"回肉"吗?

妈妈到床前来,吓唬着我说:"你爸要打你了,玩病了还要吃。"

我急了,说:

"我不是要吃饭,我今天根本一天没吃饭呀!就是问问你们吃饭了没有?我还有事呢!"

"鬼事!"妈妈把我又按着躺下,说,"身上还这么热,不知道你烧到多少度了,吃完饭我去给你买药。"

"我不吃药,你给我药吃,我就跑走,你可别怪我!"

"瞎说!等一会儿宋妈吃完饭,叫她给你煮稀粥。"

妈不理会我的话,她说完就又回外屋去吃饭了。我躺在床上,心里着急,想着和妞儿约会好吃完饭在横胡同口见面,不知道她来了没有?细听外面又有淅淅沥沥的雨声,虽然不像白天那样大,可是横胡同里并没有可躲雨的地方,因为整条胡同都是人家的后墙。我急得胸口发痛,揉搓着,咳嗽了,一咳嗽,胸口就像许多针扎着那么痛。

妈妈这时已经吃完饭,她和爸爸进来了。我的手按着嘴唇,是想用力压着别再咳嗽出来,但是手竟在嘴上发抖;我发抖,不是因为怕爸爸,我今天从下午起一直在抖,腿在抖,手在抖,心也抖,牙也抖。妈妈这时看见我发抖的样子,拿起我放在嘴唇上的手,说:

"烧得发抖了,我看还是给你去请趟山本大夫吧!"

"不要!不要那个小日本儿!"

爸爸这时也说:

"明天早晨再说吧,先用冰毛巾给她冰冰头管事的。我现在还要给老家写信,赶着明天早上发出去呢!"

宋妈也进来看我了。她向妈妈出主意说:

"到菜市口西鹤年堂家买点小药,万应锭什么的,吃了睡个觉就好。"

妈妈很听话,她向来就听爸爸的话,也听宋妈的话,所以她说:

"那好嘛,宋妈,我们俩上街去买一趟。英子,乖乖地躺着,吃了药赶快好了好上学。等着,我还顺便到佛照楼带你爱吃的八珍梅回来。"

现在,八珍梅并不能打动我了,我听妈和宋妈撑了伞走了,爸爸也到书房去了,我满心想着和妞儿的约会。她等急了吗?她会失望地回去了吗?

我从被里爬出来,轻手轻脚地下了地,头很重,又咳嗽了,但是因为太紧张,这回并没有觉到胸口痛。我走到五屉橱的前面站住了,犹豫了一会儿,终于大胆地拉开了妈妈放衣服的那个抽屉,在最里面,最下面,是妈妈的首饰匣。妈妈开首饰箱只挑爸爸不在家的时候,她并不瞒我和宋妈的。

首饰匣果然在衣服底下压着,我拿了出来打开,妈妈新打的那只金镯在里面!我心有点儿跳,要拿的时候,不免向窗外看了一眼,玻璃窗外黑漆漆的,没有人张望,但是可以照到我自己的影子。我看见我怎样拿出金镯子,又怎样把首饰匣放回衣服底下,推合了抽屉,我的手是抖的。我要给秀贞她们做盘缠,妈妈说,二两金子值好多好多钱,可以到天津,到上海,到日本玩一趟,那么不是更可以够秀贞和妞儿到惠安去找思康三叔吗?这么一想,我觉得很有理,便很放心地把金镯子套在我的胳膊上面了。

我再转过头,忽然看玻璃窗上,我的影子清楚了,不!吓了我一跳,原来是妞儿!她在向我招手,我赶快跑了出去,妞儿头发湿了,手上也有水,她小声地对我说:

"我怕你真在横胡同等我,我吃完饭就偷偷跑出来了。我等了你一会儿,想着你不来了,我刚要回去,听见你妈跟宋妈过去了,好像说给谁买药去,我不放心你,来看看,你们家的大门倒是没闩上,我就进来了。"

"那咱们就去吧!"

"上哪儿去?就是你白天说的什么秀贞呀?"

我笑着向她点了头。

"瞧你笑得怕人劲儿！你病糊涂了吧！"

"哪里！"我挺起胸脯来，立刻咳嗽了，赶快又弯下身子来才好些，我把手搭在她的肩上说，"你一去就知道了，她多惦记你啊！比着我的身子给你做了好些衣服。对了，妞儿，你心里想着你亲妈是什么样儿？"

"她呀，我心里常常想，她要是真的思念我，也得像我这么瘦，脸是白白净净的……"

"是的，是的，你说得一点儿都没错儿。"我俩一边说着，一边向门外去，门洞黑乎乎的，我摸着开了门，有一阵风夹着雨吹进来，吹开了我的短裤子，肚皮上又凉又湿，我仍是对她说：

"你妈妈，她薄薄的嘴唇，一笑，眼底下就有两个泪坑，一哭，那眼睛毛又湿又长，她说：小英子，我千托万托你……"

"嗯。"

"她说，小桂子可是我们俩的命根子呀！……"

"嗯。"

"她第一天见着我，就跟我说，见着小桂子，就叫她回来。饭不吃，衣服也不穿，就往外跑，急着找她爹去……"

"嗯。"

"她说，叫她回来，我们娘儿俩一块儿去，就说我不骂她……"

"嗯。"

我们俩已经走到惠安馆门口了，妞儿听我说，一边"嗯，嗯"地答着，一边她就抽搭着哭了，我搂着她，又说：

"她就是……"我想说疯子，停住了，因为我早就不肯称呼她是疯子了，我转了话口说："人家都说她想你想疯啦！妞儿，你别哭，我们进去。"

妞儿这时好像什么都不顾了，都要我给她出主意，她只是一边走,一边靠在我的肩头哭,她并没有注意这是什么地方。

上了惠安馆的台阶,我轻轻地一推,那大门就开了,秀贞说,惠安馆的大门,前半夜都不闩上,因为有的学生回来得很晚。一扇门用杠子顶住,那一半就虚关着。我轻声对妞儿说:

"别出声。"

我们轻轻地,轻轻地走进去,经过门房的窗下,碰到了房檐下的水缸盖子,有了响,里面是秀贞的妈问:

"谁呀?"

"我,小英子!"

"这孩子!黑了还要找秀贞,在跨院里呢!可别玩太晚了,听见没有?"

"嗯。"我答应着,搂着妞儿向跨院走去。

我从来没有黑天以后来这里,推开跨院的门,吱扭的一声响,像用一根针划过我的心,怎么那么不舒服!雨地里,我和妞儿迈步,我的脚碰着一个东西,低头看是我早晨捉的那瓶吊死鬼,我拾起来,走到门边的时候,顺手把它放在窗台上。

里屋点着灯,但不亮。我开开门,和妞儿进去,就站在通里屋的门边。我拉着妞儿的手,她的手也直抖。

秀贞没理会我们进来,她又在床前整理那口箱子,背向着我们,她头也没回地说:

"妈,您不用催我,我就回屋睡去,我得先把思康的衣服收拾好呀!"

秀贞以为进来的是她的妈妈,我听了也没答话,我不知道怎么办好了,我想说话,但抽了口气,话竟说不出口,只愣愣地看着秀贞的后背,辫子甩到前面去了,她常常喜欢这样,说是思康三叔喜欢她这样打扮,喜欢她用手指绕着辫梢玩的样子,也喜欢她用嘴咬辫梢想心思的样子。

大概因为没有听见我的答话吧,秀贞猛地回转身来"哟"地喊了一声,"是你,英子,这一身水!"她跑过来,妞儿一下子躲到我身后去了。

秀贞蹲下来,看见我身后的影子,她瞪大了眼睛,慢慢地,慢慢地,侧着头向我身后看,我的脖子后面吹过来一口口的热气,是妞儿紧挨在我背后的缘故,她的热气一口比一口急,终于哇的一声哭出来,秀贞这时也哑着嗓子喊叫了一声:

"小桂子!是我苦命的小桂子!"

秀贞把妞儿从我身后拉过去,搂起她,一下就坐在地上,搂着,亲着,摸着妞儿。妞儿傻了,哭着回头看我,我退后两步倚着门框,想要倒下去。

过了好一会儿,秀贞才松开妞儿,又急急地站起来,拉着妞儿到床前头去,急急地说:

"这一身湿!换衣服,咱们连夜地赶,准赶得上,听!"是静静的雨夜里传过来一声火车的汽笛声,尖得怕人。秀贞仰头听着想了一下又接着说:"八点五十有一趟车上天津,咱们再赶天津的大轮船,快快快!"

秀贞从床上拿出包袱,打开来,里面全是妞儿,不,小桂子,不,妞儿的衣服。秀贞一件一件给妞儿穿上了好多件。秀贞做事那样快,那样急,我还是第一回看见。她又忙忙叨叨地从梳头匣子里取出了我送给小桂子的手表,上了上弦给妞儿戴上。妞儿随秀贞摆弄,但眼直望着秀贞的脸,一声也不响,好像变呆了。我的身子朝后一靠,胳膊碰着墙,才想起那只金镯子。我撩起袖子,从胳膊上把金镯子褪下来,走到床前递给秀贞说:

"给你做盘缠。"秀贞毫不客气地接过去,立刻套在她的手腕上,也没说声谢谢,妈妈说人家给东西都要说谢谢。

秀贞忙了好一阵子,乱七八糟的东西塞了一箱子,然后提起箱子,拉着妞儿的手,忽然又放下来,对妞儿说:"你还没叫我呢,叫我一声妈。"秀贞蹲下来,搂着妞儿,又扳过妞儿的头,撩开妞儿的小辫子看她的脖子后头,笑说:"可不是我那小桂子,叫呀!叫妈呀!"

妞儿从进来还没说过一句话,她这时被秀贞搂着,问着,竟也伸出了两手,绕着秀贞的脖子,把脸贴在秀贞的脸上,轻轻难为情地叫:"妈!"

我看见她们两个人的脸,变成一个脸,又分成两个脸,觉得眼花,立刻闭住眼扶住床栏,才站住了。我的脑筋糊涂了一会儿,没听见她们俩又说了什么,睁开眼,秀贞已经提起箱子了,她拉起妞儿的手,说:"走吧!"妞儿还有点认生,她总是看着我的行动,伸出手来要我,我便和她也拉了手。

我们轻手轻脚地走出去,外面的雨小些了,我最后一个出来,顺手又把窗台上的那瓶吊死鬼拿在手里。

出了跨院门,顺着门房的廊檐下走,这么轻,脚底下也还是噗吱噗吱的有些声音。屋里秀贞的妈妈又说话了:

"是英子呀?还是回家去吧!赶明再来玩。"

"嗳。"我答应了。

走出惠安馆的大门,街上漆黑一片,秀贞虽然提着箱子拉着妞儿,但是她们竟走得那样快,秀贞还直说:

"快走,快走,赶不上火车了。"

出了椿树胡同口,我追不上她们了,手扶着墙,轻轻地喊:

"秀贞!秀贞!妞儿!妞儿!"

远远的有一辆洋车过来了,车旁暗黄的小灯照着秀贞和妞儿的影子,她俩不顾我还在往前跑。秀贞听我喊,回过头来说:"英子,回家吧,我们到了就给你来信,回家吧!回家吧……"

声音越细越小越远了,洋车过去,那一大一小的影儿又蒙在黑夜里。我扒着墙,支持着不让自己倒下去,雨水从人家的房檐直落到我

头上,脸上,身上,我还哑着嗓子喊:

"妞儿! 妞儿!"

我又冷,又怕,又舍不得,我哭了。

这时洋车从我的身旁过去,我听车篷里有人在喊:

"英子,是咱们的英子,英子……"

啊! 是妈妈的声音! 我哭喊着:

"妈啊! 妈啊!"

我一点力气没有了,我倒下去,倒下去,就什么都不知道了。

五

远远的,远远的,我听见一群家雀儿在叫,吱吱喳喳、吱吱喳喳。那声音越来越近了……不是家雀儿,是一个人,那声音就在我耳边。她说:

"……太太,您别着急了,自己的身子骨也要紧,大夫不是说了准保能醒过来吗?"

"可是她昏昏迷迷的有十天了! 我怎么不着急!"

我听出来了,这是宋妈和妈妈在说话。我想叫妈妈,但是嘴张不开,眼睛也睁不开,我的手,我的脚,我的身子,在什么地方呀! 我怎么一动也不能动,也看不见自己一点点?

"这在俺们乡下,就叫中了邪气了。我刚又去前门关帝庙给烧了股香,您瞧,这包香灰,我带回来了,回头给她灌下去,好了您再上关帝庙给烧香还个愿去。"

妈妈还在哭,宋妈又说:

"可也真怪事,她怎么一拐能拐了俩孩子走? 咱们要是晚回来一步,英子就追上去了,唉! 越想越怕人,乖乖巧巧的妞儿! 唉! 那火车,两人一块儿,唉! 我就说妞儿长得俊倒是俊,就是有点薄相……"

"别说了,宋妈,我听一回,心惊一回。妞儿的衣服呢?"

"鸡笼子上扔的那两件吗?我给烧了。"

"在哪儿烧的?"

"我就在铁道旁边烧的。唉!挺俊的小姑娘!唉!"

"唉!"

两个人唉声叹气的,停了一会儿没说话。

等再听见茶匙搅着茶杯在响,宋妈又说话了:

"这就灌吧?"

"停一会儿,现在睡得挺好,等她翻身动弹时再说。——家里都收拾好了?"妈问。

"收拾好了,新房子真大,电灯今天也装好了,这回可方便喽!"

"搬了家比什么都强。"

"我说您都不听嘛!我说惠安馆房高墙高,咱们得在门口挂一个八卦镜照着它,你们都不信。"

"好了,不必谈了,反正现在已经离开那倒霉的地方就是了。等英子好了,什么也别跟她说,回到家,换了新地方,让她把过去的事儿全忘了才好,她要问什么,都装不知道,听见了没有?宋妈。"

"这您不用嘱咐,我也知道。"

她们说的是什么,我全不明白,我在想,这是怎么回事儿?有什么事情不对了吗?我想着想着觉得自己在渐渐地升高,升高,我是躺在这里,高、高、高,鼻子要碰到屋顶了。"呀!"我浑身跳了一下,又从上面掉下来,一惊疑就睁开了眼睛,只听宋妈说:

"好了,醒了!"

妈妈的眼睛又红又肿,宋妈也含着眼泪。但是我仍说不出话,不知怎么样才可以张开嘴。这时妈妈把我搂抱起来,捏住我的鼻子,我一张嘴,一匙水就一下给我灌了下去,我来不及反抗,就咽下了,然后我才喊:

"我不吃药!"

宋妈对妈说:

"我说灵不是?我说关帝老爷灵验不是?喝下去立刻会说话。"

妈给我抹去嘴边的水,又把我弄躺下来。我这时才奇怪起来,看看白色的屋顶,白色的墙壁,白色的门窗和桌椅,这是什么地方?我记得我是在一个?……我问妈妈说:

"妈,外面在下雨吗?"

"哪儿来的雨,是个大太阳天呀!"妈说。

我还是愣愣地想,我要想出一件事情来。

这时宋妈挨到我身边来,她很小心地问我:

"认得我吗?英子!"

我点点头:"宋妈。"

宋妈对妈笑笑。妈又说:

"你发烧病了十天了,爸爸和妈妈把你送到医院来住,等你好了,我们就回到新的家去,新的家还装了电灯呢!"

"新的家?"我很奇怪地问。

"新的家,是呀!我们的新家在新帘子胡同,记着,老师考你的时候,问你家住在哪儿,你就说,新——帘——子胡同。"

"那么……"有些事情我实在想不起来了,所以要说什么,也不能接下去,我就闭上眼睛。妈说:

"再睡会儿也好,你刚好还觉得累,是不是?"妈妈说着就摩抚我的嘴巴,我的眼皮,我的头发,忽然一个东西一下碰了我的头,疼了一下,我睁开眼看,是妈妈手上套的那只——那只金镯子!我不由得惊喊了一声:"镯子!"妈没说什么,把金镯子又推到手腕上去。我的眼睛直望着妈妈的金镯子,心想着,这只金镯子不是——不就是我给一个人的那只吗?那个人叫什么来着?我糊涂了,但不敢问,因为我现在不能把那件事记得很清楚。我怎么就生病,就住到这医院里来了呢？我是一点儿也不清楚。

妈妈拍拍我说：

"别发呆了，看你发烧睡大觉的时候，多少人给你送吃的、玩的东西来！"

妈妈从床头的小桌上拿起来一个很好看的匣子，放在枕边，一边打开来，一边说：

"匣子是刘婆婆给你买的，留着装东西用，里面，喏，你看，这珠链子是张家三姨送你的。喏，这支自动铅笔是叔叔给你的。你自己玩吧！"她便转头跟宋妈说话去了。

我随着妈妈的说明，一件件从匣里拿出来看，我再摸出来的是一只手表，上面镶了几颗钻，啊！这是我自己的东西！但是——我手举着表，一动也不动地看着，想着，它怎么会在这只匣子里？它不是也被我送给人了吗？

"妈！"我不禁叫了一声，想问问。妈回过头看见，连忙接过表去，笑着说道：

"看，这只表我给你修理好了，你听！"

妈把表挨近我的耳朵，果然发出小小嘀嗒嘀嗒的声音。然而这时我想起了一些事情，我想起了一个人，又一个人。她们的影子，在我眼前晃。

"妈！"我再叫一声还想问问。

妈妈慌忙地又从匣子拿出别的玩意儿来哄我：

"喏，再看这个，是……"

我忽然想起好些事情来了，我跟一个人，还有一个人的事情，但是妈妈为什么那样慌慌忙忙地不许人问？现在我是多么的思念她们两个啊！我心里太难受，真想哭，我忽然翻身伏在枕头上，就忍不住大声地哭起来。我哭着，嘴里喊："爸爸！爸爸！"

妈妈和宋妈赶着来哄我，妈妈说：

"英子想爸爸了,爸爸知道多高兴,他下班就会来看你!"

宋妈说:

"孩子委屈喽,孩子这回受大委屈喽!"

妈妈把我抱起来搂着我,宋妈拍着我,她们全不懂得我!我是在想那两个人啊!我做了什么不对的事吗?我很怕!爸爸,爸爸,你是男人,你应当帮助我啊!我是为了这个才叫爸爸的。

我哭了一阵子很累了,闭上眼睛偎在妈妈的怀里。妈妈轻轻摇着我,低声唱她的老家的歌:

"天乌乌,要落雨,老公仔举锄头巡水路,巡着鲫仔鱼要娶某,龟举灯,鳖打鼓……"她又唱:

"ㄏㄧㄏㄨㄟ饲阉鸡,阉鸡饲大只,刳给英子吃,英子吃不够,去后尾门仔眯眯哭!"那轻轻的摇动使我舒服多了,听到这儿,我不由得睁开眼笑了。妈妈很高兴地亲着我的脸说:

"笑了,笑了,英子笑了。宋妈已经把家里的油鸡杀了给你煮汤喝呢!"

宋妈从桌底下拿出一只小锅,打开来还冒着热气,她盛了一碗黄黄的汤还有几块肉,递到我面前,要我喝下去。我别过脸去不要看,不要吃。碗里是西厢房的小油鸡吗?我曾经摸着它们的黄黄软软的羽毛,曾经捉来绿色的吊死鬼喂它们,曾经有一个长长睫毛大眼睛里的泪滴落在它们的身上……我不说什么,把头钻进妈妈的胸怀里。

妈妈说:

"她不想吃,再说吧,刚醒过来,是还没有胃口。"

我在医院住了十几天,刚可以起床伏在楼窗口向下面看望,爸爸就雇来一辆马车,把我接回家。

马车是敞篷的,一边是爸,一边是妈,我坐在中间,好神气。前面坐了两个赶马车的人,爸爸催他们快一点,皮鞭子抽在马身上,马蹄子嘚嘚嘚嘚,嘚嘚嘚嘚,一路跑下去。马车所经过的路,我全都不认识。这条大街长又长,好像前面没尽没了。

我觉得很新鲜,转身脸向着车后,跪在座位上,向街上呆呆地看。两边的树一棵一棵地落在车后面,是车在走呢,是树在走呢?

我仰起头来,望见了青蓝的天空,上面浮着一块白云彩,不,一条船。我记得她说:"那条船,慢慢儿地往天边上挪动,我仿佛上了船,心是飘的。"她现在在船上吗?往天边儿上去了吗?

一阵小风吹散开我的前刘海,经过一棵树,忽然闻见了一阵香气,我回头看妈妈,心里想问:"妈,这是桂花香吗?"我没说出口,但是妈妈竟也嗅了嗅鼻子对爸爸说:

"这叫作马缨花,清香清香的!"她看我在看她,就又对我说:"小英子,还是坐下来吧,你这样跪着腿会疼,脸向后风也大。"

我重新坐正,只好看赶马车的人狠心地抽打他的马。皮鞭子下去,那马身上会起一条条的青色的伤痕吗?像我在西厢房里,撩起一个人的袖子,看见她胳膊上的那样的伤痕吗?早晨的太阳,照到西厢房里,照到她那不太干净的脸上,那又湿又长的睫毛一闪动,眼泪就流过泪坑淌到嘴边了!我不要看那赶车人的皮鞭子!我闭上眼,用手蒙住了脸,只听那嘚嘚的马蹄声。

太阳照在我身上,热得很,我快要睡着了,爸爸忽然用手指逗逗我的下巴说:

"那么爱说话的英子,怎么现在变得一句话都没有了呢?告诉爸,你在想什么呢?"

这句话很伤了我的心吗?怎么一听爸说,我的眼皮就眨了两下,碰着我蒙在脸上的手掌,湿了,我更不敢放开我的手。

妈妈这时一定在对爸爸使眼色吧,因为她说:

"我们小英子在想她将来的事呢!……"

"什么是将来的事?"从上了马车到现在,我这才说第一句话。

"将来的事就是英子要有新的家呀,新的朋友呀,新的学校呀……"

"从前的呢?"

"从前的事都过去了,没有意思了,英子都会慢慢忘记的。"

我没有再答话,不由得再想——西厢房的小油鸡,井窝子边闪过来的小红袄,笑时的泪坑,廊檐下的缸盖,跨院里的小屋,炕桌上的金鱼缸,墙上的胖娃娃,雨水中的奔跑……一切都算过去了吗?我将来会忘记吗?

"到了!到了!英子,新帘子胡同到了,新的家到了!快看!"

新的家?妈妈刚说这是"将来"的事,怎么这么快就到眼前了?那么我就要放开蒙在脸上的手了。

我们看海去

一

妈妈说的,新帘子胡同像一把汤匙,我们家就住在靠近汤匙的底儿上,正是舀汤喝时碰到嘴唇的地方。于是爸爸就教训我,他绷着脸,瞪着眼说:

"讲晤听!喝汤不要出声,苏苏苏的,最不是女孩儿家相。舀汤时,汤匙也不要把碗碰得当当地响。……"

我小心小心地拿着汤匙,轻慢轻慢地探进汤碗里,爸又发脾气了:

"小人家要等大人先舀过了再舀,不能上一个菜,你就先下手。"他又转过脸向妈妈,"你平常对孩子全没教习,也是不行的……"

我心急得很,只想赶快吃了饭去到门口看方德成和刘平踢球玩,所以我就喝汤出了声,舀汤碰了碗,菜来先下手。我已经吃饱了,只好还坐在饭桌旁,等着给爸爸盛第二碗饭。爸爸说,不能什么都让用人做,他这么大的人,在老家时,也还不是吃完了饭仍站在一旁,听着爷爷的教训。

我趁着给爸爸盛好饭,就溜开了饭桌,走向靠着窗前的书桌去,只听妈妈悄悄对爸爸说:

"也别把她管得这么严吧,孩子才多大?去年惠安馆的疯子把她吓得那么一大场病,到现在还有胆小的毛病,听见你大声骂她,她就一声不言语,她原来不是这样的孩子呀!现在搬到这里来,换了一个地方,忘记以前的事,又上学了,好容易脸上长胖些……"

妈妈啊!你为什么又提起那件奇怪的事呢?你们又常常说,哪个是疯子,哪个是傻子,哪个是骗子,哪个是贼子,我分也分不清。就像我现在,抬头看见窗外蓝色的天空上,飘动着白色的云朵,就要想到国文书上第二十六课的那篇《我们看海去》:

我们看海去!
我们看海去!
蓝色的大海上,
扬着白色的帆。
金红的太阳,
从海上升起来,
照到海面照到船头。
我们看海去!
我们看海去!

我就分不清天空和大海。金红的太阳,是从蓝色的大海升上来的呢,还是从蓝色的天空升上来的呢?但是我很喜欢念这课书,我一遍一遍地念,好像躺在床上,又像睡在云上。我现在已经能够背下来了,妈妈常对爸爸、对宋妈夸我用功,书念得好。我喜欢念的,当然就念得好,像上学期的"人手足刀尺狗牛羊一身二手……"那几课,我希望赶快忘掉它们!

爸爸去睡午觉了,一家人都不许吵他,家里一点儿声音都没有,但是我听到街墙传来"嘭!嘭!"的声音,那准是方德成他们的皮球踢到墙上了。我在想,出去怎样跟他们说话,跟他们一起玩呢?在学校,我们女生是不跟男生说话的,理也不理他们,专门瞪他们,但是我现在很想踢球。

好妈妈,她过来了:

"出去跟那两个野孩子说,不要在咱们家门口踢球,你爸爸睡觉呢!"

有了这句话就好了,我飞快地向外跑,辫子又钩在门框的钉子上了,拔起我的头发根,痛死啦!这只钉子为什么不取掉?对了,是爸爸钉的,上面挂了一把鞋掸子,爸爸临出门和回家来,都先掸一掸鞋。他叫我也要这样做,但是我觉得我鞋上的土,还是用跺脚的法子,跺得更干净些。

宋妈在门道喂妹妹吃粥,她头上的簪子插着薄荷叶,太阳穴贴着小红萝卜皮,因为她在闹头痛的毛病。开街门的时候,宋妈问我:

"又哪儿疯去?"

"妈叫我出去的。"我理由充足地回答她。

门外一块圆场地,全被太阳照着,就像盛得满满的一匙汤。我了不起地站到方德成的面前说:

"不许往我们家墙上踢球,我爸爸睡觉呢!"

方德成从地上捡起皮球,傻乎乎地看着我。

在我们家的斜对面,是一所空房子,里面没有人家住,只有一个看房的聋子老头儿,也还常常倒锁了街门到他的女儿家去住。宋妈不知道从哪儿听来的,说这所房子总租不出去,是因为闹鬼。妈妈听了就跟爸爸说:"北京城怎么这么多闹鬼的房子?"

在闹鬼房子和另一所房子的中间,有一块像一间房子那么大的空地,长满了草,前面也有看来我都能迈过去的矮破砖墙,里面的草长得比墙高。这块空地听说原来是闹鬼房子的马号,早就塌了,没有人修,就成了一块空草地。

我看着那片密密高高的草地,它旁边正接着一段闹鬼房子的墙,我对傻方德成他们说:

"不会上那边踢去,那房里没住人。"

他们俩一听,转身就往对面跑去。球儿一脚一脚地踢到墙上又打回来,是多么的快活。

这是条死胡同,做买卖的从汤匙的把儿进来,绕着汤匙底儿走一圈,就还得从原路出去。这时剃头挑子过来了,那两片铁夹子"唤头"弹得嗡嗡地响,也没人出来剃头。打糖锣的也来了,他的挑子上有酸枣面儿,有印花人儿,有山楂片,还有珠串子,都是我喜欢的,但是妈妈不给钱,又有什么办法!打糖锣的老头子看我站在他的挑子前,就轻轻地对我说:

"去,去,回家要钱去!"

教人要钱,这老头子真坏!我心里想着,就走开了。我不由得走向对面去,站在空草地的破砖墙前面,看方德成和刘平他们俩会不会叫我也参加踢球。球滚到我脚边来了,我赶快捡起来扔给他们。又滚到更远一点儿的墙边去了,我也跑过去替他们捡起来。这一次刘平一脚把球踢得老高老高的,他自己还夸嘴说:"瞧老子踢得多棒!"但是这回球从高处落到那片高草地里去了。

"英子,你不是爱捡球吗?现在去给我们捡吧!"刘平一头汗地说。

有什么不可以?我立刻就转身迈进破砖墙,脚踏在比我还高的草堆里。我用两手拨开草才想起,球掉到哪儿了呢?怎么能一下就找到？不由得回头看他们，他们俩已经跑到打糖锣的挑子前，仰着脖子在喝那三大枚一瓶的玉泉山汽水。

我探身向草堆走了两步，刘平在喊我："留神脚底下狗屎，林英子！"

我听了吓得立刻停住了，向脚底下看看，还好，什么都没有。我拨开左面的草，右面的草，都找不到球。再向里走，快到最里面的墙角了，我脚下碰着一个东西，捡起来看，是把钳子，没有用，我把它往里面一丢，当的一声响了，我赶快又拨开前面的草，这才发现，钳子是落在一个铜盘子上面，盘上是反扣着的。真奇怪！我不由得蹲下来，掀开铜盘子，底下竟是叠得整整齐齐的一条很漂亮带穗子的桌毯和一件很讲究的绸衣服，我赶紧用铜盘子又盖住，心突突地跳，慌得很，好像我做了什么不对的事被人发现了，抬头看看，并没有人影，草被风吹得向前倒，打着我的头，我只看见草上面远远的那块蓝色的海，不，蓝色的天。

我站起身来往出口的路走，心在想，要不要告诉刘平他们？我走出来，只见他们俩已经又在地上弹玻璃球了，打糖锣的老头子也走了。刘平头也没抬地问我：

"找着没有？"

"没有。"

"找不着算了，那里头也太脏，狗也进去拉屎，人也进去撒尿。"

我离开他们回家去。宋妈正在院子里收衣服，她看见我皱起眉头（小红萝卜皮立刻从太阳穴掉下来了！）说：

"瞧裹的这身这脸的土！就跟那两个野小子踢球踢成这模样儿？"

"我没有踢球！"我的确没有踢球。

"骗谁！"宋妈撇嘴说着，又提起我的辫子，"你妈梳头是有名的手紧，瞧！还能让你玩散了呢！你说你够多淘！头绳儿哪？"

"是刚才那门上的钉子钩掉的。"我指着屋门那只挂掸子的钉子争辩说。这时我低头看见我的鞋上也全是土,于是我在砖地上用力地跺上几跺,土落下去不少。一抬头,看见妈妈隔着玻璃窗在屋里指点着我,我歪着头,皱起鼻子,向妈妈眯眯地笑了笑。她看见我这样笑,会什么都原谅我的。

二

第二天,第三天,好几天过去了,方德成他们不再提起那个球,但是我可惦记着,我惦记的不是那个球,是那块草地,草地里的那堆东西。我真想告诉妈或者宋妈,但是话到嘴边又收回去了。

今天我的功课很快地就做完了,两位的加法真难算,又要进位,又要加点,我只有十个手指头,加得忙不过来。算术算得太苦了,我就要背一遍"我们看海去",我想,躺在那海中的白帆船上,会被太阳照得睁不开眼,船儿在水上摇呀摇的,我一定会睡着了。"我们看海去,我们看海去",我收拾铅笔盒的时候,这样念着;我把书包挂在床栏上,这样念着;我跳出了屋门坎儿,这样念着。

爸和妈正在院子里,妈妈抱着小妹妹,爸爸在剪花草,他说夹竹桃叶子太多了,花就开得少,该去掉一些叶子。他又用细绳儿把枝子捆扎一下,那几棵夹竹桃,就不那么散散落落的了。他又给墙边的喇叭花牵上一条条的细绳子,钉在围墙高处,早晨的太阳照在这堵墙上,喇叭花红紫黄蓝的全开开了,但现在不是早晨,几朵喇叭花已经萎了。

妈妈对爸爸说:

"带把锁回来吧,贼闹得厉害,连新华街大街上还闹贼呢!"

爸爸在专心剪裁花草,鼻孔一张一张的,他漫不经心地说:"新华街,离这里还远呢!"抬头看见我又说:"是不是?英子!"

我点点头,那空草地在我眼前闪了一下。

小妹妹这时从妈妈的身上挣脱下来,她刚会走路,就喜欢我领她。我用跳舞的步子带着她走,小妹妹高兴死啦!咯咯地笑,我嘴里又念着"我们看海去",念一句,跳一步舞,这样跳到门口。宋妈刚吃过饭,用她那银耳挖子在剔牙,每剔一下,就喷喷地吸着气,要剔好大的工夫,仿佛她的牙很重要!小妹妹抱住她的腿,她把耳挖子在身上抹了抹,插到她的髻儿上去。

宋妈抱起小妹妹走出街门了,她对妹妹说:

"俺们逛街去喽!俺们逛街街去喽!"宋妈逛大街的瘾头很大,回来后就有许多新鲜事儿告诉妈妈,神妖贼怪,骡马驴牛。

宋妈走远了,小妹妹还在向我招手,天还没有黑,但是太阳不见了,只有对面空房子的墙角上,还有一丝丝光。再看过去,旁边的空草地上,也还有一片太阳闪着亮,草被风吹得轻轻地动,我看愣了,不由得向它走过去。我家隔壁的门前,停了一个收买破烂货的挑子,却不见人,大概是到谁家收买破烂儿去了吧!这时门前的空地上,一个人也没有。

我走向空草地,一边迈过破墙,一边心想,如果被宋妈或者什么人看见我到这里来的话,我就说,我要找那个皮球的,本来嘛!

我没有专心找球,但也希望能看到它,我的脚步是走向那个神秘的墙角。我憋住气,拨动着高草,轻轻地向前探着脚步,我是怕又踩到什么东西。

那些东西,能够还在这地方吗?我那天怎么不敢多看一看,立刻就反身退出来呢?现在这些东西如果还在这地方的话,我又怎么办呢?当然没有办法,我只是想看一看,因为我喜欢奇怪的事。

但是当我拨开那一丛草的时候,使我倒抽了一口气,惊奇地喊了一声:

"哦!"

有一个人蹲在草地上！他也惊吓地回过头来"哦"了一声。瞪着眼望了我一阵,随后他笑了:

"小姑娘,你也上这儿来干吗?"

"我呀,"我竟答不出话来,愣了一下,终于想出来了,"我来找球。"

"球?是不是这个?"他说着,从身后的一堆东西里拿出一个皮球,果然是刘平他们丢的那个。我点点头,接过球来便转身退出去,但是他把我叫住了:

"嗯——小姑娘,你停停,咱们谈谈。"

他是穿着一身短打裤褂,秃着头,浓浓的眉毛,他的厚嘴唇使我想起了会看相的李伯伯说过的话:"嘴唇厚厚墩墩的,是个老实人相。"我本来有点怕,想起这句话就好多了。他说话的声音仿佛有点发抖,人也不肯站起来,但是我知道他身后有一堆东西,不知道是不是那天的铜茶盘什么的。他说:

"小姑娘,你几岁啦?念书了没有?"

"七岁,在厂甸附小一年级。"常常有人问我同样的话,所以我能一下就回答出来。

"喝!那是好学堂。谁接你送你上学呀?"

"我自己。"回答了以后,想起爸爸,所以我又说,"爸爸说,小孩子要早早养成自立的本事,现在,你知道不知道,新华街城墙打通了,叫作兴华门,我就不用绕顺治门啦!"

"小姑娘会说话,家教好,"他不住地点头,"你爸爸说得对,小孩子要早早地就学着自个儿,嗯——自个儿那什么的本事,唉——!"他忽然低头长长地叹一口气,又抬头望着我,笑笑问我:"你猜我是来干吗?"

"你呀——我猜不出,"我摇摇头,但又忽然想起来了,"你是不是来这里拉屎?"

"拉屎?"他睁大了眼睛,"对啦,对啦,我是来出恭的啦!"

"不讲卫生!"

"我们这路人,没有卫生。"

我又低头斜着眼望了一下他的背后,他好像在想什么,愣了一会儿,从短褂口袋里掏出了一把玻璃球,都是又圆又亮的汽水球:

"哪,这些个给你。"

"我不要!"这种事一点儿也不能坏我的心眼儿。爸爸说过,不许随便拿人家的东西。

"是我给你的呀!"他还是要塞到我手里,但是我的手掌努力张开着,并不拳起来,球没法落在我手里,就都掉在草地上了。我又说:

"人家给的也不能随便要。"

"这孩子!"他也很没有办法的样子,随后他又问我:"你们家知道你上这儿来吗?"

我摇摇头。

"你回去了,要告诉你们家里的人看见我了吗?"

我还是摇头。

"那好,可千万别跟人说看见我了呀!我也是好人。"

谁又说他是坏人了呢?他的样子好奇怪!我猜他不是来拉屎的,那堆东西,跟他有关系。

"回去吧!快黑了!"他指指天,乌鸦飞过去了。

"那你呢?"我问他。

"我也走呀,你先走。"他掸掸身上落下的碎草,好像要站起来,接着又说,"可别说出去呀,小姑娘,你还小,不懂得事,等赶明儿,我跟你慢慢地谈,故事多着呢!"

"讲故事?"

"是呀!我常常来,我看你这小姑娘是好心肠,咱们交个道义朋友,我跟你讲我弟弟的故事儿呀,我的故事儿呀。"

"什么时候?"说到讲故事,我最喜欢。

"遇见了,咱们就聊聊,我一个人儿,也闷得慌。"

他说的话,我不太懂,但是我觉得这样一个大朋友,可以交一交,我不知道他是好人,还是坏人,我分不清这些,就像我分不清海跟天一样,但是他的嘴唇是厚厚墩墩的。

我转身向外拨动高草,又回过头来问他:

"明天你要来吗?"

"明天? 不一定。"

他正拿一个包袱摊开来包些东西,草下面很暗了,看不清,但是可以听见"当当"的声音,准是那个铜盘子碰着掉在地上的汽水球了。那些是他的东西吗?

我走出了破砖墙,眼前这块地方还是没有人,但远远地我看见宋妈领着小妹妹回来了,我赶快向家里跑,路过隔壁的人家,看见那收破烂的挑子还摆在那里。

我和宋妈同时到了家门口,便牵了小妹妹的手一路走进家门,这时院子里的电灯亮了,电灯旁边的墙上爬着好几条蝎虎子,电灯上也飞绕着许多小虫儿。茶几已经摆在花池子旁边了,上面准是一壶香片茶,一包粉包烟,爸爸要在藤椅上躺好久好久,跟妈妈谈这谈那,李伯伯也许会来。

我把皮球放在茶几上,随手便把粉包烟拿起来打开,抽出里面的洋画儿,爸爸笑笑问我:

"封神榜的洋画儿存全了没有?"

"哪里会! 那张姜子牙永远不会有。三只眼的杨戬我倒有三张啦!"

爸爸摸摸我的头笑着对妈妈说:

"这孩子,也知道什么姜子牙啦,杨戬啦!"

我也不知道是怎么个心气儿,忽然问爸爸:

"爸，什么叫作贼！"

"贼？"爸奇怪地望着我，"偷人东西的就叫贼。"

"贼是什么样子？"

"人的样子呀！一个鼻子两眼睛。"妈回答着，她也奇怪地望着我：

"怎么问起这个来了？"

"随便问问！"

我说着拿了小板凳来放在妈妈的脚下，还没坐下来呢，李伯伯就进来了，于是妈妈就赶我：

"去，屋里跟小妹妹玩去，不要在这里打岔。"

三

我洗脸的时候，把皮球也放在脸盆里用胰子洗了一遍，皮球是雪白的了，盆里的水可黑了。我把皮球收进书包里，这时宋妈走进来换洗脸水，她"哟"了一声，指着脸盆说：

"这是你的脸？多干净呀！"

"比你的臭小脚干净！"我说完扑哧笑了。我也不知为什么想到宋妈的脚，大概是因为她的脚裹得太严紧了。妈妈说过，那里面是臭的。

宋妈也笑了，她说：

"你嘴厉害不是？咬不动烧饼可别哭呀！"

咬不动烧饼，实在是我每天早晨吃早点的一件痛苦的事。我的大牙都被虫蛀了，前面的又掉了两个，新的还没长出来，所以我就没法把烧饼麻花痛痛快快地吃下去。为了慢慢地吃早点，我迟到了；为了吃时碰到虫牙我疼得哭了。那么我就宁可什么也不吃，饿着肚子上学去。

我把书包挂在肩膀上，自己上学去。出了新帘子胡同照直向城门走去，兴华门虽然打通了，但是还没有做好，城门里外堆了一层层的砖土，车子不通行，只有人可以走过。早晨的太阳照在土坡上，我走上土坡，太阳就照满我的全身，我虽然没吃早点，但很舒服，就在土坡上站了一会儿，看着来来往往的行人。手扶着书包正碰着鼓起来的皮球，不由得想到了空草地里的情景，那个厚厚嘴唇的男人，他到底是干吗的？

我呆想了一会儿，便走下坡来，出了兴华门，马上就到学校了。

五年级的童子军把着校门，他们的样子多凶啊！但是多让人羡慕啊！我几时能当上童子军呢？

"书包里是什么？"童子军指着我的书包问。

我吓了一跳。

"是皮球，还给刘平的。"我说话都有点哆嗦了，我真怕他们。

童子军对我很好，他没有检查，手一挥，放我进去了。我可看见他从别的同学的裤袋里查出蚕豆来，查出山楂糖来，全给没收了。不许带吃的。

进了教室，我掏出皮球来给刘平，他愣着，大概忘了，我说：

"是你们那天丢的皮球呀！"

他这才想起来，很高兴地接过去，也不说声谢谢。

有一些同学在吵吵闹闹，他们说，欢送毕业同学全校要开个游艺会，在大礼堂，每一班都要担任游艺会的一项表演节目，吵的就是我们这班会表演什么呢？我真奇怪，他们的消息从哪儿得来的？我怎么就不知道这些事情。

上课的时候，老师果然告诉我们，一、二年级的同学不会表演整出的话剧什么的，只好唱唱歌，跳跳舞。教跳舞唱歌的韩老师，要从一、二、三年级的同学里，挑出几个人来，合着演唱《麻雀与小孩》。啊！那是多么好听好看的一出歌舞啊！老师会选谁呢？会选我吗？

我心跳了,因为我喜欢韩老师!她是我们附小韩主任的女儿。她冬天穿着一件藕荷色的旗袍,周身镶了白兔皮的边,在大礼堂里教我们跳舞,拉圈儿的时候,她刚好拉着我的手。她的手又热又软,我是多么喜欢她,她喜欢我吗?……

"……还有林英子,当小麻雀。"

啊!我还在做梦呢,什么也没听见,什么?真的是在叫我的名字吗?

"林英子,从明天起,下了课要晚一点儿回家,每天都由韩老师教你们,到三甲的教室去,听明白了没有?记住,要告诉家里一声。"

我只觉得脸热,真高兴死了,同学们会多么羡慕我啊!去跟三年级的大同学一起跳舞,虽然我当的是小小麻雀,只管飞来飞去,并不要唱什么。

我觉得时间过得真慢,因为我要赶快回家告诉臭小脚宋妈,她一定会抱妹妹来看游艺会,我才不要她来!下课的时候,同学都围着我,问我跳舞那天穿什么衣裳,害怕不害怕。女同学都跑过来搂着我,好像我是她们每一个人的好朋友。

好容易放学该回家吃午饭了,我加快了脚步,抢在同学的前面走出来。进了兴华门,过了高高低低的土坡,再走一小段路,就到新帘子胡同了。胡同里的第三家,是所大房子,平常大门关得严严的,今天却难得地敞开了,门口围着许多人,巡警也来了,不知道是什么事。但是我下午还要上学,不能挤进人堆里去看,赶快跑回家来。

宋妈正在气喘吁吁地跟妈讲什么,妈惊奇地瞪着眼听,又摇头,又啧啧。

"这回可大发了,一共偷了三十件,八成是昨天天好拿出来晒衣服,让贼给瞄上了。"

"从外面怎么能看得见呢?不是黑大门的那家吗?我路过也难得看见他们打开门,总是阴森森的。"

"今天大门一敞开,咱们才看见,真是天棚石榴金鱼缸,院子可豁亮啦!"

"现在怎么样了呢?"

"巡警在那儿查呢! 走,珠珠,咱们再看去,"宋妈领着小妹妹,回头看见了我,"小英子,你去不去看热闹?"

"热闹? 人家丢了那么多东西,多着急呀,你还说是热闹呢?"我说完撇了她一嘴。

"好心没好报!"宋妈终于又抱着妹妹走了。

我在饭桌上告诉妈妈,我参加表演《麻雀与小孩》的事,妈妈很高兴,她说要给我缝一件最漂亮的跳舞衣。我说:

"缝好了就锁在箱子里,不要让贼偷走啊!"

"不会啦,别说这丧话!"妈说。

我忍不住又问妈:

"妈,贼偷了东西,他放在哪儿呢?"

"把那些东西卖给专收贼赃的人。"

"收贼赃的人什么样儿?"

"人都是一个样儿,谁脑门子上也没刻着哪个是贼,哪个又不是。"

"所以我不明白!"我心里正在纳闷儿一件事。

"你不明白的事情多着呢! 上学去吧,我的洒丫头!"

妈的北京话说得这么流利了,但是,我笑了:

"妈,是傻丫头,傻,ㄕㄚ傻,不是ㄙㄚ洒。我的洒妈妈!"说完我赶快跑走了。

四

因为放学后要练习跳舞,今天回来得晚一点儿。在兴华门的土坡上,我还是习惯地站了一会儿。城墙上面的那片天,是淡红的颜色了,海在这时也会变成红色的吗?我又默默地背起"我们看海去!我们看海去!……金红的太阳,从海上升起来……"那么现在不可以说是"金红的太阳,从天上落下去"吗?对了,我将来要写一本书,我要把天和海分清楚,我要把好人和坏人分清楚,我要把疯子和贼子分清楚,但是我现在却是什么也分不清。

我从土坡上下来,边走边想,走到家门口,就在门墩儿上坐下来,愣愣地没有伸手去拍门,因为我看见收买破烂货的挑子又停在隔壁人家门口了。挑挑子的人呢?我不由得举起脚步走向空草地那边去。这时门前的空地上,只见远远的有一个男人蹲在大槐树底下,他没有注意我。我迈进破砖墙,拨开高草,一步步向里走。

还是那个老地方,我看见了他!

"是你!"他也蹲在那里,嘴里咬着一根青草。他又向我身后张望了一下,招手叫我也蹲下来。我一蹲下来书包就落在地上了。他小声地说:

"放学啦?"

"嗯。"

"怎么不回家?"

"我猜你在这里。"

"你怎么就能猜出来呢?"他斜起头看我,我看他的脸,很眼熟。

"我呀!"我笑笑。我只是心里觉得这样,就来了,我并不真的会猜什么事,"你该来了!"

"我该来了?你这话是什么意思?"他惊奇地问。

"没有什么意思呀!"我也惊奇地回答,"你还有什么故事没跟我讲哪!不是吗?"

"对对对,咱们得讲信用。"他点点头笑了。他靠坐在墙角,身旁有一大包东西,用油布包着,他就倚着这大包袱,好像宋妈坐在她的炕头上靠着被褥垛那样。

"你要听什么故事儿?"

"你弟弟的,你的。"

"好,可是我先问你,我还不知道你叫什么名儿呢。"

"英子。"

"英子,英子,"他轻轻地念着,"名儿好听。在学堂考第几?"

"第十二名。"

"这么聪明的学生才考十二名?应当考第一呀!准是贪玩儿分了你的心。"

我笑了,他怎么知道我贪玩儿?我怎么能够不玩儿呢!

他又接着说:

"我就是小时候贪玩儿,书也没念成,后悔也来不及了。我兄弟,那可是个好学生,年年考第一,有志气。他说,他长大毕了业,还要漂洋过海去念书。我的天老爷,就凭我这没出息的哥哥,什么能耐也没有,哪儿供得起呀!奔窝头,我们娘儿仨,还常常吃了上顿没下顿呢!唉!"他叹了口气,"走到这一步上,也是事非得已。小妹妹,明白我的话吗?"

我似懂,又不懂,只是直着眼看他。他的眼角有一堆眼屎,眼睛红红的,好像昨天没睡觉,又像哭过似的。

"我那瞎老娘是为了我没出息哭瞎的,她现在就知道我把家当花光了,改邪归正做小买卖,她不知道我别的。我那一心啃书本的弟弟,更拿我当个好哥哥。可不是,我供弟弟念书,一心要供到让他漂洋过海去念书,我不是个好人吗?小英子,你说我是好人?坏人?嗯?"

好人,坏人,这是我最没有办法分清楚的事,怎么他也来问我呢?我摇摇头。

"不是好人?"他瞪起眼,指着他自己的鼻子。

我还是摇摇头。

"不是坏人?"他笑了,眼泪从眼屎后面流出来。

"我不懂什么好人,坏人,人太多了,很难分。"我抬头看看天,忽然想起来了:"你分得清海跟天吗? 我们有一课书,我念给你听。"

我就背起《我们看海去》那课书,我一句一句慢慢地念,他斜着头仔细地听。我念一句,他点头"嗯"一声。念完了我说:

"金红的太阳是从蓝色的大海升上来的吗? 可是它也从蓝色的天空升上来呀? 我分不出海跟天,我分不出好人跟坏人。"

"对,"他点点头很赞成我,"小妹妹,你的头脑好,将来总有一天你分得清这些。将来,等我那兄弟要坐大轮船去外国念书的时候,咱们给他送行去,就可以看见大海了,看它跟天有什么不一样。"

"我们看海去! 我们看海去!"我高兴得又念起来。

"对,我们看海去,我们看海去,蓝色的大海上,扬着白色的帆……还有什么太阳来着?"

"金红的太阳,从海上升起来……"

我一句句教他念,他也很喜欢这课书了,他说:

"小妹妹,我一定忘不了你,我的心事跟别人没说过,就连我兄弟算上。"

什么是他的心事呢? 刚才他所说的话,都叫作心事吗? 但是我并不完全懂,也懒得问。只是他的弟弟不知要好久才会坐轮船到外国去? 不管怎么样,我们总算订了约会,订了"我们看海去"的约会。

五

妈妈那条淡青色的头纱,借给我跳舞用。她在纱的四角各缀上一个小小铃儿;我把纱披在身上,再系在小拇指上,当作麻雀的翅膀。我的手一舞动,铃儿就随着响,好听极了。

举行毕业典礼那天,同时也开欢送毕业同学会,爸妈都来了,坐在来宾席上,毕业同学坐在最前面,我们演员坐在他们后面。童子军维持秩序,神气死了,他们把童子军棍拦在礼堂的几个出入门口,不许这个进来,不许那个出去。典礼先开始了,韩主任发毕业证书,由考第一的同学代表去领取,那位同学上台领了以后,向韩主任鞠躬,转过身来又向台下大家一鞠躬,大家不住地鼓掌。我看这位领毕业文凭的同学很面熟,好像在哪里见过,唉!我真"洒"!每天在同一个学校里,当然我总会见过他的呀!

我们唱欢送毕业同学离别歌:"长亭外,古道边,芳草碧连天……问君此去几时来,来时莫徘徊。……"我还不懂这歌词的意思,但是我唱时很想哭,我不喜欢离别,虽然六年级的毕业同学我一个都不认识。

轮到我们的《麻雀与小孩》上场了,我心里又高兴,又害怕,这是我第一次登台。一场舞跳完,就像做梦一样,台下是什么样子,我一眼也不敢看,只听见嗡嗡的,还夹着鼓掌声。

我下了台,来到爸妈的来宾席。妈妈给我买了大沙果,玉泉山汽水和面包,我随便吃啦喝啦,童子军管不了喽!我并不愿意老老实实地坐在爸妈身边,便站起来,左看右看的,也为的让人家看见我就是刚才在台上的小麻雀。忽然,一晃眼,我看见一个熟悉的脸影,是坐在前边右面来宾席上的,他是?他侧过头来了,果然是他!我不知怎么,竟一下子蹲了下去,让前面的座位遮住我,我的脸好发烧,好像发生了什么事情。

我低下头想,他怎么也来了?是不是来看我?在那青草丛里,我对他讲过学校要开游艺会和我要表演的事了吗?如果他不是来看我,又是来看谁呢?

我蹲在妈妈的脚旁太久,妈轻轻地踢了我一脚说:

"起来呀!你在找什么?"

我从座位下站起身,挨着妈妈坐下来,低头轻轻地吃沙果,眼睛竟不敢向右前方看去。妈妈笑笑说:

"你不是说今天是特别日子,童子军不管同学吃零食的事吗?为什么还这么害怕?"

"谁说怕!"我把身子扭正过来。

这个大沙果是很难吃完的,因为我的牙!我吃着沙果,一边看台上,一边想心事。我想起来了,我想起来了,他的弟弟!一定是他考第一的弟弟在我们学校,就是领毕业证书的那个,我差点儿喊出来,幸亏沙果堵在嘴上,我只能从鼻子里"哼——"了一声。

游艺会仿佛很快地就闭幕了,我们都很舍不得地离开学校回家。回家来,我还直讲游艺会的事情,说了又说,说了又说,好像这一天的快乐,我永远永远都忘不了。爸爸很高兴,他说我这次期考居然进到十名以内了,要买点儿东西鼓励我,爸说:

"要继续努力啊!一年年地进步上去,到毕业的时候,要像今天那个考第一的学生,代表同学领毕业证书。想一想,那位同学的爸爸坐在来宾席上,该是多么高兴呀!"

"他没有爸爸!"我突然这样喊出来,自己也惊奇了,他准是我所认为的那个人的弟弟吗?幸亏爸爸没有再问下去。但是这时候却引起我要到一个地方去的念头。晚饭吃过了,天还不太晚,我溜出了家门。

在门外乘凉的人很多,他们东一堆,西一堆地在说话,不会有人注意我。我假装不在意地走向空草地去。草长得更高,更茂盛了,拨开它,要用点力气呢!草里很暗,我不知道为什么要到这里来,也不知道他在不在,我只是一股子说不出的劲儿,就来了。

他没有在这里,但是墙角可还有一个油布包袱,上面还压了两块石头。我很想把石头挪开,打开包袱看看,里面到底是些什么东西,但是我没敢这么做。我愣愣地看了一会儿,想了一会儿,眼睛竟湿了,我是想,夏天过去,秋天,冬天就会来了,他还会常常来这里吗?天气冷了怎么办? 如果有一天,他的弟弟到外国去读书,那时他呢? 还要到草地来吗? 我蹲下来,让眼泪滴在草地上,我不知道为什么会这么伤心。我曾经有过一个朋友,人家说她是疯子,我却很喜欢她。现在这个人,人家又会管他叫什么呢? 我很怕离别,将来会像那次离别疯子那样地和他离别吗?

地上有一个东西闪着亮,我捡起来看,是一个小铜佛,我随便地把它拿在手里,就转身走出草地了。

经过大槐树底下的时候,一个戴着草帽穿着对襟短褂的男人向我笑眯眯地走过来,他说:

"小姑娘,你手里拿的是什么玩意儿呀? 我看看行吗?"

有什么不行呢,我立刻递给他。

"这是哪儿来的? 你们家的吗?"

"不是。"我忽然想起这不是我家的东西,我怎么能随便拿在手里呢! 于是我就指着空草地里说:

"喏,那里捡来的。"

他听了点点头,又笑眯眯地还给我,但是我不打算要了,因为回家去爸爸知道我在外面捡东西也会骂的,我就用手一推,说:

"送给你吧!"

"谢谢你哟!"他真是和气,一定是个好人啦!

六

天气闷热,晚上蚊子咬得厉害,谁知半夜就下了一场大雨,一直下到大天亮。我们开完游艺会放三天假,三天以后再到学校去取作业题目,暑假就开始。今天不用上学了。

雨水把院子刷洗了一次,好干净! 墙边的喇叭花被早晨的太阳一照,开得特别美。走到墙角,我忽然想起了另一个墙角。那个油布包袱,被雨冲坏了吗?还有他呢?

我想到这儿,就忍不住跑出去,也不管会不会被别人看见。青草还是湿的,一拨开,水星全打到我的身上来、脸上来。

他果然在里面!但他不是在游艺会上的样子了,昨天他端端正正地坐在礼堂里,腰板儿是直的,脖子是挺的。现在呢,他手上是水和泥,秃头上也是水珠子。他坐在什么东西上,两手支撑着下巴,厚厚的上嘴唇咬着厚厚的下嘴唇,看见我去了,也没有笑,他一定是在想他的心事,没有理会我。

好一会儿,他才问我:

"小英子,我问你,你昨天有没有动过这包袱?"

我摇摇头。斜头看那包袱,上面压着的石头没有了,包袱也不像昨天那样整齐了。

"我想着也不是你,"他低下头自言自语的,"可是,要是你倒好了。"

"不是我!"我要起誓,"我搬不动那上面的石头。"我停了一下终于大胆地说:"而且,我昨天学校开游艺会,你也知道。"

"不错,我看见你了。"

我笑笑,希望他夸我小麻雀演得好,但是他好像顾不得这些了,他拉过我的手,很难过地说:

"这地方我不能久待了,你明白不?"

我不明白,所以我直着眼望他,不点头,也不摇头。他又说:

"不要再到这儿找我了,咱们以后哪儿都能见着面,是不是?小妹妹,我忘不了你,又聪明,又伶俐,又厚道。咱们也是好朋友一场哪!这个给你,这回你可得收下了。"

他从口袋掏出一串珠子,但是我不肯接过来。

"你放心,这是我自个儿的,奶奶给我的玩意儿多啦!全让我给败光了,就剩下这么一串小象牙佛珠,不知怎么,挂在镜框上,就始终没动过,今天本想着拿来送给你的,这是咱们有缘。小英子,记住,我可不是坏人呀!"

他的话是诚实的,很动听,我就接过来了,绕两绕,套在我的手腕上。

我还有许多话要跟他说的,比如他的弟弟,昨天的游艺会,但是他扶着我的肩膀说:

"回去吧,小英子,让我自个儿再仔细想想。这两天别再来了,外面风声仿佛——唉,仿佛不好呢!"

我只好退出来了,我迈出破砖墙,不由得把珠串子推到胳膊上去,用袖子遮盖住,我是怕又碰见那个不认识的男人来要了去。

七

一天过去,两天过去,到了我到学校取暑假作业题目的日子了。

美丽的韩老师正在操场上学骑车,那是一种多么时髦的事情呀!只有韩老师才这么赶时髦。她骑到我的面前停下了,笑笑对我说:

"来拿作业呀?"

我点点头。

"暑假要快乐地过,下学期很快就开学了,那时候,你作业做好了,你的新牙也长出来了,兴华门也可以通车子了!"

她的话多么好听,我笑了。但是想起牙,连忙捂住嘴,可是太好笑了,我的新牙虽然没有长出来,可也要笑,我就哈哈地大笑起来,韩老师也扶着车把大笑了。

我和几个同路的同学一路回家,向兴华门走,土坡儿已经移开了许多,韩老师说得不错,下学期开学,一定可以有许多车辆打这里经过,韩老师当然也每天骑了车来上课啦。她骑在车上像仙女一样,我在路上见了她,一定向她招手说:"韩老师,早!"

走进新帘子胡同,觉得今天特别热闹似的,人们来来往往的,好像在忙一件什么事。也有几个巡警向胡同里面走去。又是谁家丢了东西吗? 我的心跳了,忽然觉得有什么不幸。

越到胡同里面,人越多了。"走,看去!""走,看去!"人们都这么说,到底是看什么呢!

我也加紧了脚步,走到家门口时,看见家家的门都打开了,人们都站在门口张望,又好像在等什么,有的人就往空草地那面走去,大槐树底下也站满了人。

我家门墩上被刘平和方德成站上去了。宋妈抱珠珠也站在门口,妈妈可躲在大门里看,她这叫规矩。

"怎么啦,宋妈?"我扯扯宋妈的衣襟问。

"贼! 逮住贼啦!"宋妈没看我,只管伸着脖子向前探望着。

"贼?"我的心一动,"在哪儿?"

"就出来,就出来,你看着呀!"

人们嗡嗡地谈着,探着头。

"来啦! 来啦! 出来啦!"

我的眼前被人群挡住了,只看见许多头在攒动。人们从草地那边拥着过来了。

"就是他呀! 这不是收买破铜烂铁的那小子吗?"

前面一个巡警手里捧着一个大包袱,啊! 是那个油布包袱! 那么一定是逮住他了,我拉紧了宋妈的衣角。

"好嘛!"有人说话了,"他妈的,这倒方便,就在草堆里窝赃呀!"

"小子不是做贼的模样儿呀! 人心大变啦! 好人坏人看不出来啦!"

一群人过来了,我很害怕,怕看见他,但是到底看见了,他的头低着,眼睛望着地上,手被白绳子捆上了,一个巡警牵着。我的手满是汗。

在他的另一边,我又看见一个人,就是那个在槐树下跟我要铜佛的男人!他手里好像还拿着两个铜佛。

"就是那个便衣儿破的案,他在这儿别了好几天了。"有人说。

"哪个是便衣儿?"有人问。

"就是那个戴草帽儿的呀!手里还拿着贼赃哪!说是一个小姑娘给点引的路才破了案……"

我慢慢躲进大门里,依在妈妈的身边,很想哭。

宋妈也抱着珠珠进来了,人们已经渐渐地散去,但还有的一直追下去看。妈妈说:

"小英子,看见这个坏人了没有?你不是喜欢做文章吗?将来你长大了,就把今天的事儿写一本书,说一说一个坏人怎么做了贼,又怎么落得这么个下场。"

"不!"我反抗妈妈这么教我!

我将来长大了是要写一本书的,但绝不是像妈妈说的这么写。我要写的是:

"我们看海去。"

兰姨娘

一

从早上吃完点心起,我就和二妹分站在大门口左右两边的门墩儿上,等着看"出红差"的。这一阵子枪毙的人真多。除了土匪强盗以外,还有闹革命的男女学生。犯人还没出顺治门呢,这条大街上已经挤满了等着看热闹的人。

今天枪毙四个人,又是学生。学生和土匪同样是五花大绑坐在敞车上,但是他们的表情不同。要是土匪就热闹了,身上披着一道又一道从沿路绸缎庄要来的大红绸子,他们早喝醉了,嘴里喊着:

"过十八年又是一条好汉!"

"没关系,脑袋掉了碗大的疤瘌!"

"哥儿几个,给咱们来个好儿!"

看热闹的人跟着就应一声:

"好!"

是学生就不同了,他们总是低头不语,群众也起不了劲儿,只默默地拿可怜的眼光看他们。我看今天又是枪毙学生,就想起这几天妈妈的忧愁,她前天才对爸爸说:

"这些日子,风声不好,你还留德先在家里住,他总是半夜从外面慌慌张张地跑来,怪吓人的。"

爸爸不在乎,他伸长了脖子,用客家话反问了妈一句:

"惊么该?"

"别说咱们来往的客人多,就是自己家里的孩子用人也不少,总不太好吧?"

爸爸还是瞧不起地说:

"你们女人懂什么!"

我站在门墩儿上,看着一车又一车要送去枪毙的人,都是背了手不说话的大学生,不知怎么,便把爸妈所谈的德先叔联想起来了。

德先叔是我们的同乡,在北京大学读书,住在沙滩附近的公寓里,去年开同乡会跟爸认识的。爸很喜欢他,当作自己的弟弟一样。他能喝酒,爱说话,和爸很合得来,两个人只要一碟花生米,一盘羊头肉,四两烧刀子,就能谈到半夜。妈妈常在背地里用闽南语骂这个一坐下就不起身的客人:"长屁股!"

半年以前的一天晚上,他慌慌张张地跑来我们家,跟爸用客家话谈着。总是为一件很要命的事吧,爸把他留在家里住了。从此他就在我们家神出鬼没的,爸却说他是一个了不起的新青年。

我是大姐,从我往下数,还有三个妹妹,一个弟弟,除了四妹还不会说话以外,我敢说我们几个人都不喜欢德先叔,因为他不理我们,这是第一个原因。还有就是他的脸太长,戴着大黑框眼镜,我不喜欢这种脸。再就是,他来了,妈要倒霉,爸要妈添菜,还说妈烧不好客家菜,酿豆腐味儿淡啦!白斩鸡不够嫩啦!有一天妈高高兴兴烧了一道她自己的家乡菜,爸爸吃着明明是好,却对德先叔说:

"他们福佬人就知道烧五柳鱼!"

凭了这些,我也要站在妈妈这一头儿。德先叔每次来,我对他都冷冷的,故意做出看不起他的样子,其实他并不注意。

虽然这样,看着过出差的,心里竟不安起来,仿佛这些要枪毙的学生,跟德先叔有什么关系似的,还没等过完,我就跑回家里问妈:

"妈!德先叔这几天怎么没来?"

"谁知道他死到哪儿去了!"妈很轻松地回答。停一下,她又奇怪地问我:"你问他干吗?不来不是更好吗?"

"随便问问。"说完我就跑了,我仍跑回门外大街上去,刚才街上的景象全没有了,恢复了这条街每天上午的样子。卖切糕的,满身轻快地推着他的独轮车,上面是一块已经冷了的剩切糕,孤零零地插在一根竹签上。我的两个门牙刚掉,卖切糕的问我买不买那块剩切糕,我摇摇头,他开玩笑说:

"对了,大小姐,你吃切糕不给钱,门牙都让人摘了去啦!"

我使劲闭着嘴瞪他。

到了黄昏,虎坊桥大街另是一种样子啦。对街新开了一家洋货店,门口坐满了晚饭后乘凉的大人小孩,正围着一个装了大喇叭的话匣子,放的是"百代公司特请谭鑫培老板唱洪羊洞",唱片发出沙沙的声音,针头该换了。二妹说:

"大姐,咱们过去等着听洋大人笑去。"我们俩刚携起手跑,我又看见从对街那边,正有一队光头的人,向马路这边走来,他们穿着月白竹布褂,黑布鞋,是富连成科班要到广和楼去上夜戏。我对二妹说:

"看,什么来了!咱们还是回来数烂眼边儿吧!"

我和二妹回到自己家门口,各骑在一个门墩儿上,静等着,队伍过来了,打头领队的个子高大,后面就是由小到大排下去。对街"洋大人笑"开始了,在"哈哈哈"的伴奏中,我每看队伍里过一个红烂着眼睛的孩子,就大喊一声:

"烂眼边儿!"

二妹说:"一个!"

我再说:"烂眼边儿!"

二妹说:"两个!"

烂眼边儿,三个!烂眼边儿,四个!……今天共得十一个。富连成那些学戏的小孩子,比我们大不了多少,我们喊烂眼边儿,他们连头也不敢斜一斜,默默地向前走,大褂的袖子,老长老长,走起路来,甩搭甩搭的,都像傻子。

我们正数得高兴,忽然一个人走近我的面前来,"嘿"的一声,吓我一跳,原来是施家的小哥,他也穿着月白竹布大褂。他很了不起地问我:

"英子,你爸妈在家吗?"

我点点头。

他朝门里走,我们也跟进去,问他什么事,他理也不理我们,我准知道他找爸妈有要紧的事。一进卧室的门,爸妈正在谈什么,看见小哥进来,他们仿佛愣了一下。小哥上前鞠躬,然后像背书一样地说:

"我爸叫我来跟林阿叔林阿婶说,如果我家兰姨娘来了,不要留她,因为我爸把她赶出去了。"

这时妈走到通澡房的门口,我听见里面有哗啦啦啦的水声。爸点点头说:

"好,好,回去告诉你爸爸,放心就是了。"

小哥又一深鞠躬告退,还是那么正正经经,看也不看我们一眼。小哥走后,爸爸苏苏地喝着香片茶,妈在点蚊香,两人都没说话。澡房的门打开了,呀!热气腾腾中,走出来的正是施家的兰姨娘!她是什么时候来的?她穿着一身外国麻纱的裤褂,走出来就平平衣襟,向后拢拢头发,笑眯眯地说:

"把在他们施家的一身晦气,都洗刷净啦!好痛快!"

妈说:

"小哥刚才来了,你知道吧?"

"怎么不知道!"兰姨娘眉毛一挑,冷笑说,"说什么?他爸把我赶出来了?怪不错的!我要走,大少奶奶还直说瞧她面子算了呢!这会儿又成了他赶我的喽!啧啧啧!"她的嘴直撇,然后又说:"别人留我不留,他也管得了?拦得住?——走,秀子,跟我到前院去,叫你们家宋妈给我煮碗面吃。"说着她就拉着二妹的手走出去了。爸爸一直微笑地看着兰姨娘,伸长了脖子,脚下还打着拍子。

妈脸上一点笑容都没有,兰姨娘出去了,她才站在桌子前,冲着爸的后背说:

"施大哥还特意打发小哥来说话,怎么办呢?"

"惊么该?"爸的脑袋挺着。

"怕什么?你总是招些惹事的人来!好容易这几天神出鬼没的德先来,你又把人家下堂的姨太太留下了,施大哥知道了怎么说呢?"

"你平常跟她也不错,你好意思拒绝她吗?而且小哥迟来了一步,是她先进门的呀!"

这时候兰姨娘进来了,爸妈停止了争论,妈没好气地叫我:

"英子,到对门药铺给我买包豆蔻来,钱在抽屉里。"

"林太太,你怎么,又胃疼啦?林先生,准又是你给气的吧?"兰姨娘说完笑嘻嘻的。

我从抽屉里拿了三大枚,心里想着:豆蔻嚼起来凉苏苏的,很有意思。兰姨娘在家里住下多么好!她可以常常带我到城南游艺园去,大戏场里是雪艳琴的《梅玉配》,文明戏场里是张笑影的《锯碗丁》,大鼓书场里是梳辫子的女人唱大鼓,还要吃小有天的冬菜包子。我一边跑出去,一边高兴地想,眼里满都是那锣鼓喧天的欢乐场面。

二

兰姨娘在我们家住了一个礼拜了,家里到处都是她的语声笑影。爸上班去了,妈到广安市场买菜去了,她跟宋妈也有说有笑的。她把施家老伯伯骂个够,先从施伯伯的老模样儿说起,再说他的吝啬,他的刻薄,他的不通人情,然后又小声和宋妈说些什么,她们笑得吱吱喳喳的,奶妈高兴得眼泪都挤出来了。

兰姨娘圆圆扁扁的脸儿,一排整整齐齐的白牙,我最喜欢她左边那颗镶金的牙,笑时左嘴角向上一斜,金牙就很合适地露出来。左嘴巴还有一处酒窝,随着笑声打漩儿。

她的麻花髻梳得比妈的元宝髻俏皮多了,看她把头发拧成两股,一来二去就盘成一个髻,一排茉莉花总是清幽幽、弯曲身地卧在那髻旁。她一身轻俏,掖在右襟上的麻纱手绢,一朵白菊花似的贴在那里。跟兰姨娘坐一辆洋车上很舒服,她搂着我,连说:"往里靠,往里靠。"不像妈,黑花丝葛的裙子里,年年都装着一个大肚子。跟妈坐一辆洋车,她的大肚子把我顶得不好受,她还直说:"别挤我行不行!"现在妈又大肚子了。

有了兰姨娘,妈做家事倒也不寂寞,她跟妈有诉说不尽的心事,

奶妈,张妈,都喜欢靠拢来听,我也"小鱼上大串儿"地挤在大人堆里,仰头望着兰姨娘那张有表情的脸。她问妈说:

"林太太,你生英子十几岁?"

"才十六岁。"妈说。

兰姨娘笑了:

"我开怀也只十六岁。"

"什么开怀?"我急着问。

"小孩子别乱插嘴!"妈叱责我,又向兰姨娘说,"当着孩子说话要小心,英子鬼着呢,会出去乱说。"

兰姨娘叹了口气:

"我十四岁从苏州被人带进了北京,十六岁那什么,四年见识了不少人,二十岁到底还是跟了施大这个老鬼……"

"施大哥今年到底高寿了?"妈打岔问。

"管他多大!六十、七十、八十,反正老了,老得很!"

"我记得他是六十——六十几来着?"妈还是追问。

"他呀,"兰姨娘扑哧笑了,看看我,"跟英子一般大,减去一个甲子,才八岁!"

"你倒也跟了他五年了,你今年不是二十五岁了吗?"

"别看他六十八岁了,硬朗着呢!再过下去,我熬不过他,他们一家人对付我一个人,我还有几个五年好活!我不愿意把年轻的日子埋在他们家。可是,四海茫茫,我出来了,又该怎么样呢?我又没有亲人,苏州城里倒有一个三岁就把我卖了的亲娘,她住在哪条街上,我也记不得了呀!就记得那屋里有一盏油灯,照着躺在床上的哥哥,他病了,我娘坐在床边哭,应该就是为了这病哥哥才把我卖的吧!想起来梦似的,也不知道是我乱想的,还是真的……"

兰姨娘说着,眼里闪着泪光,是她不愿意哭出来吧,嘴上还勉强笑着。

妈不会说话,笨嘴拙舌的,也不劝劝兰姨娘。我想到去年七月半在北海看烧法船的时候,在人群里跟妈撒开了手,还急得大哭呢,一个人怎么能没有妈？三岁就没了妈,我也要哭了,我说:

"兰姨娘,就在我们家住下,我爸爸就爱留人住下,空房好几间呢!"

"乖孩子,好心肠,明天书念好了当女校长去,别嫁人,天底下男人没好的! 要是你爸妈愿意,我就跟你们家住一辈子,让我拜你妈当姐姐,问她愿意不愿意？"兰姨娘笑着说。

"妈愿意吧?"我真的问了。

"愿——意呀!"妈的声音好像在醋里泡过,怎么这么酸!

我可是很开心,如果兰姨娘能够好久好久地停留在我们家的话。她怎么也说我要当女校长呢? 有一次,我站在对街的测字摊旁看热闹,测字的先生忽然从他的后领里抽出一把折扇,指着我对那些要算命的人说:"看见没有? 这个小姑娘赶明能当女校长,她的鼻子又高又直,主意大着呢! 有男人气。"兰姨娘的话,测字先生的话,让人听了都舒服得很,使我觉得自己很了不起。

爸对兰姨娘也不错,那天我跟着爸妈到瑞蚨祥去买衣料,妈高高兴兴地为我和弟弟妹妹们挑选了一些衣料之后,爸忽然对我说:

"英子,你再挑一件给你兰姨娘,你知道她喜欢什么颜色的吗?"

"知道知道,"我兴奋得很,"她喜欢一件蛋青色的印度绸,镶上一道黑边儿,再压一道白芽儿……"我比手画脚说得高兴,一回头看见坐在玻璃柜旁的妈,妈正皱着眉头在瞪我。伙计早把深深浅浅的绸子捧来好几匹,爸挑了一色最浅的,低声下气地递到妈面前说:

"你看看这料子还好吗? 是真丝的吗?"

妈绷住脸,抓起那匹布的一端,大把地一攥,拳头紧紧的,像要把谁攥死。手松开来,那团绸子也慢慢散开,满是皱痕,妈说:

"你看好就买吧,我不懂!"

我也真不懂妈为什么忽然跟爸生气,直到有一天,在那云烟缭绕的鸦片烟香中,我才也闻出那味道的不对。

那个做九六公债的胡伯伯,常来我家打牌,他有一套烟具摆在我们家,爸爸有时也躺在那里陪胡伯伯玩两口。

兰姨娘很会烧烟,因为施伯伯也是抽大烟的。是要吃晚饭的时候了,爸和兰姨娘横躺在床上,面对面,枕着荷叶边的绣花枕头,上面是妈绣的拉锁牡丹花,中间那份烟具我很喜欢,像爸给我从日本带回来的一盒玩具。白铜烟盘里摆着小巧的烟灯,冒着青黄的火苗,兰姨娘用一根银签子从一个洋钱形的银盒里挑出一撮烟膏,在烟灯上烧得刺刺地响,然后把烟泡在她那红红的掌心上滚滚,就这么来回烧着滚着,烧好了插在烟枪上,把银签子抽出来,中间正是个小洞口。烟枪递给爸,爸嘬着嘴,对着灯火苏苏地抽着。我坐在小板凳上看兰姨娘的手看愣了,那烧烟的手法,真是熟巧。忽然,在喷云吐雾里,兰姨娘的手,被爸一把捉住了,爸说:

"你这是朱砂手,可有福气呢!"

兰姨娘用另一只手把爸的手甩打了一下,抽回手去,笑瞪着爸爸:

"别胡闹!没看见孩子?"

爸也许真的忘记我在屋里了,他侧抬起头,冲我不自然地一笑,爸的那副嘴脸!我打了一个冷战,不知怎么,立刻想到妈。我站起来,掀起布帘子,走出卧室,往外院的厨房跑去,我不知道为什么要在这时候找母亲,跑到厨房,我喊了一声:"妈!"背手倚着门框。

妈站在大炉灶前,头上满是汗,脸通红,她的肚子太大了,向外挺着,挺得像要把肚子送给人!锅里油热了,冒着烟,她把菜倒在锅里,才回过头来不耐烦地问我:

"干吗?"我回答不出,直着眼看妈的脸,她急了,又催我:"说话呀!"

我被逼得找话说,看她呱呱呱地用铲子敲着锅底,把炒熟的菜装在盘子里,那手法也是熟巧的,我只好说:

"我饿了,妈。"

妈完全不知道刚才的那一幕使我多么同情她,她只是骂我:

"你急什么?吃了要去赴死吗?"她扬起锅铲赶我,"去去去,热得很,别在我这儿捣乱!"

在我的泪眼中,妈妈的形象模糊了,我终于"哇"的一声哭了出来。宋妈把我一把拉出了厨房,她说什么?"一点儿都不知道心疼你妈,看这么热天,这么大肚子!"

我听了跳起脚来哭。

兰姨娘也从里院跑出来了,她说:

"刚才不是还好好的吗?这会工夫怎么又捣乱捣到厨房来啦!"

妈说:

"去叫她爸爸来揍她!"

天快黑了,我被围在家中女人们的中间,她们越叫我吃饭,我越伤心;她们越说我不懂事,我越哭得厉害。

在杂乱中,我忽然看见一个白色的影子从我身旁擦过,是——是多日不见的德先叔,他连看都不看我一眼,直往里院走。看着他那轻飘飘白绸子长衫的背影,我咬起牙,恨一切在我眼前的人,包括德先叔在内。

三

第二天早晨,我是全家最迟起来的人,醒来我还闭着眼睛想,早点是不是应当继续绝食下去?昨天抽大烟闹朱砂手的事,给我的不安还没有解开,它使我想到几件事:我记得妈跟别人说过,爸爸在日本吃花酒,一家挨一家,吃一整条街,从天黑吃到天亮,妈就在家里守到天亮,等着一个醉了的丈夫回来。我又记得我们住在城里时,每次到城南游艺园听夜戏回来,车子从胭脂胡同、韩家潭穿过时,宋妈总会把我从睡梦中推醒:"醒醒,醒醒,大小姐!看,多亮!"我睁开眼,原来正经过辉煌光亮的胡同,各家门前挂着围了小电灯扎彩的镜框,上面写着什么"弟弟""黛玉""绿琴"等等字样,奶妈跟我说过,兰姨娘没到施伯伯家以前,也是在这种地方住。她们是刮男人的钱、毁男人的家的坏东西!因为这样,所以一看到爸和兰姨娘那样的事,觉得使妈受了委屈,使我们都受了委屈。把原来喜欢兰姨娘的心,打了大大的折扣,我又恨,又怕。

我起床了,要到前院去,经过厢房时,一晃眼看见兰姨娘正在窗前的桌上摸骨牌,玩她的过五关斩六将,我装作没看见,直走过去,因为心中还恨恨的。

"英子!"兰姨娘隔着窗子在叫我。

我不得不进屋了,兰姨娘推开桌上的骨牌,站起来拉着我的手,温柔地说:

"看你这孩子,昨天一晚上把眼睛都哭肿了,饭也没吃。"她抚摩着我的头发,我绷着劲儿,一点笑容都没有。她又说:

"别难过,后天就是七月十五了,你要提什么样的莲花灯,兰姨娘给你买。"

我摇摇头,她又自管自地接着说:

"你不是说要特别花样的吗?我帮你做个西瓜灯,好哦?要把瓜吃空了,皮削脱,剩薄薄格一层瓤子,里面点上灯,透明格,蛮有趣。"

兰姨娘话说多了,就不由得带了她家乡的口音,轻轻软软,多么好听!我被她说得回心转意了,点点头。

她见我答应了也很高兴,忽然又闲话问我:

"昨天跟你爸瞎三话四,讲到半夜的那只四眼狗是什么人?"

"四眼狗?"我不懂。

兰姨娘淘气地笑了,她用手掌从脸上向下一抹,手指弯成两个圈,往眼睛上一比:

"喏!就是这个人呀!"

"啊——那是我德先叔。"

这时,不知是什么心情,忽然使我站在德先叔这一边了,我有意把德先叔叫得亲热些,并且说:

"他是很有学问的,所以要戴眼镜。他在北京大学念书,爸说,他是顶、顶、顶新的新青年,很了不起!"我挑着大拇指说,很有把兰姨娘卑贱的身份更压下去的意思。

"原来是大学生呀!"兰姨娘倒也缓和了,"那么就是你妈说过,常住在你们家躲风声的那个大学生喽?"

"是。"

"好,"兰姨娘点点头笑说,"你爸爸的心眼儿蛮好的,三六九等的人都留下了。"

我从兰姨娘的屋里出来,就不由得往前院德先叔住的南屋走去。我有权利去,因为南屋书桌抽屉里放着我的功课,我的小布人儿,我的《儿童世界》,德先叔正占用那书桌,我走进去就不客气地拉开书桌抽屉,翻这翻那,毫无目的。他被我在他身旁闹得低下头来看。我说:

"我的小刀呢?剪子呢?兰姨娘要给我做西瓜灯哪!"

"那个兰姨娘是你家什么人?我以前怎么没见过?"我多么高兴兰姨娘引起他的注意了。

"德先叔,你说那个兰姨娘好看不好看?"

"我不知道,我没看清楚。"

"她可看清楚你了,她说,你的眼睛很神气,戴着眼镜很有学问。"我想到"四眼狗",简直不敢正眼朝他脸上看,只听见他说:

"哦?——哦?"

吃午饭的时候,德先叔的话更多了,他不那样旁若无人地总对爸一个人说话了,也不时转过头向兰姨娘表示征求意见的样子,但是兰姨娘只顾给我夹菜,根本不留神他。

下午,我又溜到兰姨娘的屋里。我找个机会对兰姨娘说:

"德先叔夸你哩!"

"夸我?夸我什么呀?"

"我早上到书房去找剪刀,他跟我说:'你那个兰姨娘,很不错呀!'"

"哟!"兰姨娘抿着嘴笑了,"他还说什么?"

"他说——他说,他说你像他的一个女同学。"我瞎说。

"那——人家是大学堂的,我怎么比得了!"

晚饭桌上,兰姨娘就笑眯眯的了,跟德先叔也搭搭话。爸更高兴,他说:

"我这个人就是喜欢帮助落难的朋友,别人不敢答应的事,我不怕!"说着,他就拍拍胸脯。爸酒喝得够多,眼睛都红了,笑嘻嘻乜斜着眼看兰姨娘。妈的脸色好难看,站起来去倒茶,我的心又冷又怕,好像和妈妈被丢在荒野里。

我整日守着兰姨娘,不让她有一点点机会跟爸单独在一起。德先叔这次住在我们家倒是很少出去,整天待在屋里发愣,要不就在院子里晃来晃去的。

七月十五日的下午,兰姨娘的西瓜灯完成了。一吃过晚饭,天还没有黑,我就催着兰姨娘、宋妈,还有二妹,点上自己的灯到街上去,也逛别人的灯。临走的时候,我跑到德先叔的屋里,我说:

"我和兰姨娘去逛莲花灯,您去不去?我们在京华印书馆大楼底下等您!"说完我就跑了。

行人道上挤满了提灯和逛灯的人,我的西瓜灯很新鲜,很引人注意。但是不久我们就和宋妈、二妹她们走散了,我牵着兰姨娘的手,一直往西去,到了京华印书馆的楼前停下来,我假装找失散的宋妈她们,其实是在盼望德先叔。我在附近东张西望一阵没看见,失望地回到楼前来,谁知道德先叔已经来了,他正笑眯眯地跟兰姨娘点头,兰姨娘有点不好意思,也点头微笑着。德先叔说:

"密斯黄,对于民间风俗很有兴趣。"

兰姨娘仿佛很吃惊,不自然地说:

"哪里,哄哄孩子!您,您怎么知道我姓黄?"

我想兰姨娘从来没有被人叫过"密斯黄"吧,我知道,人家没结过婚的女学生才叫"密斯",兰姨娘倒也配!我不禁撇了一下嘴,心里真不服气,虽然我一心想把兰姨娘跟德先叔拉在一起。

"我听林太太讲起过,说密斯黄是一位很有志气的,敢向恶劣环境反抗的女性!"德先叔这么说就是了,我不信妈这样说过,妈根本不会说这样的话。

这一晚上,我提着灯,兰姨娘一手紧紧地按在我的肩头上,倒像是我在领着一个瞎子走夜路。我们一路慢慢走着,德先叔和兰姨娘中间隔着一个我,他们在低低地谈着,兰姨娘一笑就用小手绢捂着嘴。

第二天我再到德先叔屋里去,他跟我有的是话说了,他问我:

"你兰姨娘都看些什么书,你知道吗?"

"她正在看《二度梅》,你看过没有?"

德先叔难得向我笑笑,摇摇头,他从书堆里翻出一本书递给我说:"拿去给她看吧。"

我接过来一看,书面上印着:《易卜生戏剧集·傀儡家庭》。

第三天,我给他们传递了一次字条。第四天我们三个人去看了一次电影,我看不懂,但是兰姨娘看了当时就哭得欷欷的,德先叔递给她手绢擦,那电影是李丽吉舒主演的《二孤女》。第五天我们走得更远,到了三贝子花园。

从三贝子花园回来,我兴奋得不得了,恨不得飞回家,飞到妈的身边告诉她,我在三贝子花园畅观楼里照哈哈镜玩时,怎样一回头看见兰姨娘和德先叔手拉手,那副肉麻相!而且我还要把全部告诉妈!但是回到家里,卧室的门关了,宋妈不许我进去,她说:

"你妈给你又生了小妹妹!"

直到第二天,我才溜进去看,小妹妹瘦得很,白苍苍的小手,像鸡爪子,可是那接生的产婆山田太太直夸赞,她来给妹妹洗澡,一打开小被包,露出妹妹的鸡爪子,她就用日本话拉长了声说:

"可爱イネ——!可爱イネ——!"(可爱呀!可爱呀!)

妈端着一碗香喷喷的鸡酒煮挂面,望着澡盆里的小肉体微笑着。她没注意我正在床前的小茶几旁打转。我很喜欢妈生小孩子。因为可以跟着揩油吃些什么,小茶几上总有鸡酒啦、奶粉啦、黑糖水啦,我无所不好。但是我今天更兴奋的是,心里搁着一件事,简直是非告诉她不可啦!

妈一眼看见我了:

"我好像好几天都没看见你了,你在忙什么呢?这么热的天,又野跑到哪儿去了?"

"我一直在家里,您不信问兰姨娘好了。"

"昨天呢?"

"昨天——"

我也学会了鬼鬼祟祟,挤到妈床前,小声说:"兰姨娘没告诉您吗?我们到三贝子花园去了。妈,收票的大高人,好像更高了,我们三个人还跟他合照了一张相呢,我只到那人这里……"

"三个人?还有一个是谁?"

"您猜。"

"左不是你爸爸!"

"您猜错了。"看妈的一副苦相,我想笑,我不慌不忙地学着兰姨

娘,用手掌从脸上向下一抹,然后用手指弯成两个圈往眼睛上一比,我说:

"喏!就是这个人呀!"

妈皱起眉头在猜:

"这是谁?难道?难道是?——"

"是德先叔。"我得意地摇晃着身体,并且拍拍我的新妹妹的小被包。

"真的?"妈的苦相没了,又换了一副急相,"到底是怎么回事?你说,你从头儿说。"

我从四眼狗讲到哈哈镜,妈听我说得出了神,她怀中的瘦鸡妹妹早就睡着了,她还在摇着。

"都是你一个人捣的鬼!"妈好像责备我,可是她笑得那么好看。

"妈,"我有好大的委屈,"您那天还要叫爸揍我呢!"

"对了,这些事你爸知道不?"

"要告诉他么?"

"这样也好。"妈没理我,她低头呆想什么,微笑着自言自语地说。然后她又好像想起了什么,抬起头来对我说:

"你那天说要买什么来着?"

"一副滚铁环,一双皮鞋,现在我还要加上订一整年的《儿童世界》。"我毫不迟疑地说。

四

爸正在院子里浇花,这是他每天的功课,下班回家后,他换了衣服,总要到花池子花盆前摆弄好一阵子。那几盆石榴,春天爸给施了肥,满院子麻渣臭味,到五月,火红的花朵开了,现在中秋了,肥硕的大石榴都咧开了嘴向爸笑!但是今天爸并不高兴,他站在花前发呆。

我看爸瘦瘦高高,穿着白纺绸裤褂的身子,晃晃荡荡的,显得格外的寂寞,他从来没有这样过。

宋妈正在开饭,她一趟趟地往饭厅里运碗运盘,今天的菜很丰富,是给德先叔和兰姨娘送行。

我正在屋里写最后的大字。今年暑假过得很快乐,很新奇,可是暑假作业全丢下没有做,这个暑假没有人管我了。兰姨娘最初还催着我写九宫格,后来她只顾得看《傀儡家庭》了,就懒得理我的功课。九宫格里填满了我的潦草的墨迹,一张又一张的,我不像是学字,比鬼画符还难看。我从窗子正看到爸的白色的背影,不由得停下了笔,不知怎,心里觉得很对不起爸。

我很纳闷儿,德先叔和兰姨娘是怎么跟爸提起他们要一起走的事呢?我昨天晚上要睡觉时一进屋,只听到爸对妈说:

"……我怎么一点儿都不知道?"

我不知道爸说的是什么事,所以起初没注意,一边换衣服一边想我自己的事:还有两天就开学了,明天可该把大字补写出来了,可是一张九个字,十张九十个字,四十张三百六十个字,让我怎么赶呀!还是求求兰姨娘给帮忙吧。这时我又听见妈说:

"这种事怎么能叫你知道了去!哼!"妈冷笑了一下。

"那么你知道?"

"我?我也不知道呀!德先是怎么跟你提起的?"

"他先是说,这些日子风声又紧了,他必得离开北京,他打算先到天津看看,再坐船到上海去。随后他又说:'我有一件事要告诉大哥的,密斯黄预备和我一起走。'……"我这时才明白是讲的什么事,好奇地仔细听下去。

"哼!你听德先讲了还不吃一惊!"妈说。

"惊么该!"爸不服气,"不过出乎意料就是了,你真一点都不知道,一点都没看出来?"

"我从哪儿知道呢?"妈简直瞎说!停了一下妈又说:"平常倒也仿佛看出有那么点儿意思。"

"那为什么不跟我说?"

"哟!跟你说,难道你还能拦住人家不成,我看他们这样很不错。"

"好固然好,可是我对于德先这种偷偷摸摸的行为不赞成。"

妈听了从鼻子里笑了一声,一回头看见了我,就骂我:

"小孩子听什么!还不睡去!"

爸坐在那儿,两腿交叠着,不住地摇,我真想上前告诉他,在三贝子花园门口合照的相,德先叔还在上面题了字:"相逢何必曾相识",兰姨娘给我讲了好几遍呢!可是我怕说出来爸会骂我,打我。我默默地爬上床,躺下去,又听妈说:

"他们决定明天就走吗?那总得烧几样菜送送他们吧?"

"随便你吧!"

我再没听到什么了,心里只觉得舍不得兰姨娘,眼睛勉强睁开又闭上了。梦里还在写大字,兰姨娘按着我的右肩头,又仿佛是在逛灯的那晚上,我想举笔写字,她按得紧,抬不起手,怎么也写不成……

可是现在我正一张一张地写,终于在晚饭前写完了,我带着一嘴的黑胡子和黑手印上了饭桌,兰姨娘先笑了:

"你的大字倒刷好了?"

我今天挨着兰姨娘坐,心中真觉得舍不得,妈直让酒,向兰姨娘和德先叔说:

"你们俩一路顺风!"

爸不用人让,把自己灌得脸红红的,头上的青筋一条条像蚯蚓一样地暴露着,他举着酒杯伸出头,一直伸到兰姨娘的脸面,兰姨娘直朝后闪躲,嘴里说:

"林先生,你别再喝了,可喝不少了。"

爸忽然又直起身子来，做出老大哥的神气，醉言醉语地说：

"我这个人最肯帮朋友的忙，最喜欢成全朋友，是不是？德先，你可得好好待她哟！她就像我自家的妹子一样哟！"爸又转过头来向兰姨娘说："要是他待你不好，你尽管回到我这里来。"兰姨娘娇羞地笑着，就仿佛她是十八岁的大姑娘刚出嫁。

宋妈在旁边伺候，也笑眯着，用很新鲜的眼光看兰姨娘。同时还把洒了双妹花露水的毛巾，一回又一回地送给爸爸擦脸。

马车早就叫来停在大门口了。我们是全家上下在门口送行的，连刚满月的小妹妹都抱出大门口见风了。

黄昏的虎坊桥大街很热闹，来来往往的，眼前都是人，也有邻居围在马车前等着看新鲜，宋妈早就告诉人家了吧！

兰姨娘换了一个人，她的油光刷亮的麻花髻没有了，现在头发剪的是华伦王子式！就跟我故事书里画的一样：一排头发齐齐地齐着眉毛，两边垂到耳朵边。身上穿的正是那件蛋青绸子旗袍，做成长身坎肩另接两只袖子样式的，脖子上围一条白纱，斜斜地系成一个大蝴蝶结，就跟在女高师念书的张家三姨打扮得一个样！

她跟爸妈说了多少感谢的话，然后低下身来摸着我的脸说：

"英子，好好地念书，可别像上回那么招你妈生气了，上三年级可是大姑娘喽！"

我想哭，也想笑，不知什么滋味，看兰姨娘德先叔同进了马车，隔着窗子还跟我们招手。

那马车越走越远越快了，扬起一阵滚滚灰尘，就什么也看不清了。我仰头看爸爸，他用手摸着胸口，像妈每次生了气犯胃病那样，我心里只觉得有些对爸不起，更是同情。我轻轻推爸爸的大腿，问他：

"爸，你要吃豆蔻吗？我去给你买。"

他并没有听见，但冲那远远的烟尘摇摇头。

驴打滚儿

换绿盆儿的,用他的蓝布掸子的把儿,使劲敲着那个两面釉的大绿盆说:

"听听!你听听!什么声儿!哪找这绿盆儿去,赛江西瓷!您再添吧!"

妈妈用一堆报纸,三双旧皮鞋,两个破铁锅要换他的四只小板凳,一块洗衣服板;宋妈还要饶一个小小绿盆儿,留着拌黄瓜用。

我呢,抱着一个小板凳不放手。换绿盆儿的嚷着要妈妈再添东西。一件旧棉袄,两叠破书都加进去了,他还说:

"添吧,您。"

妈说:"不换了!"叫宋妈把东西搬进去,我着急买卖不能成交,凳子要交还他,谁知换绿盆儿的大声一喊:

"拿去吧!换啦!"他挥着手垂头丧气地说:"唉!谁让今儿个没开张哪!"

四个小板凳就摆在对门的大树荫底下,宋妈带着我们四个人——我,珠珠,弟弟,燕燕——坐在新板凳上讲故事。燕燕小,挤在宋妈的身边,半坐半靠着,吃她的手指头玩。

"你家小栓子多大了?"我问。

"跟你一般儿大,九岁喽!"

小栓子是宋妈的儿子。她这两天正给我们讲她老家的故事,地里的麦穗长啦,山坡的青草高啦,小栓子摘了狗尾巴花扎在牛犄角上啦。她手里还拿着一只厚厚的鞋底,用粗麻绳纳得密密的,是给小栓子做的。

"那么他也上三年级啦?"我问。

"乡下人有你这好命儿?他成年价给人看牛哪!"她说着停了手

里的活儿,举起锥子在头发里划几下,自言自语地说:"今年个,可得回家看看了,心里老不顺序。"她说完愣愣的,不知在想什么。

"那么你家丫头子呢?"

其实丫头子的故事我早已经知道了,宋妈讲过好几遍。宋妈的丫头子和弟弟一样,今年也四岁了。她生了丫头子,才到城里来当奶妈,一下就到我们家,做了弟弟的奶妈。她的奶水好,弟弟吃得又白又胖。她的丫头子呢,就在她来我家试妥了工以后,让她的丈夫抱回乡下去给人家奶去了。我问一次,她讲一次,我也听不腻就是了。

"丫头子呀,她花钱给人家奶去啦!"宋妈说。

"将来还归不归你?"

"我的姑娘不归我?你归不归你妈?"她反问我。

"那你为什么不自己给奶?为什么到我家当奶妈?为什么你赚的钱又给了人家去?"

"为什么?为的是——说了你也不懂,俺们乡下人命苦呀!小栓子他爸爸没出息,动不动就打我,我一狠心就出来当奶妈自己赚钱!"

我还记得她刚来的那一天,是个冬天,她穿着大红棉袄,里子是白布的,油亮亮的很脏了。她把奶头塞到弟弟的嘴里,弟弟就咕嘟咕嘟地吸呀吸呀,吃了一大顿奶,立刻睡着了,过了很久才醒来,也不哭了。就这样留下她当奶妈的。

过了三天,她的丈夫来了,拉着一匹驴,拴在门前的树干上。他有一张大长脸,黄板儿牙,怎么这么难看!妈妈下工钱了,折子上写着:一个月四块钱,两副银首饰,四季衣裳,一床新铺盖,过一年零四个月才许回家去。

穿着红棉袄的宋妈,把她的小孩子包裹在一条旧花棉被里,交给她的丈夫。她送她的丈夫和孩子出来时,哭了,背转身去掀起衣襟在擦眼泪,半天抬不起头来。媒人店的老张劝宋妈说:

"别哭了,小心把奶憋回去。"

宋妈这才止住哭,她把钱算给老张,剩下的全给了她丈夫。她嘱咐她丈夫许多话,她的丈夫说:

"您放心吧。"

他就抱着孩子牵着驴,走远了。

到了一年四个月,黄板儿牙又来了,他要接宋妈回去,但是宋妈舍不得弟弟,妈妈又要生小孩,就把她留下了。宋妈的大洋钱,数了一大垛交给她丈夫,他把钱放进蓝布褡裢里,叮叮当当的,牵着驴又走了。

以后他就每年来两回,小叫驴拴在院子里墙犄角,弄得满地的驴粪球,好在就一天,他准走。随着驴背滚下来的是一个大麻袋,里面不是大花生,就是大醉枣,是他送给老爷和太太——我爸爸和妈妈。乡下有的是。

我简直想不出宋妈要是真的回她老家去,我们家会成什么样儿。谁给我老早起来梳辫子上学去?谁喂燕燕吃饭?弟弟挨爸爸打的时候谁来护着?珠珠拉了屎谁来给擦?我们都离不开她呀!

可是她常常要提回家去的话,她近来就问了我们好几次:"我回俺们老家去好不好?"

"不许啦!"除了不会说话的燕燕以外,我们齐声反对。

春天弟弟出麻疹闹得很凶,他紧闭着嘴不肯喝那芦根汤,我们围着鼻子眼睛起满了红疹的弟弟。妈说:

"好,不吃药,就叫你奶妈回去!回去吧!宋妈!把衣服、玩意儿,都送给你们小栓子、小丫头子去!"

宋妈假装一边往外走一边说:

"走喽!回家喽!回家找俺们小栓子、小丫头子去哟!"

"我喝!我喝!不要走!"弟弟可怜巴巴地张开手,要过妈妈手里的那碗芦根汤,一口气喝下了大半碗。宋妈心疼得什么似的,立刻搂抱起弟弟,把头靠着弟弟滚烫的烂花脸儿说:

"不走！我不会走！我还是要俺们弟弟,不要小栓子,不要小丫头子！"跟着,她的眼圈可红了,弟弟在她的拍哄中渐渐睡着了。

前几天,一个管宋妈叫大婶儿的小伙子来了,他来住两天,想找活儿做。他会用铁丝给大门的电灯编灯罩儿,免得灯泡被贼偷走。宋妈问他说:

"你上京来的时候,看见我们小栓子好吧?"

"嗯。"他好像吃了一惊,瞪着眼珠,"我倒没看见,我是打刘村我舅舅那儿来的!"

"噢。"宋妈怀着心思地呆了一下,又问:"你打你舅舅那儿来的,那,俺们丫头子给刘村的金子他妈妈着,你可听说孩子结实吗?"

"哦?"他又一惊,"没——没听说。准没错儿,放心吧!"

停一下他可又说:

"大婶儿,您要能回趟家看看也好,三四年没回去啦!"

等到这个小伙子走了,宋妈跟妈妈说,她听了她侄子的话,吞吞吐吐的,很不放心。

妈妈安慰她说:

"我看你这侄儿不正经,你听,他一会儿打你们家来,一会儿打他舅舅家来。他自己的话都对不上,怎么能知道你家孩子的事呢!"

宋妈还是不放心,她说:

"打今年个一开年,我心里就老不顺序,做了好几回梦啦!"

她叫了算命的给解梦。礼拜那天又叫我替她写信。她老家的地名我已经背下了:顺义县牛栏山冯村妥交冯大明吾夫平安家信。

"念书多好,看你九岁就会写信,出门丢不了啦!"

"信上说什么?"我拿着笔,铺一张信纸,逗起能来。

"你就写呀,家里大小可平安？小栓子到野地里放牛要小心,别尽顾得下水里玩,我给做好了两双鞋一套裤褂。丫头子那儿别忘了到时候送钱去！给人家多道道乏。拿回去的钱前后快二百块了,后坡的二分地该赎就赎回来,省得老种人家的地。还有,我这儿倒是平安,就是惦记着孩子,赶下个月要来的时候,把栓子带来我瞅瞅也安心。还有……"

"这封信太长了!"我拦住她没完没了的话,"还是让爸爸写吧!"

爸爸给她写的信寄出去,宋妈这几天很高兴。现在,她问弟弟说:

"要是小栓子来,你的新板凳给不给他坐?"

"给呀!"弟弟说着立刻就站起来。

"我也给。"珠珠说。

"等小栓子来,跟我一块儿上附小念书好不好?"我说。

"那敢情好,只要你妈答应让他在这儿住着。"

"我去说!我妈妈很听我的话。"

"小栓子来了,你们可别笑他呀,英子,你可是顶能笑话人!他是乡下人,可土着呢!"宋妈说的仿佛小栓子等会儿就到似的。她又看看我说:

"英子,他准比你高,四年了,可得长多老高呀!"

宋妈高兴得抱起燕燕,放在她的膝盖上。膝盖头颠呀颠的,她唱起她的歌:

"鸡蛋鸡蛋壳壳儿,里头坐个哥哥儿,哥哥出来卖菜,里头坐个奶奶,奶奶出来烧香,里头坐个姑娘,姑娘出来点灯,烧了鼻子眼睛!"

她唱着,用手扳住燕燕的小手指,指着鼻子和眼睛,燕燕笑得咯咯的。

宋妈又唱那快板儿的:

"槐树槐,槐树槐,槐树底下搭戏台,人家姑娘都来到,就差我的姑娘还没来;说着说着就来了,骑着驴,打着伞,光着屁股挽着髻……"

太阳斜过来了,金黄的光从树叶缝里透过来,正照着我的眼,我随着宋妈的歌声,斜头躲过晃眼的太阳,忽然看见远远的胡同口外,一团黑在动着。我举起手遮住阳光仔细看,真是一匹小驴,得、得、得地走过来了。赶驴的人,蓝布的半截褂子上,蒙了一层黄土。哟!那不是黄板儿牙吗?我喊宋妈:

"你看,真有人骑驴来了!"

宋妈停止了歌声,转过头去呆呆地看。

黄板儿牙一声:"窝——哦!"小驴停在我们的面前。

宋妈不说话,也不站起来,刚才的笑容没有了,绷着脸,眼直直瞅着她的丈夫,仿佛等什么。

黄板儿牙也没说话,扑扑地掸打他的衣服,黄土都飞起来了。我看不起他!拿手捂着鼻子。他又摘下了草帽扇着,不知道跟谁说:

"好热呀!"

宋妈这才好像忍不住了,问说:

"孩子呢?"

"上——上他大妈家去了。"他又抬起脚来掸鞋,没看宋妈。他的白布的袜子都变黄了,那也是宋妈给做的。他的袜子像鞋一样,底子好几层,细针密线儿纳出来的。

我看着驴背上的大麻袋,不知道里面这回装的是什么。黄板儿牙把口袋拿下来解开了,从里面掏出一大捧烤得倍儿干的挂落枣给我,咬起来是脆的,味儿是辣的,香的。

"英子,你带珠珠上小红她们家玩去,挂落枣儿多拿点儿去,分给人家吃。"宋妈说。

我带着珠珠走了,回过头看,宋妈一手收拾起四个新板凳,一手抱燕燕,弟弟拉着她的衣角,他们正向家里走。黄板儿牙牵起小叫驴,走进我家门,他准又要住一夜。他的驴满地打滚儿,爸爸种的花草,又要被糟践了。

等我们从小红家回来,天都快黑了,挂落枣没吃几个,小红用细绳穿好全给我挂在脖子上了。

进门看见宋妈和她丈夫正在门道里。黄板儿牙坐在我们的新板凳上发呆,宋妈蒙着脸哭,不敢出声儿。

屋里已经摆上饭菜了。妈妈在喂燕燕吃饭,皱着眉,抿着嘴,又摇头又叹气,神气挺不对。

"妈,"我小声地叫,"宋妈哭呢!"

妈妈向我轻轻地摆手,禁止我说话。什么事情这样地重要?

"宋妈的小栓子已经死了。"妈妈沙着嗓子对我说,她又转向爸爸,"唉!已经死了一两年,到现在才说出来,怪不得宋妈这一阵子总是心不安,一定要叫她丈夫来问问。她侄子那次来,是话里有意思的。两件事一齐发作,叫人怎么受!"

爸爸也摇头叹息着,没有话可说。

我听了也很难过,不知道另外还有一件事是什么,又不敢问。

妈妈叫我去喊宋妈来,我也感觉是件严重的事,到门道里,不敢像每次那样大声吆喝她,我轻轻地喊:

"宋妈,妈叫你呢!"

宋妈很不容易地止住抽噎的哭声,到屋里来。妈对她说:

"你明天跟他回家去看看吧,你也好几年没回家了。"

"孩子都没了,我还回去干吗?不回去了,死也不回去了!"宋妈红着眼狠狠地说,并且接过妈妈手中的汤匙喂燕燕,好像这样就表示她待定在我们家不走了。

"你家丫头子到底给了谁呢?能找回来吗?"

"好狠心呀!"宋妈恨得咬着牙,"那年抱回去,敢情还没出哈德门,他就把孩子给了人,他说没要人家钱,我就不信!"

"给了谁,有名有姓,就有地方找去。"

"说是给了一个赶马车的,公母俩四十岁了没儿没女,谁知道他说的是真话假话!"

"问清楚了找找也好。"

原来是这么一回事儿,宋妈成年跟我们念叨的小栓子和丫头子,这一下都没有了。年年宋妈都给他们两个做那么多衣服和鞋子,她的丈夫都送给了谁?旧花棉被里裹着的那个小婴孩,到了谁家了?我想问小栓子是怎么死的,可是看着宋妈的红肿的眼睛,就不敢问了。

"我看你还是回去。"妈妈又劝她,但是宋妈摇摇头,不说什么,尽管流泪。她一匙一匙地喂燕燕,燕燕也一口一口吃,但两眼却盯着宋妈看。因为宋妈从来没有这个样子过。

宋妈照样地替我们四个人打水洗澡,每个人的脸上、脖子上扑上厚厚的痱子粉,照样把弟弟和燕燕送上了床。只是她今天没有心思再唱她的打火链儿的歌儿了,光用扇子扑呀扑呀扇着他们睡了觉。一切都照常,不过她今天没有吃晚饭,把她的丈夫扔在门道儿里不理他。他呢,正用打火石打亮了火,吧嗒吧嗒地抽着旱烟袋。小驴大概饿了,它在地上卧着,忽然仰起脖子一声高叫,多么难听!黄板儿牙过去打开了一袋子干草,它看见吃的,一翻滚,站起来,小蹄子把爸爸种在花池子边的玉簪花又给踩倒了两三棵。驴子吃上干草了,鼻子一抽一抽的,大黄牙齿露着。怪不得,宋妈的丈夫像谁来着,原来是它!宋妈为什么嫁给黄板儿牙,这蠢驴!

第二天早上我起来,朝窗外看去,驴没了,地上留了一堆粪球,宋妈在打扫。她一抬头看见了我,招手叫我出去。

我跑出来,宋妈跟我说:

"英子,别乱跑,等会跟我出趟门,你识字,帮我找地方。"

"到哪儿去?"我很奇怪。

"到哈德门那一带去找找——"说着她又哭了,低下头去,把驴粪撮进簸箕里,眼泪掉在那上面,"找丫头子。"

"好。"我答应着。

宋妈和我偷偷出去的,妈妈哄着弟弟他们在房里玩。出了门走不久,宋妈就后悔了:

"应当把弟弟带着,他回头看不见我准得哭,他一时一刻也没离开过我呀!"

就是为了这个,宋妈才一年年留在我家的,我这时仗着胆子问:

"小栓子怎么死的? 宋妈。"

"我不是跟你说过,冯村的后坡下有条河吗?……"

"是呀,你说,叫小栓子放牛的时候要小心,不要净顾得玩水。"

"他掉在水里死的时候,还不会放牛呢,原来正是你妈妈生燕燕那一年。"

"那时候黄板——嗯,你的丈夫做什么去了?"

"他说他是上地里去了,他要不是上后坡草棚里耍钱去才怪呢!准是小栓子饿了一天找他要吃的去,给他轰出来了。不是上草棚,走不到后坡的河里去。"

"还有,你的丈夫为什么要把小丫头子送给人?"

"送了人不是更松心吗? 反正是个姑娘不值钱。要不是小栓子死了! 丫头子,我不要也罢。现在我就不能不找回她来,要花钱就花吧。"

宋妈说,我们从绒线胡同走,穿过兵部洼、中街、西交民巷,出东交民巷就是哈德门大街。我在路上忽然又想起一句话。

"宋妈,你到我们家来,丢了两个孩子不后悔吗?"

"我是后悔——后悔早该把俺们小栓子接进城来,跟你一块儿念书认字。"

"你要找到丫头子呢,回家吗?"

"嗯。"宋妈瞎答应着,她并没有听清我的话。

我们走到西交民巷的中国银行门口,宋妈在石阶上歇下来,过路来了一个卖吃的也停在这儿。他支起木架子把一个方木盘子摆上去,然后掀开那块盖布,在用黄色的面粉做一种吃的。

"宋妈,他在做什么?"

"啊?"宋妈正看着砖地在发愣,她抬起头来看看说,"那叫驴打滚儿。把黄米面蒸熟了,包黑糖,再在绿豆粉里滚一滚,挺香,你吃不吃?"

吃的东西起名叫"驴打滚儿",很有意思,我哪有不吃的道理!我咽咽唾沫点点头,宋妈掏出钱来给我买了两个。她又多买了几个,小心地包在手绢里,我说:

"是买给丫头子的吗?"

出了东交民巷,看见了热闹的哈德门大街了,但是往哪边走?我们站在美国同仁医院的门口。宋妈的背,汗湿透了,她提起竹布褂的两肩头抖落着,一边东看看,西看看。

"走那边吧。"她指指斜对面,那里有一排不是楼房的店铺。走过了几家,果然看见一家马车行,里面很黑暗,门口有人闲坐着。宋妈问那人说:

"跟您打听打听,有个赶马车的老大哥,跟前有一个姑娘的,在您这儿吧?"

那人很奇怪地把宋妈和我上下看了看:

"你们是哪儿的?"

"有个老乡亲托我给他带个信儿。"

那人指着旁边的小胡同说:

"在家哪,胡同底那家就是。"

宋妈很兴奋,直向那人道谢,然后她拉着我的手向胡同里走去。这是一条死胡同,走到底,是个小黑门,门虽关着,一推就开了,院子里有两三个孩子在玩土。

"劳驾,找人哪!"宋妈大声喊。

其中一个小孩子就向着屋里高声喊了好几声:

"姥姥,有人找。"

屋里出来了一位老太太,她耳朵聋,大概眼睛也快瞎了,竟没看见我们站在门口,孩子们说话她也听不见,直到他们用手指着我们,她才向门口走来。宋妈大声地喊:

"您这院里住几家子呀?"

"啊啊就一家。"老太太用手罩着耳朵才听见。

"您可有个姑娘呀?"

"有呀,你要找孩子他妈呀?"她指着三个男孩子。

宋妈摇摇头,知道完全不对头了,没等老太太说完就说:

"找错人了!"

我们从哈德门里走到哈德门外,一共看见了三家马车行,都问得人家直摇头。我们就只好照着原路又走回来,宋妈在路上一句话也不说,半天才想起什么来,对我说:

"英子,你走累了吧? 咱们坐车好不?"

我摇摇头,仰头看宋妈,她用手使劲捏着两眉间的肉,闭上眼,有点站不稳,好像要昏倒的样子。她又问我:

"饿了吧?"说着就把手巾包打开,拿出一个刚才买的驴打滚儿来,上面的绿豆粉已经被黄米面溶湿了。我嘴里念了一声:"驴打滚儿!"接过来,放在嘴里。

我对宋妈说:

"我知道为什么叫驴打滚儿了,你家的驴在地上打个滚起来,屁股底下总有这么一堆。"我提起一个给她看,"像驴粪球不?"

我是想逗宋妈笑的,但是她不笑,只说:

"吃吧!"

半个月过去,宋妈说,她跑遍了北京城的马车行,也没有一点点丫头的影子。

树荫底下听不见冯村后坡上小栓子放牛的故事了,看不见宋妈手里那一双双厚鞋底了,也不请爸爸给写平安家信了。她总是把手上的银镯子转来转去地呆看着,没有一句话。

冬天又来了,黄板儿牙又来了,宋妈把他撂在下房里一整天,也不跟他说话。这是下雪的晚上,我们吃过晚饭挤在窗前看院子。宋妈把院子的电灯捻开,灯光照在白雪上,又平又亮。天空还在不断地落着雪,一层层铺上去。宋妈喂燕燕吃冻柿子,我念着国文上的那课叫作《下雪》的课文:

一片一片又一片,
两片三片四五片。
六片七片八九片,
飞入芦花都不见。

老师说,这是一个不会作诗的皇帝作的诗,最后一句还是他的臣子给接上去的。但是念起来很顺嘴,很好听。

妈妈在灯下做燕燕的红缎子棉袄,棉花撕得小小的、薄薄的,一层层地铺上去。妈妈说:

"把你当家的叫来,信是我请老爷偷着写的,你跟他回去吧,明年生了儿子再回这儿来。是儿不死,是财不散,小栓子和丫头子,活该命里都不归你,有什么办法!你不能打这儿起就不生养了!"

宋妈一声不言语,妈妈又问:

"你瞧怎么样?"

宋妈这才说:

"也好,我回家跟他算账去!"

爸爸和妈妈都笑了。

"这几个孩子呢?"宋妈说。

"你还怕我亏待了他们吗?"妈妈笑着说。

宋妈看着我说:

"你念书大了,可别欺侮弟弟呀!别净给他跟你爸爸告状,他小。"

弟弟已经倒在椅子上睡着了,他现在很淘气,常常爬到桌子上翻我的书包。

宋妈把弟弟抱到床上去,她轻轻给弟弟脱鞋,怕惊醒了他。她叹口气说:"明天早上看不见我,不定怎么闹。"她又对妈妈说:"这孩子脾气犟,叫老爷别动不动就打他;燕燕这两天有点咳嗽,您还是拿鸭儿梨炖冰糖给她吃;英子的毛窝我带回去做,有人上京就给捎了来;珠珠的袜子都该补了。还有……我看我还是……唉!"宋妈的话没有说完,就不说了。

妈妈把折子拿出来,叫爸爸念着,算了许多这钱那钱给她,她毫不在乎地接过钱,数也不数,笑得很惨:

"说走就走了!"

"早点睡觉吧,明天你还得起早。"妈妈说。

宋妈打开门看看天说。

"那年个,上京来的那天也是下着鹅毛大雪,一晃儿,四年了。"

她的那件红棉袄,也早就拆了,旧棉花换了榧子儿,泡了梳头用,面子和里子给小栓子纳鞋底用了。

"妈,宋妈回去还来不来了?"我躺在床上问妈妈。

妈妈摆手叫我小声点儿,她怕我吵醒了弟弟,她轻轻地对我说:

"英子,她现在回去,也许到明年的下雪天又来了,抱着一个新的娃娃。"

"那时候她还要给我们家当奶妈吧?那您也再生一个小妹妹。"

"小孩子胡说!"妈妈摆着正经脸骂我。

"明天早上谁给我梳辫子?"我的头发又黄又短,很难梳,每天早上总是跳脚催着宋妈,她就要骂我:"催惯了,赶明儿要上花轿了也这么催,多寒碜!"

"明天早点儿起来,还可以赶着让宋妈给你梳了辫子再走。"妈妈说。

天刚蒙蒙亮,我就醒了,听见窗外沙沙的声音,我忽然想起一件事,赶快起床下地跑到窗边向外看,雪停了,干树枝上挂着雪,小驴拴在树干上,它一动弹,树枝上的雪就抖搂下来,掉在驴背上。

我轻轻地穿上衣服出去,到下房找宋妈,她看我这样早起来吓一跳。我说:

"宋妈,给我梳辫子。"

她今天特别地和气,不唠叨我了。

小驴儿吃好了早点,黄板儿牙把它牵到大门口,被褥一条条地搭在驴背上,好像一张沙发椅那么厚,骑上去一定很舒服。

宋妈打点好了,她把一条毛线大围巾包住头,再在脖子上绕两绕。她跟我说:

"我不叫醒你妈了,稀饭在火上炖着呢!英子,好好念书,你是大姐,要有个大姐样儿。"说完她就盘腿坐在驴背上,那姿势真叫绝!

黄板儿牙拍了一下驴屁股,小驴儿朝前走,在厚厚雪地上印下一个个清楚的蹄印儿。黄板儿牙在后面跟着驴跑,嘴里喊着:"嘚、嘚、嘚、嘚。"

驴脖子上套了一串小铃铛,在雪后清新的空气里,响得真好听。

爸爸的花儿落了　我也不再是小孩子

新建的大礼堂里,坐满了人;我们毕业生坐在前八排,我又是坐在最前一排的中间位子上。我的襟上有一朵粉红色的夹竹桃,是临来时妈妈从院子里摘下来给我别上的,她说:

"夹竹桃是你爸爸种的,戴着它,就像爸爸看见你上台一样!"

爸爸病倒了,他住在医院里不能来。

昨天我去看爸爸,他的喉咙肿胀着,声音是低哑的。我告诉爸,行毕业典礼的时候,我代表全体同学领毕业证书,并且致谢词。我问爸,能不能起来,参加我的毕业典礼?六年前他参加了我们学校的那次欢送毕业同学同乐会时,曾经要我好好用功,六年后也代表同学领毕业证书和致谢词。今天,"六年后"到了,老师真的选了我做这件事。

爸爸哑着嗓子,拉起我的手笑笑说:

"我怎么能够去?"

但是我说:

"爸爸,你不去,我很害怕,你在台底下,我上台说话就不发慌了。"

爸爸说:

"英子,不要怕,无论什么困难的事,只要硬着头皮去做,就闯过去了。"

"那么爸不也可以硬着头皮从床上起来,到我们学校去吗?"

爸爸看着我,摇摇头,不说话了。他把脸转向墙那边,举起他的手,看那上面的指甲。然后,他又转过脸来叮嘱我:

"明天要早起,收拾好就到学校去,这是你在小学的最后一天了,可不能迟到啊!"

"我知道,爸爸。"

"没有爸爸,你更要自己管自己,并且管弟弟和妹妹,你已经大了,是不是,英子?"

"是。"我虽然这么答应了,但是觉得爸爸讲的话很使我不舒服,自从六年前的那一次,我何曾再迟到过?

当我上一年级的时候,就有早晨赖在床上不起床的毛病。每天早晨醒来,看到阳光照到玻璃窗上了,我的心里就是一阵愁:已经这么晚了,等起来,洗脸,扎辫子,换制服,再到学校去,准又是一进教室被罚站在门边,同学们的眼光,会一个个向你投过来,我虽然很懒惰,可也知道害羞呀!所以又愁又怕,每天都是怀着恐惧的心情,奔向学校去。最糟的是爸爸不许小孩子上学坐车的,他不管你晚不晚。

有一天,下大雨,我醒来就知道不早了,因为爸爸已经在吃早点。我听着,望着大雨,心里愁得不得了。我上学不但要晚了,而且要被妈妈打扮得穿上肥大的夹袄(是在夏天!)和踢拖着不合脚的油鞋,举着一把大油纸伞,走向学校去!想到这么不舒服地上学,我竟有勇气赖在床上不起来了。

等一下,妈妈进来了。她看见我还没有起床,吓了一跳,催促着我,但是我皱紧了眉头,低声向妈哀求说:

"妈,今天晚了,我就不去上学了吧?"

妈妈就是做不了爸爸的主意,当她转身出去,爸爸就进来了。他瘦瘦高高的,站在床前来,瞪着我:

"怎么还不起来,快起!快起!"

"晚了!爸!"我硬着头皮说。

"晚了也得去,怎么可以逃学!起!"

一个字的命令最可怕,但是我怎么啦!居然有勇气不挪窝。

爸气极了,一把把我从床上拖起来,我的眼泪就流出来了。爸左看右看,结果从桌上抄起鸡毛掸子倒转来拿,藤鞭子在空中一抡,就发出咻咻声音,我挨打了!

爸把我从床头打到床角,从床上打到床下,外面的雨声混合着我的哭声。我哭号,躲避,最后还是冒着大雨上学去了。我是一只狼狈的小狗,被宋妈抱上了洋车——第一次花五大枚坐车去上学。

我坐在放下雨篷的洋车里,一边抽抽搭搭地哭着,一边撩起裤脚来检查我的伤痕。那一条条鼓起的鞭痕,是红的,而且发着热。我把裤脚向下拉了拉,遮盖住最下面的一条伤痕,我怕同学耻笑我。

虽然迟到了,但是老师并没有罚我站,这是因为下雨天可以原谅的缘故。

老师教我们先静默再读书。坐直身子,手背在身后,闭上眼睛,静静地想五分钟。老师说:想想看,你是不是听爸妈和老师的话?昨天的功课有没有做好?今天的功课全带来了吗?早晨跟爸妈有礼貌地告别了吗?……我听到这儿,鼻子抽搭了一大下,幸好我的眼睛是闭着的,泪水不至于流出来。

正在静默的当中,我的肩头被拍了一下,急忙地睁开了眼,原来是老师站在我的位子边。他用眼势告诉我,叫我向教室的窗外看去,我猛一转头看,是爸爸那瘦高的影子!

我刚安静下来的心又害怕起来了!爸为什么追到学校来?爸爸点头示意招我出去。我看看老师,征求他的同意,老师也微笑地点点头,表示答应我出去。

我走出了教室,站在爸面前。爸没说什么,打开了手中的包袱,拿出来的是我的花夹袄。他递给我,看着我穿上,又拿出两个铜子儿来给我。

后来怎么样了,我已经不记得,因为那是六年以前的事了。只记得,从那以后,到今天,每天早晨我都是等待着校工开大铁栅校门的学生之一。冬天的清晨站在校门前,戴着露出五个手指头的那种手套,举了一块热乎乎的烤白薯在吃着。夏天的早晨站在校门前,手里举着从花池里摘下的玉簪花,送给亲爱的韩老师,她教我唱歌跳舞。

啊!这样的早晨,一年年都过去了,今天是我最后一天在这学校里啦!

当当当,钟响了,毕业典礼就要开始。看外面的天,有点阴,我忽然想,爸爸会不会忽然从床上起来,给我送来花夹袄?我又想,爸爸的病几时才能好?妈妈今早的眼睛为什么红肿着?院里大盆的石榴和夹竹桃今年爸爸都没有给上麻渣,他为了叔叔给日本人害死,急得吐血了,到了五月节,石榴花没有开得那么红,那么大。如果秋天来了,爸还要买那样多的菊花,摆满在我们的院子里、廊檐下、客厅的花架上吗?

爸是多么喜欢花。

每天他下班回来,我们在门口等他,他把草帽推到头后面抱起弟弟,经过自来水龙头,拿起灌满了水的喷水壶,唱着歌儿走到后院来。他回家来的第一件事就是浇花。那时太阳快要下去了,院子里吹着凉爽的风,爸爸摘下一朵茉莉插到瘦鸡妹妹的头发上。陈家的伯伯对爸爸说:"老林,你这样喜欢花,所以你太太生了一堆女儿!"我有四个妹妹,只有两个弟弟。我才十二岁。……

我为什么总想到这些呢?韩主任已经上台了,他很正经地说:"各位同学都毕业了,就要离开上了六年的小学到中学去读书,做了中学生就不是小孩子了,当你们回到小学来看老师的时候,我一定高兴看你们都长高了,长大了……"

于是我唱了五年的骊歌,现在轮到同学们唱给我们送别:

"长亭外,古道边,芳草碧连天……问君此去几时来,来时莫徘徊!天之涯,地之角,知交半零落,人生难得是欢聚,惟有别离多……"

我哭了,我们毕业生都哭了。我们是多么喜欢长高了变成大人,我们又是多么怕呢!当我们回到小学来的时候,无论长得多么高,多么大,老师!你们要永远拿我当个孩子呀!

做大人,常常有人要我做大人。

宋妈临回她的老家的时候说:

"英子,你大了,可不能跟弟弟再吵嘴!他还小。"

兰姨娘跟着那个四眼狗上马车的时候说:

"英子,你大了,可不能招你妈妈生气了!"

蹲在草地里的那个人说：

"等到你小学毕业了，长大了，我们看海去。"

虽然，这些人都随着我长大没了影子了。是跟着我失去的童年也一块儿失去了吗？

爸爸也不拿我当孩子了，他说：

"英子，去把这些钱寄给在日本读书的陈叔叔。"

"爸爸！——"

"不要怕，英子，你要学做许多事，将来好帮着你妈妈。你最大。"

于是他数了钱，告诉我怎样到东交民巷的正金银行去寄这笔钱——到最里面的柜子上去要一张寄款单，填上"金柒拾圆也"，写上日本横滨的地址，交给柜台里的小日本儿！

我虽然很害怕，但是也得硬着头皮去。——这是爸爸说的，无论什么困难的事，只要硬着头皮去做，就闯过去了。

"闯练，闯练，英子。"我临去时爸爸还这样叮嘱我。

我心情紧张地手里捏紧一卷钞票到银行去。等到从最高台阶的正金银行出来，看着东交民巷街道中的花圃种满了蒲公英，我高兴地想：闯过来了，快回家去，告诉爸爸，并且要他明天在花池里也种满了蒲公英。

快回家去！快回家去！拿着刚发下来的小学毕业文凭——红丝带子系着的白纸筒，催着自己，我好像怕赶不上什么事情似的，为什么呀？

进了家门，静悄悄的，四个妹妹和两个弟弟都坐在院子里的小板凳上，他们在玩沙土，旁边的夹竹桃不知什么时候垂下了好几枝子，散散落落的很不像样，是因为爸爸今年没有收拾它们——修剪、捆扎和施肥。

石榴树大盆底下也有几粒没有长成的小石榴；我很生气，问妹妹们：

"是谁把爸爸的石榴摘下来的？我要告诉爸爸去！"

妹妹们惊奇地睁大了眼，她们摇摇头说："是它们自己掉下来的。"

我捡起小青石榴。缺了一根手指头的厨子老高从外面进来了，他说：

"大小姐，别说什么告诉你爸爸了，你妈妈刚从医院来了电话，叫你赶快去，你爸爸已经……"

他为什么不说下去了？我忽然着急起来，大声喊着说：

"你说什么？老高。"

"大小姐，到了医院，好好儿劝劝你妈，这里就数你大了！就数你大了！"

瘦鸡妹妹还在抢燕燕的小玩意儿，弟弟把沙土灌进玻璃瓶里。是的，这里就数我大了，我是小小的大人。我对老高说：

"老高，我知道是什么事了，我就去医院。"我从来没有过这样的镇定，这样的安静。

我把小学毕业文凭，放到书桌的抽屉里，再出来，老高已经替我雇好了到医院的车子。走过院子，看那垂落的夹竹桃，我默念着：

爸爸的花儿落了，我也不再是小孩子。

冬阳·童年·骆驼队
——《城南旧事》出版后记

骆驼队来了，停在我家的门前。

它们排列成一长串，沉默地站着，等候人们的安排。天气又干又冷，拉骆驼的摘下了他的毡帽，秃瓢儿上冒着热气，是一股白色的烟，融入干冷的大气中。

爸爸在和他讲价钱。双峰的驼背上,每匹都驮着两麻袋煤。我在想,麻袋里面是"南山高末"呢,还是"乌金墨玉"?我常常看见顺城街煤栈的白墙上,写着这样几个大黑字。但是拉骆驼的说,他们从门头沟来,他们和骆驼,是一步一步走来的。

另外一个拉骆驼的,在招呼骆驼们吃草料。它们把前脚一屈,屁股一撅,就跪了下来。

爸爸已经和他们讲好价钱了。人在卸煤,骆驼在吃草。

我站在骆驼的面前,看它们吃草料咀嚼的样子,那样丑的脸,那样长的牙,那样安静的态度。它们咀嚼的时候,上牙和下牙交错地磨来磨去,大鼻孔里冒着热气,白沫子沾满在胡须上。我看呆了,自己的牙齿也动了起来。

老师教给我,要学骆驼,沉得住气的动物。看它从不着急,慢慢地走,慢慢地嚼,总会走到的,总会吃饱的。也许它天生是该慢慢的,偶然躲避车子跑两步,姿势就很难看。

骆驼队伍过来时,你会知道,打头儿的那一匹,长脖子底下总系着一个铃铛,走起来,"当、当、当"地响。

"为什么要一个铃铛?"我不懂的事就要问一问。

爸爸告诉我,骆驼很怕狼,因为狼会咬它们,所以人类给它戴上铃铛,狼听见铃铛的声音,知道那是有人类在保护着,就不敢侵犯了。

我的幼稚心灵中却充满了和大人不同的想法,我对爸爸说:

"不是的,爸!它们软软的脚掌走在软软的沙漠上,没有一点点声音,你不是说,它们走上三天三夜都不喝一口水,只是不声不响地咀嚼着从胃里反刍出来的食物吗?一定是拉骆驼的人类,耐不住那长途寂寞的旅程,所以才给骆驼戴上了铃铛,增加一些行路的情趣。"

爸爸想了想,笑笑说:

"也许,你的想法更美些。"

冬天快过完了,春天就要来,太阳特别暖和,暖得让人想把棉袄脱下来。可不是么？骆驼也脱掉它的绒袍子啦！它的毛皮一大块一大块地从身上掉下来，垂在肚皮底下。我真想拿剪刀替它们剪一剪，因为太不整齐了。拉骆驼的人也一样，他们身上那件反穿大羊皮，也都脱下来了，搭在骆驼背的小峰上。麻袋空了，"乌金墨玉"都卖了，铃铛在轻松的步伐里响得更清脆。

夏天来了，再不见骆驼的影子，我又问妈：

"夏天它们到哪儿去？"

"谁？"

"骆驼呀！"

妈妈回答不上来了，她说：

"总是问，总是问，你这孩子！"

夏天过去，秋天过去，冬天又来了，骆驼队又来了，但是童年却一去不还。冬阳底下学骆驼咀嚼的傻事，我也不会再做了。

可是，我是多么想念童年住在北京城南的那些景色和人物啊！我对自己说，把它们写下来吧，让实际的童年过去，心灵的童年永存下来。

就这样，我写了一本《城南旧事》。

我默默地想，慢慢地写。看见冬阳下的骆驼队走过来，听见缓慢悦耳的铃声，童年重临于我的心头。

一九六〇年十月

婚姻的故事

虽然时代已经不是旧的时代了,但是在那个古老的地方,以及我结婚所要生活的那个家庭,母亲多多少少也为我准备了一些嫁奁:四铺四盖,四季衣服,四只箱子,一盒首饰,以及零星的脸盆、痰盂、台灯,甚至连马桶都陪送了。

"送嫁奁"那天,家里很热闹。妈妈请了四位全福太太给我缝被,妈妈是寡妇,不够全福,但是真正的全福太太都是洋学堂出身,只会缝,不会念喜歌,妈妈和王妈便在一旁指导,教她们一句一句地念着、缝着,大家笑着,充满了喜气。是应当这样的。

我的同学傅也来了,她比我晚一个月在天津结婚,特地来看看我的嫁奁和我自己设计的新娘礼服。我的头纱是在王府井大街印度人开的力古洋行买的,头花是在东安市场定制的白缎玫瑰,礼服也是自己买了白软缎设计请裁缝做的,加起来的价钱,比到紫房子去租还要便宜。傅惊喜地说:

"你给人做了几次伴娘,都穿的是紫房子租的礼服,紫房子那个上海老板,大概再也想不到你结婚却不是租他家的礼服呢!还不气歪了?"

我说:"是的,那个上海滑头说,一件礼服要用三十码缎子,我只用了五分之一,才六码。"

我们很高兴地谈着,我展示每样东西给朋友和同学看。我很喜欢那对福建红漆描金龙金凤的箱子。打开来,傅连我的内衣手绢都一件件仔细地看了,只要她喜欢的,她立刻就说:"我也要照样做一件。"

云舅舅是现成的大媒,今天他把嫁奁送到男家去。到时候了,妈妈把箱子盖上,正要扣锁的时候,云舅舅连忙拦住她,对我说:

"不要锁,交给我!我告诉你,英子,等车子快到他家的时候,"云舅舅举起右手,把大拇指和食指大大地伸开,然后用力地一打合,玩笑地说,"就这样,咔哒一下锁住,你明白么?这就叫锁住婆婆的嘴呀!"

满屋的人听了都笑了。

云舅舅很快就完成了这项送嫁奁的任务,因为事实上我们两家相距不远。当舅舅回来后,倒是很正经地对我说:

"英子,婚姻的事情,真是不可预料,谁想到小小的英子,你会有一天嫁到这家有一个公公,两个婆婆,八个兄弟的四十多口人的大家庭去做儿媳妇呢!老夏家虽然是个忠厚老诚的书香人家,但是无论如何,它和你原来的家庭生活是不同的,处处都要注意……"

事实上,云舅舅说我将有两个婆婆,还少说了一个呢!我将有三个婆婆:除了豫生的亲生母亲,还有一位被称作二太太的姨娘,而名义上豫生又已过继给他的五婶做儿子了。不过五婶不在北平,在他们老家南京,抗战时死在四川白沙,这是后话了。我们一直是通信上的好婆媳。

婚姻的事,确是像云舅舅所说的——不可预料。就拿妈妈的婚姻说吧,她是台湾北部小镇上的一个乖巧而美丽的姑娘,爸爸则是另一县份的人,他来到这小镇工作,便娶了妈妈。爸爸娶了妈妈便带她到日本去,在商业城的大阪,生下了我。小时候读童话,常常遇见这样的故事:骑着骏马的王子,他在树林里遇见一个娇小而美丽的女孩,他们共乘白马从树林里驰骋而去,披着斗篷的王子的背影,在马上颠荡着,马蹄的嘚嘚声渐渐远了。……我便常常设想,那骑在白马上的一对,便是爸爸和妈妈。妈妈的婚姻生活是多么的有趣而新颖,在那古老的年代,她以一个平凡的女人便有机会随着丈夫到外国去。

而我呢?谁会想到二十二年后,妈妈的女儿反而嫁到一个有着四十多口人的古老家庭去了呢!

妈妈也曾经有过兄弟妯娌姑嫂婆媳共同生活的经验,但妈老实得要命,在我的婚前,她从不会像别人的母亲那样,以大家庭生活的种种经验,向女儿教导一番。也许妈了解我是一个和她个性多么不同的女儿:倔强,急躁,肯努力,也肯忍耐和合作的女孩子,但是惹翻儿了就什么都不在乎。因此,妈大概觉得,对于这样一个逞强的女儿,说什么,她也不会听话的,干脆什么也别说。而且,说实话,妈妈那一套"忍为高"的老实经,无论如何,是不适合于我的。

这个古老的大家庭,是以公公为主,听说他年轻的时候,风流潇洒,有个外号叫"夏布大褂儿"。这个外号是有着双重意义的,一个意义是说,夏布大褂洗得洁白,熨得平帖,穿起来确是增加几分潇洒的风度,而另一个意义,表示那是出于一个贤淑主妇之手,才使得丈夫在外面那么风光。

的确,婆婆是贤淑的旧式妇女典型。她虽然处于一个周围都是读书人的环境里,但她却是个大字不识的妇女呢!她们老妯娌五个,其余的四位老太太,都是饱读诗书的。不过婆婆也有本事,她一连生了八个儿子,打破夏家的生产纪录,因此她倒成了妯娌中最有福气的一个了。

这种古老的书香之家,是应当一夫一妻的,只有公公,他娶了一个姨太太。当有不愉快的事情发生的时候,公公会向儿子们解释说:

"我一生只做错了一件事,就是娶了姨太太。我不是真要娶姨太太,只是为了和朋友赌一口气。"

公公的言外之意,是要请婆婆原谅他这一点,他和儿子们讲这些话,当然是希望儿子们能劝慰母亲。事实上婆婆的确疼爱她的八个儿子,远超过娶了姨太太以后的公公。儿子说的话,有时比老子管用。

在结婚以前,我和豫生的这一大家人,已经很熟了,我们两家距离很近,时相往来。豫生在八兄弟中排行第六,可算是小儿子了。他的五个哥哥都读了大学,有的还出国留学,但是自由恋爱婚姻,在他们兄弟之中,豫生还算是头一个呢!所以在我们结婚的时候,婆婆有生以来第一次做了新式的旗袍穿,她以前都是穿裙子短袄的。

我们的婚礼是在协和医院礼堂举行的,那里的气氛我最喜欢。礼堂的台前阶层上,装饰着一列列的花草,一层麦冬草,一层各色的花。一条长长的红地毯直通到台上去,这是旧式的规矩,新娘子要在红毡子上走路。我穿着一身白缎新娘礼服,手里拿着一束白马蹄莲,踏在红毡子上,一步步走向台上去。那里已经排列了婚礼上的重要人物:证婚人、介绍人和主婚人。妈和婆婆都穿着旧式的礼服,站在最新式的礼堂里,再没有比我们中国新旧礼节的掺杂更为矛盾的了,但在一般人的眼光里,却认为这是别有情趣的。

当晚回到家里来,堂屋又摆了一桌酒席,我们新夫妇坐在首席,公公和婆婆却坐在主人位子上。婆婆以一种正式的礼貌,向我们新夫妇倒一杯酒。这是第一次,也是最后一次我们接受长辈的敬酒。以后,在这家的生活,我就完全是子媳的地位了。

从豫生往上数,虽然有五个哥哥,但是只有两位嫂嫂——大嫂和二嫂。三哥已经死了,四哥五哥都还没有结婚,豫生是六弟,倒抢先了一步。

如果外面有人要问,为什么四哥五哥还没结婚呢?这个答复岂不很简单?四哥到抗战的后方去了,五哥神经有些不正常,所以六弟先结了婚。那是很对的。

不过,在婚前我听豫生谈起他的家庭生活时,曾说过四哥是这家里的维新人物,比如使弟弟们放弃家塾读书的方式,而进入小学堂接受新式教育,是四哥主张的;又比如穿流行的白色皮鞋,是四哥开头的。他是这家的革命者,因此从四哥起,父亲也就不再为儿女张罗婚姻之事了,完全让儿女们自由。

我最初所理解的情形是如此。但是在婚后才渐渐发现,原来从四哥起,公婆所以给予儿女们的婚姻自由,是由一幕父母主持下的婚姻悲剧换得的,那是一个多么沉痛的婚姻的故事,就发生在死去的三哥身上。

我很糊涂,只知道三哥死了,并不知道还曾经有过一位三嫂,并且还有两个孩子。

有一天,婆婆带着大嫂整理箱箧,翻出来两张旧照片,一张老早老早的,是在南京老家拍的,假山石前面共有三排人,二十多口吧,一看就知道是包括三代的大家族照片,壮年男子站在最后一排,中间坐的一排是老太太少奶奶们,前面地上,盘腿坐了一群孩子,当然是孙子辈儿了。这还是前清时代的照片哪!男人们腰里都系着带子,女人们的衣服,袖子中段镶着几道绦子,她们的口红只是在下唇中间点一点,倒真是像挂着一粒小樱桃似的。在这群少奶奶里,我觉得婆婆最可爱,她圆圆的脸,眼睛虽然小,但很俏丽。

再翻看第二张,无疑的,是前一张的少奶奶们都升格当老太太了,旁边坐的几位,当然是下一辈的少奶奶们。服装是又过了二十年,已经民国啦!

大嫂指点给我看照片上的人物,因为那些伯伯婶婶们,都回南京老家了,留在北平的,只有公公这一房,所以上面的人虽然都活着,但我却不一定都见过。

数点到年轻的妇女们时,我看见一个浓眉大眼的少妇,她的风度不错,很有学校出身的女学生的活泼味儿。我指着照片上的人问:

"这是谁?"

"这就是——嗯——"大嫂好像很难于启口,但终于说了,"她就是三弟的——那个。"

"那个？那个什么？是三哥的太太么？就是三嫂么？原来三哥结过婚呀！"我惊奇地不断发问。

大嫂微笑点点头。

"那么她现在呢？"

大嫂又转头轻轻瞥了一下婆婆，见她没有注意，才悄悄地对我说：

"回她娘家了。"

"哦，"我再注视着照片上的人，似乎明白了一些什么，但是我仍忍不住说，"我觉得她很可爱，是不是？"

"我也没有见过呀！"大嫂笑笑说。

是的，大嫂是续弦，她结婚的时候，三哥已经死了。

我想大嫂不愿在婆婆面前提起这件事，自有道理，她是怕触动了老太太伤心。想想看，儿子死了，媳妇回了娘家，这一定是件不愉快的事，尤其对于这种家庭来说，还有体面的关系，所以更不是婆婆所乐意提的。怪不得，连豫生都没跟我详细谈过。

这一年家里一连办了三档喜事，我结婚后的一个月，豫生的七弟也结婚了，再过一个月，最小的九妹也出嫁了，娶进两个，嫁出去一个，很合算，有增加人口的旺盛感，对于古老的大家庭是一件可喜的事。而且我们这两个年轻的新媳妇也给这老家庭带来新的气象。

我最敬佩公公。我觉得在大家庭里，家长的权威虽然很大，但是他的负担也很重，大家尊重他，也依赖他，难怪他为了三哥的婚姻的失败，再也负担不起这沉重的心情了。公公对我很好，他知道我很小就没有父亲，帮助母亲抚养弟弟妹妹读书长大，是一个助人者，而不是依赖者。

这时二哥二嫂是带了五个子女远在上海，到了太平洋战争起来，二哥随着工作的机关迁到内地去，便遣妻儿回到北平的大家庭来生活,这样家里又要增加六口人了。

为了腾出房间,婆婆又带了大嫂在整理。堂屋里有两只红漆柜打开,里面是些零星的针线篮呀,瓷器呀,小孩玩具呀。大嫂一样样地捡出来。

我看到有些东西,如针线篮子,正是婆婆所缺少要用的,所以我便说:

"娘,这个您不是正用得着吗？拿出来吧。"

"哧!"婆婆对那东西不屑地瞥了一眼。

我不懂,疑惑地看着婆婆。但是最摸得清婆婆心理的大嫂立刻就明白了。她当着婆婆面向我笑笑说:"是三弟的那位的啦!"

"哦——"我也明白了。

只因为三嫂在三哥死后回娘家改嫁,就那样地伤了老人的心吗？也可能,上一代的思想,是不能以这一代的现实去衡量的。但是我很奇怪,为什么婆婆允许三嫂把两个孩子带走？那是老夏家的血统呀!

二嫂带着子女从上海回来了,我也正生了第一个孩子,人不舒服,不能下楼去,二嫂上楼来看我。她小小的个子,头很大,有头重脚轻的感觉,头发白了许多,爱说爱笑,是个活泼的小老太太,很容易和她熟。

虽然二嫂是这家的老嫂子了,但是婆婆并不顶喜欢她,我想有两种原因,第一,她的嘴喜欢说,有时真不客气地顶撞婆婆,虽然她无恶意,顶撞的时候也是笑嘻嘻的。第二,婆婆有一个没说出口的成见,她认为只有续弦的这位大嫂是她亲自娶来的儿媳妇,意思就是说,是她亲自去相看中意的,同时婆婆最疼老实的大哥。我和豫生,以及七弟和七弟妇,甚至九妹和九妹夫,不用说,是自由的啦! 但是最古老的二嫂,却是公公定的,因为公公和吴亲家是读书吟诗谈学问的朋友,他们在外面就给自己的儿女订了婚姻大事了。所以婆婆认为,除了大嫂,所有的媳妇都不是她娶的。形式上大家的生活一样,但情感上到底不同些。

还有,婆婆是个爱美的妇人,她的审美观念是女人应当白、细、富态些,而二嫂,是黑、干、瘦。

有了二嫂,家里热闹多了,她的年纪比我的母亲还大,她的女儿也和我一般大,我们是师大附小同学,可以说都是在琉璃厂长大的,没想到有一天我做了她的亲婶母。

二嫂的肚里老故事可多了,她讲每个小叔子小姑子小时候的笑话,嘴很损。我把豫生的笑话转述给豫生听,他说:

"你别听二嫂的,她过分夸张!"

于是话题又转到亲戚头上去了,豫生又讲起当年怎样给亲戚们起外号,还有一个以前常来的亲戚就是三嫂的表弟。他们大概很不喜欢那位表舅爷,给他起了怪难听的绰号。

跟着我听说的,是三嫂回娘家后就嫁给这位表弟了。

再进一步知道的,是说三嫂有表兄和表弟两人,而三嫂自幼无父母,是姑父家养大的。再接着是说,她在婚前就和表兄还是表弟恋爱了。

那是可能的,和表弟有青梅竹马的老感情,守寡后回娘家,便又嫁了表弟,这在旁观者的眼光来看,也没有什么了不起。

三哥是得肺病死的,是那种年头太普通、也太难治疗的病。他们说,他病着,三嫂并不太服侍汤药,常常回娘家去。

"唉!"有一天,看门的小李不知怎么也和少奶奶们谈起老话来了,小李从小就在这里,是管拉马车的,马车的时代过去,他管看门了。他叹息地说,"要结婚的那天早晨,我催着三少爷去理发,他还不爱去呢!唉!"

小李的意思是指说,三哥对结婚并不感兴趣,是无奈的。

这话触动了我的疑问,我忽然想,三哥是肺病死的,他为什么不想结婚?可能他对自己身体的健康情形很明了,而父母之命又不能不遵从,虽然是个大学生,而且外面的新潮流也早已被许多家庭所接受了,但这个家庭还是显得缓慢些。而在三嫂那方面来说,她可能也被这个病弱的丈夫所苦恼,所以就常常回娘家去散心也未可知。

如果三哥在婚前肯坦白地对父母讲讲实际的情形,他们的婚姻也许可以延搁下来,情形可以转变也说不定,他为什么不说呢? 他读的是当时自由气氛最浓厚的北京大学呀!

又有一天,我们和二嫂再谈起家里的老故事——她有说不完的老故事,她取笑家里的每一个人,婆婆也取笑她。

"是个秃子! 嫁过来做新娘子是个秃子!"婆婆指着二嫂笑骂她。

那是真的,二嫂自己承认,她嫁过来才十六岁,头发掉光,刚长出茸茸短发不能梳头,所以戴了一顶假发。

我们想象二嫂当时的样子,大笑起来,问她为什么,她说在婚前害了一场很厉害的伤寒,病好后,头发掉光了。

又谈到孩子们,原配大嫂没有生产就死了,所以二嫂的孩子倒是孙子辈的长者,他们的小名排列起来是:大毛,二毛,三毛,四毛,七毛。

"五毛六毛呢? 是谁?"我想,可能和堂房兄弟的儿女们排叫的。

"就是三奶奶带走的那个嘛!"二嫂回答说。

这时又触起我一件一直不明白的事情,为什么让她把三哥的两个孩子带走? 在那个年月的这种家庭,并不作兴让母亲带了孩子去改嫁的,不像现在有那样堂皇的法律条款,母亲有权利把她的孩子带在身边抚育。我很想问问二嫂,她一定有一番道理的,但是我还没张嘴,二嫂忽然深吸了一口香烟,说:

"两个孩子真像那个大扇风耳。"二嫂把两手张在耳旁比着。

"像谁? 扇风耳?"我们都不明白。

"真像那表舅爷!"

"啊?!"

我惊奇地喊着,这下子不用请教二嫂,解释为什么五毛和六毛被带走,我完全明白了!

我也可以想象出公婆的伤心和痛悔的心情了。这是一场毫无意义的婚姻,牺牲掉一个读到大学毕业的儿子,带来无可挽回的痛心!无怪他们二老再也没有勇气担承下面的六个儿女婚姻大事了。

我想豫生一定不喜欢我这样写着三哥的事,好在他难得做我的读者,即使他看到了,也该想到我写这些的意义,并不是为找不到小说的材料,便把家里的事抖搂出去,而是深深地感到,在那新旧交替的时代,有多少这样的婚姻悲剧?三哥的,不过是其中的一例。

新潮流来到的时候,青年们要接受它,但是有些旧的事物还不能放弃,才造成这样的悲剧。如果他能完全接受新观念,他便可以毫无考虑地离婚。三哥的生命不受打击也许可以保全。而在三嫂方面,我们客观地讲,对她何尝不也是一场抹不掉的伤痕呢!

我想,很可能三嫂在娘家和表弟恋爱,使得她的姑父不安,所以赶快把她嫁出去,以为这样就可以解决事情了,怎知道偏巧是嫁给这样的三哥——在结婚的早晨才无精打采去理发的新郎!如果她的姑父不以为表姊弟恋爱是不应该的,而完成他们有情人成眷属的话,那情形又该是如何不同呢!

有一天,一群年轻的女孩子,听我讲述这些古老的婚姻故事,她们都好奇地睁大了眼睛,听得十分入神;一方面叹息那些不幸的人,一方面觉得那种事情怎么可能发生。因为她们距离那个时代远了,她们觉得恋爱和婚姻是天生就自由自在的,没想到有过这样不幸的事,好像那是历史小说中才有的。她们哪里知道,这一代的恋爱和婚姻的自由,是由上一代的不幸者付出了代价得来的呢!这个代价是太高了,可惜的是许多人没重视自由的可贵,而自由就被滥用了。也许是得来得太容易的东西,就不足珍贵了。可是同样的,新的一代,也有新的婚姻悲剧就是了!

因为大家庭生活,给我带来了许多感触,成了我一部分写作的灵感的源泉。我要透过小说的方式,把上一代的事事物物记录下来,那个时代是新和旧在拔河,新的虽然胜利了,旧的被拉过来,但手上被绳子搓得出了血,斑渍可见!

我曾写过一篇题名《殉》的小说,是描写一个旧式冲喜婚姻的不幸妇人的心理。自幼订婚的未婚夫得了肺病,终于在病重时和她结了婚,是为了冲喜的迷信。娶过来才一个月,丈夫死了,她便一生都留在男家,她虽然没有以死相殉,但是这样地生活着,也和死殉差不多吧。这篇小说虽然不是我们家的事情,但是我便以我们这大家庭做了背景,而且说实在话,也是三哥的事,给了我灵感,再加上另外曾和我在图书馆的同事怡姐的一部分实情,凑起来的。

"我还没跟他好够呢,他就死了!"

当我要写怡姐的这段婚姻经过时,她的这句话又在我的耳旁响起了。怡姐是位女画家,她年纪不算大,可是装扮却不入时,她不烫发,不施脂粉,不穿高跟鞋。因为不落俗,看起来倒另有一股清雅的风度。可是她那样多病,一个人租了一间房子住,生活简朴,也没什么存储,不然的话,也不会以一个画家到图书馆去工作了。

怡姐很爱说笑,这是因为她怕寂寞。我们知道她很早就死去了丈夫,没有子女,一个人这样孤单。她画兰,几笔浓淡相间的兰草,是多么清新,但她的心情,却是这样地沉郁呀!

我们有一个庆生会,是个很寒酸的组织,遇到谁的生日,同室的同事不分男女,就买些烧饼包子来共吃早点庆贺。但轮到怡姐的生日,却赶上是星期日,头一天她就答应说,请我们星期日下午到她家去吃汤面。她既然这样高兴,我们也愿意凑热闹,她是这办公室里的老大姐,我们都年轻调皮,她说她受了我们的影响,一定要使自己年轻些。

等到我们去到她家，却发现她躺在床上生病了，她说她头疼欲裂，想要哭都没有眼泪了。起初是她兴致勃勃，要请大家来的，结果她却病了。她不好意思地挣扎着要起来，却被我们拦住了。但是她说她见我们来，病已经去了几分，让她起来吧，大家千万不要走。

我们为了使她快乐，便答应留在这里，并且派代表出去买些方便的晚餐来吃，面包和熏肉什么的。

大家吃着谈着，她的病确是好了几分。她苦笑着说：

"恐怕我得的是神经病，昨天想到你们今天要来我这里，兴奋得失眠，今天头就痛起来了。"

我环视这间雅致的房间——它并不大，但是摆着床、画桌、餐桌、小沙发。一房兼数用，整个的生活就在这里了。如果看见这样拥挤着家具的屋子，人们一定会说，嫌小了些，可是她那一颗孤苦的心，摆在哪里都嫌空旷了些，因为她是形单影只的！

屋里的人说说笑笑，灯旁绕着烟雾，很暖和很热闹，可是我却敏感地想，等会儿这屋子人走光的时候，她是什么心情呢？她会怎么样呢？坐在这只沙发上沉思，还是站在那画桌旁铺纸作画？或者马上就摊开了被子睡觉，还是到厨房去独自一个地洗净这堆碗盘？我难以想象那寂寞的独居生活，因为我从来没有经验过。即使是在父亲死后和妈妈相依为命的日子，我们也还有四五个姊弟。结婚以后的大家庭更不用说了，就是偶然豫生有事迟回的晚上，我一个人坐在小楼上久了，也要跑下来和婆婆、嫂嫂说说闲话。我连住校的经验都没有，从来没有一个人生活过。如果是我，晚上一个人怎么过呢？和谁说话呢？像我这样爱说话的人！墙壁吗？日记吗？我正呆想着，忽然听见怡姐说话了，是在答复谁的问题：

"就是嘛，我们结婚才一个月他就死了。"

"是什么病？怎么死得这么快，这么巧？"

"是肺病，老肺病了！"

"那你还和他结婚?"有人替她不甘愿地说。

"就是为了有病,才赶快结婚的呀!"

"哦——"有人明白了,但是有人还不懂,跟着又问:

"为什么呢?"

"是为了冲喜呀!"怡姐转过头去向那稍微年长的同事说,"冲喜,我说了,张先生会明白,对不对?"

"冲喜谁不明白!"我也不平了,"是什么年头儿了,怡姐,你结婚不过是十几年前的事吧,也都民国十好几年啦,你还在结冲喜的婚,你怎么就肯呢?"

怡姐苦笑了笑,没说什么,有什么可说的呢?北方保守的风气,还残存在某些固执的家庭里。怡姐起身到书架上去取什么,拿来的是一本照相簿,她翻开了有结婚照片的那一页。

"怡姐,是文明结婚的嘛!"大家异口同声地说,大概因为想象着冲喜的婚姻,以为她一定是乘大花轿,拜天地,像戏台上娶新娘子一样呢!没想到怡姐也是穿着旗袍,披着纱,手中拿着花束,旁边她那短命的他,穿着蓝袍马褂,蛮清秀,倒也不像过了一个月就死掉的样子。

"喏,"怡姐指着她的丈夫,"这就是死鬼。"

看着照片上的人物,怡姐没讲话,嘴里却漾出了一丝笑容,她好像在等我们有什么赞同。她是在回忆那温馨的蜜月吗?难道那不是可诅咒的蜜月?

果然有个同事说话了:

"您这位先生看起来倒是挺好的样子。"

"是呀!"她的语调带着一些甜美的回忆的味道。

"怡姐,如果你在婚前知道他病重了,还愿意和他结婚吗?"我总是想探测人心的深处。

"我并不是不知道。"

"那怎么不反抗呢?"

"我愿意他好起来。"

"难道你没有医学常识?"

"但这是一种宗教般的舍己精神。"

"那么你结婚以后,发现他的病是这样沉重,你不后悔吗?"

"我从来没有后悔过。"

"你们的感情一定很好吧?"

"我还没跟他好够呢,他就死了!"

然后她举起了照片凝视着,真是个痴人之爱!

屋里沉默了一会儿。大概每个人听了怡姐的话后,各有不同的想法吧。有人叹息说:

"你们要有个一儿半女就好了。"

怡姐抬头看了看说话的人,神秘地笑笑。当时没有人理会她笑的是什么。

直到另外的一天,我有机会单独和怡姐谈知心话,她才又提起了她的婚姻。

"我怎么会有小孩呢,我到今天还是个姑娘。"

"哦!"我轻轻地惊叹着,她看着我,又笑笑,仿佛在等着我的反应。

"我想象不出这种夫妻,或者这种爱情的意义。"我这样回答她。是真的,我不明白。那样短促、那样不健康、那样陌生的婚姻,竟能使一个女子一生跌入孤单凄凉的生活,而不在乎?是一种柏拉图式的爱情哲学支持着她呢,还是中国女人的认命哲学根深蒂固了?现在还有被这种精神支持的女人吗?让我同情她好呢,还是惋惜好呢?

但是我在《殉》的那篇小说里,却让她以对小叔怀着微妙的感情来度过漫漫的长夜,这毕竟是小说。但怡姐,她难道就对任何的异性没动过心吗?真的终其一生,那样的一个月,就是她全部的爱情了?

怡姐也有痛苦,她的痛苦是失去了丈夫,而不是认为那种冲喜的迷信婚姻方式害了她的痛苦。观念最要紧,同样的一件事,在不同的观念下过活的人,就有不同的心情。

但我们家的三嫂,对于那种婚姻却是以叛逆的精神采取实际行动。而怡姐,却靠回忆那不着实际的一月新娘,作为她一生甜蜜而又痛苦的生活。

怡姐又曾谈过,她为什么这样一个人孤苦地生活着。她的夫家虽然还有许多人,但属于她的公婆这一房的,就只有两兄弟,怡姐的丈夫居长,还有个差几岁的小叔。

怡姐到图书馆来工作,就是小叔的朋友介绍来的,她常常在言谈中透露出,小叔的为人是如何地好,而小婶就差些。但是有时她到办公室来时常常带些零食,据说是小婶派小孩子给伯母送来的,她常拿来分给我们吃。她有时也要我陪她下班后到街上去,为小婶的孩子买些小礼物,剪块布什么的。她最喜欢龙龙,她说龙龙长得像小叔一样。既然是这样的话,她们妯娌好像也处得不错的样子,为什么不住到一起呢?大家也好有个照应。因为有时她匆匆地早退,便说是龙龙病了要去看看。小叔说是守旧礼,凡事要请这位寡嫂做主,把她高高举起地供养着,弟妇便不高兴了。怡姐说:

"我是被扔在旧时代里没逃出来的人,叫我新,我也新不起来,但是弟妇怎么肯呢?又比不得公婆在世的时候,婆婆是这一家的主妇,婆婆不在了,谁是主妇呢?虽然小叔守旧礼奉承我,可是,你们新规矩不是说'一个屋檐下不能有两个主妇'吗?我没有了死鬼,也就只好退居一步。搬出来也好,大家和气些。"

因此,怡姐就幽幽怨怨地独自过着她一个人的日子了。

敏感的我,便把怡姐的故事加上我的幻想,融在我的作品中了。

在《殉》那篇小说里的公婆的画像,实在是以我的公婆做画底的。婆婆吸水烟的姿势,我在硬木桌前为她搓纸媒的情景,寂静的午后,度过那困乏的夏日,每天老王拉起天棚的那懒洋洋的样子,都是以我家为背景,在我执笔的时候一一走进我的作品里来。

正是一个长日无聊的午后,我下楼来,到婆婆的屋里,看看有什么事没有。我进来看桌上堆着刚买来要搓纸媒的表芯纸,我便随手把它们裁成字条。

"喂!我说,昨天这个人有没有去?"

"嗯?"我抬头看婆婆,因为我不知道她在说什么,看到她跷起小手指,我忍不住笑了,"姨娘吗?她去了,和爹在一起嘛!"

"哧!"婆婆一听我说,便又习惯的不屑的一声。

婆婆虽然很大年纪,也满堂儿孙了,但是对于公公的姨太太也还是时常要拈一拈酸。她很有趣,从来对姨娘没有正式的称呼,对儿子、媳妇们谈到她,婆婆总是那样不屑地、调皮地跷起了她的小指头说:"喏!这个人!"就是和公公讲到姨娘的时候,也是说:"叫那个人给你收拾嘛!"

有一次,公公从外面回来了,姨娘不在家,他到堂屋来找婆婆,他像孩子般对婆婆说:

"有什么吃的吗?大师傅灶封了,她也不在家,我还没吃饭哪!"

婆婆不吃大厨房的菜,她总是有自己的私房菜,因此哪房来了客人,或者儿子回来晚了,都到老太太这里来寻吃的,公公当然也不例外。我明明记得那天婆婆煮了火腿汤,但是她却说:

"我也没什么吃的了。"

公公很失望,谁知婆婆又报复性地冷笑说:

"这才叫三个和尚没水吃哪!"说完她向我们挤挤眼睛。她的意思当然是指公公娶了两个老婆,却落得一顿晚饭都吃不上。

婆婆淘气的神气使我忍不住想笑了。公公饶着没得吃,还被婆婆取笑,他无可奈何地刚要走出去,大嫂连忙说她可以给公公做些吃的,谁知婆婆已经起身到食橱里端出了那锅火腿汤。她没别的意思,就是想借机会也刺伤公公一下,因为她所受的是多么大的刺伤啊!家里有了姨娘这个人物,连带着,婆婆有成见地不喜欢任何人家的姨太太。

今天婆婆说:"这个人去了吗?"便是问我姨娘是不是也到赵家去吊丧了。

亲友家有了喜庆的事情,除了几家姻亲以外,婆婆是不出席的,通常都是我们兄弟妯娌轮流去,要看对方的情形而看派哪一个去才合适。但是去吊丧的事,婆婆便不愿意让我和七弟媳去,因为我们俩是新儿媳,只许沾喜气,最忌沾丧气。可是这回却例外了,因为赵老伯是我们结婚时的证婚人,他死了,我和豫生当然要去吊祭。

我告诉婆婆,公公在赵家抚棺大哭,因为赵老伯是公公的好友,他是民国以后,少数还活着的一位前清的进士。公公有些地方很能接受新思想,也乐于降服。但朋友总是老的好吧!公公跺脚哭得脸涨红了,大家很担心,怕他血压高,感情激动会出事,幸好浦大夫也去吊丧,顺便给公公吃了些药。

婆婆听了我报告公公的情形,她好像并不在意丈夫的血压高不高的问题,却问我:

"赵家老头子的这个人呢?"她又举起手来跷起小指头。

不用说,这又指的是赵老伯的姨太太了。赵老伯的原配老妻已经死去多年,他的姨太太也就等于大太太了。我告诉婆婆说,赵家的姨太太也哭得死去活来呢!

婆婆没说什么,嘴轻轻地撇了一下,透着对于姨太太那么不屑的神气。其实,赵姨太太实在不错,每次来了,都先到婆婆房里来礼貌周旋一番,才到姨娘房里去。她的出身和我家姨娘不同,她是当年江南的名妓,姨娘却是城南游艺园唱老旦的坤伶,一个没落旗人家的姑娘,跟公公那年才十九岁。

另外还有一位鼎鼎大名河南才子的姨太太,也是常常随了她的丈夫到家里来的,她最年轻,丰腴艳丽,婆婆背地里叫她"大美人儿"。婆婆表面上和和气气地应付她们,我知道无论这几位姨太太怎么对婆婆尊敬,婆婆总是有成见地说她们:

"还不是一路货!"

读罗素名著《婚姻与道德》一书时,很欣赏他对于近代婚姻分析之精辟。书中有一小段谈到妇女解放以后的婚姻困难,罗素说:

> 妇女解放很多地方都使婚姻更加困难,从前做妻子的将就丈夫,但是丈夫却不必将就妻子。妇女有她自己的个性与权利,如今许多妻子根据这个理由,过了某个程度,就不肯拿自己去将就丈夫;而在男子,仍企求从前以男性为主的传统办法,不能了解为什么他们应当完全将就女子。……

不错,就拿娶姨太太说,我们这一代的妇女,就想象不出我们的上一代的妇女,怎么能够忍受丈夫的那种行为。有人认为一定和丈夫没有爱情,才能忍受除自己之外再容纳另一个女人。这话不太对,我以为她们忍受的是环境和当时社会的传统,而不是真正不对丈夫再有爱情。我的婆婆虽然依了当时的环境和她的观念,接受了另一个女人——姨娘,共同走进丈夫的心房,占据了一处地方。但是她内心中,并不是真的那样大方。丈夫的心不像别的东西,不能随便施舍给别人,婆婆是旧时代的女人,但是爱情是独占的,古今一样。

我这样琐琐碎碎地写着婆婆对于姨太太表面的大方,而藏隐于内心的恶感,就是要说明上一代的妇女和我们一样,是要整个占有爱情的,所以假大方,只是当时社会环境没有给她权利反抗,是只凭道德的,但是道德心却从观念产出,当时的观念既是容许多妻,那么他没有什么不道德,她又有什么权利去干涉那并未认为不道德的事情呢?

给我印象最深刻的,还是同学傅的母亲的故事。

我写过一个短篇小说《烛》。内容是说一个老妇人因为丈夫娶了姨太太以后,她虽然表面假装大方,内心却有无限的痛苦,她装出病弱,一方面是为了引起丈夫的注意,好给她一些温存,一方面也是借病来折磨丈夫和姨太太。她原来的病并没有那样严重,但是因为成年瘫在床上,三分病,竟弄成十分瘫软了!她活了一生,瘫了半生,只为丈夫娶了姨太太!

写这篇小说,是在看了一部电影后给我的灵感。电影中有一段描写一个女人为了要引起丈夫的爱怜,她假装病,整日坐在轮椅里。当她丈夫不在家的时候,她却在房中走动着,到窗前去张望,一听见丈夫回来的声音,她就坐回到轮椅上。这样企求爱情的办法是多么可怜啊!

看完这部电影后,马上就使我想起了多年前的一个老妇人。她瘫卧在床上的情景,颇有相似之处,那便是傅的母亲。

我和傅是在初二就开始同学的。初次到傅的家去,她给我引见了她的母亲——在床上。

应当是一间很明亮的北房,但是在纱帐深垂下,长年睡着一个老妇人,就显得那么黯淡。

"傅伯母!"我站在床前鞠躬喊了一声,她见有人来,高兴极了,探起半个身子来。原来她的头发都掉光了,牙齿也脱得一颗也没有,却有一张白胖的脸,笑眯眯地咧开了没有牙的嘴。那样子仿佛很怪,又仿佛很可爱。怪的是她的光葫芦头,可爱的是她的弥勒佛般的笑容。

傅告诉我,妈妈病瘫了,长年躺在床上。傅是最小的女儿,她的上面还有四五个哥哥,一位嫂嫂和一位通称"兰娘"的姨娘。从傅很小的时候,母亲就瘫在床上,爸爸也早已故去,所以他们兄妹可以说都是兰娘带大的。兰娘很卑屈,当时我不过是一个十三四岁的小女孩,她也一直叫我"林小姐",叫到我结婚生了孩子。我也随着傅家的人叫她兰娘。

去熟了以后,傅伯母也跟我的同学们一样,叫我的外号"小林"。她笑眯眯地说:

"小林来了吗?来吃绿豆糕。"

她老了,像孩子一样,喜欢吃零食,床头那个角落里,堆了许多瓷罐之类的东西。那个黑暗的床角落、蚊帐和枕边,全是油渍与污点,我真不喜欢,但那却是她全部生活的所在地。在那堆东西里面,总缺少不了一个小小的蜡烛,那对于她生活的意义不知是什么,因为她常面向里,点燃一根小蜡烛,照亮着她那个生活的角落,窸窸窣窣地好像在做些什么。其实她并没有做什么,只是捏着那烧软的烛油在玩呢!

我想她点蜡烛的心理,最初一定是为了夜晚的方便,因为她不能起来,后来却为了排遣寂寞吧,因为她在床上毫无娱乐。所以她也最喜欢有亲友去,女儿的同学去了,她尤其高兴,床头如果没有零食,一定拿了钱叫兰娘去买给我们吃。

兰娘,虽然和蔼而卑屈,但是她黑黑瘦瘦干干,看了那类型的半老的女人,我总觉得她是苦命的人。兰娘算不算苦命呢?她给人家做姨太太,丈夫早早死去,自己没有儿女,还要伺候着主母和一家人。

我有时也会奇怪地想,娶姨太太不都是找年轻美丽的吗?照我看来,瘫在床上的傅伯母,以前一定是一个比兰娘美丽的女人。傅的爸爸怎么娶个不漂亮的女人做姨太太呢?

暑假的时候,我常去找傅,再和她出去找别的同学,或上街买东西。有一次,我们俩刚走出屋门,就听见傅伯母在屋里喊:

"我晕——我晕哪!三毛子。"

三毛子是傅的乳名。我听了吓一跳,说:

"看伯母怎么啦,在叫你!"

傅皱起了眉头,不耐地向屋里喊说:

"一会儿就回来的呀!"

我很害怕说:"我不去了!"

"走吧!她喊了十几年啦!"傅对我说,"她不愿意我们出去,就喊头晕吓唬我们。"

但是我当时总是觉得不很合适,我不能想象有这种事的。

但是到傅家去惯了以后,我渐渐觉得傅所说的确是不错,傅伯母真的并没有那么严重的头晕症,她完全像儿童教育书上所说的某一类问题儿童一样,是为了要引起父母的注意而做出过分的、撒谎的或虚假的举动,因为孩子受到的"爱"嫌不够。而傅伯母和儿童刚相反,她是希求儿女们多给她点儿"爱"吧!但是她躺在床上太年久了,家人怎能像对待病人那样地对待她,因此老太太竟犯起小孩子的毛病来了。

我一直理解都是这样的,所以后来我去找傅的时候,听见傅伯母喊头晕,也和她家里的人一样,觉得稀松平常了。

等我真正知道傅伯母的病因,却是在傅伯母死后,距我和傅相识已经是十五六年时间了,我和傅都已做了两个孩子的母亲了。

傅在婚前便已经到天津去做事了,所以那一阵时间,我便很少再到傅家去,除非她从天津回来看母亲,约我们老同学到她娘家去玩。

偶然到傅家去,看见傅伯母的生活依旧,只是蚊帐和床被更不整洁了,但老人家还是高高兴兴的,因为床边多了两个"肉上肉,疼不够"的外孙了。

兰娘呢,还是老样子,和傅伯母相依为命,整天为这床上的老姊姊倒屎倒尿,端茶送水,并且忍受那位不可侵犯的儿媳妇的气。

傅每次从天津回来,都会先写信告诉我,于是我便先约会几个要好的同学,定了聚会的日期,大家谈到深夜都不肯离去。有了傅的聚会是特别热闹的。

这一天,傅意外地来了,看了她头发上插了一朵白绒绳花,吓了我一跳,我不敢开口问,傅就说了:

"母亲死了,我来奔丧。"

"啊——我怎么不知道。"

"没有敢惊动朋友,是很简单的,所以等丧事办完了我才来——"

我忍不住有些哽咽:"你应当告诉我,伯母对我真不错,我也应当——"我说不出来了,鼻子酸酸的,落下泪来。

我和傅都沉默着,我回想这位十几年来只有一个姿势——躺着——面对世间的老妇人。从我第一次看见她,到她死,这中间,人世间有多少变动?但是她却没有。这样的一生有什么意思呢?可是她却活到六十七岁。也许死对于她是一种解脱吧,但是还有一个活着的兰娘呢?兰娘将何以堪?

"兰娘呢?"我不由得问。

"五哥不是已经过继给她了吗?五哥在四川早就来信说要接兰娘去,现在,她可以去了。"

想到兰娘的归宿,倒也为她高兴,希望傅的那位五嫂不像这位嫂嫂那样待她就好了。我不由得对傅说:

"伯母这一生总算因为有了兰娘,才过得还不错,有哪个姨太太肯一辈子伺候一个瘫子大太太的呢!"

可不是,傅是亲女儿,又该怎么样?不要说结了婚走得远远的,就是在家的日子,也"久病无孝子"地并不把母亲的病当回事,每次和母亲说话都是不耐地急扯着脸,我亲眼看见的。虽然女儿毕竟是女儿,总是娇惯些。唯有兰娘,我想不起她不愉快时什么样的脸色,因为我从来没见过。

我和傅又谈着她母亲的病,她感叹地说:

"其实她当初并没有真的那么病重,只不过是和父亲赌气就是了。"

"为什么呢?"我问。

"就是为了父亲娶了姨娘,所以她就三分病做成十分地赖在床上不起来,结果假瘫变成真瘫。"

"真的是这样?!"我惊奇地问,我是第一次听到这样的话。

"是的,我恍恍惚惚地记得,她瘫了,可是晚上却起来给我盖被子,白天她却又在床上不能动弹。"

"啊?! 那是为什么呢?"

"总是要借此折磨父亲和姨娘吧!"

"真是想不到的事情。"

为了一个男人,两个女人过了这样的一生,这是多么奇特的事情啊。她们共同的目标死了,留下两个残弱的女人,本来是敌对的地位,反而变成相依为命了。先是一个女人抢了(固然不一定是她主动的)另一个女人的丈夫,后来两人共同的丈夫死了,她反而伺候为她而残废的女人一辈子。当她们老姐儿俩谈旧日往事的时候,会说些什么呢? 如果知道有这样结果的话,傅伯母又何必当初呢。但是她又怎能知道呢。

像这样的情形,能说旧式的妇女都内心蛮愿意她们的丈夫娶姨太太吗? 含在内心的忍受的嫉妒之情,是多么的痛苦啊!

当我在写那篇题名《烛》的小说的时候,虽然故事情节内容是虚构的,但是在烛光摇曳中,那黯淡的床头,污渍的蚊帐,傅伯母的秃头,没有牙齿的笑容,兰娘黑瘦的身影,女儿不耐的神气,儿子无动于衷的冷淡,都一步步走进我的笔端。

人生有许多事情是浪费的,是没有什么意义的,但是它却这样长久地持续着,婚姻的事也是一样。但愿活在世上的最后的兰娘,过一段比较有意思的生活吧。也许我这样说,并不是兰娘的心意,她和傅伯母相依为命而习惯地生活了一辈子,突然起了大变化,对于兰娘,也许反倒是一件空虚的事呢!

姨太太,是某些时代很自然的产物,给男人们写下了多少艳丽的人生的史章,他们多得意! 但是也唱出了不少人生悲歌吧。

豫生便常常说,他们家的人都老实得很,连在他们家当姨太太的,都比在别人家的地位高。所以豫生就是他家里最不老实、最不服气的一个了吧。他常常板着铁青的脸,视若无睹地面对着姨娘,有时连我都觉得难为情。姨太太的罪过大呢,还是你父亲的罪过大呢? 我每逢看见豫生这副为母亲不平的面孔,心中便会暗暗地自问。当然,我毕竟是外面来的人,多少是比较客观的。

表面上看起来,姨娘在我们家是一个过得最舒服的人,她没有儿女,来去自如。因为她的娘家还有一位七老八十很健康的老母亲,有时她便扔下老头子回娘家去住上十天半个月,也没有人拦阻她。她是旗人,饮食习惯是和南京很不同的,公公要吃火腿,要吃荠菜,她却要喝豆汁,要吃芝麻酱面。她回娘家,为了陪老母亲,也多少为了老妈妈可以给她做些想吃的东西。有时我下楼来正遇见她要走了,我说:

"姨娘要出去?"

"对啦! 回家去住两天。少奶奶,来玩吧,我做芝麻酱面给你吃!"

我咽了一口口水,真糟糕,我是生在海岛上的人,出生后最初的饭食是腥的海鱼,圆粒的稻米,但是现在我却也是个吃面专家了,酸豆汁也使我胃口大开!

姨娘高兴时也许来到堂屋里,告诉婆婆说:

"老头子交给你了啊! 我走了!"

说了她就飘然而去,婆婆看着她的后影,对我们滑稽地冷笑一声,那意思是:"你们瞧瞧! 瞧见了吧!"

于是,到晚上,公公从中山公园的春明馆下了围棋回来,就会先被婆婆玩笑一下"三个和尚没水吃",再给他端出火腿冬瓜汤来。

当然,说起来,婆婆仍是属于忠厚宽大的一个,有时姨娘闹起小脾气来,婆婆也只有以冷笑来容忍,倒是姨娘看见脸色铁青的六少爷,就多少冷静一些。大家都叫"姨娘",唯有豫生对她没称呼,如果大家谈起姨娘来,他总是随着外面的客人或用人说"二太太",仿佛那不是他家的人,他是站在第三者的立场了。其实那又何必呢!

自从嫁给公公,姨娘不再唱戏,就是连嘴里随便哼两声都难得,偶然的偶然,听她在楼下逗着猫儿玩时唱两句,也不过是"儿的父,去投军……"的青衣腔,而不再是她原来的"叫张义,我的儿……"的老旦腔了。她也不喜欢——绝对不许——人们再提到她过去唱戏的那一段。

我结婚后不久,正是姨娘四十岁生日,公公为她写了一张单幅庆贺她。公公的词赋名著一时,他的寸楷字也最好,写在那张洒金的红纸上,太漂亮了!

那篇贺词上面的称呼,是亲昵地取姨娘名字中的一个字,下面加上"姬"字,说"曼姬"在怎样小的年岁就跟了公公,然后怎样聪明地学习着那些文雅的事——读书、作画、习字等等,怎样是他老年来的一个伴侣。

姨娘当然很高兴了,把条幅挂在她的客厅里,不时地欣赏。我们妯娌几个呢,也非常捧场,我们合送了她礼物,给她拜寿,也站在那里欣赏公公的风流文采。

婆婆,也大大方方地向姨娘道个贺,当然,她不像我们是到姨娘屋去的,而是坐在堂屋里,等姨娘来答谢她送的礼物时,婆婆才顺便地贺一贺。

几位宝贝兄弟仿佛又比我们妯娌高一等了,他们是集体等到吃晚饭时才向姨娘拜寿的。他们没有一个嘴里痛痛快快、清清楚楚叫出"姨娘"两个字的,只是混沌一片地喊着:"拜寿啦!拜寿啦!"

寿酒摆在堂屋里,姨娘房里也有她的那些姨太太朋友们来玩。有了客人,婆婆总要做面子,她忙着告诉仆妇给客人送点心、送茶水,就仿佛那是她亲妹子的生日,不是她的情敌的!真的她内心这样平安吗?

也幸亏婆婆是一个不识字的老妇人,她不能读她的丈夫给另一个女人的最珍贵的生日礼。我想起来了,出现在公公的著作中的人物,曼姬是有不少次的,公公每年回一次南京老家,总是带了姨娘去,游山玩水的诗词里,当然处处都是"携曼姬游"了。公公的诗词文章里,也偶然提到婆婆,我读到过,他管婆婆叫"健妇"。

记得一次中秋节的晚上,家里有拜月的礼俗,当供在明月下的水果、月饼撤下来以后,全家人都挤在婆婆的堂屋里等着分吃的。孩子们最高兴,因为还有供桌上的泥制兔儿爷可以取走。

北平秋天的水果正上市,供桌上有青色的柿子和鸭梨、枣、栗子、苹果、葡萄,大家都分了一些。最重要还是那个面盆大的月饼。看我们怎样地分这个大月饼!家中每逢要分些什么的时候,不是按人头,而是按房头。一个大月饼,切成许多角,每房只分一角,大哥这房虽然有两夫妇和五个孩子,只是分得一角,我们只有一个孩子,才三口人,也是同样的一角。

七弟妇是家中一位又新又能干的少奶奶,但是她那份逞能劲儿,也常常做出缺心眼儿的事体来。分月饼,最好由大哥来动手切,大嫂来分,但是七弟妇抢着做,她一份份地拿给各房的人,并且清清楚楚地交代着:

"大嫂,这是您的,二嫂,这是您的,六嫂,这是你们的。"(我是嫂子,岁数却比她小,所以"您"免啦!)

"好的。"我接了过来。

"这是爹的,这是娘的。娘,"她对婆婆说,"五哥跟八弟的,可都在您这份里了呀!"因为五哥和八弟都未婚。

婆婆装糊涂:"什么?"她看看那一份份的月饼说。

七弟妇真以为婆婆没听清楚,她又怪能干地说一遍:

"都分好啦!这是您跟五哥八弟的,这是爹和姨娘的,喏,张妈,给老太爷和二太太送去。"

"咻!"婆婆这不屑的一声,一定表示这里有什么毛病,但是她不明说。我呢,在这方面,心眼儿也不够玲珑剔透,我想,也许婆婆认为五哥和八弟应当各分得一角,不应当和在母亲的一角里,因为他们都是大人了,也应该各算一房头吧?因为就连寄居在家里的侄孙子小熊,还自己分得了一角呢!所以我也逞起能来,纠正七弟妇的错误说:

"五哥和八弟,你应当各给他们一角,连小熊都算一房头呢!"

"咻!"婆婆又是一声。

二嫂在咻咻地笑,她一定明白是怎么回事,她是看透婆婆的不满的心情了。这时还是大嫂温和地说了:

"你们不明白呀!这是个团圆饼,应当爹和娘合吃一块,单给姨娘一块,就对啦!"

"哟——!"我们恍然大悟,全屋人不禁哈哈大笑起来。

"咻!"婆婆又是一声,但是这一声却是表示说:"就是这样嘛!"

于是张妈去请了公公过来,在婆婆的那块饼上切了一点给公公尝尝,合吃一块的意思就算达到了,它象征着团圆吗?可是那够多么的阿Q呀!

沦陷时期的日子渐渐地不好过了,远在后方的二哥四哥都断绝了消息,二嫂的五个子女病倒了四个,后来陆续地死去三个,真是让人痛心。跟着八弟也痰中带血,姨娘也据说是肺病,只有两个老人是健康的。

为什么大家庭里的肺病患者是这样多?有人说,古老的房屋,一代代地传下来,病菌在房里酝酿着,繁殖着,却从来没有被消灭过。

姨娘的病，事实上也许没有那么严重，她不咳嗽、不吐血、不瘦、不萎靡，就好像好好的人躺在床上懒得起来一样，我看她只有三分病，七分是对公公的威胁，她照常回娘家去吃芝麻酱面，把公公的生活管理整个扔给婆婆了。

那个时期，公公肩头上的负担可以说是最沉重了。

生活没有那么惬意了，家里总是些令人头痛的事，老朋友又渐渐地老死，公公一定很寂寞。他除了在大学里教几点钟词赋的课程，老来反而学起画来。桌上摆着《芥子园画谱》，他作画的兴趣也满浓厚。后来画得兴致高了，也在画上题上"枝巢老人时年六十九"等字样。

枝巢老人是公公在六十以后作诗著文的署名，我从来没问过他起这名的意思，但依我想，也许是取古诗十九首中"胡马依北风，越鸟巢南枝"的意思吧。他是南京人，却进京落户有四十多年了。听说当北伐完成后，公公自宦海引退，曾有全家南返的意思，但是在北京太久了，延续了第三代子孙，好像由动物变成静物又变成植物——简直扎了根了，怎么动弹得了。

公公比婆婆还小。公公的生日是农历四月，在北平是可爱的月份，他七十岁到了，应当由儿女来做大寿，因为夫妻都活到七十岁可说是"白头偕老"，又何况是儿孙满堂呢！但是公公不肯，一方面是由于当时外面环境的恶劣，而大家庭里病弱的人又是这样多，他提不起兴趣来。不过为了亲友们这样注重这件事，他想出了一个办法，生日那天在中山公园的水榭，举行一次诗画展览，展览的是朋友们送他的贺礼，这贺礼全部是专为公公生日而写作的诗词字画。公公也体念儿子们的艰难，只要我们预备些清茶点心招待客人，并且把他的著作《枝巢四述》赠送给每位客人。公公喜欢昆曲，水榭的厅堂里，满壁书画，厅堂中央摆上方桌，公公和朋友看着本子在吹笛和唱昆曲。水榭外流水潺潺，岸上垂着杨柳，山石堆砌的小道蜿蜒而上，描绘出上一代读书人的雅集图来。但是这样的雅集，在公公这一生，恐怕是最后的一次了,就是对于我们这一代所能再见到的,也恐怕是难得的了。

外表看起来,我们的古老的大家庭,仿佛很旺盛,实在它在渐渐凋零、散落。家里病的、死的不用说,后方又传来了四哥病在重庆的消息。这消息一家人都知道,却紧紧地瞒住婆婆一个人。不识字的人确是容易哄骗一时,但是后来的许多年,甚至在胜利以后,她都没有再提起四哥,我相信,在冥冥中她已经有了第四个儿子已不在人间的感觉。

我曾经说过,四哥是这家的革新者,他到法国留学,生活习惯也有些洋气,比如他和父亲明算账的故事,就是我们这旧家庭的一件新鲜事。

四哥那时在南京交通部工作,公公每年南返一次,当然四哥要照顾父亲,有一天外出回来,公公忽然想起什么来,问四哥有没有钱款的事,四哥便回答说:

"没关系,我可以从您在南京的那笔钱扣下来还我。"于是他就一笔笔地和父亲算起账来。

一生对于金钱不太关心的公公,看见儿子跟他算账,心中有点不痛快,回北平来的时候,便像笑话样地告诉婆婆说:

"老四跟我这老子明算账咧!"

其实他也明了,他的第四个儿子是家里唯一的不依赖家庭的好儿子。他处处新,却是只有一样,婚姻的事他可新不起来,虽然留学多年,他也不会追求女性,而自三哥以后,父亲又痛悔说过,不再为下面的儿女主持旧式说媒的婚姻,这样,四哥一直到死,都是独身的。

就是连下面的五哥,也因为在法国暗恋一位小姐,人家连影儿都不知道,他就单恋成疯子,四哥不得不赶快把他送回国来。五哥是学艺术的,可惜他艺术的意境是这样高,竟因为无法对一个所爱的女子吐露欣慕之情,连带着艺术的生命也完结了。

在我和豫生结婚后,五哥的病态虽然未见减轻,但是也还举行了一次素描展览,在中山公园的春明馆。他用一种棕色的炭笔勾画出来的一张张裸体人像,我虽然不懂画,但也感觉那笔触之美。可怜年迈的母亲,她并不懂得儿子画那些"光眼子"的女人是什么意思,但是为了捧儿子的场,她难得地也到春明馆展览场去风光了大半天。

婆婆出门是罕有的事,因为她年纪大,身材矮胖,而且缠了足,行动很不方便。就是在家里,她的地理环境也不过是西院大哥房里和东跨院的厨房里。她要出门,前三天就要把衣服准备出来,水烟袋刷洗得亮晶晶地挂在门边,她不能坐洋车或汽车,一个太高,上不去,一个太矮,坐下去起不来,她只有乘马车最合适,但是那年头平常出门已经很少很少乘马车的了。

在我婚后所见到的五哥的生活,是日渐地接近神经病患者的姿态了。他没有什么个人的朋友,只有两位艺术家一年总要来看他两次,他们也都是属于那不修边幅的人物,其中有一位是本省的郭柏川先生,他应当很记得五哥吧?他不承认五哥是疯子,他竟说五哥正是艺术家的本质呢!

婆婆总认为五哥是到了那个鬼外国才害成这样。老年来的婆婆,该是最痛苦的了,结婚成了家的,自顾不暇,她七老八十了,身边还要照顾着一个疯子、一个吐血这样两个儿子的日常生活。

我有时回到娘家去,向妈妈叙说着婆家的近况,谁不为这曾经辉煌、融洽的大家庭叹息呢。但是如果我们把眼光放远些广些的话,这样日渐凋零的大家庭,我们的亲友间,也比比皆是,用不着叹息自己。时代不是那个时代了,北平还算是最后一个保守风气的城市呢!其实在南京的那个大家庭,已更早一步地崩溃了。可悲痛的是公婆的这一代,他们是最后见到他们的传统被新时代所消灭的人。这原也不算得什么,公公很开明,他从未留恋不舍他的时代,我说过,他也乐于降服,只是他们二老老来的生活并不安定,如果我们做子女的,不昧于良心地说,那是我们奉养者未尽到责任啊!

我每次生了小孩,在满月后都要回娘家去住一阵,这在北平叫作"挪臊窝儿",我把"臊窝儿"挪到妈妈身边了,尿布和奶瓶便暂时要把妈妈整洁的生活秩序扰乱了。我也可以像姨娘回娘家那样,请妈妈做些我喜欢的菜吃。

家里来往的,又是一批妈妈的朋友了。最近没见到七姨,妈妈说她病倒了,患着严重的肾病,浑身都浮肿着。

七姨,并不是我的姨母,她只是母亲在朋友家认识的,人家叫七姨,我们也跟着叫。她和母亲很好,因为她也是年轻守寡,带了一儿一女,那样的孤单无依,和妈妈的情形类似,所以她们很容易地成了朋友。

七姨矮矮白白胖胖的,和妈妈同样的体形,看来她很乐天,也和妈妈一样。她是扬州人,来了总要和妈妈逗一逗。

"乖乖,没得牌打,你就头疼咧!"她一口扬州腔,非常风趣。

她来了,很热闹,讲着古老的故事,唱着她的扬州小调,她也作诗和填词,但是据懂诗词的朋友说:"七姨的诗不怎么样!"那又有什么关系呢!

在我的印象中,七姨是健康的,她爱说爱笑,本是心广体胖的体态,如果她病了,浑身浮肿着,是个什么样子呢?而且,她怎么能够病呢?儿子到抗战的后方去了,女儿嫁出去情形不好又回娘家来。她是不能够生病的呀!

有一次,七姨在我家喝酒闲谈中,曾和我谈起她的婚姻。她说当初同时来说媒的,有两家人,不知怎么一转念间,她的父母把她许配给李家了,使得她不幸早早地守了寡。而另外的那个男人,却出洋留学,回来做了很好的事。她说这话的意思,很有些感到命运的不济,同时也还颇有仰慕那位留学生的意思。这是七姨有虚荣心吗?不是的。实在是一个旧式的女子确是要"在家从父,出嫁从夫,夫死从子",而她的夫却死得那样早,使她离"从子"还要有一大段时间,这段时间太艰苦了！再没有比一个旧式的女子要独力挑担起一个家庭更不幸的事了，难怪她会幽怨地追忆多年前父母转念间所造成的不幸。

然而更不幸的还是她的女儿珉姐，珉姐是个老实女人，但是显得呆板些，她不是因为不能取悦于丈夫才被赶回娘家来的，而是因为不能容忍于那个大姑子。

当初珉姐所以嫁到这只有姐弟二人的家庭去，就是听说姐姐为了抚养弟弟，牺牲了自己的婚姻，芳华虚度，空让大好青春过去，她也不肯嫁人。弟弟在姐姐的抚养下，读书、成就，确是不负姐姐的期望。她是严父，又是慈母，也是长姐。谁不夸赞这样的姐姐呢？谁不愿意把女儿嫁到这样的家庭去呢？而且珉姐也是被那位姐姐看中的，她说珉姐老实，因为从小没有父亲，颇知勤俭，家庭人口也简单，这样的两家联姻，也可以说是"门当户对"了。所以两家当时都是一愿百愿的。

但是等到生活在一起时，才发现越看来应当简单的事才越复杂，这真是矛盾的话，但事实确是如此。

记得在我结婚前夕，云舅舅曾担心我以一个倔强而急躁性格的女孩子，到那三四十口的大家庭去，如何相处。但我从未感觉到大家庭任何一人对我有何威胁。这家庭是以婆婆为中心的，她儿孙那样多，才没有工夫专对着你一个人关心呢！

但是珉姐的情形却大大地不同了。丈夫是由姐姐一手带大的，她的生活目标就全部在弟弟身上，弟弟的生活就是她的生活，如果她不再关心弟弟的生活，她还有什么可关心的。如果一个人失去了关心的目标，又是多么的空虚。所以弟弟虽然结了婚，她还是继续关心他。她觉得珉姐对丈夫这样那样都弄不好，她都要管一管。她仍旧要整理弟弟的袜子、衣服、饮食。好了，珉姐可以躲在一边落得清闲，但是又不然，她会指责这位弟妇，说她不尽责。

作为弟弟的丈夫又怎么样呢？姐姐的话是没得说的,完全对,甚至于他也感觉到多少年来的生活习惯,被珉姐的马虎的手脚弄得失去了原来的样子。当珉姐受了丈夫的责备,在一旁冷笑的姐姐又过来整理了。

丈夫常常向珉姐发脾气,无论她怎样小心地改正、学习,都不对。左也不是,右也不是,她只好暂时回到娘家来。

回到娘家来,向母亲诉说着,母亲劝她,总以为是自己的女儿太笨了。果然,好心的姐姐过几天又来把弟媳妇接回去了,她向姻伯母说,是小夫妻俩闹脾气。那态度更使得母亲觉得是自己的女儿不懂事,想想看,大姑子亲自来接,还有什么可说的呢!

珉姐回夫家去了,忍耐着那没有痕迹的虐待——表面上是关心,是帮助,是爱护的虐待!

珉姐忍耐得快要发疯了,终于又跑回娘家来。而最大的悲剧是珉姐的丈夫却真正的疯了!

没有一个人说出珉姐丈夫的疯是为了什么,人们都觉得他的疯是毫无理由的,因为他是多么的幸福呀!有爱护他的姐姐,有供他差遣的妻子,生活全不用他发愁,都是现成的,有人甚至说他真是没有福气呢!

姐姐仍然那样爱护她的弟弟,对于珉姐是否关心丈夫,她并不在乎。这位弟弟疯得又可怕又可笑又可怜,他一天都不说话,忽然大笑起来,笑得怕人极了,姐姐却并不着急,好像这是她的弟弟在快活地唱歌,并不是在发疯。

但是我听了这故事,却以为这是伦理道德的观念把他缚得太苦了,他不能从那里正当地解放出来,压抑得太深了。如果他敢大胆地爱着自己的妻,把他们夫妻的爱情显示给姐姐知道的话,尽管让别人责备他对姐姐忘恩负义,也许他可以解脱了。但是那样一来,发疯的一定是姐姐了!

研究心理变态的,一定可以指出来,姐姐对弟弟的关心,不只是爱护幼弟的情感,而是无形中有了爱情的成分。常有人说,最好不要嫁给寡母跟前的独生子,也正是同样的意思。人活在世上,总要有关心的对象,一个一生只生了一个儿子的母亲,她对儿媳的要求就要过高些,并不是她怕她的娇生惯养的独生子受委屈,而是恐惧另一个女人把儿子的心抢了去,因为那样的话,她太孤独了,她的心太无依靠了。

珉姐回家以后,倒是一身轻松,发愁的只是做母亲的人,不知道应当把女儿怎么安排才好。七姨又为了儿子远走后方,心情真是没了着落,一向天真快乐的七姨,就郁郁地病倒了。

在这方面,妈妈也许是一个比较能够看得开的女人,虽然她也是旧式的女人。

妈妈去看七姨,发现她不但病了,而且经济也成了问题,妈妈就向认识的朋友间,替她捐了一些钱送去。

妈妈回来报告着七姨的病况,小腿肿了,大腿肿了,手肿了,终于带来了七姨的最后的消息,她已经肿到心头,没救了,那样不甘心地、悲惨地死去!

死对于七姨来说,也许是解脱,如果她没有死,后来知道她的唯一的儿子,也在桂林逃难的途中,因汽车失事而死的话,倒不如死在儿子的前面了。

远去的人,常在无意中来到我的回忆里,七姨是妈妈的朋友,她的笑谈,浮现在我眼前时,却是这样清晰可见。也许因为她喜欢谈些文学的事,和我谈得更多的缘故吧?

常言"女子无才便是德",是因为有了才,就有思想,痛苦跟着也来了。七姨读了一些书,才子佳人的故事充满在她的思想里,相形与比较之下,就有了自怨自艾的心情。

我又常常想,一个人的一生,怎样才算有意思和没意思?少女的时代也许最有意思，不管她是不是读过书，总会幻想和期待着一个理想而美丽的将来。但是终身的幸福系于别人的转念间时，她就得信服"认命"的宿命论。她一定要觉得她应当这样，就是这样，不能反抗。如果她怀疑或不甘，为什么这样？凭什么这样？我偏不这样！她的痛苦就来了。

一个女人以实际的行动来对她的命运叛逆的，我遇见了芳。

公公把我介绍到他教书的大学图书馆里工作，又回到职业线上，对于我是一件快乐的事。对于目录之学，我原是一窍不通的，但是有了浏览群书的机会，便是最高兴的事了。

我被派在编目部门，在堆满了书籍的小阁楼里，学习着写卡片、数点、横、直、撇，以及排列十进分类法的号码。对于学习新的东西，我总是有兴趣的。

在那里，我认识了芳，她是在阅览部门的，常常在清闲的时候到小楼上来找我们。因为在公共阅览的地方，不能随便谈话，而在充满了阳光的小阁楼上，就分外有亲切感。所以她连早上买了早点也跑来这里吃，参加我们的聚餐，也邀请我们到她家去玩。

芳的家庭是一个很融洽的三代家庭，上面有婆婆，丈夫比她大一些——应当不会大得很多，但是因为常年穿着长袍、缎子鞋，就显得老气些了。在北方，男人穿中国长袍和缎子鞋，固然是很普通的现象，但是受新式教育的，总还是两样都穿的。连公公还有一套燕尾服呢！在没有到她家以前，我就听说了，芳是续弦，有趣的是她在娘家是最小的妹妹，却给最大的姐夫做了继配夫人。又听说最初她的其他姐姐们都反对，因为姐夫成了妹夫，有些难堪。但是因为又顾念到姐姐留下了几个孩子，娶了别的女人进来，她们是不放心的，唯有自己的阿姨，是最妥当的继母。就这样，她嫁给姐夫的。

婆婆很疼爱她的儿媳，那也是因为她疼爱唯一的儿子的缘故。

芳自己也生了两个孩子,他们一家人生活得很融洽,有一栋三进的房子,前后院租出去了,自己住在第二进里。

我们每次去,都是接受老太太和她的丈夫的热情招待,他们母子都喜欢儿媳妇的同事来,他们是极老诚的人。

但是这一家人,除了芳和大的两个孩子以外,仿佛都是不健康的。老太太常年地咳嗽着,总有痰。——不过咱们中国人对于老年人的咳嗽带老痰,仿佛是司空见惯了,不当作是一种病症,而且仿佛听说痰吐出来还去火呢!因为咱们是吃猪肉民族,据说吃猪肉火气大一点儿,所以才闹痰呀!

听着老太太带痰的咳声很不舒服,再看着芳的丈夫那副清癯文弱老书生的样子,加上拥挤的房间,总有一种这家人不整洁不健康的感觉。

果然这些时听到说芳的丈夫闹头昏的毛病,不但书不能看,连看麻将牌上的花纹都要昏倒。但是家里仍然有着一些朋友去,因为去她家玩使客人感到宾至如归的随便和舒服。不但老太太和丈夫对朋友好,孩子们也对客人好。两个大孩子对继母还是亲热地称呼"娘"。芳是续弦原是瞒不得人,也用不着瞒人的事。但是她却从来自己没谈起过,我们也从不去问她这些。

虽然芳的丈夫是这家人中最没有用的一个,但是他病倒了,却是全家最重要的事,因为只有他是在壮年,是个男人。好在他们家的朋友同事多,大家去他家,随时都会帮助他们家人办些零星的事,例如替病人请医生呀,买药呀,替芳去取房租呀,到芳的丈夫工作的机关把薪水取回来呀。同事沈先生是其中最热心的一个,因为他身体健康,精力充沛,家在外乡,只有一个人在学校里住,处处方便。

有时我们看到芳到宿舍去找沈先生,交代他这事那事,都是很公开的。也有时沈先生和芳同在路上走,我们也知道那一定又是帮着芳跑腿了。

丈夫的病况日渐起色了,因为他已经可以随便走动,朋友去了,也说说笑笑的,只是不能写字,不能上班,也不能看麻将牌。他过的是旧式生活,新玩意儿一点儿不懂,他的生活方式比他的年纪老得多了,比如看电影、看运动会、听音乐会,让西医看病,公园里走一走,郊外去旅行,穿皮鞋……对于他都是极陌生的事情,他几乎从来没做过。芳虽然是教会学校毕业的,但在那种家庭过久了,生活自然也退化,不过自从出来工作后,像在冬天,也跟着我们上一两次溜冰场,穿上冰鞋被人搀扶着玩玩。

我还记得,夏天的时候,大家穿着各样的白皮鞋,芳很羡慕而不敢穿,后来终于忍不住,买了一双白高跟鞋放在我家,要出门时便到我家来穿。由此可见,她还是有年轻人的心情,有些事情不甘心,总要尝一尝的。她自行车骑得也不错,那也是在出外工作后学的,为了骑车可以节省时间和金钱,她的家人倒是没有反对。

自从丈夫的病停止在那种不好不坏的阶段以后,她的生活又恢复到原先那样了,每个周末都轮流到同事家去打打小牌。真奇怪,以打牌为消遣,她家里倒是极赞成的。芳很胆大,半夜还敢骑自行车回去,不过每次都有沈先生陪送,因为他也骑车。

渐渐地,外面传出来不太好听的话,是说沈先生和芳很要好。察言观色,有时我也仿佛有些这样的感觉。我有时看芳早晨红着眼睛来上班,情绪不大好,一大早就哭泣过,我想也许是在家里淘了气,但是再想,家里不会有人跟她淘气的,她的丈夫、婆婆和孩子,从不大声对她说话,恐怕只是她自己闹情绪吧。

又有人说,许多个早晨都看见芳和沈先生,在一条不该是他们经过的胡同同行。而且我也常看见芳和沈先生闹气,那种使性子的态度,决不像是普通男女同事争辩得面红耳赤的那个样子,而是极密切关系的人,才能那样闹脾气。但我不敢往坏处想。

周末她和沈先生及其他同事来我家玩,豫生便对我说:

"你给他们俩造机会,使我感到不安。"

"为什么?"

"我和她的丈夫曾同过事,而且大家都知道他们的情形。"

"但是芳也的确太辛苦了,她喜欢打打小牌,每个周末出来到哪里,她家里人都知道,我们不是也轮流到她家去吗?"

"最好每次都在她自己家,这样减少他们俩单独的机会。而且在家里她丈夫虽不打牌,也一样有消遣的意味,不是很好吗?"

豫生的建议当然不容易提出来,轮流到各家玩,行之已久,怎么能推翻呢。

北平的太庙,是个有名的地方,那里有一片古松柏,一株株静穆地屹立在那里。松柏林下摆着茶座,显得特别安静和优雅,一点声音也没有,虽然和中山公园是紧邻,但是风味绝对不同,公园里像长美轩、来今雨轩的茶座,到了下午,人满满地一桌桌拥挤在那里。到太庙则是真正享受树荫下品茗静坐的乐趣,太庙后面经过一列三座门,再向后走就是环绕故宫的筒子河,隔河正看到故宫的角楼,红墙,绿瓦,碧空,再衬上古木参天,不禁使人有思古之幽情。

但是人们每天都拥向紧邻的热闹的中山公园去,这里是太冷清了!

我们也是俗人,喜欢往热闹的地方跑,但是那一天却心血来潮,想到太庙走一走。

我们是三个人,豫生、我和孩子,坐在后河旁的露椅上,呆呆地坐了许久,我猛一回头,那边来了两个人,我的眼睛很好,一下子就看出那是谁——芳和沈先生!那方向是正对着我们这边来的,我傻了,不知道应当怎么办,因为他们俩挽着手。我的心忽然跳起来,好像不是发现别人的秘密,而是我自己的秘密被人发现了似的。

可是他们很镇静,芳把头纱一下子蒙在脸上,视若无睹,就好像没看见我们,或者,就好像看见的是不相干的人,但是昨天我们还在一起上班的呀!

我目送着他们转身过去了,我回过头来半天没言语。我不敢告诉身旁的豫生,幸好他是四百度近视眼,不然的话,我是多么怕他那铁青不饶人的面孔,他会责备是我们造成机会的证明啊!

我愚蠢地想,明天怎么办?明天上班时见了面怎么办呢?是不是会很难为情?

但是我太多虑了,第二天上班时,我们见着了,芳完全是无事人的样子,就好像她昨天哪里都没有去,更不要说遇见我了!如果我说我遇见了她,她也许笑骂我活见鬼了呢!

这样看来,外面所传的,也就不能说是飞短流长了,因为总是有依据的。

但是她并不快乐,这样的恋爱怎么能快乐呢。她有时上楼来了,并不和我们打招呼,悄悄地,好像在查卡片,其实是在那里暗暗地流泪。她也知道大家看见她流泪了,但是我们大家彼此相视,谁也不好上前去劝慰她。因为她如果是为丈夫的病体而哭泣,那态度是不同的,谁都可以上前去劝慰她。

在背后,责备她的人比同情她的更多,就是我,当时也觉得她太过分了,这样大胆,这样不怕外面人的谈论,这样不顾她的老实的丈夫、婆婆和孩子。

我又愚蠢地想,一个女人在那种情形下,怎么还有兴趣去谈恋爱呢?一家老弱幼少,烦都要烦死了吧!但是我们没有想到,正是因为那种愁闷的家庭,使一个女子的力量照顾不来她的整个家庭,她需要帮助;她是个年轻的女子,也需要异性的爱抚。她的丈夫给她的,只是宽恕和谅解,这样反而更引起了她的反感、嫌恶和叛逆的心情。也许她的丈夫和她吵吵架,有些地方不原谅她,倒许能激起她的悔意吧?但是她的一家人太爱护她了,爱护得反使她痛苦起来。

不久传来了芳的丈夫病重的消息,很快地,他就死去了。死去的,一了百了,大家的目光又注视着芳,好像要看她会如何善其后,那是多么残忍的事!她只是一个年轻的女人呀!

在广济寺里,做着盛大的丧事。我们到帏后去看芳,她哭肿了眼睛,谁知道她哭的是什么呢。

我们劝慰她,但是我们也年轻,经过的事太少,都不知道应当用怎样的话语才得体。同屋的金说:

"这样是解脱了,否则死者的病拖延着也是痛苦的,你也不要太难过了吧!"

潘说:"工作可以使你减少痛苦,丧事过后,就来上班吧!"

我说:"芳,别难过,他的病也够你苦的了,现在你反而可以把紧张的心情松弛下来了。"

我说了,同事都瞥了我一眼,芳却还只管掩面痛泣。我们再回到帏前来的时候,潘问我:

"你说的是什么话?"

"不对了吗?我说的是实心话。"

我不知道她们想到哪儿去了,难道一个长期的病人自生命中解脱了,对于活着的人不是也松弛一下心情吗?对了,她们一定会以为我这是双关语,以为我的意思是说:这下子你们可好了,可没怕的人了!不对,她们完全是凭着以己之心度人,我是坦白的人,从来不会拐弯抹角去骂人的。

当我们要离开广济寺的时候,再去看一下芳,这时她好些了,已从痛泣中镇静下来。大家劝她早日上班,免得在家里愁烦,她也答应了,但是她忽然恨恨地说:

"我不要穿孝!"然后眼泪又流下来,低头手捏着白布丧服。

我们虽然略感惊异,但是也婉转地对她说:

"是的,一个在外面做事的人,不能按从前老日子的那套礼俗了。"这也是事实,重孝要穿一百天,但是丧假只有个把星期,难道穿了重孝去上班？那总不像话的,时代改变了,生活习俗自然也要跟着变。

但是芳的意思并不在此,她是说：

"我不愿穿孝,是不愿意我是个寡妇相！"

年轻守寡,是女人最不幸的事,在我周围的环境中,还很少见到亲友有这样不幸的事,我所见到年轻守寡的,只有我自己的母亲,她二十九岁就守了寡,带着我们这样一群姊弟,生活在异乡,那可不是件轻松的事！

果然不久芳就开始上班了。大家暂时忘掉她和沈先生的事,都特别地对她好。而且很奇怪的,她和沈先生的确渐渐没有来往了,因为从她的情绪、行动中可以看出来,芳毕竟还算是一个朗爽的人。但是她很快地就在脸上涂抹上一层淡淡的脂粉,两颊和嘴唇都漾着浅红色,面孔也比未丧夫以前滋润了。虽然有人对她这种作风看得不太顺眼,那是因为时代和环境的关系,如果放在现在那又算得了什么呢,可是那时候,那保守的地方,就认为是不妥当的事。道德是没有标准尺度的,我觉得它与观念很有关系,是观念的程度左右着道德的尺度。

至于芳,为什么在丈夫死后反而不和沈先生要好了,那倒是让人猜测不出来了,照道理说来,那岂不是更无忌惮了吗？难道芳有了悔意？难道沈先生主动放弃了？我想那都不是,而是芳有很浓厚的反抗的意识,从平常她的工作及为人态度中,都可以略看出的。

芳说过她不愿意在人面前摆出一副寡妇相,也正是她的要强及反抗的心情的表现,而不是她不愿给丈夫戴孝。她认为夫妻应当是健康、相携出入的一对,才是美的生活。我犹记得在她的丈夫尚未病倒以前,她就常常要拉了丈夫一同出游,并且也当着我们的面,指着她丈夫怪他说：

"你身体不是真正不舒服,出去走走嘛！我陪你散散步。也像林先生他们夫妇溜溜冰,看看电影,精神就好啦!"

但是那时潜在的病恐怕已深入她丈夫的身体了,不要说他原来的生活习惯中没有什么看电影、溜冰这一套,就是散散步,他也打不起精神来。于是在芳那反抗的潜意识中,就不由得和健康、精力充沛的沈先生接近了。等到丈夫一死,她没有了反抗的对象,反而心情平静下来,也许觉得沈先生是一个可厌的人物了呢。芳后来不但没有和沈先生来往,而且也像我们一样,以普通同事的态度对待沈先生了。

在罗素的《婚姻与道德》一书中,我还发现了有几句话,正可以说是芳的写照,罗素说:

……现在的婚姻还有一个困难,最能体贴爱情价值的,尤其感觉这种难处。爱情要自由而自然,才能滋长,要有职责的意思在里头,爱情就容易毁灭。假如向你说,你的职责所在,应当爱某某人,那包使你恨他……

我记得看过一个电影,描写一对到热带旅行的夫妇,丈夫死于逆旅,妻子竟不悲哀,她这时才发现自己原是不爱丈夫的。那张片子给人的感觉太奇特了,然而对于芳来说,正是如此。她痛哭的并不是因为失去了那个人,而是失去那个人以后所给她的难堪!——要戴孝,做寡妇,使得别人以不同的眼光注视着她!她哭的是这些个。

同样的,爱情中加入"报恩"的成分在里面,也常常会使这爱情毁灭,这样的例子太多了,给我印象最深的是琼的故事。

一个从中国西南角的贵州来到北平读书的青年,我假设他姓吕。他的家境不错,父母才老远地让他们的儿子到北平来求学。他也是好学的青年,有抱负和理想,也需要异性的安慰,尤其是对于一个跋涉千山万水到异乡来的人。因此很快的,吕先生在认识琼不久以后,就和她结合而赋同居之爱了。

琼只是一个十六七岁的可怜女孩子,她刚念完小学就失学了,家庭的境遇本来就不好,再加上冷漠不关心她的继母,使得她急于求自食其力,要摆脱这毫无感情可言的家庭。

最初人家只是把她介绍到吕先生的同乡长辈家里,做一个类似小保姆的工作,吃住在人家里,带领两个小朋友去上学,陪孩子玩和做功课。吕先生便在这家里认识了琼,主人告诉吕先生这女孩的遭遇,以及她失学但颇知求上进的事以后,很感动了吕先生,他自动主张给琼补习功课,帮助她升入中学。对于琼来讲,吕先生的确是她的恩人,他比她大了十岁,最初也确没有意思要和她结合,但是也许耳鬓厮磨,日子久了,总会发生师生以外的情感吧!琼是个惹人疼爱的女孩子,很快地就投入吕先生的怀抱中了。

吕先生或者琼,都不是我的朋友,我只是在一位秦大姐的家里见到过一两次吕先生,对于琼根本是陌生的。就是在她给了我很深的印象和感触时,我也还是没见过她,他们的一切,都是秦大姐讲给我听的。那已经是距离他们的结合差不多十年以后的事了。有一天,我到秦大姐家去,看她在整理一盒零散的照片,我说:

"秦大姐,你倒闲在。"

秦大姐摇摇头叹息地说:

"闲在?我让这位神经病搅了大半天了!"

"哪一位神经病?"

"琼呀!你记得不记得,我跟你讲过她和吕先生结合的故事?"

"好像记得。"我当时所知道的,也就是前面所记述的那些了。"但是你没说过她是神经病。她和吕先生怎么样了?"

秦大姐又摇摇头,似乎刚才琼的来临给了她一些不安。她随着就在照片堆里挑出一张照片来,是张结婚照片。上面的人,我认得出

来,新郎正是吕先生,新娘,就是琼吗?于是我问:

"这是吕先生,我认得,这当然是琼啦!"

秦大姐笑笑摇头说:

"如果是琼,那是十年前的事啦!这是新的新娘子。"

"哦?他们离婚啦?"

"谈不上离婚,当初他们也没有正式结婚,不过吕先生可是没对不起琼的,是她自作自受。"

看来秦大姐是不满意琼这方面的,她曾经说琼是一个可怜的女孩子,很知上进要强,怎么现在反而说她不好了呢?秦大姐是"五四"以后的新女性,对于男女平等有着偏激思想的那种女权扩张论者,连这样的人都不同情女人这一边,可见琼真是罪孽深重了。我倒愿意听听十年来琼的故事,还是让和他们双方都有友谊的秦大姐来讲吧!

当十年前吕先生认识琼而帮助她的时候,纯粹基于怜悯的立场。琼不过是小学毕业的程度,可是因为天赋的聪明和自己要强,所以在接受吕先生的教导不久以后,就考进了高中。做一名高中生,甚至于入大学,都是琼所希望的。她接受了吕先生的帮助,而有这样的成绩,也是爱护她的每一个人所高兴的事。那时候,琼也的确是个用功的学生,她不但用功,人也活泼,处处都表现她有旺盛的生命力和光明的前途。

吕先生继续教导她,接济她,当她长成一个亭亭玉立少女的时候,忽然有好心的人提出了一个建议:琼和吕先生应当结合成一对夫妻,他们把这意思对吕先生提出了以后,吕先生是老实的男人,他又恐慌又感激。恐慌的是怕琼不喜欢他,而且他也不愿意使琼有一种观念,认为是这个男人接济了你,你就有义务做他的妻子;感激的是,在他私心中早就对琼起了爱慕之心,只是哪里敢说出口。现在他对琼的倾慕,竟能引起别人的同情和关心,怎使他不感激呢!只是他很难为情,(他反而难为情!)希望朋友们向琼说什么的时候,千万不要惹恼了她,使她对他起反感,因为他怕失去她。

朋友们觉得吕先生的态度真是又可笑,又可怜,也由此可见他真是一个老实人。他们笑他的是,他在功课上对琼非常地严厉,是一个长兄或者严师的态度,可是对于她的生活的帮助、关心,却像慈母、长姊一样。现在遇到要谈婚姻和爱情,却变得这样软弱和无自信。他对于琼,在三方面是三张面孔,三种心情,怎么不叫朋友们觉得他又可怜,又可笑哪!

当朋友们把这建议向琼提出时候,她先是一愣:

"我从来没想到这样的事。"

朋友们便继续向她说,吕先生的人品是如何好,他是如何帮助她,而且私心也在爱恋她的。

琼也许真是没有想到恋爱这回事,因为她一心只在求上进,有的女孩子成熟早,有的人就晚,何况也要遇见使她钟情的人呢!她对吕先生一直是以长兄与严师看待的,她从没对他产生过老师和兄长以外的感情。所以即使他们对她提出吕先生这方面的情感的情形,她也还是感觉意外,仿佛一时让她答应下来,是不可能的事,所以她回答说:

"可是我还在读书,还不打算结婚呢。"

热心的朋友太热心了,他们竟接下去向她讲出一番道理,他们说:

"结婚也并不妨碍你的读书,老吕一定会使你继续升学的,而且结婚以后,你们生活倒处处更方便了,反正你的生活这一两年来也已经是他的生活的一部分了,把你们两人的生活合起来,也比较俭省,我们相信你一定也会为老吕设想的,是不是?他对你太好了!"

这样的口气,应当不是吕先生原来的意思,因为他曾嘱咐过朋友们,不要惊吓到这只小鸟,可是现在却使得琼非常地困扰了。吕先生对她好,那是人所共知的,她也一向尊敬他,不过要她去爱他,却是一件很突然的事,可是吕先生竟对她发生了爱慕之心,她觉得很光荣,但是扪心自问,她是不是爱他呢?好像不可能,爱和崇敬是不同的,但是琼当时哪里能分清。在她的内心只是想,如果我不答应这个要求的话,不要说对吕先生是难堪的,就是她将来的生活也恐怕要发生问题了,而且别人会说她是一个忘恩负义的人,这样的罪名,这样的后果,对于她岂不是太不好了。她应当爱他的。不是吗?他对她这样好,如果他们结合了以后,他会对她更好的,何况还有一个更可靠的前途呢!

在把爱情的价值这样想了一遍以后,她终于很快地投入吕先生的怀抱了。他们没有举行什么结婚大典,只是几位乡长朋友同学吃了一顿饭,就把她送入新房了。

最初他们的生活也许不太坏,因为他们俩还照样各到各的学校读书,回来后又一起读书,在众人的面前,他们也没有一点新婚夫妇的那股甜蜜劲儿。吕先生仍然是不苟言笑地教导着琼,琼呢,虽然很娇媚活泼,但那不是新婚夫人或者爱人般单对丈夫一方面的,她仍是像平常一样,她一直是大家的小妹妹。

朋友们对于他们这种情形也很习惯,以为他们就是这样,永远这样。

吕先生对于琼的读书的要求,非常严厉,他一本正经地在朋友们面前,也照样向琼说:

"一个人要努力地求上进,我希望你读了中学,读大学,然后我们一起到国外去留学,以求更广的学问。"

他也很体贴琼,书读多了,就叫她休息下来,并且让她随着朋友们去逛逛街,看看电影,只是吕先生自己却不去的,因为他只要埋头读书,对于外面年轻人的玩意儿一概不感兴趣。

看来琼真是个交了好运的女孩子,她经管着吕先生的钱财,随便她煮的什么菜,他都可以吃,他穿着也随便,所以处理他们的家庭生活，并不是项困难或麻烦的事，他唯一的要求就是要她好好读书。可是她到底年轻吧，除了读书以外，她也喜欢玩玩。说她在读书上很受吕先生的约束吗？可是她也有充分的自由，她要求和吕先生出去看场电影，他不去，就会挥手向她说：

"要去就找老孙他们去好了，我还有一些功课要写的。"

琼得了许可，便小鸟般跳着蹦着去找那班所谓老孙等等朋友玩去了。

在这样的情形下，如果发生了什么事情的话，恐怕琼是不会得到人们的谅解和同情的吧？果然情形不太对了。琼先是和老孙等许多朋友玩，渐渐地，到后来只有老孙一个人陪伴琼了。事情也是吕先生自己造出来的，当琼吵着要看电影，看京戏的时候，老孙也许正在他们家，于是吕先生就做那种挥手状：

"好啦好啦！老孙，你陪她去看好了！"

他打发太太竟像打发小女儿一样，只要有个人把她带出去，不要吵他就好了。而且他也并不是气恼地打发，总是十分体贴的。

渐渐地，朋友们都看出那情形的不妙来了，琼和老孙在恋爱。一个在恋爱着的女孩子是看得出来的——当然，她已经是太太，不是女孩子了，可是，那脸色，那眼睛，那神气，绝不是和吕先生新婚时相同的，他们从来没见琼这样过。每个人都看得出，她以前从没恋爱过，现在才开始。

吕先生知道吗？再呆气的书呆子，对于自己的太太也总有点儿敏感吧？他是知道了，但是他不但不敢管她，反而变得那么懦弱。这种事情比不得别的事情，如果吕先生不开口谈到琼的情形，如果连吕先生都不表示出丈夫的气愤，谁又好讲什么呢。

在中国的情形是这样：如果有一个丈夫在外拈花惹草，别人可以暗地告诉他的太太，劝她要注意自己的丈夫；但是如果一个太太有了"不轨的行为"，就没有人肯告诉那做丈夫的人，因为那对于男人是最最伤害了他们的自尊心。任何公开的场合,都可以向任何一位太太开玩笑说:"小心你先生在外面搞女人啊!"但是你能向任何一位丈夫说"小心你太太在外面搞男人"吗?也许是基于这个道理,所以没有人好意思向吕先生谈到琼的情形。

于是,一件使人叹惜的事情发生了,琼和老孙私奔了,他们跑到遥远的关外去。在吉林,这个对于他们很陌生的地方住下来,不跟任何人通消息。他们怎么敢通信呢?谁肯原谅他们呢?

吕先生的痛苦不用说,三年来的心血,是白白地耗费了,琼后来并不要读书,她一心恋爱,着了迷地恋着老孙,她从来没有恋爱过呀!

也许一开始这婚姻就是错误的,因为旁观者要琼以结婚来报恩,而她也以为应当这样。谁知结合了以后,才发现不是那么回事呢。吕先生确是很爱琼,但他是慈爱,却不是恋爱。如果在古老的年月,这样的婚姻也还是可以白首偕老的,因为"一日夫妻百日恩"呀,但是偏偏又在那新旧交替的时代。

吕先生郁郁地独自出国了,原来的美梦不但破碎了,而且他也突然彻悟,他对琼虽然处处好——好到随便让她跟另外一个年轻男人同游——但却是错误的,他对她功课的逼紧,也是错误的。看,吕先生是一个心地多么良善的男人啊!在想过一切之后,他竟原谅了她,把一部分责任揽在自己身上。

一年多以后,北京城里又发现了琼,她竟从关外狼狈地回来了,因为老孙遗弃了她。这一年,她也还是一个不到二十岁的女孩子。

有人把琼的狼狈的情形写信告诉吕先生了,原是要他解解恨的,这岂不是报应吗?但是吕先生却从老远的欧洲寄了钱来,请朋友转给琼,但是希望他们不要告诉钱的来源。

琼受到了经济的接济,并没有表示特别的感谢,她有点麻木了。跟着她又出走了,这回是和另外的一个男人。回到这男人的家乡,才发现他是有太太的,做了两年半的姨太太,她又逃出来了,仍然回到了她的扎根的地方——北平。

人们不太注意她的情形了,因为她的生活方式,离开原来将她看作小妹妹的那个时期,大大地不同了。

她也到这班朋友家里去走一走,没有人肯问她的近况,有时也听说她有了工作,过些时却又是不知所终。不过隔些时总会听到她的不顶正确的消息就是了。有人看出琼是寂寞的,孤零的。

吕先生的情形却迥然不同了,学成归来,在上海的大学里教书,但是许多年了,也没有再结婚,再恋爱,也是寂寞的,孤零的。

有人忽然想到,为什么不把这两个人再撮合起来呢?吕先生始终没有记恨琼,他还可以收容她呀?但是不可能了,他们两个人,一比较起来,就好像漠不相干的两个世界的人。朋友们认为,吕先生是多么的高超,琼是多么的卑下。

但是再过了两年多,吕先生终于结婚了,岁月如流,这离开吕先生第一次和琼的结合就有十年之久了!

十年后和吕先生结婚的这位新娘子,既贤且淑,谁不说那才是吕先生真正的幸福,以前的那场理想的梦早已成了过去,吕先生好多年来就不再提起琼了,大家都忘了琼,不过在吕先生这次结婚的时候,大家总不免又感慨地撩起了一些回忆的浪纹就是了。

但是今天琼却突然来到秦大姐家,秦大姐说:

"她的来临,使我意外,她的样子,更使我意外:更不整齐的服装,更莫名其妙的表情。"

秦大姐详细地告诉了我琼和吕先生结合和分离的经过时,已经使我如眼见过这样一个被目为"自甘堕落","有福不享"的少女了,现在她已经不是少女了,十年沧桑,对于琼真是悲哀的,有谁能同情她当时离弃吕先生的心情呢?有谁能把报恩和爱情分开来,再仔细分析她的情感的变化呢?

现在,秦大姐的口中,她这样狼狈地来临。她来做什么呢?我问秦大姐。

"你猜来做什么?"秦大姐反问我,"她一进来坐下后,就向我傻笑着,也不讲话。我心里也想,她来做什么?看她狼狈的样子,生活的情形是可想而知的,那么——她是生活上有问题吧?是经济有了困难吗?怪可怜的,因为我忽然把她和刚结婚半个月的吕先生和吕太太摆在一起比照了;礼堂里那一对挽着手,脸上露着禁不住的喜悦之情。吕先生红光满面,新娘子娇羞可爱。我又想起了十年前,吕先生和琼住在一起时的情景,琼到后来每晚都要求着出去玩,吕先生一个人苦守在灯下埋读写作,自己向煤炉添着煤块,等候夜归的琼;而琼呢,吕先生越对她好,好像越引起她的反感。那情景和今天真是不能比了!婚姻对一个人岂不是太重要了。"

秦大姐接着说:

"我这么想着,竟愣了半天没跟琼说话,因为眼前的比照使我感触太深。但是等我抬起头来,只见琼还对我傻笑呢!啊!她的笑容使我害怕了,我这才从她的眼神中发现她一定神经不是正常的了。我也笑了笑,等着她开口向我借钱,我想,她只要开口的话,我就会借给她,一个女人落魄到这样的地步,也够可怜的了!如果她珍惜自己的前途的话,原来是有留学希望的女博士哪!现在,却成了女乞丐,人生的际遇真是想不到的。"

"那么她开口向您借钱了吗?"我问。

"她倒是向我开口了,但是,你猜猜,她借的是什么?"秦大姐问我。

"借什么呢?"我问。

秦大姐手拿起那张吕先生新婚的照片,向我面前晃了晃:

"这个,她向我借这个!"秦大姐不胜感慨地说,"她说,秦大姐,把吕的结婚照片给我看看!我当时确是又一愣,她竟知道吕先生结婚了。我就不由得哦了一声,因为我不知道该不该给她看,我不知道她的用意何在。"

"您是怕她有什么举动?"

"是的,不瞒你说,我确是这么想,我想,她要把照片给撕了怎么办呢?她要是看了照片哭一场怎么办呢?我不想给她看。"

"那么您怎么拒绝呢?"

"我装糊涂地对她说,咦!你说什么?她竟哀求着向我说:秦大姐,你就给我看看嘛!吕的结婚照片。我想吕先生结婚的事她已经知道了,我也装不了糊涂,只好说:我可没有他们的照片呀!可是她还是哀求着我,我看她神经不正常,太可怜,我不忍心,但是我还是劝慰地对她说:有什么可看的,算了吧!她不肯,仍然说:没有关系,秦大姐,您就给我看一看,有什么关系呢!她的面容是如此奇特,对我的要求是这样深切,我想,她不会有什么恶意的,终于拿出来给她看了。"

"她看了怎么样呢?"我急切地问。

"她没有什么表情,拿着照片,安安静静地端详着照片上的人物。"

"她说了什么吗?"

"没有,什么也没说,她那安详的样子,一些也看不出她原来是神经的、冲动的女人。看她那样子反倒使我——"秦大姐眼圈红了,"使我想哭了!"

我随着秦大姐的述说,脑海中也不禁描绘出琼的形象来:她那时是苍白的脸,不整齐的服装,不合时的发型,眼睛毫无光彩,孱弱而憔悴。

"看完了以后呢?"我又问。

"看完了吗?她微笑着把照片递还给我,那么乖巧安静的。"

"她竟微笑吗?"我说。

"是微笑,——或者,毋宁说她是惨笑吧!"秦大姐想了想更正地说。"是的,微笑和惨笑,猛看起来是相同的姿态,但是仔细看来,两种笑的嘴角的弯度,毕竟是不同的。"

"我想,微笑的嘴角是向上翘一翘的,惨笑的嘴角就要向下弯一弯了。"我和秦大姐竟说起题外之话了。

秦大姐这回倒也微笑了,但是她的微笑却是惋惜的,嘴角既不向上也不向下,是平度地牵动了一下,鼻孔里有轻微的一口气:

"她也许后悔了,为什么十年前不跟吕先生好好过,这不是自作自受吗?看现在的吕先生夫妇,她难道不羡慕?"

这是秦大姐给琼下的结论了。

"您觉得琼看着吕先生照片,是像您所说的这样想法吗?"我又问。我也拿起了这张结婚照,端详着。

"当然是!"秦大姐是绝对的口吻。

人们对于别人婚姻的配合,是仿佛很有信心的,他们说,张三先生和李四小姐,一个是半斤一个是八两,放在天平上称一称,绝对是平衡的。当初他们给吕先生和琼的配合,也是根据这个原理,但是后来怎么失去平衡了呢?现在秦大姐又给看照片的心理下了定语,说她是有了悔意,但是我却不是这样的想法。

琼是一个好强好胜好奇的女孩子,从她两次(婚前和婚后)对于家庭环境敢于反抗的行动,可以看出她的好强与好胜,而从她对目前环境以外的世界,总想去探求,可以看出她的好奇;虽然她探求的结果往往是失败的。失败能给这样的人有什么训练吗?也不尽然,她的性格既然栽了深厚的这种根,无论如何是去不掉的。而屡次的失败,反而会形成她的另一些以前没有的性格。

我忽然想起,有一个电影女明星,她在幼小年龄的时候失去父母,住在出嫁的姐姐家,因为她是最小的妹妹。在十几岁的一年被有地位的姐夫玩弄了,以后她对男人便有了"玩世不恭"的态度,她特别喜欢玩弄一些老实的男人。不明白的人,当然说她不是好女人,但是什么环境使得她这样的呢？就没有人去追究了，她所以这样，正是在潜意识中对男人有一种报复的行动，尤其是她偏选择老实的男人，那也正是报复的行为，因为当她十几岁的时候，正是一个弱女，她哪里懂得该怎么反抗。

也有人说，无论男人或女人，他们如果经过两次失败的恋爱和婚姻，他或她对于异性就不由得有玩世不恭的态度。这话对于琼来说，是对的。但是琼毕竟还是可怜的一个，因为她一次次地失败下来，除了吕先生以外，她都是被遗弃的一方。也许，她还是有善良的本性，因为不能做太残忍的玩弄男人、遗弃男人行动吧！因此她自己变成神经质了。在这样复杂的心理中，她看吕先生再婚的照片，能是为了悔意吗？也许她愤恨他呢？也许她嘲笑他呢？也许她只是好奇的呢！像琼这样好强好胜的女人，她是不会后悔的，她却会再"错误"下去，再"失败"下去，直到她完全崩溃为止。

秦大姐在结束了谈琼的经过后，她忽然对我说：

"还是你的婚姻正常，因为你们是新人物，但却还保守着旧的道德，看你们在大家庭中，就没有这些事了。"

真是奇怪，我说过秦大姐是"五四"时代产生的新女性，对于女权常有矫枉过正的偏激思想，怎么她今天对于琼这位女性的看法，以及对于我这半新半旧的婚姻看法，好像走向中庸之道了，是她的思想退步了，还是时代的趋势，使她对于以前的思想，起了矛盾呢？

事实上，我们的大家庭在时代的潮流下，已经渐渐走上不能维持它的尊严和辉煌了。首先，我们各房分炊了，这是我们中国的大家庭制度中后来产生的词汇，所谓"各抱房头"了。

大家庭而实行分炊制，可以说就是有了走向小家庭制的趋势了。最初是因为物价上涨，大厨房的菜越来越坏，各房就各自添小灶，加小菜，后来甚至到了大厨房的菜白白丢弃不吃了，这才决定分炊。分炊的办法是外面做事的人，如有配给米面都仍交由大哥总汇，再按各房人口多寡分配。大哥是个又老实又胆小的人，他多少年来都不做事，并无收入，只知道闷在屋里读书，婆婆特别疼爱大哥，她认为只有大哥才是在她跟前的儿子，也的确是这样，大哥仿佛是在母鸡翼下永远长不大的小鸡，他愿意过读书人的隐居生活，不愁吃穿，淡泊一生，有贤妻，有孝子，于愿足矣的那种生活。但是外面的风雨一次比一次厉害，一次次地袭击来，采菊东篱下的悠然的日子没有了，我们眼看着大哥一房的生活一天天地狼狈起来。

当大家把在公家配来的米面交给大哥以后，他带着仆人一斤一两地分配，冬天里只见他的棉袍上撒满了白面粉，有时头发上也是，我们的王妈最坏，她上楼来对我笑说：

"大爷又唱打面缸哪，你还不领面去！"

大哥虽然这样为家人服务，但怨言还是有的，像我们和七弟房都夫妇在外面苦奔，所以各有两份配给，我们的人口少，交总再分回来，真是不上算。在那沦陷时的艰苦年月，北方的粮食是最大的问题，因此人人变得自私了，再加上婆婆一向偏疼大房，更让人觉得不甘心。最后问题解决了，各房完全自理，我们既不吃大厨房的菜，也不必把米面交大家庭，大家庭生活的纠缠解开了一环。跟着，我们又像长了丰满的鸟羽一样，要飞离老巢了！

公公是最寂寞的一个吧，儿女和他有一段距离，是难得和他谈谈的，姨娘时常回娘家，婆婆冷嘲热讽，他只好一个人在阴冷的书房里写写画画。他除了在大学教授词赋以外，又订了一个润例，为人撰写寿序墓铭什么的，一方面是希望增加收入，更重要的是为了遣此寂寞吧！

有一年的过年，各房都在呵笔书春，红字条满屋飞，公公也在书房硬木书桌上铺开了笔墨，姨娘替他拉着纸，原来他是把一张从故宫流落出来的浅灰色的宣纸，裁成两条，在上面写了一副对联：

老思无病福，饥吃卖文钱。

姨娘也许知道公公心中的悲苦,但是她仍然指着公公笑骂着对我们说:

"瞧瞧这个老头子,大过年的,就跟人不一样。来来来,再给我写张红纸儿的春字!"

公公虽然是满腹诗书,却是衣钵无继,儿女们念的都是新书。大哥二哥年龄比较大些,书虽读得多些,但对于诗词也是没有研究。在大学里,公公倒有几个得意弟子就是了。

所以偌大的书房里,显得那么冷清,贴壁特制的书架,齐着屋顶,武英殿刻本的廿四史,十三经,整整齐齐地排列在那里。我的国文,是从"小狗叫,小猫跳"启蒙的,对于旧学真可以说是一窍不通。还是在图书馆为了分类编目古书,曾向公公请教过一些目录之学以及国学的常识而已。公公便把什么公羊穀梁,先经后传的道理详详细细地解释给我听。可惜连这点点常识,也都在我编完书目后忘得干干净净了。

公公的书房是坐南朝北的房子,一年到头照不到太阳,所以显得冷清,但书房外的院子里,却充满了阳光。夏天到来,公公晒书,姨娘晾皮货,书的价值没人懂,皮货的价值却是有目共睹。仆妇们都会用惊羡的眼光注视着阳光下毛茸茸的东西。据说那些都是公公的多。但是晒得多,穿得少。在北方,手里有些皮货,也和有些古玩、字画一样,是有着财产的意思的。这些虽然是公公的,却是由姨娘在保管。到后来,家庭经济情形很差了,公公心灰意懒,书也懒得晒了,姨娘的皮货也不再出现在阳光下。人人都知道,家里情形不好,如果还有人亮出值钱的东西来,是太刺目了。姨娘是傻子吗?她岂不明白!所以她把值钱的皮货藏起来了。婆婆手里几件不值钱的货色,早就分给儿子们了。于是一家之主的公公,他在冬天反倒穿的是一件磨光了板的皮袍。婆婆还挖苦他:

"喂,你那件灰鼠脊子的呢?为什么不拿出来做?那条海獭领呢？还有，我明明记得你从关外带回来的还有一件草上霜。"

公公急了，他的生活已经这样了，为什么还要受到伤害？但是他毕竟还是尊重婆婆的，无论他在多么气急的时候，也不愿和她争论，或者反驳她，公公只是跺着脚说：

"太太，太太，唉！太太呀！"

他面对婆婆总是叫"太太"的，他不说什么，只这样着急地喊，当然包含着"你何必这样伤害我呢？何必呢"。但是婆婆的气也来了，她鼓着嘴，绷着脸，一袋袋狂吸着水烟，她也是痛苦的呀！

在全家人都闹穷的时候，恐怕只有姨娘手头是有些什么的，这能怪罪她吗？公公的年纪那么大了，她又没有儿女，她的后半世的生活，谁来负责？何况她也是一个省吃俭用的人，她攒起几个钱来，是理所当然的。虽然有些地方显得吝啬些，但是家人对她也无情感可言，吝啬不吝啬也就是那么回事了。

在那样贫困的日子里，公公的气节，是多么的令人敬佩，公公的安福系的老朋友们，在南方和北方，很有几个做了敌伪的大官，公公却像一株寒天里的孤松，屹立在那里，一动也不动，不怕冷，不怕风。春天总会来临的。

公公是旧时代的人物，但是对于新事体，他一样有认识，能接受。他一肚子旧学问，可是新的东西他也要看一看。正在我嗜读小说的时候，曾经买了不少文学名著。有一天公公说很无聊，让我拿一本我们看的小说给他看，我便把新买来刚看完的巴尔扎克所写人间喜剧之一的《从妹贝德》拿给公公。我心想，那种直译的文字，公公看得下去才怪！谁知他一目十行，两天工夫便把厚厚一本书看完了。他一时兴起，把我叫下楼来，把书还给我，并且问我：

"《从妹贝德》是描写什么时代的事情？"

我怔了一下没答上来，他又问：

"这本书有什么意义？"

我觉得很难为情,我看书头一遍是只顾看故事的,其他一概没注意,我在急智中只好抓了一句话回答,我撒谎说:
"我还没有看完。"

公公点头笑了笑,于是他竟讲起对这本书的感想来了。以后他又陆续向我借了一些西洋翻译名著,我不敢怠慢,只要他拿去看的书,我都仔细琢磨一番,以准备随时应答,别让公公问倒了我。

当胜利来临后不久,我们第一个飞出了大家庭的老巢。我们已经有了两个小孩,楼上三间小屋虽然有温暖和情趣,但是它毕竟太小了,容不下我们四口人,不,最主要的还是容不下我们的心吧!这心时时刻刻想到外面求新生活新发展,想要过可以任性的独立生活,大家庭的空气太沉闷了,有时让人透不过气来。

公公不反对,他知道眼前的世界是个什么趋势。这时二嫂也已带着肺病浩劫下的两个残余儿女到南京去,因为二哥已经复员回到南京了。跟在我们后面的,七弟夫妇也带着他们的孩子搬出去了。房子原说是不够住才分出去的,但是现在呢,偌大的一所宅子,岂不显得太冷清了!

七弟的三间北房,窗外有两大棵马缨花,现在公公和姨娘搬进去住了。原来姨娘的住房就给八弟养病,我们的小楼给神经病五哥住。原来他们都是每人一间的,现在,他们每人住了三大间。但是这样大的空间,对于神经病患者,对于重肺病患者,又有什么可喜呢。

有能力的,都远走高飞了,剩下软弱的,病患的,幼小的,依附在两老身边。兄弟都是婆婆一人所生,她虽略有偏袒,疼爱儿女的心总是一样的。她心里就是有一百个不愿意儿女们离开她,又有什么可说的,婆婆是从不责备她的儿子们的。

大家庭除了马缨花以外,西院有两棵丁香,年年春天开满着白色的小小的花朵,我总要摘一些插到花瓶里。前院还有一架小粒的甜葡萄和一架藤萝花,春天也随着婆婆煎一些藤萝饼吃。这一切,都随着我们离开大家庭而成为过去的事了。

我们从城南搬到城中来了。城南琉璃厂一带,是我自幼成长的地方,就连结婚后也没离开它,因为豫生的家三四十年来也都是住在这一带。城南对于我有太亲切的情感和太多的怀念,但是我们的新居却给了我很新鲜的感觉;它位于紫禁城边,是离旧日皇宫最近的地方。紫禁城在有皇帝的时代,老百姓是要止步的,但是民国以来皇宫开放后,它便是最理想的住宅区了。我们家的东面是中山公园,北面是到北海之路,向西去便是中南海。

夏天假日的早晨,我们推了婴孩车,穿过马路有条捷径,从中山公园旁的冰窖门进去,便是柏斯馨、长美轩、春明馆这一带古松柏下的茶座了。上午游人很少,茶座没有完全摆出来,很清静。大男孩子在茶座道上跑来跑去,小的妹妹在婴儿车里看哥哥。我们也享受着北平特有的名胜趣味——大自然美与人工美糅合成的。这时我们的世界缩小到只有夫、妻、儿、女的组成,暂时忘怀了我们是刚从另一个大树上分枝出来的新芽,忘怀了老树干的渐渐枯朽。我们太自私吗?实际上,大家庭的崩溃,也是随着工业社会的来临而造成的人情淡薄的现象之一罢了。可悲痛的不是大家庭的崩溃,而是传袭着大家庭的最后一任家长——眼见大家庭从他们这一代解散的公公和婆婆。

因为前后左三面都有公园,所以我们常常上午去了中山公园,黄昏后再去北海小坐和划船。但是因为距离最近的关系,还是到中山公园的时候多。在北平逛公园,常常可以看见熟面孔,坐来今雨轩的游客,进了门就向右面行健会的网球场后面去,有的人连每天坐的茶座都是老地方不肯换。春明馆是下棋的地方,那里老人多些,公公也每天在那里,下着不肯伤脑筋的卫生围棋,下不完,哈哈一笑,和乱了,吃一碗面,暮色深沉,他就回家了。他总是独来独往,没有曼姬的陪伴,没有子女的扶持,他七十岁了,腰板还挺直,但是他是多么寂寞呢,就是春明馆中的老朋友,也日渐凋零了。

早晨公园的游客,和下午完全是不同的客人,谁像我们这样,做了清晨的游客,又做黄昏的游客!

有一天早晨,我们刚在长美轩坐下,任孩子们跑跳着,忽然看见一位熟朋友亚雷走过来了。和他同行的还有一位年纪大些,大约靠近五十岁的男人。

亚雷和他的朋友走过来,向我们打招呼,并且介绍给我们,他的朋友姓方,我仿佛在哪里见过,原来说起来他是公园的老游客,并且也偶然和公公下卫生围棋,那就难怪眼熟了。

方先生是位健谈而又和蔼的人,他坐下来,先就跟我们谈公公,他说他是如何敬佩公公,他对公公的作品比我们清楚得多了。

方先生是位潇洒型的男人,头发微秃,中等的个子,穿着淡灰色春绸大褂儿,戴着金边眼镜,脚下是擦得乌亮的皮鞋,这种打扮在北平是很普遍的,是代表过着文人悠然的生活的一型人物。提到公公时,还说曾经拿了诗词请教过公公呢!

亚雷也忙介绍说:

"方先生夫妇对于诗词都是很有研究的,恐怕老太爷都知道的。"

"是的。"因为和公公讨论学问的事儿,简直轮不到我们这些子女,反而不如公公在外面认识的人和他谈得来呢!而且他回家后,也很少和我们谈外面的事,所以想要和方先生客气两句都无法说起。我们既然明明对诗词欠研究,也就不愿意虚伪地说些什么拜读的话了。

倒是我想起了亚雷,今天怎么大清早就有兴致逛公园,便对亚雷说:

"难得大清早在这里遇见你,我们是常常来的,所以看方先生倒眼熟。"

亚雷指着方先生说:

"我是陪方先生来散散心的——因为方大嫂最近过世了,

所以……"

"哦——"我连忙向方先生说,"真是——我们也为您难过。"

方先生略点头表示谢意。

"是没有好久的事吗?"我又问,其实这只是应酬礼貌,因为我们既然对方先生是陌生的,他的太太,我们更无印象。

"也有一个多月了。"亚雷代回答。

中年丧妻对于男人,好像没什么了不起,倒是如果家里有未长成的孩子失去母亲,比丈夫失去妻,会使人更同情。

亚雷又说:

"方先生和方大嫂是一对神仙夫妇!"

我还不太明白神仙夫妇的含义是什么,当然,像神仙总是好的,那么方太太的死就更值得惋惜了,怪不得方先生要散散心。

方先生这时也不禁感慨地说:

"可惜内人和你们没缘分,她过世后,我才认识你们。不然,她是一个极可谈的朋友,和夏太太你一定谈得来的。"

亚雷又介绍说:

"方大嫂也喜欢文学,旧文学很有研究,又写得一笔好字,她是上海中西女塾毕业的。"

"哦!那太可惜了!"我也只好这样说。

"她倒是也见过老太爷的,"方先生是指的公公,"她也和老太爷摆过几盘棋呢!"

"好像听老太爷讲过。"方先生一说,我不但仿佛觉得公公曾谈起过,而且也仿佛看见过。"是不是您和太太也常常来春明馆?"

"常来啊!"亚雷连忙接过说,"就是两人成双成对,现在才觉得孤单,所以我来陪他散散心。"

那就是了,公公的确谈起过他们夫妇,在老一代的人物中,像公公,除非带了年轻的姨太太出现在公共场合,否则是很少——可以说没有老头儿老太太同时出现的,所以春明馆既是老一代人聚会之处,也就是像公公这样的多些,方先生虽然比公公年轻得多,生活却是公公他们那一类型——谈棋琴书画旧文学的。那么方先生夫妇居然常双双出现在公公他们的场合里,自然显得突出了。

我们现在搬离大家庭,少知道许许多多事情,在大家庭时,像公公在外面参加的婚丧大事,总会知道一些的。因此也就没听说有一位方太太去世的消息了。

可以想象方先生夫妇的情爱弥笃,所以我惋惜地说:

"方太太是什么病去世的,她的年纪应当也不大呢?"

"唉!"方先生轻叹着气说,"她的病很复杂,心脏不好,贫血,胃疼,风湿,再加上一个多愁善感的性格,最后是什么病致命的,也很难说了,总之是心脏停止了跳动,她就死了,说心脏病或者恰当些吧!"

亚雷这时插嘴说:"也是因为有方先生这么一位温柔体贴的丈夫,方大嫂才病更多了呢!"人家都死了,亚雷还有开玩笑的兴趣。多不合适呀!我便接着说:

"那方先生寂寞多了,少了和您同吟共游的伴侣。"

"是的,夏太太说得对,"方先生很感激地说,"属于我们俩的一生,可以说一无所有,只有这点点情意,希望她原谅我没有立刻跟着她去。"

啊!方先生是什么意思呢?这年头儿难道还有丈夫为爱妻殉情的吗?

亚雷又说话了,他说:

"方先生和方太太是同年,方太太还比方先生大几月。"

所以方先生才可以不能随太太而去为憾,我们不是有"未得同年同月同日生,但愿同年同月同日死"的爱情誓语吗?更可见他们爱情的感人。但是男人是说不定的,太太刚死是很悲伤,过些时总还要续个弦吧!不过有孩子的,续弦困难就是了。所以我又不由得问:

"方先生几位小姐少爷?"

"啊——"方先生犹豫了一下,"她从来没生育过。"

原来亚雷说他们是神仙夫妇,就指的是无忧无虑无儿女的神仙般的生活了!在这种情形下,当然方先生更显得形单影只。怎么处理他的后半世生活呢?还是续弦吧,但是,我当然不能提议的,只是心这样想着就是了。

方先生是无限怀念地不断谈着他们的生活,他说:

"我们一生没吵过嘴,连别扭都没闹过。她多病,我也想着她是千金之体,嫁了我这样一个穷教授,只是我们俩谈得来。她是苏州人,家里却世居扬州,祖父是大盐商,她在上海的贵族学校读书。我们的婚姻也经过一番折磨,她的家里当然不愿她嫁给我这么一个穷酸文人啦!把她弄回苏州老家去关了起来。"

"啊!那怎么又结合了呢?"我像听故事一样地喜欢知道它的发展及结果。

"亚姗演了一出私奔。我那时本以为我们的结合是不可能的了,我虽深爱她,但是如果她是一个普通人家的女儿,我一定穷追不舍,然而在她家是富商我是穷书生的情况下,我就不肯那样做了,被人认为我穷小子看上女方的钱财,那是划不来的,所以当时我已经做东渡日本留学的打算,要离开上海我们相识相恋过的这块伤心地。"

"那么她私奔后和您同游东瀛了吗?"我问。

"没有。"

"那么方太太还不又被家人捉回去?"

"也没有。留学原不是我一定要去的,只是因为要离开上海到远远的地方去就是了。结果我们还是远离上海,到了这冰天冻地的北方来。"

恋爱、婚姻完全自由与顺利的我,真想象不出一个千金小姐,为了挣破爱情的阻网追寻她所爱的人,是要鼓出多大的勇气。何况贫富的悬殊,使她的生活也要因为婚姻而做一百八十度的转变呢!我不由得也为我们上一代的这位女性,表示崇敬之意。

"所以,亚雷说您对太太温柔体贴,那是应当的,她为您付出的也不少。"我说。

"是的,为了这,我永生对她是抱歉的……"

"那也不见得,她这样去了,一生得到您全部的爱情,这对她便是生命中最重大的意义。"

这时方先生又回忆地说:

"婚姻的事也真可笑,她家里原来那样不赞成,不惜以武力的手段把她监禁起来,但是后来见女儿已经私奔了,做母亲的又舍不得了,怕女儿受苦,要补送丰富的嫁奁给亚姗,却被我这倔强的鲁男子给推出去了,我发脾气,决不肯她接受娘家任何半点田地房产甚至首饰。我对她说,薄田我家也有几亩,不稀罕!房屋,我不会让你受冻馁之虞,不必要!首饰,我的朋友都是淡雅清高之士,没处摆!亚姗真好,她就毫无怨言地拒绝了。甚至于连她姐姐们嫁的那几家富商,都被我一一冷淡了。"

"您倒是个血性男儿!"我嘴里虽然这么说,但是心里不断在心疼这位小姐。

"我后来也知道我太过分了,可是当时的确是这样冒火的,亚姗却处之泰然,跟我过着穷酸的日子,没有人能看出她是出身在富有之家。就是她的姐姐们从北方游玩回去,送给娘家的仆妇都一人一件皮袍子哪!你可以想见他们一掷千金的那种味道了。"

"但方太太的气质确是不同的,她就是承受了百万家产,也不会那么做,她天生就是该做你读书人的太太。"亚雷这么说,我也这么想。

"但是我想想当时年轻的态度,也真是!可怜她自年轻就不戴首饰,虽然她原来也不喜欢浓妆,但是戴一两样珠链、戒指,又算得了什么呢！我知道她的母亲偷着给了她一些,她动也难得动,自己没有儿女,遇到有亲戚同学的子女结婚,她就拿出来送人。"

这是不是方太太变得很消极的表现呢？我当然不好说,牺牲了生活的享受,亲人的远离,嫁给一个又穷又横又酸的丈夫,一定是现实的生活使她有了有苦说不出的感觉也说不定,所以我认为她是消极的。方先生接着说：

"我想,无论如何,我和她娘家不能融洽,是使她暗暗伤心而不肯表示出来的,她的多病,这也是因素之一。而且,亚姗太好了,她一生总为了不能生育还对我有着最大的歉意,因为我是独生子。其实……唉！"方先生说到这儿轻叹着,"几时我拿了她的诗词给你们看看,请你们夫妇指教,也可以看看她的心情。"

"啊！"我脸都红了,请我们指教？他以为我们是诗词家的子媳,就是没学过,熏也熏会了,但是我想"拜读"倒是真的,刚才初见方先生谈方太太,隔膜得很,现在,我后悔没有在她生前认识她,真是没有缘分了。

方先生又接着说：

"结婚的头几年,她和娘家疏远得很,后来,我的情绪平静了,她这才每年回一次娘家,住上个把月。她比别人更有怀乡病,是因为她婚前和婚后的生活改变太多,我的意思不是指物质上的,物质她不在乎,而是精神方面的。她的家人,她的闺友,她的亲戚,都因为我一下子截断了,越是得不到的,才越怀念吧,所以每年回娘家也是她生活中的一个希望。她也很乖巧,回来后,难得提她娘家的事,怕我不爱听,其实后来我完全没气了,并且心中还怀着无限的歉意。但是我们一向不谈她的娘家,习惯了,就是想要我以此为话题和她谈谈,倒无从说起了,我是对她多么歉疚啊！"

"她是一个完美的女性,她的心充满了慈善与宽恕,这就是她的美。"方先生仍是滔滔地说,"我想我是不配她的。"

也许是心爱的人刚刚去世,生者太悲伤了,总会想着死者的好处、优点,这也是生者对死者的常情,所以我劝慰他说:

"也不能那么说,你对方太太的这份情意,使她一生和你厮守,一直到她死。她死也无憾了。"

"不,"方先生说,"她死而抱憾的,她临死时还对我流泪说,我害了你,剩下你一个人。"

"那是真的,我相信她不甘心自己的死,她一定愿意跟您永远地厮守着,你们的生活不但像神仙,而且像诗一般的美。"我衷心地说。

方先生也许说得疲倦了,或者他不愿再追忆下去,所以他靠在藤椅背上,仰望面前被升上来的太阳照射着的古松柏。他该有无限的怀念,又感喟地说:

"算是诗,对于亚姗的一生,也是一首哀诗。"

这是什么意思?我不懂。也许我懂了,他还是念念不忘亚姗的私奔,他的最初的坏脾气,以及他们没有子女,她了无痕迹地从人间消失,这一切一切。

一时,我们都沉默下来,没有人说话,各人对方先生的悼亡有不同的感慨吧!

这时方先生从藤椅上起来了,他说:

"亚雷,我先走一步,夏先生,夏太太,我太没礼貌了,初次见面就把自己谈得这么多。"

"哪里,您介绍我们一个完美的女性,使我们后悔没得在她生前认识她。"

"亚雷兄,你留下跟他们二位多谈谈吧!"方先生又转向我们,"我不过说了一半,让亚雷再接着说另一半吧!"

方先生去了,我目送他穿过阳光下的松柏,转进红墙到五色土的方向去。在我的幻象中,他的身边有一位优雅的女性,伴他慢慢地走。但那影像随即幻灭了,他只是踽踽独行。

方先生走后,我们并未立刻又接着谈方先生的事,倒是豫生提议说,孩子们玩得很高兴,我们不要回家了,就在这里随便叫些面吃,也把亚雷留了下来。我们都喜欢吃长美轩的盐酸菜,听说那是贵州制法,除了这里,只有在我的云南同学锦南姊的家里可以吃到它。

亚雷和豫生谈着时局的情形,亚雷说他也许要到上海去,豫生也说他很想去上海看胜利后第一次的全国运动会,他对体育有特别的爱好,看运动会像看电影一样的使他高兴。同时豫生也和亚雷谈到台湾,我们的亲友都希望我们去。也许,有时间的话,再到台湾看看也说不定。他们意见相同,两个人直想搭伴同行呢!

谈来谈去,我们又谈到方先生,亚雷告诉我们方先生的经历,以及他当年在怎样的场合中遇到方太太而和她结合。亚雷又说方太太确实是一位优雅的女性,你从她的表面决看不出她的内心的忧忡,她说说笑笑,弹弹唱唱,昆曲,吹箫,都很精的。她从不在亲友的面前露出半点她的忧心,两夫妇真是互敬互爱。她虽然多病,看起来也就是一般女性到了某些年龄的多病一样,不是躺在床上起不来,也不是身上哪部分有了显明的伤患,所以突然说她病重死去,是很出人意外的,就连她自己也没有做死的准备,直到最后知道严重,什么都来不及了。

"他们真像《浮生六记》里的沈三白夫妇的情趣,不是吗?"我忽然想起来说。

"爱情弥笃的情形确是像的。"亚雷也同意。

"刚才方先生说,亚姗的一生,是一首哀诗,他的意思是不是说他们的美的生活,是因为用悲哀换来的呢?"

亚雷听我这样一问,他想了一下,说:

"也许方先生不是这个意思吧!"

"不是吗?"我看亚雷的犹豫不决,好像要说什么,又止住了,便这样追问了一下。

"方先生刚才先走了,他临走时说什么来着?"亚雷反问我。

"说什么?"我也忘了。

"他不是说他只说了一半,那一半让我再说下去吗?"

"我多么愿意听。"我喜欢婚姻的故事,并不是爱探听人家的秘密,而是从各种不同的婚姻故事中,探求人生的许多问题。

"看看让我从哪儿说起。"亚雷一面搓着手一面在想。

我正静待他要怎样开始那一半故事,他却又问我:

"刚才你问方先生有没有孩子,方先生怎么说?"

"他说——"难道这句话有什么关系?"方先生是说没有,但究竟是怎么说出的,我也没注意。"

"我听得很清楚,方先生说:亚姗没有生育过。"豫生对别人的私事毫无兴趣,他却听清楚这句话了呢!

亚雷点点头,腿轻摇着,大概又在思索故事该怎么说。

"如果方先生是有孩子的,你听了会觉得怎么样?"亚雷突然冒出这么一句话来。

"有孩子?"我简直不懂,"有孩子为什么说没孩子?"

"他只是说亚姗没生育过呀!"亚雷说完直眼看着我,好像要等我的反应。

"我还是不懂,难道……"我的头脑很简单,琢磨不出来,"难道他们抱养了一个,或者还有什么别的……"

"不是,不是,"亚雷笑了,"方先生自己的亲骨肉,他有一堆孩子!方先生自己的,而不是亚姗的!"亚雷加重语气地说。

"啊!"这样突如其来的转变,倒使我感情有些激动了,我什么也说不出来,只是问:"是怎么回事呢?到底是怎么回事呢?"

"方先生刚才的话都是有含义的,可惜你没有听出来……"

"哼!"豫生在一旁冷笑我,"她的说话和思想向来不经过大脑。"

"我是一个直心眼儿的人,心里没有那么多弯弯儿,所以跟你结婚的时候，亲友都担心我在你们那大家庭里怎么处！"我也笑着报复了这一句实在话。

"所以方先生一再说他对不起亚姗，也就是这种意思了。"亚雷说。

"那么，方太太知道吗？"我问。

亚雷微笑地摇摇头，"刚才方先生不是说，亚姗临死时还对方先生抱歉，只丢下他一个人走了吗？"

"怪不得，方先生说这些的时候，吞吞吐吐欲言又止的样子。那么，方太太真的不知道吗？这样说方先生是又在外面娶了姨太太是不是？"我不断地问。

"方先生的另外那一家，也很融洽，已经有了两个儿子，两个女儿。大儿子都大学毕业了，最小的女儿好像也七八岁了。"

"就没有人告诉方太太？"我真佩服人们隐瞒的手段。

"知道的人恐怕不多吧！"

"那么你什么时候知道的呢？"

"我嘛！"亚雷算了算，"大概有三年了吧，是在天津遇见的。他是在天津娶的。"

"娶的？重婚？"我的直心眼儿又来了。

"怎样结合的，我也不清楚，总之，那也是一个正式的家庭，孩子们书读得很好，老大是西南联大毕业，复员后回到北平来，还到方先生这个家里来过，那时方太太已经病了，方先生说他很想在她死前把这件事向太太说明，但是说不出。"

"已经大学毕业了？这么多年的另外一个家，方太太会不知道？也许她是知道的，不讲出来，所以抑郁而终？"我很怀疑地问。我认为夫妻在爱情上是最敏感的，一个丈夫能瞒住他的妻，在外面组织另一个家庭，有二十多年没被发现，也没被怀疑，可能吗？除非彼此不关心的夫妻，才在这方面也没有敏感。

"确实是不知道的。"

"你又怎么能确定她不知道呢?"

"如果知道了,就不会是这个样子了。你看她临死还念念于方先生没有子嗣的这件事。"

"难怪方先生说:对于亚姗来讲是一首哀诗。方先生不是朝朝暮暮都和太太厮守着吗?他什么时候又去和另一个女人生了四个孩子,我真不懂!我也佩服你们男人真有办法!"

说着大家都笑了,亚雷又开玩笑说:

"也不尽然,恐我和老夏在这方面都是属于真没办法的一类吧!"

"那方太太也真冤枉,她一个人孤孤单单地来了,又走了,还至死对丈夫抱歉呢!其实,方先生为什么不向她说明呢?"

"他不忍心说明。"

"那另一位太太是什么样的人物呢?"

"我不熟,是一个普通女人,但是也极贤惠,她只是在一边默默地教养着自己的子女,从来不打扰方先生的这个家。她体谅丈夫应对亚姗负什么责任,所以她从不抛头露面。"

"这样说起来,方先生真是好福气,"我又对着面前这两位男士说,"不知道在这时代中,还有多少像方先生这样有福气的男人?"

"难得!难得!"亚雷做出滑稽的样子说。

"这样也好,"我想了想说,"这样什么都不知道地死去也好,使她怀着完整的爱情死去,而使方先生抱憾。"

"方太太死后发讣闻,上面可是有儿子的,就是方先生的大公子,他所以叫这大儿子到方太太面前来,原就是想先由这青年给方太太一个好印象开始,然后使方太太对这青年产生了母亲般的慈爱之心,再渐渐使她知道这是他的亲骨肉,但是方先生来不及这么逐步地做,方太太就死了。所以死后他便把这大儿子上了讣闻。"

"人们都知道吗?"

"因此人们才渐渐知道的。最初人家以为是过继的子侄辈,后来才公开了。"

"唉!这两个女人,嫁了这么一个丈夫,形成了这样的一场婚姻。"我不禁感慨,也不禁敬佩起那另一个女人了。

"完美的女性,完美的妇心。"亚雷在赞美。

"你是指哪一个?"我问。

"两个都是!"亚雷笑说。

"我相信你们男人都很羡慕方先生吧!"

这时我也想起了我们的大嫂,她是续弦,大哥前妻无所出,他又断弦十年才娶,所以大哥的孩子们反比二哥的孩子们小得多了。大哥和死去的大嫂感情很好,大哥是属鸡的,大嫂生前便永不杀鸡吃。她死后,她的衣物放在箱底,多少年都保留着不去动它,直到娶了续弦的大嫂还是照样。每逢她的忌辰、生日,续弦大嫂便带着儿女们供拜,孩子们也很懂事。有一次我看见大厨房忙着给西院做菜,盘盘碗碗端来端去的,我以为大房里今天打牙祭呢!我这傻子便问大哥的孩子们是什么日子,孩子们都会以很尊敬的口气说:"是我前头娘生日。"后任妻子承认并尊重丈夫与前妻的爱情,这实在是使男人得意的一件事。

至于方先生隐瞒了亚姗,在外面又成立了一个家,为完成亚姗在情感上的完整,他始终未透露出来,像这样的一个婚姻,究竟方先生道德不道德?是否可以原谅?对得起亚姗吗?我相信如果在一个公开场合谈论起来,一定有一场激辩吧。

但是在这迎接胜利的时期,我们又迎接了一种新的婚姻的故事,那便是所谓"抗战夫人"这新鲜名词和新鲜人物。报上登载这一类的纠纷的故事很不少。婚姻,有的是自身感情纠纷所造成的,但更多的是环境造成的不幸。

燕芬是妹妹的同学,来自河北省淳朴的农村。她来北平学助产,是为了毕业回去后服务桑梓。她很用功,也很简朴,来到都市多年,也没染上城市的习惯。她已经订婚了,未婚夫在抗战的第三年便到后方去求学。燕芬等待着毕业,也等待着未婚夫的归来,她的眼前原是一片光明。但是胜利来临了,她也毕业了,未婚夫却迟迟不归。终于传来他在后方已经有了"抗战夫人"的消息。迟迟不归,正是因为不知道该怎么应付这局面。他们是同乡,除非他不但抛弃了未婚妻,也抛弃了他的家乡和父母,永不回来,否则他就无法交代。

为了这,每个人都在痛苦中,燕芬,燕芬父母,未婚夫,未婚夫的父母,抗战夫人。燕芬本来是个健康爽朗的女孩子,她因为来自农村,受教育较晚,所以年纪比妹妹要大上五六岁,农村女性学业年龄虽晚,但婚姻年龄却是较早的,她为了学业和等待,又特别延搁,这样一来,青春只在等待中消耗了,却毫无意义!她消瘦了,太冤枉!

后来听说未婚夫终于带了抗战夫人到台湾去。远离,是逃避债务的最上之策,无论是金钱的债,感情的债。

我没有再知道燕芬的结果如何,因为这时我们正在做离开北平的打算了。

一九四八年的春天,关外的人不断地迁移到北平来,四乡的人也拥向北平来。跟着人们盲无所从地,南方的跑到北方来,北方的跑向南方去。北平,这不动的城也动荡起来了!

我是抱着怎样茫然的心情离开我的第二故乡北平啊!二十几年的时间,我在这里成长!读书,结婚,做了三个孩子的母亲!

飞机从西苑飞起,穿过古城的上空,我最后瞥见了协和医院的绿琉璃瓦顶;朝阳射在上面,闪着釉光,那是我结婚的地方,我记得我手持着一束白色的马蹄莲走在协和礼堂的红毡子上,台上几位音乐家在奏着结婚进行曲,我想我应该严肃地走上台去,因此我一点笑容也没有。但是坐在两旁的人却在逗我,他们说:

"小林！嘿！笑呀。"

"英子！别那么严肃行不行？"

我忍不住了,眼睛刚一瞥过去,我就赶忙咬住了我的下嘴唇,我怕我要笑出来,不,我怕我要哭出来！……

怀中抱着小咪。拍着我的嘴巴,她问：

"妈妈,我们到哪儿去？"

"到台湾。"

她又注视着我的眼睛问：

"你干吗,妈妈？"

我抹去泪水,把她抱向窗洞,"快看！"

我们已经飞到云层上面来了,绿琉璃瓦的北平城早在视线中消失了,她深深地埋在云层下面,我知道她将给我无限无限的回忆。

一九六〇年十一月十日

烛

奶奶又在喊头晕了:

"我晕——我晕哪!"

总是那样地拉着长长的第一声,甩下了无力的第二声,等待着有个人走到她的床面前去。

不习惯的人听见,会对这奇异的声音吃一惊。

"呀,快去看你奶奶怎么的了?"

鑫鑫的同学来了,就常常这样惊奇地喊。但是鑫鑫总是不在意地说:

"别那么大惊小怪行不行,她喊了几十年了。"

如果奶奶看没人理她,再不断喊的话,鑫鑫就会无可奈何地跑到床前去,对着面向里的秃了头的奶奶说:"奶奶,是不是要蜡烛?"

然后,鑫鑫真的给拿了一支小铜蜡烛台来,上面插着一根烧得剩下一小截的蜡烛头,奶奶颤颤悠悠地把它点起来,照亮她的床头的一角。于是可以看出白夏布的蚊帐是有很长的时间没洗换了,变成了黑炭的颜色。床头里面的部分溅满了油渍,那是混合了饮食、身体和蜡烛所遗留或排泄出来的污痕。一条四季不换的被头,总是同样的情形,盖在它下面的,是躺在这里二十多年,不,三十多年的奶奶喽!奶奶的皮肤很白,应该不只是因为长年不见日光的关系,年轻时候的奶奶,一定是有着几分姿色的。从全身的比例看来,奶奶的腿特别退步,细而硬的两条小棍子,顶端是像两只剥了皮的冬笋似的小脚,缠过的。

昏暗的角落里,躺着这样的奶奶,小朋友会被那奇怪的喊声和形状弄得惊怕起来,但是会很同情她。成年人走进来看见的话,就不然了,他们一下就会明白,这是一个常年的病人,在不生不死的情况下,这家人已经习惯了她的病痛。或者可以说,久而久之,她的病痛似乎不是病痛,而是一种生活方式了。

奶奶头晕,是有时候的,鑫鑫的妈妈美珍常对她的朋友们说:

"我们老太太头晕是有时候的,儿子不回家,头再也不晕,儿子一进门,立刻就发晕,灵着哪!"

说这些话的时候,少奶奶美珍既不是生气,也不是埋怨,而是当作笑话讲给朋友们听的。有时候她也不忌讳,在奶奶的面前就敢这么说。奶奶快七十岁了,耳朵却不聋,她听得见她的媳妇讲这些话,但是她的脸朝着里面,对着墙壁前面那层黑灰的蚊帐,并没有反应,就仿佛没听见什么一样。尽管人们说笑她,她还是照样的,听见院子里响起了皮鞋声,是儿子季康回来,她就晕起来了。

季康和其他的家人一样,并不重视母亲头晕这回事,他听见了"我晕哪"这样的喊声,就像听见后院公鸡叫,鑫鑫吹哨子,美珍骂鑫鑫,同样的,只当是他的家庭的一种声音罢了。所以,他回来后,并不朝母亲的房里去,径直回自己的房间,做他该做的事情,宽衣服、喝茶、吸烟、看报什么的。

但这样就表示季康不孝顺母亲吗?不是的,季康是母亲最小的儿子,受到母亲亲手抚育的时间最短,像鑫鑫这样大,八九岁吧,母亲已经躺在床上了。但是毋宁说,还是季康最能了解母亲的痛苦,他比他的哥哥伯康、仲康、叔康他们更能忍受母亲的折磨——大家都认为母亲的这种行为是折磨。连美珍都不了解这些,她总对人说:"凭良心,我们季康是不愧为大家出身,无论如何,他是够孝顺的,虽然他也被母亲喊得烦,不理她,可是,他总还是有时安慰安慰她,喂她喝两口汤,床边坐一会儿什么的。"

"可是,"美珍又半埋怨地说,"现在接代了,又轮到我们鑫鑫活受罪了。要是季康不在家,老太太知道鑫鑫下课回来,在院子里玩一会儿,她就呼天抢地地喊头晕,喊鑫鑫。"

"喊你不喊?"听了美珍的话,会有人向美珍提出这样的问题。

"才不!"美珍会不怀好意地笑着回答,"她知道喊我也没有用,不是我说,儿媳妇怎么说也不是自己生的,她也不糊涂。最主要的,老太太并不是真正的头晕哪。"

"难道这也是喊着玩儿的?"

"虽然不是喊着玩的,但是也向儿子、孙子撒赖,赖上啦!"

美珍讲得并不过分,如果季康父子不在家,只剩婆媳俩的时候,奶奶再也不头晕,甚至于有这样的笑话,美珍时常讲给人家听:

"有时候有人叫门了,其实来的人不是季康,可是老太太又喊头晕啦,我一赌气就说,老太太您别喊啦,是送酱油的,又不是季康!老太太果然就不吭声了。"

听的人都趣味浓厚地笑开了,老太太倒成了大家谈笑的消遣品了。可是季康在家的时候,美珍怎样也不敢讲老太太这些笑话的,她知道季康最不喜欢人家把他的母亲当笑话谈,这一点她很尊重她的丈夫,但是没有季康在面前,她就忍不住要说说。

季康父子不在家的时候,奶奶就点起小蜡烛头儿来,照亮了属于她的床头的这个角落,捏着烧软的蜡烛,在摇曳的烛光中,沉思着在她生命中的那些年月,那些人物。首先出现在烛光摇曳中的就是秋姑娘,尖尖的下巴,黑亮的头发,耳垂上两个小小的金耳环。她不大说话,紧抿着嘴唇。老实说,秋姑娘很乖巧的。但是她恨她,她恨秋姑娘,恨她那么乖巧又不讲话,竟偷偷地走进了她的丈夫的生活里,并且占据了她的位子。

可不是,那时她已经生了四个孩子,就是在她生季康坐月子她的丈夫搬到书房去睡的时候,秋姑娘这丫头,撞进来了。

本来从她生仲康起,每逢生产时,就从乡间把秋姑娘接来帮忙照顾大的孩子。她是看坟地的女儿,世世代代吃的是老韩家的饭,想不到她倒先做了韩家的鬼,死在她的前面,睡进韩家的祖坟里。也许她看准了韩家的坟地了,所以决心要进韩家的门。

她一直都是恨秋姑娘的么?可是没有人知道。人家都知道韩家的大奶奶待秋姑娘多么好,她吃什么,秋姑娘吃什么,没见过做大太太有这么疼姨奶奶的,人家都这么说。但是秋姑娘也太乖巧了,她总是做出居于大太太之下的卑下的样子来,伺候她,为她带孩子,白天随着其他的下人喊着"老爷",晚上可在他的房里吟吟地笑。啊!那笑声!

她紧捏着烧软的蜡烛,蜡油被挤得溢出来了,滴到她的手背上,烫了一下,她这样被烧惯了,也不觉得疼。她把凝在手背上的小油饼,又放回烛芯里,再去融化,再捏紧,再回到那很早的年月去。她的丈夫启福,又来到她的烛影里。季康活像他老子,还比他老子高了半个头。

她从什么时候才这么躺下的呢?当她生下季康以后,曾多留秋姑娘住些日子,当然,每次她都会留住秋姑娘的,孩子们也被她带熟了,舍不得她走。而且,生了季康,又赶上仲康和叔康出疹子,秋姑娘事实上走不了,就这样,她留下来了,直到死。

知道秋姑娘和启福的事以后,她恨死了,但是秋姑娘跪在她的面前哭泣着,哀求着,那么卑下地求她惩罚她,她愿意永生地服侍老爷、太太和少爷们,因为她舍不得每个几乎都是她一手带大的白胖孩子。如果太太要赶她回乡下,她这辈子就没有再来的希望,因为她做了见不得人的事,但是她怎么能永生不见到太太和孩子们呢!她宁可卑贱地留在这里,她要做一切劳苦而卑下的工作,以报答补偿对她恩重如山的太太。

秋姑娘就这样留下了。宽大是她那个出身的大家小姐应有的态度,何况娶姨奶奶对于启福只是迟早的事情。这件事情应当由她来主动地做,而且她也预备做的,预备选择一个不但适合启福,更适合于她的姨奶奶。老爷的姨太太是大太太给挑的,这对大太太的身份,有说不出的高贵威严。但是没想到秋姑娘赶早地来了,如果她要挑选的话,绝不是秋姑娘,没有什么理由,理由就是秋姑娘不是她选择的。

她不断地把秋姑娘留在自己的房里,最初是秋姑娘吟吟的笑声使得她这样做的。一明两暗的房子,那间宽大的堂屋是放了硬木桌、太师椅、自鸣钟、帽筒、花瓶的起坐的屋子。堂屋左右便由她和秋姑娘分别居住着。

她房屋里面的套间是睡的孩子们。每天晚上,秋姑娘都要把三个大的孩子打发上床,哼着她乡下的哄孩子的曲子。把孩子们哄睡着了,然后就继续为她整理房间里的一切。冬天,灌上暖壶,把季康的尿布叠好压在棉被底下,免得半夜给孩子换尿布时冰凉。夏天她放下蚊帐,驱蚊子,在美孚灯底下给孩子们纳着鞋底。其实这一切,原来都由老张妈做的,但是她都接过来了,让老张妈专管打扫地,擦玻璃那些粗重的活儿。秋姑娘做着这些事的时候,紧抿着嘴,一声不响,是很低声下气甘心情愿的样子。她伺候太太上了床,还不肯走,仍然坐在窗下的方桌前缝补什么,连哈欠都不打一个,眼也不合一下,直到太太睡一觉醒来,催促着她:"怎么还不睡去?"她才把针线篮子收拾好,把美孚灯端到床前的茶几上,捻小了,才离去。看着秋姑娘的背影消失在昏暗的门外,她的睡意反而没有了。静聆着对面房里的动静。忽然,秋姑娘吟吟地笑了,仿佛是启福出其不意地揽住了她的后腰,才这样笑的。他就那么耐心地等待着秋姑娘回房去么?她恨死了!恨死了秋姑娘在她面前的温顺!恨死了启福和秋姑娘从来不在她房里同时出现!恨死了他们俩从没留下任何能被人作为口实的举动！

秋姑娘的笑声变成了一块铅压在她心里，她一夜都不能睡，天亮了，才闭上眼睛。而一早，秋姑娘就过来了，她给孩子们穿洗打扮，打发他们吃点心。然后才回屋来问她："太太您不舒服吗？就别起来了吧！"她真的是头发重，心灰意懒的。她长长地呻吟了一声，秋姑娘已经把洗脸水端到床前来了。

她竟躺在床上一天没起来，秋姑娘更忙了，晚上留在她房里的时间更加长，她的腿大概是坐月子受了寒，酸酸的，秋姑娘就替她轻轻地捶了一阵子，以为她睡着了，才蹑手蹑脚地推门出去。她又睁开眼静聆着，希望发现秋姑娘的笑声，但是没有，那么是启福已经钻进被窝里在等着么？她掀开被，下床来，坐到床边的矮凳上，腿上只有一条单裤子，她呆呆地坐到觉得寒意袭人了，才醒过来，要站起来回到床上去，腿更麻木了。

自从启福收了秋姑娘以后，她就再也不到他们的房间去，虽然近在眼前。她有身份，也不屑于去。启福每天都要过来探视她的，秋姑娘更不用说。像她这样的年纪，丈夫已经有了姨奶奶，未免早了些，但是她自此不肯到他的房间去，她有一份大家妇女的矜持、骄傲和宽量，但是她恨他们。

她的腿的情形一直不太好，但是起来走走坐坐，也不是绝对不可以，然而她不，白天她推说头晕、腿痛，倚赖在这张大铜床上。或许她真是躺得太久，想得太多，吃得太少的缘故，有一天她竟眼前发黑，说了声"我晕"，就昏过去了。等她睁开眼来，床前围了一圈人，启福是从衙门里被接回来的，他坐在床头搂着她，支撑起她的半个身子，原来她是靠在他的怀里的。很久以来，他都没有在她的床边坐一坐了，更不要说这样地靠在自己丈夫的怀抱里。她长长地呻吟叹了一口气，泪就下来了。但是启福以及家里一切围在她面前的人，都异口同声地劝慰她说："大奶奶，别着急，您尽管养着病，家里都有秋姑娘，您别着急。"

她听了更痛苦地闭上眼睛,她没有病呀,没有像人们所说的那样严重的病呀!但是她连这样靠在自己丈夫怀抱里的机会都没有了吗?她更用力地把头顶在启福的胸怀里,让她这么和他多偎依一会儿吧,但是床前什么人在说话了:

"老爷,您还是让大奶奶躺下来舒服点儿,这么样,她胸口更窝得难受。"

这是谁说的?是秋姑娘的主意么?启福果然轻轻地把她放到枕头上了,枕头凉兮兮的。

这样,她更不肯起来了,秋姑娘成天成夜地伺候着她,管理着孩子们。家人亲友都夸说,亏得有秋姑娘,亏得有秋姑娘。

秋姑娘消瘦下来了,整个的家扛在她的原来就小巧的肩头上,但是秋姑娘绝无怨言,仍是那么样,无论多么夜晚,她守候在那里,哈欠也不打一个,眼也不合一下的。她难道不能饶恕秋姑娘么?她可以慢慢练习着起床,走一走的,就像每天晚上,当秋姑娘回到他们房里去以后,她不是也悄悄地起来,到套间里为孩子们盖被头,或者在方桌前的椅子上坐一坐,甚至于贴到门边去听对面房里的动静吗?但是她不,她恨死了,于是她闭上眼睛又呻吟了,秋姑娘急忙地走过来。

"太太,不好过么?"

她紧闭着眼睛,再呻吟一声。

"太太。"秋姑娘轻轻地喊。

她原可以睁开眼的,但是她不睁也不答应。

"太太!"秋姑娘的声音提高了,终于颤抖着,"太……太!"她发慌地跑到门边去喊对面房里的老爷。

启福过来了,坐在床边,拉起她的手,拍着她的嘴巴,轻摇着她的头,喊着:"太太! 太太!"她才微微地睁开眼来,"我晕。"她软弱地说。

床头有许多药,也曾经有许多大夫来看过,她变成一个真正的病人了。是真是假,连她自己也分不清了。有时她确实是心灰意懒的,赖在床上连探起半个身子的动作都懒得做。阴天在被筒里,她脸朝里,叫秋姑娘点一根蜡烛给她,她便就着摇曳的烛光,看《笔生花》,看《九命奇冤》,乃至于看《西游记》。但是有时忽然难以忍受的酸楚和愤恨交织的情绪发作了,她会扔下书本,闭上眼呻吟地喊着:"我晕哪——"把启福和秋姑娘都招得慌忙地跑过来。

于是她常常地头晕了。如果她听见启福从衙门回来,不到她的房间来,而径往对面房去的时候,她会喊头晕的。有一天,她注意到对面房里早早地就熄灯歇了。于是她坐起来,下了地,挨挨蹭蹭地走到屋门那边去。这些时,她更难得走路,两腿也的确不对劲得很。她要到门边去做什么呢?她不能放松了心回到床上安安静静地睡下么?就在那慌乱而又痛苦的刹那间,她有意无意地碰倒了床前的小茶几,上面的盖碗茶、点心罐全摔到砖地上了。她要去摸索着捡起来,已经惊醒了对面房里的人,他们跑过来,她就顺势坐倒在地上。启福扶着她,说:

"这是怎么回事?"赶快把她抱回床上去。她两臂紧搂着启福,忽然看见方桌上的美孚灯,于是她说:

"拿灯,我是要拿灯。"

启福放下了她,立刻转过头骂秋姑娘:

"你是管什么的,怎么也没把灯端过来哪!"

秋姑娘一声也不响,忍受着启福的责骂,默默地收拾摔倒在地上的东西。

但是过一会儿,他们俩就双双地回房去了,再一会儿灯又熄了。他并不是真心为她责骂秋姑娘的,不是么?他们俩已经又入睡了。她觉得胸口里胀气,像仲康他们吹鼓了的气球,快炸破了,她捻灭了灯,在无边黑暗中,捶打着自己的胸口,抓撕着衣襟,"我晕,我晕。"她轻轻地叫着,嘤嘤地哭了。她不敢放大声音,唯有这一回,她不是喊给别人听见的。

到她的腿一步都不能动了,最小的季康已经有四五岁了吧?那一年启福病了,倒在床上已经不能起来,她想挣扎着过去看他,但是退化了的小腿,竟真的瘫在那里,像两根被弃置的细白棍子。

当启福咽下了最后的一口气,对面房里扬起了哭声时,她一个人被丢在这屋里,她又悔又恨,但一切都无能为力了。

就这么多年下来,她躺在这里,继续失去了秋姑娘,又失去了每一个成了家分出去住的儿子,现在她只有季康一个可依赖的儿子,但她有孙子。她很高兴,希望孙子鑫鑫也常常到她床前来玩玩,如果鑫鑫不来,她为什么不可以喊头晕呢!

但是她今天真的感到很有些不自在了,从早晨起,她的头就晕乎乎的,也恶心,可是她反而不要叫"头晕"了,也懒得去点亮那小节蜡烛头儿,就在黑暗中,她沉思着。想一阵,晕一阵,一直到天黑,她没有喊一声。季康敏感地发现了不寻常的情形,这一次他没有等母亲叫,便自动跑到她的床前来。

季康探头到黑暗的蚊帐里,伏下身来喊:"娘。"并且点燃了床前的蜡烛,这才看见母亲已经恍惚了,她不能完全答复儿子的问话。

季康慌忙叫美珍到附近医院去,请位医生来给母亲先打强心针再说。季康坐在床边,摸抚着母亲的肩头和手臂,他难得这样的,一下子使他忏悔起来。这么多年来,他都疏忽了,听见母亲的喊声,从没有一次痛痛快快地到她的床前来,所以,今天她一整天都不肯叫了。他对于母亲所以瘫痪在床上的原因,虽然一直是怀疑的,但毕竟母亲是因为生他的缘故,才开始这样的。很早的记忆,是比鑫鑫现在还要小的一天夜里吧,他猛睁开眼,看见母亲摇摇颤颤地走向他的床前来。娘不是不会走路了么?他奇怪地想,却莫名其妙地闭上眼睛,娘过来把被头替他拉上来盖住肩头。第二天早晨起来,他看母亲还是瘫卧在床上,秋姑娘替她打来洗脸水,她仍然在床头洗脸、吃饭和喊头晕。他闹不清是怎么回事,不由得向母亲说：

"娘,我昨天晚上好像做了一个梦。"他盯住母亲的脸。

"说说看。"母亲微笑着。

"我梦见你会走路了,来到我的床边给我盖被头。"

"是吗？"母亲不在意地说,"梦是反的,梦见我会走路,就是不会走路。"

这个梦,季康永生也忘不了,而且在他渐渐懂事的时候,就怀疑那不是梦了。他以为他最了解母亲,虽然他也时常忍受不了母亲的频频的叫喊。可是今天她不再叫了,真正的昏迷在这里。床头的小蜡烛台已经烧完了,是谁买来了一根新烛放在小茶几上,但她已不需要光亮。

美珍领着医生进门的时候,奶奶已经进入弥留的状态,医生摇了摇头,但仍是打开了他的医药箱。屋里显得有些乱,鑫鑫躲在爸爸和医生的身后,他对爸爸说："爸,我知道奶奶得的是什么病,是不是小儿麻痹症？"

金鲤鱼的百裥裙

金鲤鱼有一条百裥裙

金鲤鱼有一条百裥裙,大红洋缎的,前幅绣着"喜鹊登梅"。金鲤鱼就喜欢个梅花,那上面可不是绣满了一朵朵的梅花。算一算,足足有九十九朵。两只喜鹊双双一对地停在梅枝上,姿势、颜色,配得再好没有,长长的尾巴,高高地翘着,头是黑褐色的,背上青中带紫,肚子是一块白。梅花朵朵,真像是谁把鲜花撒上去的。旁边两幅是绣的蝴蝶穿花,周边全是如意花纹的绣花边。

裙子是刚从老樟木箱子里拿出来的,红光闪闪地平铺在大沙发上。珊珊不知怎么欣赏才好,她双手抚着胸口,兴奋地叹着气说:

"唉!不得了,不得了,我从来没有见过这么美丽的百裥裙!"

她弯下腰伸手去摸摸那些梅花,那些平整的裥子,那些细致的花边。她轻轻地摸,仿佛一用力就会把那些娇嫩的花瓣儿摸散了似的。然后她又斜起头来,娇憨地问妈妈:

"妈咪!这条百裥裙是你结婚穿的礼服吗?"

妈妈微笑着摇摇头。这时爸爸刚好进来了,妈妈看了爸爸一眼,对珊珊说:

"妈咪结婚已经穿新式礼服喽!"

"那么这是谁的呢?"珊珊又一边轻抚着裙子一边问。

"问你爸爸吧!"妈妈说。

爸爸并没有注意她们母女在说什么,他是进来拿晚报看的,这时他回过头来,才注意到沙发上的东西。他扶了扶眼镜,仔细地看了看,并没有看出什么来。

"爸,这是谁的百裥裙呀? 不是妈咪跟你结婚穿的吗?"珊珊还是问。

爸爸只是轻轻摇摇头,并没有回答,仿佛他也闹不清当年结婚妈咪穿的什么衣服了。但是停一下,他像又想起了什么,扭过头来,看了那裙子一眼,问妈说:

"这是哪里来的?"

"哪里来的?"妈咪谜语般地笑了,却对珊珊说:

"是你祖母的呀!"

"祖母的? 是祖母结婚穿的呀!"珊珊更加惊奇,更加地发生兴趣了。

听说是祖母的,爸又伸了一下脖子,把报纸放下来,对妈咪说:

"拿出来做什么呢?"

"问你的女儿。"妈妈对女儿讲"问爸爸",对爸爸却又讲"问女儿"了,总是在打谜语。

珊珊又耸肩又挤眼的,满脸洋表情,她笑嘻嘻地说:

"我们学校欢送毕业同学晚会,有一个节目是服装表演,她们要我穿民初的新娘服装呢!"

"民初的新娘子是穿这个吗?"爸爸不懂,问妈妈。

"谁知道! 反正我没穿过!"妈咪有点生气爸爸的糊涂,他好像什么事都忘记了。

"爸,你忘了吗?"珊珊老实不客气地说,"你是民国十年才结婚的呀! 结了婚,你就一个人跑到日本去读书,一去十年才回来,害得我和哥哥们都小了十岁(她噘了一下嘴)。你如果早十年生大哥,大哥今年不就四十岁了？连我也有二十八岁了呀！"

爸爸听了小女儿的话，哈哈地笑了，没表示意见。妈妈也笑了，也没表示意见。然后妈妈要叠起那条百裥裙，珊珊可急了，说：

"不要收呀，明天我就要拿到学校去，穿了好练习走路呢！"

妈妈说："我看你还是另想办法吧！我是舍不得你拿去乱穿，这是存了四十多年的老古董咧！"

珊珊还是不依，她扭着腰肢，撒娇地说：

"我要拿去给同学们看。我要告诉她们，这是我祖母结婚穿的百裥裙！"

"谁告诉你这是你祖母结婚穿的啦？你祖母根本没穿过！"妈妈不在意地随口就讲了这么一句话，珊珊略显惊奇地瞪着眼睛看妈咪，爸爸却有些不耐烦地责备妈妈说：

"你跟小孩子讲这些没有意思的事情干什么呢？"

但是妈妈不会忘记祖母的，她常说，因为祖母的关系，爸爸终于去国十年回来了，不然的话，也许没有珊珊的三个哥哥，更不要说珊珊了。

爸爸当然更不会忘记祖母，因为祖母的关系，他才决心到日本去读书的。

在这里，很少——可以说简直没有人认识当年的祖母，当然更不知道金鲤鱼有一条百裥裙的故事了。

六岁来到许家

许大太太常常喜欢指着金鲤鱼对人这么说：

"她呀，六岁来到许家，会什么呀？我还得天天给她梳辫子，伺候她哪！"

许大太太给金鲤鱼的辫子梳得很紧，她对金鲤鱼也管得很紧。

没有人知道金鲤鱼的娘家在哪儿,就知道是许大太太随许大老爷在崇明县的任上,把金鲤鱼买来的。可是金鲤鱼并不是崇明县的人,听说是有人从镇江把她带去的。六岁的小姑娘,就流离转徙地卖到了许家。她聪明伶俐,人见人爱。虽然是个丫头的身份,可是许大太太收在房里当女儿看待。许家的丫头多的是,谁有金鲤鱼这么吃香?她原来是叫鲤鱼的,因为受宠,就有那多事的人,给加上个"金"字,从此就金鲤鱼金鲤鱼地叫顺了口。

许大太太生了许多女儿,大小姐,二小姐,三小姐,四小姐,五——还是小姐。到了五小姐,索性停止不生了。许家的人都很着急,许大老爷的官做得那么大,她如果没个儿子,很遗憾吧。因此老太太要考虑给儿子纳妾了。许大太太什么都行,就是生儿子不行,她看着自己的一窝女儿,一个赛一个地标致,如果其中有一个是儿子,也这么粉团儿似的,该是多么的不同!

那天许大太太带着五个女儿,还有金鲤鱼,在花厅里做女红。她请了龚嫂子来教女儿们绣花。龚嫂子是湖南人,来到北京,专给宫里绣花的,也在外面兼教闺中妇女刺绣。许大太太懂得一点刺绣,她说苏绣虽然翎毛花卉山水人物无不逼肖,可是湘绣也有它的特长,因为湘绣参考了外国绣法,显得新鲜活泼,所以她请了龚嫂子来教刺绣。

龚嫂子来了,闺中就不寂寞,她常常带来宫中逸事,都不是外面能知道的。所以她的来临,除了教习以外,也还多了一个谈天的朋友。

那天许大太太和龚嫂子又谈起了老爷要纳妾的事。龚嫂子忽然瞟了一眼金鲤鱼,努努嘴,没说什么。金鲤鱼正低头在白缎子上描花样。她这时十六岁了,个子可不大,小精豆子似的。许大太太明白了龚嫂子的意思,她寻思,龚嫂子的脑筋怎么转得那么快,眼前摆个十六岁的大丫头,她以前怎么就没想到呢!

金鲤鱼是她自己的人,百依百顺,逃不出她的手掌心。把金鲤鱼收房给老爷做姨太太,才是办法。她想得好,心里就畅快了许多,这些时候,为了老太太要给丈夫娶姨太太,她都快闷死了!

六岁来到许家,十六岁收房做了许老爷的姨太太,金鲤鱼的个子还抵不上老爷书房里的小书架子高呢!那不要紧,她才十六岁,还在长哪!可是,年头儿收的房,年底她就做了母亲了。金鲤鱼真的生了一个粉团儿似的大儿子,举家欢天喜地,却都来向许大太太道喜,许大太太高兴得嘴都合不拢了。

许大太太不要金鲤鱼受累,奶妈早就给雇好了。一生下,就抱到自己的房里来抚养。许大太太没有什么可操心的了。许大老爷,就让他归了金鲤鱼吧!她有了振丰——是外公给起的名字——就够了。

有许大太太这样一位大太太,怪不得人家会说:

"金鲤鱼,你算是有福气的,遇上了这位大太太。"

金鲤鱼也觉得自己确是有福气的。可是当人家这么对她说的时候,她只笑笑。人家以为那笑意便是表示她的同意和满意,其实不,她不是那意思。她认为她有福气,并不是因为遇到了许大太太,而是因为她有一个争气的肚子,会生儿子。所以她笑笑,不否认,也不承认。

无论许大太太待她怎么好,她仍然是金鲤鱼。除了振丰叫她一声"妈"以外,许家一家人都还叫她金鲤鱼。老太太叫她金鲤鱼。大太太叫她金鲤鱼,小姐们也叫她金鲤鱼,她是一家三辈子人的金鲤鱼!金鲤鱼,金鲤鱼,她一直在想,怎么让这条金鲤鱼跳过龙门!

到了振丰十八岁,这个家庭都还没有什么大改变,只是这时已经民国了,许家的大老爷早已退隐在家做遗老了。

这一年的年底,就要为振丰完婚。振丰自己嫌早,但是父母之命难违,谁让他是这一家的独子,又是最小的呢!对方是江宁端木家的四小姐,也才不过十六岁。

从春天两家就开始准备了。儿子是金鲤鱼生的,如今要娶媳妇了,金鲤鱼是什么滋味？有什么打算？

有一天,她独自来到龚嫂子家。

绣个喜鹊登梅吧

龚嫂子不是当年在宫里走动的龚嫂子了,可是皇室的余荫,也还给她带来了许多幸运。她在哈德门里居家,虽然年纪大了,眼睛不行了,不能自己穿针引线地绣花,可是她收了一些女徒弟,一边教,一边也接一些定制的绣活,生意很好,远近皆知。东交民巷里的洋人,也常到她家里来买绣货。

龚嫂子看见金鲤鱼来了,虽然惊奇,但很高兴。她总算是亲眼看着金鲤鱼从小丫头变成大丫头,又从大丫头收房做了姨奶奶,何况——多多少少,金鲤鱼能收房,总还是她给提的头儿呢。金鲤鱼命中带了儿子,活该要享后福呢！她也听说金鲤鱼年底要娶儿媳妇了,所以她见了面就先向金鲤鱼道喜。金鲤鱼谢了她,两个人感叹着日子过得快。然后,金鲤鱼就说到正题上了,她说：

"龚嫂子,我今天是来找龚嫂子给绣点东西。"

于是她解开包袱,摊开了一块大红洋缎,说是要做一条百裥裙,绣花的。

"绣什么呢？"龚嫂子问。

"就绣个喜鹊登梅吧！"金鲤鱼这么说了,然后指点着花样的排列,她要一幅绣满了梅花的"喜鹊登梅",她说她就爱个梅花,自小爱梅花,爱得要命。她问龚嫂子对于她的设计,有什么意见？

龚嫂子一边听金鲤鱼说,一边在寻思,这条百裥裙是给谁穿的？给新媳妇穿的吗？不对。新媳妇不穿"喜鹊登梅"这种花样,也用不着许家给做,端木家在南边,到时候会从南边带来不知道多多少少绣活呢！她不由得问了：

"这条裙子是谁穿呀？"

"我。"金鲤鱼回答得很自然，很简单，很坚定。只是一个"我"字，分量可不轻。

"噢——"龚嫂子一时愣住了，答不上话，脑子在想，金鲤鱼要穿大红百裥裙了吗？她配吗？许家的规矩那么大，丫头收房的姨奶奶，哪就轮上穿红百裥裙了呢？就算是她生了儿子，可是在许家，她知道得很清楚，儿子归儿子，金鲤鱼归金鲤鱼呀！她很纳闷。可是她仍然笑脸迎人地依照了金鲤鱼所设计的花样——绣个满幅喜鹊登梅。她答应赶工半个月做好。

喜鹊登梅的绣花大红百裥裙做好了，是龚嫂子亲自送来的。谁有龚嫂子懂事？她知道该怎么做，因此她直截了当地就送到金鲤鱼的房里。

打开了包袱，金鲤鱼看了看，表示很满意，就随手叠好又给包上了，她那稳定而不在乎的神气，真让龚嫂子吃惊。龚嫂子暗地里在算，金鲤鱼有多大了？十六岁收房，加上十八岁的儿子，今年三十四喽！到许家也快有三十年喽，她要穿红百裥裙啦！她不知道应当怎么说，金鲤鱼到底该不该穿？

金鲤鱼自己觉得她该穿。如果没有人出来主张她穿，那么，她自己来主张好了。送走了龚嫂子回到房里，她就知道"金鲤鱼有条百裥裙"这句话，一定已经被龚嫂子从前头的门房传到太太的后上房了，甚至于跨院堆煤的小屋里，西院的丁香树底下，到处都悄声悄语在传这句话。可是，她不在乎，金鲤鱼不在乎。她正希望大家知道，她有一条大红西洋缎的绣花百裥裙了。

很早以来，她就在想这样一条裙子，像家中一切喜庆日子时，老奶奶、少奶奶、姑奶奶们所穿的一样。她要把金鲤鱼和大红百裥裙，有一天连在一起——就是在她亲生儿子振丰娶亲的那天。谁说她不能穿？这是民国了，她知道民国的意义是什么——"我也能穿大红百

211

裥裙"，这就是民国。

百裥裙收在樟木箱子时，她并没有拿出来给任何人看，也没有任何人来问过她，大家就心照不宣吧。她也没有试穿过，用不着那么猴儿急。她非常沉着，她知道该怎么样地沉着去应付那日子——她真正把大红绣花百裥裙穿上身的日子。

可是到了冬月底，许大太太发布了一个命令，大少爷振丰娶亲的那天，家里妇女一律穿旗袍，因为这是民国了，外面已经兴穿旗袍了，而且两个新人都是念洋学堂的，大家都穿旗袍，才显得一番新气象。许大太太又说，她已经叫了亿丰祥的掌柜的来，做旗袍的绫罗绸缎会送来一车，每人一件，大家选吧。许大太太向大家说这些话的时候，曾向金鲤鱼扫了一眼。金鲤鱼坐在人堆里，眼睛可望着没有人的地方，身子板得纹风不动，她真沉得住气。她也知道这时有多少只眼睛向她射过来，仿佛改穿旗袍是冲着她一个人发的。空气不对，她像被人打了一闷棍子。她真没想到这一招儿，心像被虫啃般的痛苦。她被铁链链住了，想挣脱出来一下，都不可能。

到了大喜的日子，果然没有任何一条大红百裥裙出现。不穿大红百裥裙，固然没有身份的区别了，但是，穿了呢？不就有区别了吗？她就是要这一点点的区别呀！一条绣花大红百裥裙的分量，可比旗袍重多了，旗袍人人可以穿，大红百裥裙可不是的呀！她多少年就梦想着，有一天穿上一条绣着满是梅花的大红西洋缎的百裥裙，在上房里，在花厅上，在喜棚下走动着窸窸窣窣的声音，是从熨得平整坚实的裙裥子里发出来的。那个声音，曾令她羡妒，令她渴望，令她伤心。

一去十年

当振丰赶到家，站在他的亲生母亲的病榻前时，金鲤鱼已经在弥留的状态中了。她仿佛睁开了眼，也仿佛哼哼地答应了儿子的呼声，可是她什么都不知道了。

这是振丰离国到日本读书十年后第一次回家——是一个急电给叫回来的。不然他会待多久才回来呢？

当振丰十八岁刚结婚时，就感觉到家中的空气，对他的亲生母亲特别地不利，他也陷入痛苦中。他有抚养着他的母亲，宠惯着他的姐姐，关心着他的父亲，敬爱着他的亲友和仆从，但是他也有一个那样身份的亲生母亲。他知道亲生母亲有什么样的痛苦，因为传遍全家的"金鲤鱼有一条百裥裙"的笑话，已经说明了一切。在这个新旧思想交替和冲突的时代和家庭里，他也无能为力。还是远远地走开吧，离开这个沉闷的家庭，到日本去念书吧！也许这个家庭没有了他这个目标人物，亲生母亲的强烈的身份观念，可以减轻下来，那么她的痛苦也说不定会随着消失了。他是怀着为人子的痛苦去国的，那时的心情只有自己知道，让他去告诉谁呢！

他在日本书念得很好，就一年年地待下去了。他吸收了更多更新的学识，一心想钻研更高深的学问，便自私得顾不得国里的那个大家庭了。虽然也时时会兴起对新婚妻子的歉疚，但是结果总是安慰自己说，反正成婚太早，以后的日子长远得很呢。

现在他回来了，像去国是为了亲生母亲一样，回来仍是为了她，但母亲却死了！死，一了百了。可是他知道母亲是含恨而死的，恨自己一生连想穿一次大红百裥裙的机会都被剥夺了，对她是一件多么残酷的事。她是郁郁不欢地度过了这十年的岁月吗？她也恨儿子吗？恨儿子远行不归，使她在家庭的地位，更不得伸张而永停在金鲤鱼的阶段上。生了儿子应当使母亲充满了骄傲的，她却没有得到，人们是一次次地压制了她应得的骄傲。

振丰也没有想到母亲这样早就去世了，他一直有个信念，总有一天让这个叫"妈"的母亲，和那个叫"娘"的母亲，处于同等的地位，享受到同样的快乐。这是他的孝心，悔恨在母亲的有生之年，并没有向她表示过,竟让她含恨而死。

这一家人虽然都悲伤于金鲤鱼的死,但是该行的规矩,还是要照行。出殡的那一天,为了门的问题,不能解决。说是因为门窄了些,棺材抬不过去。振丰觉得很奇怪,他问到底是哪个门嫌窄了?家人告诉他,是说的"旁门",因为金鲤鱼是妾的身份,棺材是不能由大门抬出去的,所以他们正在计划着,要把旁边的门框临时拆下一条来,以便通过。

振丰听了,胸中有一把火,像要燃烧起来。他的脸涨红了,抑制着激动的心情,故意问:

"我是姨太太生的,那么我也不能走大门了?"

老姑母苦笑着责备说:

"傻孩子,怎么说这样的话!你当然是可以走大门……"

振丰还没等老姑母讲完,便冲动地,一下子跑到母亲的灵堂,趴伏在棺木上,捶打痛喊着说:

"我可以走大门,那么就让我妈连着我走一回大门吧!就这么一回!就这么一回!"

所有的家人亲戚都被这景象吓住了。振丰一直伏在母亲的棺木上痛哭,别人也不知道该怎么劝解,因为太意外了。结局还是振丰扶着母亲的棺柩,堂堂正正地由大门抬了出去。

他觉得他在母亲的生前,从没有能在行为上表示一点孝顺,使她开心,他那时是那么小,那么一事无知,更缺乏对母亲的身份观念的了解。现在他这样做了,不知道母亲在冥冥中可体会到他的心意?但无论如何,他沉重的心情,总算是因此减轻了许多。

现在算不得什么了

看见妈妈舍不得把百裥裙给珊珊带到学校去,爸爸倒替珊珊说

情了,他对妈妈说:

"你就借她拿去吧,小孩子喜欢,就让她高兴高兴。其实,现在看起来,这些都算不得什么了!那时,一条百裥裙对于一个女人的身份,是那样地重要吗?现在想来,真是不可思议的。看女学生只要高兴,就可以随便穿上它在台上露一露,唉!时代……"

话好像没说完,就在一声感喟下戛然而止了。而珊珊只听了头一句,就高兴得把百裥裙抱了起来,其余,爸爸说的什么,就完全不理会了。

妈妈也想起了什么,她对爸爸说:

"振丰,你知道,我当初很有心要把这条百裥裙给放进棺材里,给妈一起陪葬算了,我知道妈是多么喜欢它。可是……"

妈也没再说下去了,她和爸一时都不再说话,沉入了缅想中。

珊珊却只顾拿了裙子朝身上比来比去,等到裙子扯开来是散开的两幅,珊珊才急得喊妈妈:

"妈咪,快来,看这条裙子是怎么穿法嘛!"

妈拿起裙子来看看,笑了,她翻开那裙腰,指给爸爸和珊珊看,说:

"我说没有人穿过,一点儿不错吧?看,带子都还没缝上去哪!"

琼　君

阳光从靠西的窗角慢慢撤去,小圆几上的夜来香散出淡淡的清香,屋里渐渐暗下来了。小白猫偷偷走进屋来,猛然蹿到女主人的腿上。坐在藤椅上的人因此惊醒了。

"坏东西!"琼君打着小猫,亲昵地骂了一声。她低下头去,捡拾被小猫踏落在地板上的信纸。夜来香幽香扑鼻,她不由得伸手去摸摸小圆几上的夜来香,白色的花朵,衬出她的指甲肉略带青紫,大病后的孱弱,还没有恢复过来。

她把信折好,又打开来,借着窗外微弱的光线,再看一遍,纸上的笔笔画画,都揉进她的感情里。其实,她儿子满生在信上只简简单单地说,离开母亲的次日,便北上入学,大学生活从此开始,预备到双十节再回来,希望母亲保重身体。毛衣不必忙着织,如果织的话,希望左胸前绣上他名字的缩写——M 和 S 两个字母。

她带着微笑,看着小猫在地板上滚毛线球,嘴里不禁喃喃地说:"已经是大学生了,身材那么高大!"那天他走进病房来,真吓了她一跳。她每年都要替他织毛线,第一次是婴儿的小帽,上面缀个绒球,用的是在德记洋行买来的澳洲细绒线。她记得很清楚,买了半磅,织一顶帽子,一套衣裤,还剩下许多。现在呢,满以为一磅足够了,到后来才知道,袖子还没着落。这么长,这么大,好像在织地毯,织也织不完。

上次那件毛衣,还是三年前织的,比起那时来,他不止高一个头吧。像浇了粪的大白菜,蹿得这么快!三年间没有再给他织件毛衣,她不免叹惜,而且惊奇。三年后的今天,母子间总算和好了。从病房里他第一声叫妈起,从他的来信起,从织这件肥大的毛衣起,她将拾回一部分已经失去的东西。她希望拾回的这部分,能和现在的环境融合在一起,使她的生活更充实、更丰满,而不至于有勉强弥合的痕迹才好。

小猫正捧着毛线球在打滚,她出神地凝视了一下,苍白的脸上露出一丝笑意。想伸手去把小猫赶开,可是她心不在焉,懒得再去管教。毛线让它去揉乱吧,早晚总可以理得清,反正毛衣也快织成了。

不知怎么,她忽然想起多年前一位女音乐教师讲的话来。她和一群女同学,下课时总爱围在钢琴边,有一次,偶然有几个早熟的同学谈到婚姻问题,漂亮的女教师,蓝布旗袍外面披一件鹅黄色的毛线衣,漫不经心地用一个手指轻轻弹了两下琴键,说:"中国女人早婚也还是有好处的……""为什么?""一个女孩子在没有塑成坚定的个性前便结婚,比较容易接受夫家的生活方式和精神,使她的个性能融入夫家的传统。不管好歹,总是很融洽的。晚婚便相反,有了塑成的个性和生活方式,再去迁就别人,便会感觉痛苦了。"

听这话整整二十年了,在当时她毫无所动,因为她还是个糊涂的女孩子。但为什么二十年后的今天,这些话忽然又走进她的脑海呢?

在那位音乐教师说过这话后不久,她便完成了初中学业。一个晴天霹雳,一生潦倒的父亲忽然在暑假中暴病去世。母亲本来身体不好,又不能干,靠着亲友的帮助,才勉强把丧事办了。

她穿着灰色阴丹士林布丧袍,头发上簪一朵白绒花,拖着不大合脚的白鞋,随着那个做塾师的舅舅到各亲友家叩头道谢。她记得到韩四叔家,舅舅特别当面提醒她:

"可得给韩四叔多磕两个头,这回多亏四叔,是你们家的大恩人哪!"

她跪了下去，韩四叔连忙抢过来拉她，嘴里的热气喷在她的脸上。她知道韩四叔对她们寡母孤女的恩情多么重，她很懂事，不肯起来："您要受我这个头。"当她站起身来，从大穿衣镜中看见自己灰色的身影时，不禁悲从中来，也许是在恩人面前，特别感到身世凄凉，止不住眼泪迸流，竟蒙着脸悲泣起来。

许多年后，琼君每逢照到这架穿衣镜，都要引起一些凄凉的回忆。想想也奇怪，她怎么竟落得嫁给叫韩四叔的人呢？韩四叔比她大三十岁，原是她父亲生前的好友，是击吟社的吟诗朋友，因为家中颇有祖产，老早就从宦海中退休，只在几个文化机关挂了"顾问"之类的名义，过着清高的隐居生活。他对琼君父亲的丧事尽了朋友之道，在亲友间很受人尊敬。

不知道什么人想起把琼君做媒给韩四叔做填房，琼君的母亲躺在病床上听到这个提议，伸手抹了抹眼泪，说："再好没有了，我还能活几天？要是这苦命的孩子随了韩四叔，我也放心了！还是问问姑娘自己吧！这年头儿也不是老年头儿了！"倚在床边的琼君早羞得躲到外屋去了。她心跳得很厉害，没有反抗的意念，反而有一种有了依靠的安心。成婚就在父亲死后半年，孝服还没有满。她十六岁，他四十六岁。

从此，她在三进房子的大家庭里，负起了主妇的责任，一串钥匙，经常挂在衣襟下的纽扣上。前妻所遗下的一个女儿正和她同年，个子似乎还比她高一点，第一次看见她显得很惶惑，虽然趴在地上磕头，脸上却露出很不乐意的神气。她觉得很窘，很想伸过手去，请教几句关于管理这个大宅子的问题。可还是板了脸，很庄重地受了满珍小姐三个头。满珍小姐不愧是书香门第，很懂礼貌，开始叫她"妈"，管已死的母亲叫"娘"。她对于礼数也不马虎，每逢祭日，她都会领着这位大女儿，给她以前曾经称呼过"韩四婶"的女人上供磕头。她是一个天生的好主妇，落落大方的态度，在亲朋间博得了好名声。

她这样做,原是出自她善良的本性,同时也是一个未塑的型,在渐渐融入夫家的精神的石膏,正像那位音乐女教师所比喻的。满珍小姐也渐渐地成了她的朋友。

她不懂得爱情是什么,但她在十七岁那年冬天,也毕竟做了真真实实的母亲。韩家十七年没有听见婴儿的哭声了,一家上下都很兴奋。韩四叔,不,四先生,尤其激动,彻夜守在堂屋里来回踱着,焦虑地等着妻子生产的消息。用人报信说:"恭喜四先生,是位小少爷!"四先生守的是老规矩,没有进产房,只隔着棉门帘轻轻问:"琼君,你好吧!"

"好,四先生,恭喜你!"她软弱地回答,随着两行泪从眼角顺着鬓边直流到枕头上,不知是兴奋,还是感恩。——她和韩四叔年龄相差这么多,要她换口喊"雪章"很困难,因此她也随着家人称呼他四先生。四先生在青年时代也曾有过美男子的令名,到如今,一袭湖绉长衫飘飘然,也还有中年人潇洒的风度。琼君特别注意自己的装扮,一件淡色的旗袍,两粒珍珠的耳环,后颈上绾一个元宝髻。这种淡雅的装扮,在琼君只是为了他们双双外出时,使人看着相称些,不要让人把"一树梨花压海棠"的句子形容到他们夫妇身上来。同时也为了带着和她同岁的大女儿出去时,不要误认她们是姊妹。在她那环境中,合乎身份是很重要的事。她理悟这些,比理悟爱情还早。

可是事实上,青春的光彩是压制不住的,自从生了满生以后,琼君的身体发育丰满起来,浑身好像灌注了什么浆液,皮肤流露着光柔的滑润,连头发都显得特别黑亮,一切都像才在人生的路上开始出发,光芒四射。可是四先生呢!鬓角,额头,已经显露出代表生命累积的痕迹来了。

五十整寿那天,客散人静后,四先生兴致很好,在灯下铺起纸来,为琼君的二十岁赠诗,那诗上说,他怎样遇到这位比他年轻三十岁的贤淑的女性,她如何能持家和善待前妻的孩子,他晚年得子如何地快乐,自己年事已高又如何能与这位年轻的妻子白首偕老。浓黑的墨汁一笔笔写到描金红纸上,琼君再一次从对着紫檀桌的穿衣镜中望见了自己的侧影——一个线条匀称胸部丰满的少妇,正站在一个两鬓斑白神态虽然潇洒可是已经露出倦容的男人的背后。唉,他真的老了吗?这时,睡在床上的三岁的满生,正喃喃发着呓语,吊灯旁,迷漫着烟雾,她轻轻嘘了一口气,在这一刹那,她第一次产生了迷惘的感觉。

过了五十岁,四先生衰弱的现象更为明显,好在四先生不愁生活,有好妻子好女儿,使他能安心地养老。他更为懒散,更加不修边幅,灰白的胡子索性留起来了,于是多了一项工作,小篦梳随时拿来在鼻子底下梳来梳去,好像和他玩弄家藏的一百多只香炉一样,只是为了遣兴。可是琼君,她总是设法不去注意那撮灰白的胡须。

一个冬天的早晨,炉火还没有烧红,屋里很冷,四先生忙着给朋友写寿屏,琼君在桌旁伺候笔墨。一抬头,看见专心写作的四先生,鼻子里流出了一条鼻涕,拖在灰白的胡须上,像一条小卧蚕。她不禁皱起眉头,从桌上随手拿起一张废纸,叠来叠去,叠成一个细长条,然后放在嘴里用力咬,咬上咬下,咬成一根小纸棍。她忽然想起,满珍小姐曾经问她许多次:"您为什么嫁给我父亲?"她一直无法答复,这时她才想起来,不是应当回答说:"大小姐,我是为了报恩。"这样想着,她的良心却又在呵责她自己,即使一点点坏念头,也是罪过的!罪过的!

大小姐大学毕业后便出国了,在启程的前一天,她特别到琼君屋中来,琼君正在练习作画。那是一幅观音像,画好,题上"信士弟子琼君沐手敬绘"字样,可以使心情平静。大小姐很诚恳地说:"妈!我这一走好几年,爸爸近年身体不好,家里都得您操心了。""大小姐,家里你放心。……"话虽这么说,她到底还是落下了泪。大小姐是个能干的新女性,书读得比她多得多,似乎对她最同情,她们的感情一向很不错。丈夫体弱,自己的孩子又这么小,大小姐的远游,使琼君失去了精神上的依赖。

漫漫长日,在空阴的大宅第中,经年都是同样的气味,同样的情调:香炉里的沉香末,炉火上的药罐,紫檀桌上的古董,永远画不完的观音像,年年拆了又添线的满生的毛衣……琼君毕竟还是年轻的,黑印度绸旗袍裹着有几分消瘦的身躯,却添了几分憔悴的美。

过了几年,大小姐学成归国,韩四叔这一家也恢复了不少生气,可是就在这时候,他们全家,还有大小姐的新夫婿,先撤退到上海,最后就一齐登上了中兴轮,来到基隆。大小姐在台北住定了。四先生本来在历史文化馆有个名义,馆方在台中拨给他一幢二十四个榻榻米的房子,四先生拿它同老家三进大房子相比,总是摇头叹息的。可是有个小院子的日本房子也相当雅致,四先生一家就住到台中来了。

变幻无定的海岛气候,加速结束了四先生的生命。他怀念故乡的诗句预定写二十韵的,写成了不满八个韵,便和衣垂首倒在书桌上了。死,一了百了,四先生死而无憾。六十一岁的人,死在妻子儿女环绕的哭泣声中,算是很有福气的了。琼君念死者的许多好处,对她的许多恩情,如醉如痴地哭泣着。

她也曾仔细想过,今后残余的岁月,还是像她过去一样,必得依附在另一个实体上,好像树上的藤,以前她依附的是四先生,今后是满生了。她虽这样想,事实可不这么简单。她生命里似乎又添了一个人了。

四先生死后,她的生活越发单调。她常常提前一天撕去日历。不是大晴天也把四先生的旧衣服翻出来晾在竹竿上,大小姐刚有怀孕的信儿就忙着打点催生衣,给满生买来的童军服不管牢不牢,扣子全部缝一遍。就这样,日子还是空空洞洞地剩下一大截。

在过年过节的时候,琼君尤其觉得凄凉。韩家在大陆上有许多亲戚故旧,四先生年纪虽然大,他上面还有好几位老长辈,像九奶奶椿庭伯伯等,现在都应该是八九十岁的人了。四先生的平辈小辈,更不知有多少。那时候的应酬多忙,生活多热闹,琼君虽然怕应酬,但是到了台湾,有时候倒觉得寂寞得可怕。这许多亲戚朋友,都留在大陆,现在是讯息杳然,生死莫卜。四先生是个重情感的人,想起他所收藏的许多字画古书,许多亲朋故交,生前一个人也常常流眼泪。住在台北还好,那边熟人还多,可是偏偏住在幽静的台中。满珍小姐和她的夫婿一年也只能来一两次。满生一上学,她不是逗着小猫玩,就是学她的工笔画了。

在这样情形下,嘉彬成了她家的熟客。嘉彬是比琼君小两岁的青年工程人员,本来是韩家的世交,管四先生也叫"韩四叔"的。他一向在上海读书,后来又在南京做事,她也记不得有这样一个"侄儿"。可是有一次,四先生把这个青年人带回家来,对她说:

"这是我一个老朋友的孩子张嘉彬,现在在高坝工程处做事。嘉彬,这是你的四婶!"

那天——记得是个晴朗的星期天——嘉彬就在他们家吃的午饭。她亲自下厨房做了几个北方菜,那位青年人吃得很高兴。她从来没有夸耀过自己的烹饪艺术,可是那时候台湾北方馆子很少,台中简直没有地方吃到北方菜,尤其这么可口的北方菜——她记得那位青年人说过这样的话。他是学水利工程的,台湾的地方去过不少,什么阿里山啦、太鲁阁啦、鹅銮鼻啦,他都描写得生动活跃。

"四叔,四婶——来到台湾,不能不去看看台湾的名胜,过年的时候,我陪你们先上鹅銮鼻去看看温暖的南海。满生弟弟,咱们一块儿去!"

满生弟弟睁大了眼睛,听得很出神。四先生也频频地颔首称是。她很少出门,这次来台湾,是她第一次出远门。在中兴轮上,她觉得天很高,很蓝,海也很可爱。她开始了解海阔天空是怎么一回事。她又模模糊糊地觉得:身上挂着一串钥匙,在五代祖传三进深的老宅子里走来走去,或是光着一双脚,在纸门里穿出穿进,这样做人似乎缺少着什么。

可是没有等到过年,四先生的痰喘病复发,他不肯请医生。西医,他是不相信的,台中没有一个他信得过的中医。

他过去得很快。嘉彬住在离台中市不远的一个什么镇上,为了帮忙料理丧事,请了两天假,晚上就睡在他们客厅的榻榻米上。棺木是他去定的,电报是他去拍的,公墓是他去接洽的。他讲得一口好台湾话,移灵的工人都听他指挥,似乎对他都很有好感。

"四婶——您去歇一会儿吧!满生弟弟,你也别再哭了,这儿的事我照料!"

他的能干是叫满珍小姐都佩服的。琼君自己没有费气力,就把丧事办理得井井有条——她只管痴痴呆呆地哭。

她看着入殓中的丈夫,不由得想起自己的父亲。死人看来似乎都是差不多的,脸上的表情只是平静,并没有书上所说的那么可怕。因此使活着的亲人哭得特别悲伤。

从丧事她又想到自己当初的婚事。没有父亲的那场丧事,她至少可以读到高中毕业,不会那么早就结婚的。可是四先生是她的恩人呀!

她眼里噙住眼泪,看着这位忙得满头大汗的青年人。"要说恩人,这位张嘉彬可不也是恩人?"

她真想也向他磕个头,可是——她不敢往下想了。

嘉彬出的力可真不少。他去办交涉,向文化馆请来了一笔抚恤金,四先生原住的房屋,馆方也答应由他的家属暂时住下去。

几个月来频频的接触,她自以为对嘉彬有了更深的认识。她认为他说"好吧,你身体弱,让我去"是他有热忱;"不成,我答应过你,不能不做"是他守信用;"你不对,不该忘记自己"是他心地好;"你嘴里不说,心里明白"是他认识人。至于在她自己这方面,她反而觉得不能了解自己了。说是有事找他来,却又说不出什么;瓜果自己同样有一份,却要问他是酸是甜;留他吃饭有仆妇,却要亲自下厨;他说她穿的蓝长衫颜色好,却认定他不喜欢她穿黑长衫。

她不敢做非分之想:"身份"的观念在她的生命中打下了牢固的根基。她一想到她在偷偷地恋着这位青年,就有了犯罪的感觉,眼前不觉闪过恩重如山的四先生的影像。她满心想打消这个犯罪的念头,但是不可能。她企图以拒绝见面来挽救自己,可是总有些小小的理由,把他们拉在一起。他不是个冥顽不灵的人,可是他似乎不原谅她。他为什么每星期天非到她家里来不可呢?她究竟是他的四姐,左右邻居的冷言冷语,他总该躲避着些呀!再说,他办公的地方一定有女同事什么的,为什么他不去找一个女朋友呢?

他真要是不来了,她的日子恐怕也是过不下去的。满生上学放学,看见母亲心神不安,忽悲忽喜的神情,瞪着大大的眼睛。她也曾想跟满生谈谈。唉,这种事情怎么能够同他商量呢?怎么能够同自己的孩子商量呢?

这种事情,能够同谁商量呢?

但是使她惊慌的是:满生似乎跟母亲开始疏远,不单跟母亲疏远起来,很明显地,他对嘉彬也表示着敌意。

嘉彬的为人和蔼可亲,她相信凡是同他接触过的人,没有一个不觉得的。他黑黑的眉毛,长长的脸庞,脸上的胡子根好像老是剃不干净似的,显得经过风霜,见过世面;可是他会笑,笑声很清脆,笑的时候眼睛发出顽皮的光,微微地露出两排微黄可是整齐的牙齿,又显得如此地年轻。他能干,他健谈,他一肚子的故事,像这样一个大孩子,无疑是应该获得小孩子的欢迎。不错,满生曾经喜欢过他。嘉彬哥哥帮他温习功课,嘉彬哥哥买过皮球给他,嘉彬哥哥对他讲过喷射飞机的故事,嘉彬哥哥常陪他去看电影,满生实在没理由不喜欢他。

满生忽然的沉默和紧张,她起初以为他有病,但是她很快地发现,他是在对妈妈生气。他有时候脸上显出一种可怕的冷笑,有时候一个人躲在房里对着爸爸的那张相片发呆,有时候有说有笑,仍旧是一个快乐的小孩子,可是只要嘉彬一来,满生就不知躲到哪里去了。

"满生,满生,来吃饭吧,开饭了。"她那天又做了一两个菜,招待嘉彬。满生不知从哪儿钻出来的,脸上铁青,眼睛只是看着胸前的纽扣。

这一种不友善的表示,把妈妈一肚子的高兴不知赶到哪里去了。

嘉彬这些日子显得越来越活泼,满脸笑容地走过去拍满生的肩膀说:

"满生弟弟,咱们先吃饭,吃过饭一块儿去看电影!"他的北平话是道地的。满生也说过,嘉彬哥哥的国语,比他学校里的老师还要"帅",可是今天嘉彬哥哥一切的"帅",都归无用。满生猛然把肩膀一甩,头仍旧不抬起来,恨恨地说了这两句话:

"别这么'满生弟弟,满生弟弟'的,好不好?"

一顿很不愉快的午饭吃完,满生又不知到哪里去了。她陪他在廊下坐着,他也显得很有心事,平常那种谈笑风生的劲儿,今天忽然都收了起来。她替他难过,她又觉得害怕,这一切都预兆着什么凶恶的事情。她想起她父亲去世的那一天,也是这么好的太阳,她正躺在村子外的小溪边,两脚伸进了溪水中,让冰凉的溪水流过她的脚面,忽然舅舅气啾啾地找来了:

"琼君!琼君!快回家,你爸不好了!"

这一声叫喊,从此改变了她的生活。可是她现在忽然觉得身体被嘉彬抱了起来,他的热烘烘的嘴唇正用力地压了上来。

"琼君,我不能再称呼你四婶了。事情总得要有个了断,我不能再让满生来笑话我!"

她想哭。好容易才迸出这一句话:

"你是真心吗? 你知道我是个——"

"我们没有不能相爱的理由。"嘉彬打断她的话,他的拥抱真可怕。

当天晚上,嘉彬在回去之前,特别嘱咐了她这几句话:"琼君,抬起头来,你有恋爱和结婚的权利,没人阻挡你。"

隔了几天,大小姐忽然从台北赶来,她似乎听到了什么风言风语,话渐渐转入正题,琼君不知哪来的一股勇气,很坦白地说:"大小姐,我打算朝前走一步。"她到底不敢说"再嫁"两个字。她这句话几乎是冲口而出的,事前没有准备,所以说完了不由得低下头。大小姐回答得很理智:"你的宝贵青春都为爸爸牺牲了,你有充足的理由再嫁。"意外的顺利,几乎使她不敢相信。她又和大小姐商量了许多细节,最后决定,她亲生的儿子满生随他的异母姐姐和姐夫生活。

不肯妥协的倒是满生。他自从知道了母亲的决定以后,母亲喊他,哄他,照应他,总是一个不作声。他很倔强地跟着姐姐去台北,他一声"妈"叫得很勉强,可是她看出来孩子的眼圈是红的。

她的婚礼很简单,只有满珍和她的夫婿,还有嘉彬的几个朋友来参加。满生,她让他留在台北,她不愿意再刺激他。

琼君所认为的奢侈的梦终于成为事实了。她和嘉彬的生活有无限的甜蜜,想到这种情爱的生活将被她无限期地占有时,她真觉得快乐,满足。

三年平静的生活过去了,她得了一种必须动手术的病症,嘉彬在志愿书上签了字,她的生命算是交给了医生。她躺在白色的病床上,心情特殊,不知怎么竟苦念着三年不见的满生,也许是因为开刀后不能再生育而联想到与她血肉相连的另一个生命,也许是对于这次手术发生恐惧因而怀念与自己生命有关的人。她想到满生呱呱坠地时洪亮的哭声,她想到冬夜火炉的铁档上烤尿布的情景,她想到第一次领满生进学校,她想到一身丧服匍匐灵前的中学生,她想到她再嫁前那愤恨的面孔。那个从她身体分裂出来的肉体,就永远和她没有关系了吗？她几时才能得到孩子的谅解？等满生对爱情或婚姻有了体验才了解母亲，不是太晚了吗？当嘉彬进病房时，她含蓄地问：

"我也许会死，不是吗？"

嘉彬握住她的手连忙安慰说："手术是安全可靠的，不要多虑。"

"但是，"她没有正视嘉彬，斜望着床前小几上的台灯，"动手术前，我想看到所有的亲人，嘉彬，除了你，我不是还有个亲人吗？"

"你指的是满生？我去试试看。"嘉彬真聪明，一下就明白了。

琼君这样说了，并不敢真正地期待。但是当她第二天午睡醒来，正做抬入手术室之前的准备时，病房门轻轻叩了两下推开了，随后一个高大的青年走进来。她吓了一跳，惊疑未定，一声"妈"才真正地唤醒了她。"是——是——是满生！"她笑了，泪也流了出来。"你真的来了！"她声音哽咽着。

他们母子没有谈叙别后，因为那容易触及当初不愉快的事情。这样已经很够了，他知礼地微笑着站在床前，她多高兴啊！

"听说你已经考了大学。"

"妈！我已经考取了，等您动完手术，我就要回台北去注册。您什么时候动手术？"

"你去吧，这儿很方便，而且还有——"她想说嘉彬，终于没有说出来，临时改变了口气，"还有——我要给你织件毛衣，你喜欢什么颜色？"

"不用了，也好，颜色您瞧着办吧。"

絮絮叨叨地谈了一阵，满生就说先去外面买点东西再回来。看那高大的背影从病房外消失，她满心轻松，解除一件心头的重压后，她才安心地被抬入手术室。病人的心理得到安慰，她的身体也恢复得很快。

出了医院，长日无聊，她开始穿动着两根竹针给满生织毛衣，线球满地板地滚，她的思维也跟着团团转。接到满生的来信，她竟呆想了整整一下午。

"睡着了吗？怎么不开灯……"是嘉彬进来说话的声音，跟着室内的日光灯"唰"地亮了，看见琼君呆坐在躺椅上，他走过来抚着她的肩头，低下头来问："又在想什么？"

"我吗？"琼君直看着嘉彬的脸，"我在想，鹅銮鼻那地方的海到底有多么温暖。"

"好吧，等你病养好了，咱们就去。你来了台湾这么多年，还没有见识过台湾的名胜！还有满生，你写信叫他来，一块儿去！"

阳　光

我的师娘从板桥乡下寄来一封信,她在信上说:

　　我不信你在烦嚣嘈杂的台北会住得这么起劲儿,三番两次都请不动你。这里的杜鹃花早开了,我今年又把庭前美化一番,沿篱笆有一排美人蕉,进门的人行路也铺上了碎石子。你更想不到,我已经把你所讨厌的那两棵垂着长须的榕树给锯掉了,这么一来,你所喜爱的阳光便可以充分晒进这条宽宽的走廊。我在走廊的这头放一张书桌,那头摆四张藤椅和一个小圆桌。早晨我们母女三人坐在三张藤椅上沐浴阳光——那一张空着,明明是等你,这个周末你如果再不来,你会后悔又失去一个可爱的春天。而且,清清和洁洁也真想念你。……

　　我接到这封信时,已经是星期六的下午了,我把信塞进外衣口袋,赶紧找出一身睡衣来,就这么简单地只提了一个手提袋,赶五点二十分去板桥的火车。
　　在火车上独坐无聊,我又把师娘的信打开来仔细读着。师娘这几年显然老多了,记得去年她刚搬到乡下,我去时还从她头上拨下好几根白头发来。可是她永远这么富有风趣,说说笑笑和十年前没有两样,但是她目前的情景和十年前却是不同了。

十年前在北平,如果是周末,你一定会在西城鲍家街的一所幽静住宅里发现我,那便是这位师娘的家。我的老师是画家兼酒家,他醒着和醉着,在我看来,好像没有什么分别。在学校里,我虽是图画课的劣等生,但在他府上,我却接受到师娘的宠爱,原因是在另一个学校教国文的师娘,有一天偶然到我们班上参观她的丈夫教学,竟无意中发现了像她死去的妹子的我。从此周末下课后我不回自己的家,却径向鲍家街的老师家去,和疼我的师娘盘桓到星期日的晚上,才恋恋不舍地回家来。

鲍家街的房子是一排五间带廊的北房,那条宽宽的长廊,真令人难忘!师娘爱布置房间,走廊也不放过,廊檐下挂着两盆麦冬草,长长地垂下来,廊前石阶长年摆着四季不同的盆景,是月季,也许是秋菊,廊下放着两张可以摇动的躺椅,我喜欢躺在上面,把三岁和五岁的清清、洁洁搂在身上,来回地摇着,沐浴在温暖的阳光里。这里的阳光真可爱,它穿过长廊一直送进宽大的玻璃窗,刚好落在老师的画桌上。当老师挥笔作画的时候,师娘便放下了手中的针线或学生们的作文本,给老师调色、铺纸,我们就躲在窗前看,一看就是老半天,连清清和洁洁都乖乖地不会吵。这样一家人的生活,我至今想起来,仍觉得十分地幸福。可是不知为什么,后来老师和师娘竟分了手,好像是老师有了另外的女人的关系吧,又好像没这么严重,总之,我那时还是个孩子,没有深研究过这件事,只是听人家这么讲。我又听说老师亲自送师娘和两个孩子上火车回家,竟像送一个常旅行的朋友一样,并没有一些儿女私情。后来年代久了,这件事被淡忘,大家也不再谈起。不过我一年年长大,反而对于他们的分居愈加不解,我不懂得师娘怎么会这样乐观大方,她好像完全没把那回事放在心上似的,既不怨恨也不悲观,我不信分居之时,我的师娘竟能自持若此……

板桥到底不远,我手拿着信还在回想,却已经到站了。半年多没有来,车站也面目一新,刚站起来,车窗探进两张小圆脸儿,笑嘻嘻地喊我,原来是清清和洁洁姐儿俩来接车,两个小姑娘的个子已经赶上了矮矮的我,一边一个,连推带挤,我们才算出了车站。

穿过镇街还要走上一段田埂,才到她们的美其名叫作"别墅"的家。在路上两个小姑娘说,今天接了我三次。"这一次再接不到,"清清说,"我妈妈说明天要到台北跟你算账!"我说:"好凶的师娘呀!"我们嘻嘻哈哈走到时,已经暮色苍茫,"别墅"在苍茫中模糊了,只见那高大的椰树在晚风中摇头。走近跟前,发现师娘正站在门前等待,她看见我来了好高兴。我说:"不失信吧?师娘!"她捏着我的嘴巴说:"小鬼!"

乡下的生活要比都市提早两小时,第二天早上七点钟,我们已经梳洗完毕,坐在廊下吃点心了,推开走廊的窗门,庭前美景立刻映入眼帘,我不由得"啊"了一声,和师娘信上所描绘的,一些也不差!师娘指着廊下的阳光说:"这阳光怎么样?和鲍家街的差不多吧!"我抚摸着被晒暖的旗袍,低头看着走廊光亮的地板,心中不禁想道:"阳光到处是一样的,它今天走了,明天还会来,只是师娘的头上更添了几茎白发。这家人还是这么快乐,眼见两个女儿长得亭亭玉立,做母亲的心里当然无限快慰,可是,可是——"我摇摇头,师娘说:"怎么?你觉得这里的阳光不同吗?"我那时想说:"当然不同,这儿的阳光里究竟少了那个男主人!"可是我并没有这么说,我一抬头看见师娘慈爱而悬疑地对我望着,旁边是两张充满了稚气的笑脸,我便笑笑说:"当然不同,这里又不是鲍家街!"师娘也笑了。

回到台北,给师娘的信里,我终于忍不住地说明了我当时真正的观感,我并且说对于老师和师娘的分居始终不解,我又说我不信这些年来,师娘那种淡然处之的态度是发自心底的,我也不信当年分居之日,真像别人所说的,师娘竟是这么坚强地绝裾而去?

师娘的回信来了,果然被我一串疑问引出了她的心语,她说:

……你既然要探师娘的心底,那么我也不妨对你讲,你的师娘在她和你的老师分居之日,并没有这么硬心肠决心想拆毁一个完整的家,她只因为是一个受过教育的女性——像一切这类女性一样,当然有着她们相当程度的矜持,可是你的老师竟是这样一个缺乏了解女性的艺术家!我可以这么说,在我们分手之日,如果你的老师肯抱着两个孩子向我深一步地忏悔,那时我也许会哭倒在他的怀里,我无论多么刚强,毕竟是女人。可是你的老师到底不是像你所说的那阳光——今天走了,明天还会来的,我们便这样分手了。……

我更进一步地了解我的师娘,但也毋宁说,我是更进一步地了解我们女性吧!

爱情的散步

她觉得有点冷,把大衣领竖起来,赶上前两步,把手伸进他的臂弯里。他也更夹紧了自己的胳膊,这样更将她拉近身旁,两人紧靠着走,好像暖和些。

冬夜特别静,这时并不算太晚,但是小巷已进入梦乡,街灯孤零零地照着寂静的石子路,显得很凄清。两旁的人家,有的完全黑暗了,有的还亮着一盏灯。那一盏灯所以还没有灭,是因为有个明天要考试的学生吗?或是有个长夜写作的男人?也许有个夜夜等待丈夫迟归的妻子吗?……她这么想,不由得探颈朝篱笆缝里望进去,是希望看见她所预料的现象没有错,但是她没来得及看清楚,便和他走出了这条小巷。

穿过横街时,吹来一阵冷风,她打了个喷嚏。——手绢呢?啊,忘记带了。或者——她想着,把被夹在臂弯里的手,顺势伸进他的大衣口袋里,在他的口袋里,有一条她的手绢也说不定。她常常在出门的时候,不知怎么就把手绢遗落在他的口袋里了。但是,这回她没有摸到,里面并没有一条手绢,她的嘴角一动,笑了——她弄错了,那不是现在而是很久以前的事了:

那时真有趣,还没有结婚呢,她常常和他手挽着手,一条街一条街地散步下去,她忽然要用手绢——她的身上总离不开有一条花花绿绿的小手绢,但是她各处摸索不到,于是懊丧地对他说:"丢了,我的手绢!"他听了她的话,站住了,头一斜,眼珠一转,从大衣口袋里掏出一条手绢来,正是她的。"喏,这不是!"他用责怪一个糊涂的女孩子的眼光看着她,她抢过手绢来,淘气地笑了!

她还可以由此记起一些另外的事,像这样的冬日,在北方早就看见雪了,不是吗?他们夜游归来,在有雪的日子,总喜欢走路回家,脚上的毛窝踩着厚厚的雪,发出吱吱的声音来。夜也是这么静,小胡同里的街灯也是这么凄清,但这里可不是那个地方和那个时代了!

她没有摸到手绢,却碰到一些什么,啊,是一卷钞票!算算日子看,是发了年终的双薪吧,怪不得在孩子们都睡了以后,他对她说:"走,到街上散散步,买点儿东西去。"她再捏捏那卷带着他的体温的票子,估计一下它有多少,对于这,她似乎很有把握,于是用力地握了一下,唉!有限得很!但比平常总多些的。

她握住这卷钞票,想着他们的日子:她不是追着丈夫要钱的女人,她知道他只挣多少。每个月,他把那封命薄如纸的薪俸袋拿回来,原封不动地放在五斗柜的中间小抽屉里,她常在出其不意地打开抽屉时,发现那里面躺着那封写满了各种数目字的牛皮纸袋,她逐项地算下去,扣除了这样那样,只剩薄薄的一沓了。她要俭省——几乎是吝啬地在这一个月里慢慢打发这沓钞票。而今天——他想到这儿,再握一下那卷票子,似乎多些了呢,可以买点儿东西了。

是她的手在口袋里太久了吗?他的手也伸进来了,握住她的手,他知道她已发现那卷票子,他侧过脸向她微微一笑,好像是说:"我原想给你一个惊奇的呢!"他摩抚着她的粗糙的手,心中突然回到远远的时候去,那是他第一次认识她,在她读书的学校里。当他被介绍给她时,他伸出手来握住她的,随即被她那娇小惹人怜爱的模样吸住了,竟忘记放开她的手,她害羞地将手缩回去。——就是这双手,和他共度过这么多年,建立起一个可爱可恋的家来;也就是这双粗糙的手,说明了一个无能的丈夫对于扶养家庭成绩是如何的惭愧。难为她,一个娇弱的女孩子,连续地生下许多小孩,孩子的增多,使他们的生活更加艰苦,但是她似乎从没有说过一句埋怨的话,静静地管理着这个家,一块布,一根针和线,能使她在灯下坐到半夜。他是多么爱她,初恋好像永无停止,但是几年来,他也只有以每天早早归来表示他的恋情。事实上,他并不愿去任何地方,下班铃一响,立刻有四个小孩的影像浮上来,他要急急归去,为的是坐在那张单人沙发上,受四个孩子的包围;为的是在灯下看她把一团毛线,两根竹针,变出许多花样来,这个时刻对于他是如何的盼切和满足啊!但,她的手便在他的满足下变得粗糙了。他紧紧地握住她的手,心中感到无限的愧歉,无限的爱恋。

眼前的路忽然亮了,他们俩同时略停了停脚步,原来这是一个警务机关,红色的灯光彻夜地照着。红色是警告!他的心打了一个冷战,快一年了吧,他简直不愿回忆这件事,正像他不愿经过这地方。

因为产后失调失去健康的她,缠绵病床有些日子了,家庭没有主宰,日子过得很狼狈!就在这时一个同事兼同学的刘来找他了,商量一件可以使他得到一笔为数不小的收入的事,只需要借他在职务上的便利,做一点毫不费力但属不能公开的举动就可以。

"不!"他一下就拒绝了。但是对方以最诚恳的态度向他解释这个举动对他并无害的理由。想到呻吟病榻的妻,因为没有足够的金钱而拖延的痛苦,他发了一会儿呆。"绝对没有关系的,绝对的!"对方一再地保证。他动摇了。居然答应考虑一下,第二天给他的同学回音。

他记得很清楚,当他回到家里时,挣扎在床边的妻显得精神多了,她把他叫到床前,兴奋地告诉他说刘的太太来了。她并且说刘太太的来意,是求她代向丈夫说项可以发一笔财的事。"哦,那你怎么说的?"听了他的问话,她似乎有点恼怒了,"你以为我们没有钱我就会答应她吗?"妻的声音提高了,"我告诉她说,我的丈夫的名誉比我的身体更重要。"当时他是怎样羞惭地搂着她的瘦弱的身躯,吻着她的后颈而暗暗地抹去一个男人轻易不肯流出的眼泪啊!

不久事发了。他的同学银铛入狱,被判了七年徒刑,就是由这个亮着红灯的机关去逮捕的,红灯是警告,他经过这里时怎能无动于衷呢!是她,把他从一念之差里拯救出来,但是她并不知道,他也没有把那次刘找他的事公开出来。"绝对没有关系的!"那是一句多么有诱惑力的话,这句话差点儿把他从悬崖上扔下去,像刘一样,摔得粉碎!

红灯也使她有所思——该去看看刘太太了,虽然她的丈夫入狱了,但是他们究竟是朋友。七年是漫长的,要慢慢地度过,那是多么难为一个做妻子的啊!但是做妻子的就完全没有责任了吗?如果那时我答应了她,而逼着丈夫……七年,可以使一个孩子长大,一个大人变老,而他所失去的七年该是人生最宝贵的一段,这简直不堪想象。

前面更光亮,声音也嘈杂起来,是到了热闹的市区。离圣诞节没有几天了,商店的橱窗都装饰得更吸引行人,每个橱窗都值得让她逗留,不能买的东西看看也好。一个美丽的粉盒,一件流行的大衣,一架短波的无线电,她都可以站在窗前假设那是属于她的,做孩子的时候她就喜欢这么想,如今还没有改掉儿时的脾气!

事实上她倒是该买件毛衣了,身上的这件毛衣颜色已经显得很旧了,星期日吃喜酒去,如果有一件像窗子里的浅灰色毛衣,不是更好些吗?或者可以买——她估量着他口袋里那卷钱。但是,她又想到大女儿,她不是一直希望有一条法兰绒的西装裤吗?那么一定要给她买一条,那件旧毛衣索性染成黑的,就等于见一下新了,还有老二老三呢,毛手套也都该织新的了。

另一个橱窗前站的是望着那双黑皮鞋出神的他。真该换双新的了,他望着自己脚上的一双旧皮鞋,已经换过前掌后跟了,现在全靠着加勤地上油来支持它的面子了。他买一双好鞋是划算的,因为他有过一双鞋穿八年的好纪录,比老刘的七年有期徒刑还长!想到这儿,自己也好笑了,想得太离奇,像小孩子了!说到孩子,他倒真的想起了自己的儿子来了,已经读中学的儿子盼望一双高统皮靴有多久了?他不是常常要求说:"爸爸,给我买一双高统的、黄色的靴子吧!和您的脚一样大,只要您替我试合适买回来就可以了。"和自己的脚一样大,孩子可真不小啦!他又心满意足了,决定先给儿子买一双再说。

那薄薄的一沓钞票,刚好买了四个孩子的东西,唯有这样才使他们俩安心,他们可以把自己所要的寄予"下次再买"的希望中。

她预备今天买的东西,算作送给孩子们的圣诞礼物,他们虽然不是基督徒,但是小孩子总是喜欢过节日的,她曾经是个孩子,所以知道。

决定不走那条有红灯的路了,宁可抄小路,踩狗屎,他这么想着,便下意识地走在前面领路。转过几条小巷,看见了前面老榕树隙射出来的灯光,他们俩同时呼出"到家了!"的心声。"要快些了!"她更这么想,加紧了脚步,她急于回家去亲吻在梦中的她的小婴孩。

她迈上家门前的石阶时有点喘,他的手臂弯过来搂着她的腰,轻轻地问:"累了吧?"

"不,一点也不。"她回答。

绿藻与咸蛋

曼秋给她的丈夫萧定谟开开门,接过来他的公事皮包后,便轻轻而又很兴奋地说:

"定谟,他真的来啦!"

"谁?"

"傅家驹,我前天跟你说过的呀!"

"哦——"定谟没再说什么,一直往卧室里走,曼秋小鸟依人地跟在后面进来,把公事皮包放在桌上,又对他说:

"人在客厅里,你换了衣服马上来吧!"

"我还要洗澡呢!"定谟低头换拖鞋,头也没有抬地说。

曼秋听丈夫说话的语气,稍微一愣,但是因为没有看见他的脸,不知他真正的表情如何,她只当是自己敏感,便若无其事地预备回到客厅去陪客人。但是她的脚刚迈出了卧室门,听见定谟又发话了:

"水呢?"

她不得不回转身来。看丈夫全身光着,只穿了一件内裤,拿着一条洗澡毛巾,直站在卧室的中央,像个任性的孩子。她觉得好笑,也有点生气,不禁皱起了眉头:"咦!叫阿兰给你倒嘛!"关于洗澡水的事情,本来用不着曼秋亲自动手的,每次只要喊一声"洗澡",阿兰就会全预备好。今天怎么啦!是嫌早晨的荷包蛋煎老了,还是因为看她的老同学来了故意的?处处犯别扭劲儿!曼秋想着,不由得绷紧了脸往客厅里走,可是一进客厅门,她立刻把脸松下来,笑脸迎着客人说：

"他洗个澡就来。"

"好的好的，不忙！"傅家驹虽然嘴里这么说，眼睛却又看了看腕上的表。这时忽然一声粗暴的声音喊阿兰，等一下，阿兰咚咚地跑到客厅来：

"太太，先生叫你去一下。"

曼秋不得不又向老同学告罪一下。到了洗澡间，定谟只是很简单地说了两个字："衣服！"曼秋到卧室的壁橱找衣服时，不知怎么忽然想起了弟弟的幼年，他是一个很能折磨人而又被宠惯了的孩子，他能把母亲折磨得掉下眼泪来，可是也舍不得打骂他一下。她记得有一次弟弟洗完澡还坐在木盆里不肯起来，他要母亲拿衣服，这一件不对，那一件不对，直到母亲含泪把五斗柜的一大抽屉衣服整个端到弟弟的面前。……曼秋拿好衣服又去洗澡间，一进门，看见热气腾腾的朦胧中，丈夫光着身子坐在小竹凳上，在那里倔强地等着衣服，曼秋又想到了弟弟，不觉扑哧笑了出来。

"笑什么？"定谟很不高兴，从平板的面部表情可以看出来。

"背后还有肥皂沫呢！"其实并没有这么一回事，她只是借此掩饰罢了。她拿起毛巾在他光滑的背上故意地擦了两下，又低声说："快点来吧，客人刚才就要走了，他六点还有人请吃饭呢！"

洗澡间的热气把曼秋的脸熏得通红，鼻尖还冒着汗珠，两手也是湿漉漉的。一走进客厅就做着无可奈何的神气，挑起眉尖微笑着说："男人总是这么麻烦，是不是？"

傅家驹没有说什么，却微笑着对她注视，其实他是在欣赏一个女性的变化，她原是大学里的一个活泼女郎，嫁后光阴却使她变得如此依顺她的丈夫。他也许还有一些别的感触，但是他的注视却使她更难为情了，她生怕这位洞察人生的作家会看透她自从丈夫进门后的这一段心情。

这时定谟进来了,曼秋为他们介绍,定谟真不够大方,虽然和傅家驹做礼貌上的握手,但是并不热烈,也舍不得说一些敬仰的话,像什么"久仰大名"呀!"大作时常拜读"呀!他虽然对文学是门外汉,但是她曾跟他提过的,说她的老同学傅家驹现在以笔名"罗嘉"而享誉文坛了,他难道忘了吗?他冷淡的态度,好像在接见一个不相干的人,而且也不关心对方是干什么的那种样子,他只对客人伸手做让座的姿势说:"请坐请坐!"客人还在谦让呢,他自己倒先不客气地坐下了,那神气就像告诉人:"这是我的家,我的太太。"

两个男人之间似乎找不出什么话题来开始交谈,作为丈夫的这个,随手举起了晚报。曼秋心想,纸幕一隔,这屋子空气将更趋冷酷,于是她在丈夫的眼睛还没接触到铅印字时赶紧说:

"定谟,我请家驹明天晚上来家吃便饭。"

"哦?好极了!"这话是冲谁说呢?他不像是主人,倒像是个旁观赞助者。

家驹这时也起身告辞了,定谟立刻站起来:"不坐坐了么?"

送走了客人,回到屋里来,阿兰已把晚饭摆上了桌。两个人吃着饭,只听见汤匙碰着汤碗,银筷子轻点着饭碗,是银器打着瓷器的声音,却听不见人的说话声,这实在打破以往的惯例。平常饭桌是他们夫妇俩交换情报的地方,各人一天的所闻所见,都是在饭桌上报告给对方的。就像傅家驹要来的这回事,不也是前天在饭桌上提到的吗?据曼秋说,原来小说家罗嘉就是她的大学同学傅家驹,他的长篇小说《花环之爱》已经出到第四版,并且得了一笔文艺奖金。他最近才知道曼秋也在台湾,便寄了一本短篇小说集来,并且说他不久要来台北,会来拜访她。这些话定谟听了并不在意,曼秋是喜爱文学的,虽然她在大学读的是教育。他对文学这一门却可以说是一窍不通,他装的是一脑子化学公式,而且他最近更对绿藻的研究发生兴趣,他虽然和朋友合资开了一家香皂公司,但是他的本旨还是在微生物化学上。

他们的家庭生活非常融洽,世俗所称"模范夫妇"、"夫唱妇随",他们都够资格。他并不需要太太懂得化学什么的,但他做出来的香皂、香水、香粉,太太都是第一个品定和捧场者;他不懂文学也无大碍,著名的小说一出笼,他总是先买回来给太太,虽然他自己并不要看。

也许事情就糟在女人的沉不住气,在前天的饭桌上,他们谈到傅家驹是作家是老同学的话,谁知曼秋最后又忍不住多说出一个名堂来:"真可笑!傅家驹还追求过我呢!那时给我写了许多诗。"

"哦?怎么没听你提起过?"定谟不由得问。曼秋是个漂亮的女孩子,追求的人当然很多,当年追求的都是些什么人,曼秋差不多都向定谟提过,可是怎么就没听说过这位大作家呢?

其实曼秋并不是故意隐瞒的,实在是对于当年傅家驹的追求并没有放在心里,所以连提都忘记提了,她几乎忘得干干净净了。可是现在傅家驹成名了,那追求的回忆,便仿佛对她有些说不出的意义,或者可以说是女性的一点虚荣心在作祟吧,她竟无意中把这段过去又翻出来向丈夫——可以说是炫耀了一下就是啦!

如果不是曼秋的自白,也倒没什么,就是坏在这么一说,当天晚上,定谟竟好奇地拿起《罗嘉短篇小说集》来,这在他确不是一件寻常的事。他随便翻开了一篇题名《孤独者》的看看。这篇小说是说一个孤独的诗人隐居在观音山下,有一天一位女游客受伤昏倒了,村人把她送到离出事地点最近的诗人的小屋里休息。诗人正采菊东篱下,当时没在家,等他回来时见床上躺着一个昏睡的女人,桌上压着一张字条。是女客的同游伴侣们所写的,是说请主人原谅冒昧,并请招呼这位女客,她吃过药睡一会儿就会好,醒来可以告诉她,她的游伴们在距此南去约十分钟路程的大树下野餐。诗人看看床上的睡美人,竟发现正是他多年梦寐追寻的爱人,他把野菊插在瓶里,供在床前小桌上,又从箱底取出当年的诗稿来,然后他静坐着,读着旧诗稿,回忆着当年写诗的经过……虽是一篇传奇性的故事,便是笔触之美,可也捉住了这位化学家,他一口气看完,合上了书在想,他不得不承认这是一篇杰作,好在哪里? 就是曼秋常说的——"气氛"太好了! 可是,如果那孤独的诗人是作者的化身的话,那多年不见的女游客又是谁? 定谟的心也起了一种说不出的"气氛",那股"气氛"从鼻孔直冒出来,是 Acid,酸性的!

他看后不声不响地把书放回原处——曼秋的枕头底下,只当他自己没看见,实在他也真后悔他曾看见。

曼秋洗完澡回到床上来睡时,高兴地哼着歌,他听出那是她读的大学的校歌调子,他下意识地觉得她是在回忆学校生活,和那个同校的诗人的生活!

这是前天的事了,而就在今天,这位观音山下的孤独者终于追寻到他多年不见的人儿了。这时在只听见瓷碰瓷的饭桌上,终于定谟先忍不住了:

"你这位同学是干什么的?"他明明知道,可是故意这么问,当作是一个来历不明的客人。

"咦! 我不是跟你说过,他就是当代名作家罗嘉吗? 他那本《花环之爱》,还是你给我买回来的哪!"

"哦! 我倒忘了! 敢情是个耍笔杆儿的!"他不屑地说,然后又想起来加一句,"你说他住在哪儿?"他问这话是无意中的有意。

"成子寮。"

"观音山的那个成子寮?"

"不错。"

那就真的"不错"了——他考证那篇《孤独者》的真实性,结果证实了。那篇小说虽然是假的,但作者的心情却是真的,这孤独者,他一直在追寻他的旧梦,这下子可真叫他追到了,没在观音山下的小木屋里,却在鸿昌香皂公司经理的公馆里!

他本来买了两张电影票,预备今天饭后请太太看《野宴》去,但是"孤独者"的来临,把他们的局给扰了,两张电影票乖乖地贴在定谟的上衣口袋里,他摸也没摸一下。

"关于他的生活,这本短篇小说集里,有几篇很有趣的描写,你可以看看。"

晚上临睡前,曼秋从枕头底下把《罗嘉短篇小说集》抽出来,扔给定谟,但是定谟假装困得要死,努力地打着哈欠,看也不看一眼就把书放回小桌上的台灯旁。

一个人无论到了多么大的年纪,只要和老同学在一起,立刻不受年龄的限制。不管已经离开学校多久,严肃的教授也会淘气,五个孩子的胖太太也成了小姑娘,开百货公司的大腹贾也恢复"干猴"的外号。在曼秋所安排下的欢迎傅家驹的宴会,简直可以说是同学会,全部是曼秋的同学,定谟例外。

他们在饭桌上毫无顾忌地互相开玩笑,揭疮疤,一派天真,把当年认为不可道破的事情,全部公开出来,就连曼秋如何偷偷地每星期到上海去和定谟会面的事,也揭发出来了。曼秋看来很开心,眼溜着定谟害羞地笑。定谟这时也以优胜者的姿态被人灌下了三杯酒。

这时不知什么人想起了一件陈年老事:

"小傅,你还写诗不?"

这话刚一说出口,惹起了哄堂大笑,傅家驹也多喝了两杯酒,两颊绯红,很难为情地阻止说:"今天不许说这个!"

这里面似乎有一段在座人都晓得的"尽在不言中"的故事,只有定谟莫名其妙,但他也可以猜得出那故事的意义。他不由得侧头向曼秋溜了一眼,曼秋这时正摆弄刚端上桌的一盘菜,她企图用活泼的尖嗓门转移谈话的目标,所以不断地喊着:

"吃菜吃菜,大家尝尝我自己腌的咸蛋!"

大家吃着蛋,交口赞誉,曼秋却自谦不善烹术,腌出来的蛋从来没有膏油。这时大家的谈话兴趣转移到烹饪术上,女客们的话也多了。

"也许有一天太太们不再为烹饪术所苦。"是定谟开口了,曼秋知道定谟预备说什么,她抢嘴先做一番介绍:

"别以为定谟就只会做肥皂,我们的微生物化学家现在潜心研究的实在是绿藻。"

"绿藻?"人们想不到绿藻和化学的关系。

"隔行如隔山,定谟,把关于绿藻的起码常识讲给他们听听!"不用说,曼秋是有意捧丈夫的场,她实在也一直敬他爱他,否则当年也不会老远的一星期跑一趟上海,去找那个埋头在化学实验室里的男人了。在这个丈夫陷于"孤独者"的场合里,要把丈夫不同凡响的地方,高高地举出来,太太的用心良苦可以想见。

提起绿藻,那比鸿昌香皂公司的年红更能使定谟来得兴味浓,他说:

"我的太太嫌她腌的蛋膏油不够,这使我想起有一天我们人类的饮食将以绿藻代替,太太们就可以不必再为腌蛋伤脑筋了。因为绿藻这东西,现在科学家已经分析出,除内含百分之五十的蛋白质外,还有脂肪及维他命等,如果经过特殊的培养,脂肪的含量可以达到百分之八十五。它除了可以吃以外,还可以做燃料,代替人类不久的将来即将用光的石油和煤炭。还可以制药,制染料、肥料等等。"

听的人果然啧啧称奇,听得津津有味,忘记吃咸蛋了。定谟并强调说:"研究绿藻比研究氢弹对人类更有价值和意义。"

"为什么?"有人急着问。

"有了绿藻,战争将无从发生,因为人人都有饭吃了,战争还有何意义? 所以——绿藻是战争的敌人。"

"了不起！可是我们上哪儿找这许多绿藻吃呀？"

"绿藻的繁殖很快，一天可以分裂两次半，它只需日光、空气、水和少量廉价的药品。拿一英亩的地盘来说吧，普通农作物平均生产不过两吨左右，但是绿藻却可以得到二百吨！将来有一天，每家的屋顶开辟一块可以晒到太阳的绿藻培养池，这一家人就可以取之不尽，食之不竭了。我们将和绿藻共同生存，繁殖在这世界上，一代代地下去……"

"我们将像养在玻璃缸里的金鱼和绿藻一样，共存共荣！"有人插嘴，引得满屋笑声。这时五个孩子的胖太太更开心，她说：

"对！我最赞成。别看我是学家政的，我家先生总嫌我菜烧不好，有时我真赌气想炒一盘石头子儿给他尝尝！好了，现在可好了，我们大家都要吃绿藻了。但是，萧先生，在我们人类的饭桌上，几时才可以看见成盘的红烧绿藻端上来呢？"

"那只是时间的问题，我想起码在我们子孙的饭桌上，总有一天会实现的。"定谟幽默地回答。

"唉！"胖太太摇摇头，她嫌太晚，很失望。

晚宴就在这样快乐的谈笑中结束了。可是定谟并不完全轻松，当他回到卧室就寝时，又看见床前小台灯旁的那本短篇小说集了，他想起了饭桌上客人开那位诗人的玩笑，那玩笑对于他和曼秋不是完全不相干的，他知道。他把书的封面翻转来扣在桌面上。他不要看。

宴会的第二天下午，定谟下班回来，却不见曼秋，他问阿兰："太太呢？"

"太太和那位傅先生出去了。"

"哦——"定谟的那种气氛又来了，他坐在客厅里吸烟，闷声不响，阿兰把洗澡水早就预备好了，也任它凉去。

他们此刻在哪儿？幽暗的咖啡室角落里？黑暗的电影院里？他觉得他的想法未免太糟了，可是又禁不住要往这方面想。他甚至有了这种念头:文人无行,尤其写小说的,感情随时可以泛滥……一直到院子里响起了清脆的高跟鞋声,他才从胡思乱想中醒转来。曼秋满面春风地进来了,定谟假装完全不知道的样子,毫不在意地,话从叼着烟的嘴缝里抖搂出来:"到哪儿去啦?"

"傅家驹要我上街陪他买买东西,物价直在涨呀!"曼秋很痛快地回答。她这时已脱了旗袍,只穿着露背的衬裙,走过来,从椅子后面把手弯过来,搂着定谟的脖子,俯下头来,亲昵地悄声说:"吃完饭去看《野宴》好吗?"

在往常,他一定会顺势把她搂在怀里了,可是今天他没这么做,他的心中忽然起了一阵嫌恶,他想她和傅家驹在外面玩够了,回来只轻描淡写地带两句,还把快乐的余味来送他分享,他才不要呢!这念头很快地从他心头一掠过,不知怎么,嘴里就迸出了这么一句话:"你倒还有这种余兴!"说完他也觉得自己语出不明,可是捉不回来了。曼秋听了直起身子来,侧着头疑惑地也跟着念:"嗯? 余兴?"

"我今天太累了,现在要去洗个热水澡,早点休息。"

他岔开自己的出言不妥,同时起身往卧室去,换衣服的时候,他把两张万国的电影票,塞进皮夹的小夹层里。

过了两天的下午,定谟回家来,一进房门就看见曼秋在微笑着展读一封信,桌上放着一个篮子,定谟过去打开来看,是满满一篮黄泥裹着的鸡蛋。定谟问:

"哪儿来的?"

曼秋没有回答,却含笑把手中的信递给定谟,那上面写着:

> 曼秋同学:台北小聚蒙贤伉俪招待,甚为愉快。又承你陪我上街为我妻及小儿女们挑选衣料,妻非常满意,要我谢谢你。这次能见到许多老同学,尤其是认识定谟兄,真是人生一乐事。我回来把"绿藻"的故事向太太翻版了一下,她

在静聆之余,向我提议一件事,她说在绿藻尚未爬上人类的饭桌以前,请你们先尝尝她手制腌蛋,并嘱我转告,蛋未腌前先置日光下暴晒,腌后自然会有膏油矣!兹趁村人入城之便,带上一篮请笑纳。此祝俪安。

罗嘉上

"啊——他原来有太太呀?你、你、你怎么没说?"定谟看完信后,惊异地怪声喊着说,那声音是从多日郁闷中解放出来的。

"怎么?人家孩子都好几个了。咦?难道你没看,我告诉你有几篇描写他的家庭生活的文章?"

"看了,"定谟走到曼秋的背后,两手紧紧地握着她的两肩,低下头来轻声在她耳旁说,"我只看了那篇《孤独者》。"

曼秋回转头来奇怪地直望着定谟的脸,然后抿着嘴笑了:"怪不得!"这句话似乎有两种意义。

"对了,"曼秋刚要到厨房去,定谟把她叫住了,从口袋的皮夹层里拿出两张票子,举起来晃了晃,"吃过饭去看《野宴》吧,今天是最后一天了。"

曼秋没有接过票子,却伸手把他嘴里的香烟取下来,把身子凑上去,在他唇上轻俏地一吻,然后调侃地笑说:

"你倒还有这种余兴!"

散文编

北平往事

我的童玩

我的"小脚儿娘"

老九霞的鞋盒里,住着我心爱的"小脚儿娘",正在静静地等着她的游伴——李莲芳的"小脚儿娘"。

夏日午后,院子里的榆树上,唧鸟儿(蝉)拉长了一声声"唧——唧——"的长鸣。虽然声音很响亮,但是因为单调,并不吵人,反而是妈妈带着小弟弟、小妹妹在这有韵律的声音中,安然地睡着午觉。只有我一个人,在兴奋地等着李莲芳的到来——我们要玩小脚儿娘。

一放暑假,我就又做了几个新的小脚儿娘。一根洋火棍,几块小小的碎花布做成的小脚儿娘,不知道为什么给我那么大的快乐。

老九霞的鞋盒,是小脚儿娘的家;鞋盒里的隔间、家具,也都是我用丹凤牌的洋火盒堆隔成的。如果是床,上面就有我自己做的枕和被;如果是桌子,上面也有我剪的一块白布钩了花边的桌巾。总之,这个小脚儿娘的家,一切都是照我的理想和兴趣,最要紧的,这是以我艺术的眼光做成的。

最让人兴奋的是,中午吃饭的时候,我准备了一个用厚纸折成的菜盒,放在座凳我屁股旁边。等爸爸一吃完饭放下筷子离开饭桌时,我的菜盒就上了桌。我夹了炒豆芽儿、肉丝炒榨菜、白切肉等,装满一盒子。当然,宋妈会在旁边瞪着我。不管那些了,牙签也带上几根,好当筷子用。

李莲芳抱着她的鞋盒来了。我们在阴凉的北屋套间里,展开了我们两家的来往。掀开了两个鞋盒,各拿出自己的小脚儿娘来。我用手捏着只有一条裤管脚和露出鞋尖的小脚儿娘,哆哆哆地走向李莲芳的鞋盒去,然后就是开门、让座、喝茶、吃东西、聊闲天儿。事实上,这一切都是我俩在说话、在喝茶、在吃中午留下来的菜。说的都是大人说的话,趣味无穷,因为在这一时刻,我们变成了家庭主妇,一个家的主妇,可以主动,可以发挥,最重要的是不受制于大人。

从六岁到六十岁

旧时女孩的自制玩具和游戏项目,几乎都是和她们学习女红、练习家事有关联的。所谓寓教育于游戏,正可以这么说。但这不是学校的教育课程,而是在旧时家庭中自然形成的。

我五岁自台湾随父母去北平,童年是在大陆北方成长的,已经是十足北方女孩子气了。我愿意从记忆中找出我童年的游乐,我的玩具和一去不回的生活。

昨天,为了给《汉声》写这篇东西和做些实际的玩具,我跑到沅陵街去买丝线和小珠子,就像童年到北平绒线胡同的瑞玉兴去挑买丝线一样。但是想要在台北买到缠粽子用的丝绒线是不可能的了。我只好买些粗的丝线和穿孔较大的小珠子,因为当年六岁的我和现在六十岁的我,眼力的使用是不一样啊!

用丝线缠粽子,是旧时北方小姑娘用女红材料做的有季节性的玩具。先用硬纸做一个粽子形,然后用各色丝绒线缠绕下去。配色最使我快乐,我随心所欲地配各种颜色。粽子缠好后,下面做上穗子,也许穿上几颗珠子,全凭自己的安排。缠粽子是在端午节前很多天就开始了,到了端午节早已做好,有的送人,有的自己留着挂吊起来。同时做的还有香包,用小块红布剪成葫芦形、菱形、方形,缝成小包,里面装些香料。串起来加一个小小的粽子,挂在右襟纽襻上,走来走去,美不唧唧的。除了缠粽子以外,也还把丝绒线缠在卫生球(樟脑丸)上。总之,都成了艺术品了。

珠子,也是女孩子喜欢玩的自制玩物,它兼有女性学习做装饰品。我用记忆中的穿珠法,穿了一副指环、耳环、手环,就算是我六岁的作品吧!

拐子儿

北方的天气,四季分明。孩子们的游戏,也略有季节的和室内外的分别。当然大部分动态的在室外,静态的在室内。女孩子以女红兼游戏是在室内多,但也有动作的游戏,是在室内举行的,那就是"拐子儿"。

拐子儿的用具有多种,白果、桃核、布袋、玻璃球,都可以。但玩起来,它们的感觉不一样。白果和桃核,其硬度、弹性差不多。布袋里装的是绿豆,不是圆形固体,不能滚动,所以玩法也略有不同。玻璃球又硬又滑,还可以跳起来,所以可以多一种玩法。

单数(五或七粒)的子儿,一把撒在桌上,桌上铺了一层织得平整的宽围巾,柔软适度。然后拿出一粒,扔上空,手随着就赶快捡上一颗,再扔一次,再捡一颗,把七颗都捡完,再撒一次,这次是同时捡两颗,再捡三颗的,最后捡全部的。这个全套做完是一个单元,做不完就输了。

女性的手比较巧于运用,当然是和幼年的游戏动作很有关系。

记得读外国杂志说,有的外科医生学女人用两根针织毛线,就是为了练习手指运用的灵巧。

挓子儿,冬日玩得多,因为是在室内桌上。记得冬日在小学读书时,到了下课十分钟,男生抢着跑出教室外面野,女生赶快拿出毛线围巾铺在课桌上,挓起子儿来。

为了收集这些玩具给《汉声》,我买来一些白果,试着玩玩。结果是扔上一颗白果,老花眼和略有颤抖的手,不能很准确地同时去捡桌上的和接住空中落下来的了。很悲哀呢!

除了挓子儿,在桌上玩的,还有"弹铁蚕豆儿"。顾名思义,蚕豆名铁,是极干极硬的一种。没吃以前,先用它玩一阵吧,一把撒在桌上,在两粒之中用小指立着划过去,然后捏住大拇指和食指,大拇指放出,以其中的一粒弹另外一粒,不许碰到别的。弹好,就可以捡起一粒算胜的,再接着做下去,看看能不能把全有的都弹光算赢了。

跳绳和踢毽子

这两项游戏虽是至今存在,不分地方和季节的,但是玩具就有不同。跳绳,当然基本是麻绳,后来有童子军绳和台湾的橡皮筋。我最喜欢的,却是小时候用竹笔管穿的跳绳。放了学到琉璃厂西门一家制笔作坊,去买做笔切下约寸长的剩余竹管,其粗细是我们用写中楷字的笔。很便宜的买一大包回来,用白线绳一个个穿成一条丈长的绳。这种绳子,无论打在硬土地上、砖地上,都会发出清脆的竹管声,在游戏中也兼听悦耳的声音。

跳双绳颇不易,有韵律,快速。但是在跳绳中捡铜子儿,也不简单。把一撂铜子儿放在地上(绳子落地碰不到的地方),每跳一下,低头弯腰下去捡起一个铜子儿,看你赶不赶得上又要跳第二下?又跳,又弯腰,又伸手捡钱,虽不是激烈运动,却是全身都动的运动呢!

踢毽子是自古以来的中国游戏,这玩具羽毛是基础,但是底下的托子却因时代而不同了。在我幼年时,虽然币制已经用铜板为硬币,但是遗留下来的制钱,还有很多用处,做毽子的底扎,就是最好的。方孔洞,穿过一根皮带,把羽毛捆起来,就是毽子了。

自己做毽子,也是有趣的事。用色纸剪了当羽毛,秋天的大朵菊花当羽毛,都是毽子。而记忆中有一种为儿童初步学踢毽子的,叫"踢制钱儿",两枚制钱用红头绳穿起来,刚好是小孩子的手持到脚的长度即可。小孩子提着它,一踢一踢的,制钱打着布鞋帮子,倒也很顺利。

踢毽子到学习花样儿的时候,有一个歌可以念、踢,照歌词动作:"一个毽儿,踢两瓣儿。打花鼓,绕花线儿。里踢,外拐。八仙,过海。九十九,一百。"

念完,刚好踢十下,但是踢到第五下以后,就都是"特技"了!

活玩意儿

小姑娘和年幼的男孩,到了春天养蚕,也可以算"玩"的一种吧!到了春天,孩子们来索求去年甩在纸上的蚕卵,眼看着它出了黑点,并且动着,渐渐变白,变大。于是开始找桑叶,洗桑叶,擦干,撕成小块喂蚕吃。要吐丝了,用墨盒盖,包上纸,把几条蚕放上去,让它吐丝,仔细铲除蚕屎。吐够了做成墨盒里泡墨汁用的芯子,用它写毛笔字时,心中也很亲切,因为整个的过程,都是自己做的。

最意想不到的,北平住家的孩子,还有玩"吊死鬼儿"的。吊死鬼儿,是槐树虫的别名,到了夏季,大槐树上的虫子像蚕一样,一根丝,从树上吊下来,一条条的,浅绿色。我们有时拿一个空瓶,一双筷子,就到树下去一条条地夹下来放进瓶里,待夹了满满一瓶,看它们在瓶里蠕动,是很肉麻的,但不知为什么不怕。玩够了怎么处理,现在已经忘了。

雨后院子白墙上,爬着一个浅灰色的小蜗牛,它爬过的地方,因为黏液的经过,而变成一条银亮的白线路了。你要拿下来,谁知轻轻一碰,蜗牛敏感的触角就会缩回到壳里,掉落到地上,不出来了。这时,我们就会拉出了声音唱念着:

"水牛儿——水牛儿,先出犄角后出头。你妈——你爹,给你买烧饼羊肉吃呀!……"

又在春天的市声中,有卖金鱼和蝌蚪的,蝌蚪北平人俗叫"蛤蟆骨朵儿"。花含苞未开时叫"骨朵儿",此言青蛙尚未长成之意。北平人活吞蝌蚪,认为清火。小孩子也常在卖金鱼挑子上买些蝌蚪来养,以为可以变成青蛙,其实玻璃瓶中养蝌蚪,是从来没有变成过青蛙的,但是玩活东西,总是很有意思的。

剪纸的日子

一张张四四方方彩色的电光纸,对折,对折,再对折,小小的剪子在上面运转自如地剪起各种花样。剪好了,打开来,心中真是高兴,又是一张创作,图案真美,自己欣赏好一阵子,夹在一本爸爸的厚厚的洋书里。

剪纸,并不是小学里的剪贴课,而是北方小姑娘的艺术生活之一。有时我们几个小女孩各拿了自己的一堆色纸,凑在一起剪,互相欣赏,十分心悦。

等到长大些,如果家中有了喜庆之事,像爷爷的生日,哥哥娶嫂子,到处都要贴寿字、双喜字,我们就抢不及地帮着剪,这时有创意的艺术字,就可以出现了。

一九七八年十一月

骑小驴儿上西山

正月里,总忘不了赶在正月十九以前,去一趟白云观。不是为会神仙,不是为打桥底下那个金钱眼,也不是为看那几个打坐的高龄老道,只是为了骑小驴儿,出西便门跑一趟。

骑术并不佳,胆也不大,比起宋妈跟她当家儿的回牛栏山骑小驴儿的派头儿,差多了;她盘腿儿坐在驴背上,四平八稳的,驴脖子上的铃串儿,在雪地里响得清脆可听,驴蹄子嘚嘚嘚嘚的,踏着雪地远去了。我不是那样,我骑的这头小黑驴儿,它也有一串铃铛,为了是大正月,赶驴的还爱给他的"驴头马面"打扮打扮系上红绿绳。我告诉赶驴的,可别离开我太远,小驴儿稍微跑快几步,我四顾无人,就急得吱吱叫。从宣武门骑上驴,出西便门一里多就到了白云观。

白云观虽然是很热闹,但给我的印象却是很破旧,也许看了很多大庙宇的关系,如果不是为了要骑驴,还真是没兴致来呢!记得白云观门前墙上镶着的那个石猴吗?大家进去都要伸手摸一摸,无非是取其吉祥。石猴被摸得黑污油亮,实在不可爱。进来以后,你就花钱吧,石桥洞里,盘坐着一位老道,无数的铜子儿向他抛去。能抛中老道的,当然又是吉利,这叫"打金钱眼",这样有去无回的掷钱法,实在也是老道的敛钱的好法子。后来币制改了,钞票取代了铜板,可就惨了老道们了。

打过金钱眼,再向里去,就跟护国寺的庙会一样,除了吃的就是要的,总是千篇一律的那种套圈儿的玩意儿,不要说十圈九不中,你就是套上一百回,也未必能赢回一个小泥狗!再到后院去看房里那几个在炕头上打坐的老道士吧,说他们有九十啦,一百啦,究竟是多大岁数,也说不清。

白云观不过如此。赶紧再出来找小驴,风尘滚滚地骑回宣武门来。一年一度的骑小驴儿逛白云观的目的,就算达到了。

春天和秋天,我总还有两次骑小驴儿上西山的机会。

西山的范围可广了,往大里说,是:西山内接太行,外属诸边,磅礴数千里。我骑小驴儿可没有这么大本事!西山可说是京西诸山之总名,玉泉山也是西山,碧云寺也是西山,卧佛寺也是西山,八大处也是西山,香山也是西山。古人游西山,常说"西山寺三百",甚至说"西山寺五百",数字虽不准确,但庙宇之多是无疑的。

骑小驴儿上八大处,却是我的难忘经历。小驴儿上山有本事,可是它专爱走那山径小道的边沿,如果它一失足,不就滚下高山深涧了吗?可是它没有,只是使我心惊不已,就紧紧拉住缰绳,"吁——吁——"地喊它。我想小驴儿也是会捉弄人的,谁教你骑了它,使它负担沉重呢!

八大处有名的是秘魔崖,神秘的佛教的故事是很美的。那故事是说:

当年名僧卢师从江南乘船北来,船到了崖下便止而不行,于是卢师就留在崖居。有一天,两个小沙弥来拜见卢师,他们说:"师父,我们愿意永远地侍候您。"卢师便留下了他们,一个名大青,一个名小青。这样过了几年,忽然有一年久旱不雨,大青和小青向卢师说:"我们可以使雨及时而下的。"说着,他们俩就投身在潭水里,变成两条青龙,过不久,果然甘霖解旱。

许多诗人写了游秘魔崖的诗,我偏爱一首七言绝句:

"秘魔崖仄藓文斑,千载卢师去不还,遗有澄潭二童子,日斜归处雨连山。"

骑小驴骑到香山的双清别墅看金鱼,也是难忘的事。小驴在别墅门外等着,我们进来休息,游客向池里扔下面包,看尺长的金鱼游来,一扭腰一张嘴,一块面包就吃进去了!我们也谈论别墅的一位慈善家,他有怎样一个残废的儿子的故事。那些故事,那别墅是怎样的走法,都不记得了,只记得金鱼美丽的游姿和小毛驴的丑怪的嘶鸣。

从碧云寺骑小驴到卧佛寺,倒不是一条难行的路,也不远。一丈多长的卧佛,总是那么悠闲地斜卧在大殿里,"接见"年年去探望他的小客人。这位小客人,当她还是小小姑娘的时候,就喜欢这个卧佛,她知道卧佛是用五十万斤铜铸成的,前清的皇帝都向他献了鞋子,那个摆鞋的玻璃橱里,三双的尺寸尽不相同,无论哪一双,卧佛都穿不进,但是供献是一种敬意。后来那小游客长大了,有一年她同亲爱的男友同游,仍然忘不了去看一看她所惦念的卧佛和佛的大鞋子。这一次的西山之游,对她的意义是重大的,春风如轻纱拂面的这个季节,一次骑小驴儿上西山的郊游,增进了她和他彼此的爱慕。难忘的西山啊!

逝去的日子,我不伤感,只是怀念,我读前人的西山诗句,像:

"自别燕台白日徂,华阳碣石总荒芜,独留一片西山月,犹照当月旧酒炉。"又读:

"……人生百岁几日春,休将黑发恋风尘,去年此地君曾至,想见莺花待故人。"

总是给我对北方无限的怀念。记得最后一年逛西山是秋天,对满山红叶,有无限山川的离情,知道要走了,要离开依赖了二十多年的第二故乡,心情真是沉重。

骑小驴儿,上西山,已经是十四年前的事儿了!

一九六三年一月一日

窃读记

转过街角,看见饭店招牌,闻见炒菜的香味,听见锅勺敲打的声音,我松了一口气,放慢了脚步。下课从学校急急赶到这里,身上已经汗涔涔的,总算到达目的地——目的地可不是三阳春,而是紧邻它的一家书店。

我趁着漫步给脑子一个思索的机会:"昨天读到什么地方了？那女孩不知以后嫁给谁？那本书放在哪里？左角第三排,不错……"走到三阳春的门口,便可以看见书店里仍像往日样地挤满了顾客,我可以安心了。但是我又担忧那本书会不会卖光了,因为一连几天都看见有人买,昨天好像只剩下一两本了。

我跨进书店门,暗喜没人注意。我踮起脚尖,使矮小的身体挨蹭过别的顾客和书柜的夹缝,从大人的腋下钻过去,哟,把头发弄乱了,没关系,我到底挤到里边来了。在一片花绿封面的排列队里,我的眼睛过于急忙地寻找,反而看不到那本书的所在。从头来,再数一遍,啊！它在这里,原来不是在昨天那位置了。

我庆幸它居然没有被卖出去,仍四平八稳地躺在书架上,专候我的光临。我多么高兴,又多么渴望地伸手去拿,但和我的同时抵达的,还有一只巨掌,五个手指大大地分开来,压住了那本书的整个:"你到底买不买？"

声音不算小,惊动了其他顾客,他们全部回过头来,面向着我。我像一个被捉到的小偷,羞惭而尴尬,涨红了脸。我抬起头,难堪地望着他——那书店的老板,他威风凛凛地俯视着我。店是他的,他有全部的理由用这种声气对待我。我用几乎要哭出来的声音,悲愤地反抗了一句:"看看都不行吗？"其实我的声音是多么软弱无力！

在众目睽睽下,我几乎是狼狈地跨出了店门,脚跟后面紧跟着的是老板的冷笑:"不是一回了！"不是一回了？那口气对我还算是宽容的,仿佛我是一个不可以再原谅的惯贼。但我是偷窃了什么吗？我不过是一个无力购买而又渴望读到那本书的穷学生！

曾经有一天,我偶然走过书店的窗前,窗前刚好摆了几本慕名很久而无缘一读的名著,欲望推动着我,不由得走进书店,想打听一下它的价钱。也许是我太矮小了,不引人注意,竟没有人过来招呼,我就随便翻开一本摆在长桌上的书,慢慢读下去,读了一会儿仍没有人理会,而书中的故事已使我全神贯注,舍不得放下了。直到好大工夫,才过来一位店员,我赶忙合起书来递给他看,煞有其事似的问他价钱,我明知道,任何便宜价钱对于我都是枉然的,我绝没有多余的钱去买。

但是自此以后,我得了一条不费一文钱读书的门径。下课后急忙赶到这条文化街,这里书店林立,使我有更多的机会。

一页,两页,我如饥饿的瘦狼,贪婪地吞读下去,我很快乐,也很惧怕,这种窃读的滋味!有时一本书我要分别到几家书店去读完,比如当我觉得当时的环境已不适宜我再在这家书店站下去的话,我便要知趣地放下书,若无其事地走出去,然后再走入另一家。

我希望到顾客正多着的书店,就是因为那样可以把矮小的我挤进去,而不致被人注意。偶然进来看书的人虽然很多,但是像我这样常常光顾而从不买一本的,实在没有。因此我要把自己隐藏起来,真是像个小偷似的。有时我贴在一个大人的身边,仿佛我是与他同来的小妹妹或者女儿。

最令人开心的是下雨天,感谢雨水的灌溉,越是倾盆大雨我越高兴,因为那时我便有充足的理由在书店待下去。好像躲雨人偶然避雨到人家的屋檐下,你总不好意思赶走吧?我有时还要装着皱着眉头不时望着街心,好像说:"这雨,害得我回不去了。"其实,我的心里是怎样高兴地喊着:"再大些!再大些!"

但我也不是读书能够废寝忘食的人,当三阳春正上座,飘来一阵阵炒菜香时,我也饿得饥肠辘辘,那时我也不免要做个白日梦:如果袋中有钱该多么好?到三阳春吃碗热热的排骨大面,回来这里已经有人给摆上一张弹簧沙发,坐上去舒舒服服地接着看。我的腿真够酸了,交替着用一条腿支持另一条,有时忘形地撅着屁股依赖在书柜旁,以求暂时的休息。明明知道回家还有一段路程要走,可是求知的欲望这么迫切,使我舍不得放弃任何捉住的窃读机会。

为了解决肚子的饥饿,我又想出了一个好办法:临时买上两个铜板(两个铜板或许有)的花生米放在制服口袋里,当智慧之田丰收,而胃袋求救的时候,我便从口袋里掏出花生米来救急。要注意的是花生皮必须留在口袋里,回到家把口袋翻过来,细碎的花生皮便像雪花样地飞落下来。

但在这次屈辱之后,我的小心灵确受了创伤,我的因贫苦而引起的自卑感再次地犯发,而且产生了对人类的仇恨。有一次刚好读到一首真像为我写照的小诗时,更增加了我的悲愤。那小诗是一个外国女诗人的手笔,我曾抄录下来,贴在床前,伤心地一遍遍读着。小诗说:

> 我看见一个眼睛充满热烈希望的小孩,
> 在书摊上翻开一本书来,
> 读时好似想一口气念完。
> 摆书摊的人看见这样,
> 我看见他很快地向小孩招呼:
> "你从来没有买过书,
> 所以请你不要在这里看书。"
> 小孩慢慢地踱着叹口气,
> 他真希望自己从来没有认过字母,
> 他就不会看这老东西的书了。
> 穷人有好多苦痛,
> 富的永远没有尝过。
> 我不久又看见一个小孩,
> 他脸上老是有菜色,
> 那天至少是没有吃过东西——

他对酒店的冻肉用眼睛去享受。
我想着这个小孩情形必定更苦,
这么饿着,想着,这样一个便士也没有。
对着烹得精美的好肉空望,
他免不了希望他生来没有学会吃东西。

我不再去书店,许多次我经过文化街都狠心咬牙地走过去。但一次,两次,我下意识地走向那熟悉的街,终于有一天,求知的欲望迫使我再度停下来,我仍愿一试,因为一本新书的出版广告,我从报上知道好多天了。

我再施惯伎,又把自己藏在书店的一角。当我翻开第一页时,心中不禁轻轻呼道:"啊!终于和你相见!"这是一本畅销书,那么厚厚的一册,拿在手里,看在眼里,多够分量!受了前次的教训,我更小心地不敢贪婪,多串几家书店更妥当些,免得再遭遇到前次的难堪。

每次从书店出来,我都像喝醉了酒似的,脑子被书中的人物所扰,踉踉跄跄,走路失去控制的能力。"明天早些来,可以全部看完了。"我告诉自己。想到明天仍可以占有书店的一角时,被快乐激动的忘形之躯,便险些撞到树干上去。

可是第二天走过几家书店都看不见那本书时,像在手中正看得起劲的书被人抢去一样,我暗暗焦急,并且诅咒地想:皆因没有钱,我不能占有读书的全部快乐,世上有钱的人这样多,他们把书买光了。

我惨淡无神地提着书包,抱着绝望的心情走进最末一家书店。昨天在这里看书时,已经剩下最后一册了,可不是,看见书架上那本书的位置换了另外的书,心整个沉下了。

正在这时,一个耳朵架着铅笔的店员走过来了,看那样子是来招呼我的(我多么怕受人招待),我慌忙把眼睛送上了书架,装作没看见。但是一本书触着我的胳膊,轻轻地送到我的面前:"请看吧,我多留了一天没有卖。"

啊,我接过书害羞得不知应当如何对他表示我的感激,他却若无其事地走开了。被冲动的情感,使我的眼光久久不能集中在书本上。

当书店的日光灯忽地亮了起来,我才觉出站在这里读了两个钟点了。我合上最后一页——咽了一口唾沫,好像所有的智慧都被我吞食下去了。然后抬头找寻那耳朵上架着铅笔的人,好交还他这本书。在远远的柜台旁,他向我轻轻地点点头,表示他已经知道我看完了,我默默地把书放回书架上。

我低着头走出去,黑色多皱的布裙被风吹开来,像一把支不开的破伞,可是我浑身都松快了。摸摸口袋里是一包忘记吃的花生米,我拿一粒花生米送进嘴里,忽然想起有一次国文先生鼓励我们用功的话:"记住,你是吃饭长大,也是读书长大的!"

但是今天我发现这句话还不够用,它应当这么说:"记住,你是吃饭长大,读书长大,也是在爱里长大的!"

北平漫笔

秋的气味

秋天来了,很自然地想起那条街——西单牌楼。

无论从哪个方向来,到了西单牌楼,秋天,黄昏,先闻见的是街上的气味。炒栗子的香味弥漫在繁盛的行人群中,赶快朝向那熟悉的地方看去,和兰号的伙计正在门前炒栗子。和兰号是卖西点的,炒栗子也并不出名,但是因为它在街的转角上,首当其冲,就不由得就近去买。

来一斤吧! 热栗子刚炒出来,要等一等,倒在箩中筛去裹糖汁的沙子。在等待称包的时候,另有一种清香的味儿从身边飘来,原来眼前街角摆的几个水果摊子上,啊!枣、葡萄、海棠、柿子、梨、石榴……全都上市了。香味多半是梨和葡萄散发出来的。沙营的葡萄,黄而透明,一撅两截,水都不流,所以有"冰糖包"的外号。京白梨,细而嫩,一点儿渣儿都没有。"鸭儿广"柔软得赛豆腐。枣是最普通的水果,朗家园是最出名的产地,于是无枣不郎家园了。老虎眼,葫芦枣,酸枣,各有各的形状和味道。"喝了蜜的柿子"要等到冬季,秋天上市的是青皮的脆柿子,脆柿子要高桩儿的才更甜。海棠红着半个脸,石榴笑得露出一排粉红色的牙齿。这些都是秋之果。

抱着一包热栗子和一些水果,从西单向宣武门走去,想着回到家里在窗前的方桌上,就着暮色中的一点光亮,家人围坐着剥食这些好吃的东西的快乐,脚步不由得加快了。身后响起了当当的电车声,五路车快到宣武门的终点了。过了绒线胡同,空气中又传来了烤肉的香味,是安儿胡同口儿上,那间低矮窄狭的烤肉宛上人了。

门前挂着清真的记号,他们是北平许多著名的回教馆中的一个,秋天开始,北平就是回教馆子的天下了。矮而胖的老五,在案子上切牛羊肉,他的哥哥老大,在门口招呼座儿,他的两个身体健康眼睛明亮、充分表现出回教青年精神的儿子,在一旁帮着和学习着剔肉和切肉的技术。炙子上烟雾弥漫,使原来就不明的灯更暗了些,但是在这间低矮、烟雾的小屋里,却另有一股温暖而亲切的感觉,使人很想进去,站在炙子边举起那两根大筷子。

老五是公平的,所以给人格外亲切的感觉。它原来只是一间包子铺,供卖附近居民和路过的劳动者一些羊肉包子。渐渐地,烤肉出了名,但它并不因此改变对主顾的态度。比如说,他们只有两个炙子,总共也不过能围上一二十人,但是一到黄昏,一批批的客人来了,坐也没地方坐,一时也轮不上吃,老五会告诉客人,再等二十几位,或者三十几位,那么客人就会到西单牌楼去绕个弯儿,再回来就差不多了。没有登记簿,他们却是丝毫不差地记住了前来后到的次序。没有争先,不可能插队,一切听凭老五的安排,他并没有因为来客是坐汽车的或是拉洋车的,而有什么区别,这就是他的公平和亲切。

一边手里切肉一边嘴里算账,是老五的本事,也是艺术。一碗肉,一碟葱,一条黄瓜,他都一一唱着钱数加上去,没有虚报,价钱公道。在那里,房子虽然狭小,却吃得舒服。老五的笑容并不多,但他给你的是诚朴的感觉,在那儿不会有吃得惹气这种事发生。

秋天在北方的故都,足以代表季节变换的气味的,就是牛羊肉的膻和炒栗子的香了!

一九六一年十月三十日

男人之禁地

很少——简直没有——看见有男人到那种店铺去买东西的。做的是妇女的生意,可是店里的伙计全是男人。

小孩的时候,随着母亲去的是前门外煤市街的那家,离六必居不远,冲天的招牌,写着大大的"花汉冲"的字样,名是香粉店,卖的除了妇女化妆品以外,还有全部女红所需用品。

母亲去了,无非是买这些东西:玻璃盖方盒的月中桂香粉,天蓝色瓶子广生行双妹嚜(我一直记着这个不明字义的"嚜"字,后来才知道它是译英文商标 Mark 的广东造字)的雪花膏,猪胰子(通常是买给宋妈用的)。到了冬天,就会买几个瓯子油(以蛤蜊壳为容器的油膏),分给孩子们每人一个,有着玩具和化妆品两重意义。此外,母亲还要买一些女红用的东西:十字绣线,绒鞋面,钩针……这些东西男人怎么会去买呢?

母亲不会用两根竹针织毛线,但是她很会用钩针织。她织的最多的是毛线鞋,冬天给我们织墨盒套。绣十字布也是她的拿手,照着那复杂而美丽的十字花样本,数着细小的格子,一针针,一排排地绣下去。有一阵子,家里的枕头套,妈妈的钱袋,妹妹的围嘴儿,全是用十字布绣花的。

随母亲到香粉店的时期过去了,紧接着是自己也去了。女孩子总是离不开绣花线吧!小学三年级,就有缝纫课了。记得当时男生是在一间工作室里上手工课,耍的不是锯子就是锉子;女生是到后面图书室里上缝纫课,第一次用绣线学"拉锁",红绣线把一块白布拉得抽抽皱皱的,后来我们学做婴儿的蒲包鞋,钉上亮片,滚上细绦子,这些都要到像花汉冲这类的店去买。

花汉冲在女学生的眼里,是嫌老派了些,我们是到绒线胡同的瑞玉兴去买。瑞玉兴是西南城出名的绒线店,三间门面的楼,它的东西摩登些。

我一直是女红的喜爱者,这也许和母亲有关系,她那些书本夹了各色丝线。端午节用丝线缠的粽子,毛线钩的各种鞋帽,使得我沉湎于精巧、色彩、种种缝纫之美里,所以养成了家事中偏爱女红甚于其他的习惯。

在瑞玉兴选择绣线是一种快乐。粗粗的日本绣线最惹人喜爱,不一定要用它,但喜欢买两支带回去。也喜欢选购一些花样儿,用誊写纸描在白府绸上,满心要绣一对枕头给自己用,但是五屉柜的抽屉里,总有半途而废的未完成的杰作。手工的制品,不是一朝一夕可以完成的,从一堆碎布,一卷纠缠不清的绣线里。也可以看出一个女孩子有没有恒心和耐性吧!我就是那种没有恒心和耐性的。每一件女红做出来,总是有缺点,比如毛衣的肩头织肥了,枕头的四角缝斜了,手套一大一小,十字布的格子数错了行,对不上花,抽纱的手绢只完成了三面等等。

但是瑞玉兴却是个难忘的店铺,想到为了配某种颜色的丝线,伙计耐心地从楼上搬来了许多小竹帘卷的丝线,以供挑选,虽然只花两角钱买一小支,他们也会把客人送到门口,那才是没处找的耐心哪!

一九六一年十一月二日

换取灯儿的

"换洋取灯儿啊!"

"换榾子儿呀!"

很多年来,就是个熟悉的叫唤声,它不一定是出自某一个人,叫唤声也各有不同,每天清晨在胡同里,可以看见一个穿着褴褛的老妇,背着一个筐子,举步蹒跚。冬天的情景,尤其记得清楚,她头上戴着一顶不合体的、哪儿捡来的毛线帽子,手上戴着露出手指头的手套,寒风吹得她流出了一些清鼻涕。生活看来是很艰苦的。

是的,她们原是不必工作就可以食廪粟的人,今天清室没有了,一切荣华优渥的日子都像梦一样永远永远地去了,留下来的是面对着现实的生活!

像换洋取灯的老妇,可以说还是勇于以自己的劳力换取生活的人,她不必费很大的力气和本钱,只要每天早晨背着一个空筐子以及一些火柴、榾子儿、刨花就够了,然后她沿着小胡同这样地叫唤着。

家里的废物:烂纸、破布条、旧鞋……一切可以扔到垃圾堆里的东西,都归宋妈收起来,所以从"换洋取灯儿的"换来的东西也都归宋妈。

一堆烂纸破布,就是宋妈和换洋取灯儿的老妇争执的焦点,甚至连一盒火柴、十颗榾子的生意都讲不成也说不定呢!

丹凤牌的火柴,红头儿,盒外贴着砂纸,一擦就迸出火星,一盒也就值一个铜子儿。榾子儿是像桂圆核儿一样的一种植物的实,砸碎它,泡在水里,浸出黏液,凝滞如胶。刨花是薄木片,作用和榾子儿一样,都是旧式妇女梳头时用的,等于今天妇女做发后的"喷胶水"。

这是一笔小而又小的生意,换人家里的最破最烂的小东西,来取得自己最低的生活,王孙没落,可以想见。

而归宋妈的那几颗榧子儿呢,她也当宝贝一样,家里的烂纸如果多了,她也就会攒了更多的洋火和榧子儿,洋火让人捎回乡下她的家里。榧子儿装在一只妹妹的洋袜子里(另一只一定是破得不能再缝了,换了榧子儿)。

宋妈是个干净利落的人,她每天早晨起来把头梳得又光又亮,抹上了泡好的刨花或榧子儿,胶住了,做一天事也不会散落下来。

火柴的名字,那古老的城里,很多很多年来,都是被称作"洋取灯儿",好像到了今天,我都没有改过口来。

"换洋取灯儿的"老妇人,大概只有一个命运最好的,很小就听说,四大名旦尚小云的母亲是"换洋取灯儿的"。有一年,尚小云的母亲死了,出殡时沿途许多人围观,我们住在附近,得见这位老妇人的死后哀荣。在舞台上婀娜多姿的尚小云,丧服上是一个连片胡子的脸,街上的人都指点着说,那是一个怎样的孝子,并且说那死者是一个怎样出身的有福的老太太。

在小说里,也读过唯有的一篇描写一个这样女人的恋爱故事,记得是许地山写的《春桃》,希望我没有记错。

一九六一年十一月四日

看华表

不知为什么,每次经过天安门前的华表时,从来不肯放过它,总要看一看。如果正挤在电车(记得吧,三路和五路都打这里经过)里经过,也要从人缝里向车窗外追着看;坐着洋车经过,更要仰起头来,转着脖子,远看、近看、回头看,一直到看不见为止。

假使是在华表前的石板路上散步(多么平坦、宽大、洁净的石板),到了华表前,一定会放慢了步子,流连鉴赏。从华表的下面向上望去,便体会到"一柱擎天"的伟观。啊!无云的碧空,衬着雕琢细致、比例匀称的白玉石的华表,正是自然美和人工美的伟大的结合。她的背后衬的是朱红色的天安门的墙,这一幅图,布局的美丽,颜色的鲜明,印在脑中,是不会消失的。

有趣的是,夏天的黄昏,华表下面的石座上,成为纳凉人的最理想的地方。石座光滑洁净,坐上去,想必是凉森森的十分舒服。地方高敞,赏鉴过往漂亮的男女(许多是去游附近的中山公园),像在体育场的贵宾席上一样。华表旁,有一排马樱花,它的甜香随着清风扑鼻而来,更是一种享受。

我爱看华表,和它的所在地也很有关系,因为天安门不但是北平(北京)的市中心,而且正是通往东西南城的要衢。往返东西城时,到了天安门就会感觉到离目的地不远了。往南去前门,正好从华表左面不远转向公安街去。庄严美丽的华表站在这里,正像是一座里程碑,它告诉你,无论到什么地方,都不远了。

说它是里程碑,也许不算错,古时的华表,原是木质的,它又名表木,是以表王者纳谏,亦以表识衢路,正是一个有意义的象征啊!

一九六一年十一月五日

蓝布褂儿

竹布褂儿,黑裙子,北平的女学生。

一位在南方生长的画家,有一年初次到北平。住了几天之后,他说,在上海住了这许多年,画了这许多年,他不喜欢一切蓝颜色的布。但是这次到了北平,竟一下子改变了他的看法,蓝色的布是那么可爱,北平满街骑车的女学生,穿了各种蓝色的制服,是多么可爱!

刚一上中学时,最高兴的是换上了中学女生的制服,夏天的竹布褂,是月白色——极浅极浅的蓝,烫得平平整整;下面是一条短齐膝盖头的印度绸的黑裙子,长筒麻纱袜子,配上一双刷得一干二净的篮球鞋。用的不是手提的书包,而是把一沓书用一条捆书带捆起来。短头发,斜分,少的一边撩在耳朵后,多的一边让它半垂在鬓边,快盖住半只眼睛了。三五成群,或骑车或走路。哪条街上有个女子中学,那条街就显得活泼和快乐,那是女学生的青春气息烘托出来的。

北平女学生冬天穿长棉袍,外面要罩一件蓝布大褂,这回是深蓝色。谁穿新大褂每人要过来打三下,这是规矩。但是那洗得起了白茬儿的旧衣服也很好,因为它们是老伙伴,穿着也合身。记得要上体育课的日子吗?棉袍下面露出半截白色剔绒的长运动裤来,实在是很难看,但是因为人人这么穿,也就不觉得丑了。

阴丹士林布出世以后,女学生更是如狂地喜爱它。阴丹士林本是人造染料的一种名称,原有各种颜色,但是人们嘴里常常说的"阴丹士林色"多是指的青蓝色。它的颜色比其他布,更为鲜亮,穿一件阴丹士林大褂,令人觉得特别干净,平整。比深蓝浅些的"毛蓝"色,我最喜欢,夏秋或春夏之交,总是穿这个颜色的。

事实上,蓝布是淳朴的北方服装特色。在北平住的人,不分年龄、性别、职业、阶级,一年四季每人都有几件蓝布服装。爷爷穿着缎面的灰鼠皮袍,外面罩着蓝布大褂;妈妈的绸里绸面的丝绵袍外面,罩的是蓝布大褂;店铺柜台里的掌柜的,穿的布棉袍外面,罩的也是蓝布大褂,头上还扣着瓜皮小帽;教授穿的蓝布大褂的大襟上,多插了一支自来水笔,头上是藏青色法国小帽,学术气氛!

阴丹士林布做成的衣服,洗几次之后,缝线就变成很明显的白色了,那是因为阴丹士林布不退色而线退色的缘故。这可以证明衣料确是阴丹士林布,但却不知为什么一直没有阴丹士林线,忽然想起守着窗前方桌上缝衣服的大姑娘来了。一次订婚失败而终身未嫁的大姑娘,便以给人缝衣服,靠微薄的收入,养活自己和母亲。我们家姊妹多,到了秋深添置衣服的时候,妈妈总是买来大量的阴丹士林布,宋妈和妈妈两人做不来,总要叫我去把大姑娘找来。到了大姑娘家,大姑娘正守着窗儿缝衣服,她的老妈妈驼着背,咳嗽着,在屋里的小煤球炉上烙饼呢!

大姑娘到了我家里,总要待一下午,妈妈和她商量裁剪,因为孩子们是一年年地长高了。然后她抱着一大包裁好了的衣服回去赶做。

那年离开北平经过上海,住在娴的家里等船。有一天上街买东西,我习惯地穿着蓝布大褂,但是她却教我换一件呢旗袍,因为穿了蓝布大褂上街买东西,会受店员歧视。在"只认衣裳不认人的"洋场,"自取其辱"是没人同情的啊!

一九六一年十一月八日

排队的小演员

听复兴剧校叶复润的戏,身旁有人告诉我,当年富连成科班里也找不出一个像叶复润这样小年纪,便有这样成就的小老生。听说叶复润只有十四足岁,但无论是唱功还是做派,都超越了一般"小孩戏剧家"的成绩。但是在那一群孩子里,他却特别显得瘦弱,娇小。固然唱老生的外形要"清癯"才有味道,但是对于一个正在发育期的小孩子,毕竟是不健康的。剧校当局是不是注意到每一个发育期的孩子的健康呢?

这使我不由得想起当年家住在虎坊桥大街上的情景。

虎坊桥大街是南城一条重要的大街,尤其在迁都南京前的北京,它更是通往许多繁荣地区的必经之路。幼年幸运地曾在这条街上住了几年,也是家里最热闹的时期。这条大街上有小学、会馆、理发馆、药铺、棺材铺、印书馆,还有一个造就了无数京剧人才的富连成科班。

富连成只在我家对面再往西几步的一个大门里。每天晚饭前后的时候，他们要到前门外的广和楼去唱戏。坐科的孩子按矮高排队，领头儿的是位最高的大师兄，他是个唱花脸的，头上剃着月亮门儿。夏天，他们都穿着月白竹布大褂儿，老肥老肥的，袖子大概要比手长出半尺多。天冷加上件黑马褂儿，仍然是老肥老肥的，袖子比手长出半尺多！

他们出了大门向东走几步，就该穿过马路，而正好就经过我家门前。看起来，一个个是呆板的、迟钝的、麻木的，谁又想到他们到了台上就能演出那样灵活、美丽、勇武的角色呢！

那时的富连成在广和楼演出，这是一家女性不能进去的戏院，而我那时跟着大人们听戏的区域是城南游艺园，或者开明戏院，第一舞台。很早就对于富连成有印象，实在是看他们每天由我家门前经过的关系。等到后来富连成风靡了北平的男女学生，我也不免想到，在那一队我幼年所见到的可怜的孩子群里，不就有李盛藻吗？刘盛莲吗？杨盛春吗？

富连成是以严厉出名的，但是等到以新式学校制度的戏曲学校出现以后，富连成虽仍以旧式教育出名，但是有些地方也不能不改进了。戏曲学校用大汽车接送学生到戏院以后，富连成的排队步行也就不复再见。否则的话，学生戏迷们岂不要每天跟着他们的队伍到戏院去？

而我们那时也搬离开虎坊桥，城南游艺园成了屠宰场，我们听戏的区域也转移到哈尔飞、吉祥，以及长安和新新等戏院了。

一九六一年十一月九日

陈谷子、烂芝麻

如姐来了电话，她笑说："怎么，又写北平哪！陈谷子烂芝麻全掏出来啦！连换洋取灯儿的都写呀！除了我，别人看吗？"

我漫写北平，是因为多么想念她，写一写我对那地方的情感，情感发泄在格子稿纸上，苦思的心情就会好些。它不是写要负责的考据或掌故，因此我敢"大胆的假设"。比如我说花汉冲在煤市街，就有细心的读者给了我"小心的求证"，他画了一张地图，红蓝分明地指示给我说，花汉冲是在煤市街隔一条街的珠宝市，并且画了花汉冲的左邻谦祥益布店，右邻九华金店。如姐，谁说没有读者呢？不过读者并不是欣赏我的小文，而是借此也勾起他们的乡思罢了！

很巧的，我向一位老先生请教一些北平的事情时，他回信来说："……早知道这些陈谷子、烂芝麻是有用的话，那咱们多带几本这一类的图书，该是多么好呢？"

原来我所写的，数来数去，全是陈谷子、烂芝麻呀！但是我是多么喜欢这些呢！

陈谷子、烂芝麻，是北平人说话的形容语汇，比如闲话家常，提起早年旧事，最后总不免要说："唉！左不是陈谷子、烂芝麻！"言其陈旧和琐碎。

真正北平味道的谈话，加入一些现成的形容词汇，非常合适和俏皮，这是北平话除了发音正确以外的一个特点，我最喜欢听。想象那形容的巧妙，真是可爱，这种形容语汇，很多是用"歇后语"说出来，但是像"陈谷子、烂芝麻"便是直接的形容语，不用歇后语的。

做事故意拖延迟滞，北平人用"蹭棱子"来形容，蹭是摩擦，棱是物之棱角。比如妈妈嘱咐孩子去做一件事，孩子不愿意去，却不明说，只是拖延，妈妈看出来了，就可以责备说："你倒是去不去？别在这儿尽跟我蹭棱子！"

或者做事痛快的某甲对某乙说："要去咱们就痛痛快快儿地去，我可不喜欢蹭棱子！"

听一个说话没有条理的人述说一件事的时候，他反复地说来说

去时,便想起这句北平话:

"车轱辘话——来回地说。"

轱辘是车轮。那车轮轧来轧去,地上显出重复的痕迹,一个人说话翻来覆去,不正是那个样子吗?但是它也运用在形容一个人在某甲和某乙间说一件事,口气反复不明。如:"您瞧,他跟您那么说,跟我可这么说!反正车轱辘话,来回说吧!"

负债很多的人,北平人喜欢这样形容:"我该了一屁股两肋的债呀!"

我每逢听到这样形容时,便想象那人债务缠身的痛苦和他焦急的样子。一屁股两肋,不知会说俏皮话儿的北平人是怎么琢磨出来的,而为什么这样形容时,就会使人想到债务之多呢?

一九六一年十一月十四日

文津街

常自夸说,在北平,我闭着眼都能走回家,其实,手边没有一张北平市区图,有些原来熟悉的街道和胡同,竟也连不起来了。只是走过那些街道所引起的情绪,却是不容易忘记的。就说,冬日雪后初晴,路过架在北海和中海的金鳌玉𬘭桥吧,看雪盖满在桥两边的冰面上,一片白,闪着太阳的微微的金光,漪澜堂到五龙亭的冰面上,正有人穿着冰鞋滑过去,飘逸优美的姿态,年轻同伴的朝气和快乐,觉得虽在冬日,也因这幅雪漫冰面的风景,不由得引发起我活跃的心情,赶快回家去,取了冰鞋也来滑一会儿!

在北平的市街里,很喜欢傍着旧紫禁城一带的地方,蔚蓝晴朗的天空下,看朱红的墙;因为唯有在这一带才看得见。家住在南长街的几年,出门时无论是要到东、西、南、北城去,都会看见这样朱红的墙。要到东北的方向去,洋车就会经过北长街转向东去,到了文津街了,故宫的后门，对着景山的前门，是一条皇宫的街，总是静静的，没有车马喧哗，引发起的是思古之幽情。

景山俗称煤山，是在神武门外旧宫城的背面，很少人到这里来逛，人们都拥到附近的北海去了。就像在中山公园隔壁的太庙一样，黄昏时，人们都挤进中山公园乘凉，太庙冷清清的；只有几个不嫌寂寞的人，才到太庙的参天古松下品茗，或者静默地观看那几只灰鹤（人们都挤在中山公园里看孔雀开屏了）。

景山也实在没有什么可"逛"的，山有五峰，峰各有亭，站在中峰上，可以看故宫平面图，倒是有趣的，古建筑很整齐庄严，四个角楼，静静地站在暮霭中，皇帝没有了，他的卧室，他的书房，他的一切，凭块儿八毛的门票就可以一览无遗了。

做小学生的时候，高年级的旅行，可以远到西山八大处，低年级的就在城里转，景山是目标之一，很小很小的时候，就年年一次排队到景山去，站在刚上山坡的那棵不算高大的树下，听老师讲解：一个明朝末年的皇帝——思宗，他殉国死在这棵树上。怎么死的？上吊。啊！一个皇帝上吊了！小学生把这件事紧紧地记在心中。后来每逢过文津街，便兴起那思古的幽情，恐怕和幼小心灵中所刻印下来的那几次历史凭吊，很有关系吧！

一九六一年十一月二十日

挤老米

读了朱介凡先生的"晒暖"，说到北方话的"晒老爷儿""挤老米"，又使我回了一次冬日北方的童年。

冬天在北方，并不一定是冷得让人就想在屋里烤火炉。天晴，早上的太阳先晒到墙边，再普照大地，不由得就想离开火炉，还是去接受大自然所给予的温暖吧！

通常是墙角边摆着几个小板凳,坐着弟弟妹妹们,穿着外罩蓝布大褂的棉袍,打着皮包头的毛窝,宋妈在哄他们玩儿。她手里不闲着,不是搓麻绳纳鞋底(想起她那针锥子要扎进鞋底子以前,先在头发里划两下的姿态来了),就是缝骆驼鞍儿的鞋帮子。不知怎么,在北方,妇女有做不完的针线活儿,无分冬夏。

离开了北平,无论到什么地方,都莫辨东西,因为我习惯的是古老方正的北平城,她的方向正确,老爷儿(就是太阳)早上是正正地从每家的西墙照起,玻璃窗四边,还有一圈窗户格,糊的是东昌纸,太阳的光线和暖意都可以透进屋里来。在满窗朝日的方桌前,看着妈妈照镜子梳头,把刨花的胶液用小刷子抿到她的光洁的头发上。小儿上的水仙花也被太阳照到了。它就要在年前年后开放的。长方形的水仙花盆里,水中透出雨花台的各色晶莹的彩石来。或者,喜欢摆弄植物的爸爸,他在冬日,用一只清洁的浅瓷盆,铺上一层棉花和水,撒上一些麦粒,每天在阳光照射下,看它渐渐发芽茁长,生出翠绿秀丽的青苗来,也是冬日屋中玩赏的乐趣。

孩子们的生活当然大部分是在学校。小学生很少烤火炉(中学女学生最爱烤火炉),下课休息十分钟都跑到教室外,操场上。男孩子便成群地拥到有太阳照着的墙边去挤老米,他们挤来挤去,嘴里大声喊着:

挤呀!挤呀!

挤老米呀!

挤出屎来喂喂你呀!

这样又粗又脏的话,女孩子是不肯随便乱喊的。

直到上课铃响了,大家才从墙边撤退,他们已经是浑身暖和,不但一点寒意没有了,摘下来毛线帽子,光头上也许还冒着白色的热气儿呢!

一九六一年十二月八日

卖冻儿

如果说北平样样我都喜欢，并不尽然。在这冬寒天气，不由得想起了很早便进入我的记忆中的一种人物，因为这种人物并非偶然见到的，而是很久以来就有的，便是北平的一些乞丐。

回忆应当是些美好的事情，乞丐未免令人扫兴，然而它毕竟是在我生活中所常见到的人物，也因为那些人物，曾给了我某些想法。

记得有一篇西洋小说，描写一个贫苦的小孩子，因为母亲害病不能工作，他便出来乞讨，当他向过路人讲出原委的时候，路人不信，他便带着人到他家里去看看，路人一见果然母病在床，便慷慨解囊了。小孩子的母亲从此便"弄真成假"，天天假病在床，叫小孩子到路上去带人回来"参观"。这是以小孩和病来骗取人类同情心的故事。这种事情什么时候，什么地方都可以发生的，像在台北街头，妇人教小孩缠住路人买奖券，便是类似的作风。这些使我想起北平一种名为"卖冻儿"的乞丐。

冬寒腊月，天气冷得泼水成冰，"卖冻儿"的（都是男乞丐）出世了，蓬着头发，一脸一身的滋泥儿，光着两条腿，在膝盖的地方，捆上一圈戏报子纸。身上也一样，光着脊梁，裹着一层戏报子纸，外面再披上一两块破麻包。然后，缩着脖子，哆里哆嗦的，牙打着战儿，逢人伸出手来乞讨。以寒冷无衣来博取人的同情与施舍。然而在记忆中，我从小便害怕看那样子，不但不能引起我的同情，反而是憎恶。这种乞丐便名为"卖冻儿"。

最讨厌的是宋妈，我如果爱美不肯多穿衣服，她便要讽刺我：

"你这是干吗？卖冻儿呀？还不穿衣服去！"

"卖冻儿"由于是一种乞丐的类型，而成了一句北平通用的俏皮话儿了。

卖冻儿的身上裹的戏报子纸,都是从公共广告牌上揭下来的,各戏院子的戏报子,通常都是用白纸红绿墨写成的,每天贴上一张,过些日子,也相当厚了,揭下来,裹在腿上身上,据说也有保温作用。

至于拿着一把破布掸子在人身上乱掸一阵的乞妇,名"掸孙儿";以砖击胸行乞的,名为"擂砖",这等等类型乞丐,我记忆虽清晰,可也是属于陈谷子烂芝麻,说多了未免令人扫兴,还是不去回忆他们吧!

一九六一年十二月九日

台上、台下

礼拜六的下午,我常常被大人带到城南游艺园去。门票只要两毛(我是挤在大人的腋下进去的,不要票)。进去就可以有无数的玩处,唱京戏的大戏场,当然是最主要的,可是那里的文明戏,也一样的使我发生兴趣,小鸣钟,张笑影的"锯碗丁""春阿氏",都是我喜爱看的戏。

文明戏场的对面,仿佛就是魔术场,看着穿燕尾服的变戏法儿的,随着音乐的旋律走着一颠一跳前进后退的特殊台步,一面从空空的大礼帽中掏出那么多的东西:花手绢,万国旗,面包,活兔子,金鱼缸,这时乐声大奏,掌声四起,在我小小心灵中,只感到无限的愉悦!觉得世界真可爱,无中生有的东西这么多!

我从小就是一个喜欢找新鲜刺激的孩子,喜欢在平凡的事物中给自己找一些思想的娱乐,所以,在那样大的一个城南游艺园里,不光是听听戏,社会众生相,也都可以在这天地里看到:美丽、享受、欺骗、势利、罪恶……但是在一个无忧无虑的小女孩的观感中,她又能体会到什么呢?

有些事物,在我的记忆中,是清晰得如在目前一样,在大戏场的木板屏风后面的角落里,茶房正从一大盆滚烫的开水里,拧起一大把毛巾,送到客座上来。当戏台上是不重要的过场时,茶房便要表演"扔手巾把儿"的绝技了,楼下的茶房,站在观众群中惹人注目的地位,把一大捆热手巾,忽下子,扔给楼上的茶房,或者是由后座扔到前座去,客人擦过脸收集了再扔下来,扔回去。这样扔来扔去,万无一失,也能博得满堂喝彩,观众中会冒出一嗓子:"好手巾把儿!"

但是观众与茶房之间的纠纷,恐怕每天每场都不可免,而且也真乱哄。当那位女茶房硬把果碟摆上来,而我们硬不要的时候,真是一场无谓的争执。茶房看见客人带了小孩子,更不肯把果碟拿走了。可不是,我轻轻地、偷偷地,把一颗糖花生放进嘴吃,再来一颗,再来一颗,再来一颗,等到大人发现时,去了大半碟儿了,这时不买也得买了。

茶,在这种场合里也很要紧。要了一壶茶的大老爷,可神气了,总得发发威风,茶壶盖儿敲得呱呱山响,为的是茶房来迟了,大爷没热茶喝,回头怎么捧角儿喊好儿呢!包厢里的老爷们发起脾气来更有劲儿,他们把茶壶扔飞出去,茶房还得过来赔不是。那时的社会,卑贱与尊贵,是强烈地对比着。

在那样的环境里:台上锣鼓喧天,上场门和下场门都站满了不相干的人,饮场的,检场的,打煤气灯的,换广告的,在演员中穿来穿去。台下则是烟雾弥漫,扔手巾把儿的,要茶钱的,卖玉兰花的,飞茶壶的,怪声叫好的,呼儿唤女的,乱成一片。我却在这乱哄哄的场面下,悠然自得。我觉得在我的周围,是这么热闹,这么自由自在。

一九六一年十二月十五日

一张地图

瑞君、亦穆夫妇老远地跑来了,一进门瑞君就快乐而兴奋地说:"猜,给你带什么来了?"

一边说着,她打开了手提包。

我无从猜起,她已经把一沓纸拿出来了:

"喏!"她递给了我。

打开来,啊! 一张崭新的北平全图!

"希望你看了图,能把文津街,景山前街连起来,把东西南北方向也弄清楚。"

"已经有细心的读者告诉我了,"我惭愧(但这个惭愧是快乐的)地说,"并且使我在回忆中去了一次北平图书馆和北海前面的团城。"

在灯下,我们几个头便挤在这张地图上,指着,说着。熟悉的地方,无边的回忆。

"喏,"瑞妹说,"曾在黄化门住很多年,北城的地理我才熟。"

于是她说起黄化门离帘子库很近,她每天上学坐洋车,都是坐停在帘子库的老尹的洋车。老尹当初是前清帘子库的总管,现在可在帘子库门口拉洋车。她们坐他的车,总喜欢问他哪一个门是当初的帘子库,皇宫里每年要用多少帘子? 怎么个收藏法? 他也得意地说给她们听,温习着他那些一去不回的老日子。

在北平,残留下来的这样的人物和故事,不知有多少。我也想起在我曾工作过的大学里的一个人物。校园后的花房里,住着一个"花儿把式"(新名词:园丁。说俗点儿:花儿匠),他镇日与花为伍,花是他的生命。据说他原是清皇室的一位公子哥儿,生平就爱养花,不想民国后,面对现实生活,他落魄得没办法,最后在大学里找到一个园丁的工作,总算是花儿给了他求生的路子,虽说惨,却也有些诗意。

整个晚上,我们凭着一张地图都在说北平。客人走后,家人睡了,我又独自展开了地图,细细地看着每条街,每条胡同,回忆是无法记出详细年月的,常常会由一条小胡同,一个不相干的感触,把思路牵回到自己的童年,想起我的住室,我的小床,我的玩具和伴侣……一环跟着一环,故事既无关系,年月也不衔接,思想就是这么个奇妙的东西。

第二天晏起了,原来就容易发疼的眼睛,因为看太久那细小的地图上的字,就更疼了!

一九六一年十二月二十五日

虎坊桥

常常想起虎坊大街上的那个老乞丐,也常想总有一天把他写进我的小说里。他很脏、很胖。脏,是当然的,可是胖子做了乞丐,却是在他以前和以后,我都没有见过的事;觉得和他的身份很不衬,所以才有了不可磨灭的印象吧!常在冬天的早上看见他,穿着空心大棉袄坐在我家的门前,晒着早晨的太阳在拿虱子。他的唾沫比我们多一样用处,就是食指放在舌头上舔一舔,沾了唾沫然后再去沾身上的虱子,把虱子夹在两个大拇指的指甲盖儿上挤一下,"嗒"的一声,虱子被挤破了。然后再沾唾沫,再拿虱子。听说虱子都长了尾巴了,好不恶心!

他的身旁放着一个没有盖子的砂锅,盛着乞讨来的残羹冷饭。不,饭是放在另一个地方,他还有一个黑脏油亮的帆布口袋,干的东西像饭、馒头、饺子皮什么的,都装进口袋里。他抱着一砂锅的剩汤水,仰起头来连扒带喝的,就全吃下了肚。我每看见他在吃东西,就往家里跑,我实在想呕吐了。

对了,他还有一个口袋,那里面装的是什么?是白花花的大洋钱!他拿好了虱子,吃饱了剩饭,抱着砂锅要走了,一站起身来,破棉裤腰里系着的这个口袋,往下一坠,洋钱在里面打滚儿的声音叮当响。我好奇怪,拉着宋妈的衣襟,指着那发响的口袋问:

"宋妈,他还有好多洋钱,哪儿来的?"

"哼,你以为是偷来的、抢来的吗?人家自个儿攒的。"

"自个儿攒的？你说过，要饭的人当初都是有钱的多，好吃懒做才把家当花光了，只好要饭吃。"

"是呀！可是要了饭就知道学好了，知道攒钱啦！"宋妈摆出凡事皆懂的样子回答我。

"既然是学好，为什么他不肯洗脸洗澡，拿大洋钱去做套新棉袄穿哪？"

宋妈没回答我，我还要问：

"他也还是不肯做事呀？"

"你没听说吗？要了三年饭，给皇上都不当。"

他虽然不肯做皇上，我想起来了，他倒也在那出大殡的行列里打执事赚钱呢！烂棉袄上面套着白丧褂子，从丧家走到墓地，不知道有多少里路，他又胖又老，还举着旗呀伞呀的。而且，最要紧的是他腰里还挂着一袋子洋钱哪！这一身披挂，走那么远的路，是多么的吃力呢！这就是他荡光了家产又从头学好的缘故吗？我不懂，便要发问，大人们好像也不能答复得使我满意，我就要在心里琢磨了。

家住在虎坊桥，这是一条多姿多彩的大街，每天从早到晚所看见的事事物物，使我常常琢磨的人物和事情可太多了。我的心灵，在那小小的年纪里，便充满了对人世间现实生活的怀疑、同情、不平、感慨、兴趣……种种的情绪。

如果说我后来在写作上有怎样的方向时，说不定是幼年在虎坊桥居住的几年，给了我最初的对现实人生的观察和体验吧！

没有一条街包含了人生世相有这么多方面；在我幼年居住在虎坊桥的几年中，是正值北伐前后的年代。有一天下午，照例的，我们姊弟们洗了澡换了干净的衣服，便跟着宋妈在大门口上看热闹了。这时来了两个日本人，一个人拿着照相匣子，另一个拿着两面小旗，是青天白日旗。红黄蓝白黑五色旗刚刚成了过去。小日本儿会说日本式中国话，拿旗子的走过来笑眯眯地对我说：

"小妹妹的照相的好不好？"

我不知道这是怎么一回事，和妹妹直向后退缩。他又说：

"没有关系，照了相的我要大大地送给你的。"然后他看着我家的门牌号数，嘴里念念有词。

我看看宋妈，宋妈说话了：

"您这二位先生是——"

"噢，我们的是日本的报馆的，没有关系，我们大大地照了相。"

大概看那两个人没有恶意的样子，宋妈便对我和妹妹说："要给你们照就照吧！"

于是我和妹妹每人手上举着一面青天白日旗，站在门前照了一张相，当时也不知道究竟是为什么要这样照。等到爸爸回家时告诉了他，他不但没有生气，反而玩笑着说：

"不好喽，让人照了相寄到日本去，不定是做什么用哪，怎么办？"

爸爸虽然玩笑着说，我的心里却是很害怕，担忧着。直到有一天，爸爸拿回来一本画报，里面全是日本字，翻开来有一页里面，我和妹妹举着旗子的照片，赫然在焉！爸爸讲给我们听，那上面说，中国街头的儿童都举着他们的新旗子。这是一本日本人印行的记我国北伐成功经过的画册。

对于北伐这件事，小小年纪的我，本是什么也不懂的，但是就因为住在虎坊桥这个地方，竟也无意中在脑子里印下了时代不同的感觉。北伐成功的前夕，好像曾有那么一阵紧张的日子，黄昏的虎坊桥大街上，忽然骚动起来了，听说在逮学生，而好客的爸爸，也常把家里多余的房子借给年轻的学生住，像"德先叔叔"（《城南旧事》小说里的人物）什么的，一定和那个将要迎接来的新时代有什么关系，他为了风声的关系，便在我家有了时隐时现的情形。

虎坊桥在北京政府时代，是一条通往最繁华区的街道，无论到前门,到城南游艺园,到八大胡同,到天桥……都要经过这里。因此,很晚很晚,这里也还是不断车马行人。早上它也热闹,尤其到了要"出红差"的日子,老早,街上就拥到各处来看"热闹"的人。出红差就是要把犯人押到天桥那一带去枪毙,枪毙人怎么能叫作看热闹呢?但是那时人们确是把这件事当作"热闹"来看的。他们跟在载犯人的车后面,和车上的犯人互相呼应地叫喊着,不像是要去送死,却像是一群朋友欢送的行列。他们没有悲悯这个将死的壮汉,反而是犯人喊一声:"过了十八年又是一条好汉!"群众就跟着喊一声:"好!"就像是舞台上的演员唱一句,下面喊一声好一样。每逢早上街上拥来了人群,我们就知道有什么事了,好奇的心理也鼓动着我,躲在门洞的石礅上张望着。碰到这时候,母亲要极力不使我们去看这种"热闹",但是一年到头常常有,无论如何,我是看过不少了,心里也存下了许多对人与人间的疑问:为什么临死的人了,还能喊那些话?为什么大家要给他喊好?人群中有他的亲友吗?他们也喊好吗?

同样的情形,大的出丧,这里也几乎是必经的街道,因为有钱有势的人家死了人要出大殡,是所谓"死后哀荣"吧,所以必须选择一些大街来绕行,做一次最后的煊赫!沿街的商店有的在马路沿摆上了祭桌,披麻戴孝的孝子步行到这里,叩个头道个谢,便使这家商店感到无上的光荣似的。而看出大殡的群众,并无哀悼的意思,也是抱着看热闹的心情,流露出对死后有这样哀荣,有无限羡慕的意思在。而在那长长数里的行列中,有时会看见那胖子老乞丐的。他默默地走着,面部没有表情,他的心中有没有在想些什么?如果他在年轻时不荡尽了那些家产,他死后何尝不可以有这份哀荣,他会不会这么想?

欺骗的玩意儿,我也在这条街上看到了。穿着蓝布大褂的那个瘦高个子,是卖假当票的。因为常常停留在我家的门前,便和宋妈很熟,并不避讳他是干什么的。宋妈真奇怪,眼看着他在欺骗那些乡下人,她也不当回事,好像是在看一场游戏似的。当有一天我知道他是怎么回事时，便忍不住了，我绷着脸瞪着眼，手叉着腰，气势汹汹地站在门口。卖假当票的竟说：

"大小姐，我们讲生意的时候，您可别说什么呀！"

"不可以！"我气到极点，发出了不平之鸣，"欺骗人是不可以的！"

我的不平的性格，好像一直到今天都还一样地存在着。其实，对所谓是非的看法，从前和现在，我也不尽相同。总之是人世相看多了，总不会不无所感。

也有最美丽的事情在虎坊桥，那便是春天的花事。常常我放学回来了，爸爸在买花，整担的花挑到院子里来，爸爸在和卖花的讲价钱，爸原来只是要买一盆麦冬草或文竹什么的，结果一担子花都留下了。卖花的拿了钱并不掉头走，他会留下来帮着爸爸往花池或花盆里种植，也一面和爸爸谈着花的故事。我受了勤勉的爸爸的影响，也帮着搬盆移土和浇水。

我早晨起来，喜欢看墙根下紫色的喇叭花展开了她的容颜，还有一排向日葵跟着日头转，黄昏的花池里，玉簪花清幽地排在那里，等着你去摘取。

虎坊桥的童年生活是丰富的，大黑门里的这个小女孩是喜欢思索的，许是这些，无形中导致了她走上以写作为快乐的路吧！

一九六一年七月

家住书坊边
——琉璃厂、厂甸、海王村公园

每看到有人写北平的琉璃厂—厂甸—海王村公园时，别提多亲切，脑中就会浮起那地方的情景，暖流透过全身，那一带的街道立刻涌向眼前。我住在这附近多年,从孩提时代到成年,不管在阳光下,在寒风中,也无论到什么地方——出门或回家,几乎都要先经过这条自有清一代到民国而续延二百年至今不衰的北平文化名街——琉璃厂。我家曾有三次住在琉璃厂这一带:椿树上二条、南柳巷和永光寺街。还有曾住过的虎坊桥和梁家园,也属大琉璃厂的范围内。

琉璃厂西头俗称厂西门,名称的由来是因为有一座铁质的牌楼,上面镶着"琉璃厂西门"几个大字,就设立在琉璃厂西头上。在铁牌楼下路北,有一家羊肉床子和一家制造毛笔的作坊,我对它们的印象特深,因为我每天早上路过羊肉床子到师大附小上学去时,门口正在大宰活羊,血淋淋的一头羊,白羊毛上染满了红血,已经断了气躺在街面的土地上,走过时不免心惊绕道而行;但下午放学回来时,却是香喷喷的烧羊肉已经煮好了。我喜欢在下午吃一套芝麻酱烧饼夹烧羊肉,再就着喝一瓶玉泉山的汽水,清晨那头被宰割的羔羊,早就忘在一边儿了。至于毛笔作坊,是在一家大门进去右手屋子里。以为我是去买毛笔吗?才不是,我是去买被截下来寸长的废笔管,很便宜,都是做小女生的买卖。手抱着一大包笔管,回家来一节节穿进一长条结实的丝绳上成了一条竹跳绳。竹跳绳打在地上发出清脆的声音,增加跳绳的情趣。不过竹管被用力地甩在地上,日久会裂断,就得再补些穿上去。

放学回家,过了厂西门再向前走一小段,就到了雷万春堂阿胶鹿茸店所在地的鹿犄角胡同了;迎面的玻璃橱窗里,摆着一对极大的鹿犄角,是这家卖鹿茸阿胶的标本展示。店里常年坐着一两位穿长袍的老者,我看这对鹿犄角和老者有二十多年了。看见鹿犄角向左转(北平话应当说"往南拐"),先看见井窝子(拙著《城南旧事》写我童年故事的主要背景),就到了我最早在北京的住家椿树上二条了。

文人爱提琉璃厂,因为它是文化之街,自明清以来,不知有多少文人的笔下都写到琉璃厂;小孩子或妇女爱提厂甸,因为"逛厂甸儿"是北平过年时类似庙会的去处。厂甸是在东西琉璃厂交界叫作"海王村公园"的那块地方;说公园,其实是一处围有一转圈房子的院落而已。院子中有荷花池、假山石,但是平日并没有人来逛。公园有一面临南新华街,这倒是一条学校街,师范大学(早年的京师学堂,后来成为全国第一座国立的师范大学)和师大附小面对地把着马路两边,师大附中则在厂甸后面。这条包含了新旧书籍、笔墨纸砚、碑帖字画、金石雕刻、文玩古董的文化街,再加上大、中、小学校,更增加古城的文化气息,我有幸在北平成长的二十五年间,倒有将近二十年是住在这条全国闻名的文化街附近,我对这条街虽然非常非常地熟识,可惜不学如我,连一点古文化气息都没熏陶出来!

我的公公夏仁虎(号枝巢)先生在他的《旧京琐记》一书中开头就说"余以戊戌通籍京朝",我也可以说我是"五岁进京"吧!先母告诉我进京经过是这样的:

一九二二年三月初,我随父母自台湾老家搭乘日本轮船"大洋丸"去上海。在大洋丸上遇见了连雅堂先生夫妇,母亲说他们可能是到日本去看博览会。当时的情形是这样,母亲晕船,整天躺在房舱里,我则常到甲板上跑来跑去,连雅堂先生看见我这个同乡小孩,便跟我说话,因而认识了我的父母。他知道我们要到北京去,还建议说,到北京该去琉璃厂刻个图章,那是最好的地方。这样说来,我们在大洋丸上就先知道北京有个琉璃厂了。怪有趣,也有缘。

刚到北京,临时住在珠市口一家叫"谦安栈"的客栈,旁边是有名的第一舞台(第一次看京戏就在第一舞台,那是一场义务戏,包罗全北京的名伶,李万春那时是有名的童伶)。不久我们就搬到椿树上二条,开始了我在北京接受全盘中国教育。

一个大雨天,叔叔带我去考师大附小,我无论怎么淘气,还是一个很怕考试的小女孩。就在一排教室楼的楼下考到楼上。一间一间教室走进去，走出来，到每一个讲桌前停下来，等待老师问你什么（例如认颜色），要你做什么（例如把不同形状的木质模型嵌进同形的凹洞里），为了试耳音，老师紧握双手，伸开距离两耳各一尺的地方，要考生指出哪一边有手表秒针走的声音，我一一通过，当然考取了，就在这北京城有名的"厂甸附小"读了六年，打下我受教育的好基础。

每天早上吃一套烧饼油条，背了书包走出椿树上二条的家门，出了胡同口，看见井窝子，看见鹿犄角，看见大宰活羊，再走过一整条的西琉璃厂，看见街两边的老书铺、新书店、南纸店、裱画铺、古玩店、笔墨店、墨盒店、刻字铺等。我是一个接受新式完全小学教育的小孩，在这条古文化街过来过去二十多年，文人学者所写旧书铺的那种情调气氛及认识，我几乎一点儿也没有沾过。

附小的大门进来，操场左边是一、二年级教室，然后各年级教室向里升进去。学校是以大礼堂隔开前后操场和年级进度。穿过礼堂豁然开朗的是大操场，全校如有朝会、运动会都是在这大操场上举行。大操场右面大楼就是我入学考试的大楼了，它也是四年级以上的教室楼。操场顶头有一排平房，是图书室和缝纫教室。到了三年级女生就要学缝纫，男生则是在前院的工作室学锯木板、钉钉子什么的。

胖胖的郑老师教我们缝纫。开始学直针缝、倒针缝，然后是学做手绢，锁狗牙边儿，再下去是学做蒲包鞋，钉亮片，绣十字线……成绩好的作品还锁在玻璃柜里展览呢！但是我最爱的却是这间兼图书室的架上所陈列的书本。这些课外读物给我印象深刻的是商务印书馆所出版林琴南翻译的世界名著。我们今天仍沿用的西洋名著的书名，大都还用林译书名，尤其是一些名著改编电影在中国上演，皆采用林译书名为电影名，如《茶花女》、《黑奴吁天录》、《块肉余生》、《劫后英雄传》、《双城记》、《基度山恩仇记》、《侠隐记》等等，皆非原著之名,而是林琴南给起的。大家都知道林氏并不谙英文,有笑话说,他在英文"beautiful"一字旁,注谐音为"冰糖葫芦"。他也不逐字逐句译书,他依据口述者口述,再自己编写成浅显文言,所以每书皆不厚。我读小学三四年级时,林译小说还在盛行,我们那小图书室就可借阅。我囫囵吞枣,竟也似懂非懂地读了不少林译。没想到我这个尚未接触中国新文艺的小学生,竟先读了西洋小说,这也真是怪事了。

公公所著《旧京琐记》,有数处地方写到琉璃厂,他曾写说:

> ……琉璃厂是书画、古玩商铺萃集之所。其掌各铺者,目录之学与鉴别之精,往往有过于士夫。余卜居其间。恒谓此中市侩亦带数分书卷气。盖皆能识字,亦彬彬有礼。……

先翁所说"余卜居其间",是因夫婿夏家数十年居于城南,两屋皆在琉璃厂一带。早年是住在南新华街师大旁边一胡同叫"安平里"的,听外子说,后墙外就是师大的后操场,他的四哥亦师大学生,常常走捷径翻过矮墙到师大去上课,就不走师大正门了。后迁厂西门下去一些的永光寺街,老太爷出出入入当然也是经过琉璃厂这条街了。

又曾读过近人所写一文,也是谈到琉璃厂旧书店的情调:

> ……当你踱进一家湫暗低陋的书肆门限时,穿着土布制成的长袍宽袖旧式服装,手里拿着白铜的水烟袋的老主人赔着笑容,打着哈欠迎你出来。在那种静穆的空气笼罩下,四围尽是些"满目琳琅"的画册,伸手从架上抽出一部经书翻翻,放下再找一套说部读读,看完篇论文,又寻段话诗的。真是但觉宇宙之大,也不过包综于这几万卷线装书里

面而已，便不由得使你忘了一切身边的琐事，而感到一种莫可言传的趣味，这里竟想不出一个适当的名词来说明这种趣味，姑且叫它作"诗意"吧……

逛逛湫暗的旧书铺，竟有诗意之感，我是没有体验过，印象中只觉得长年里这种旧书铺或古玩铺，静悄悄的，极少有顾客盈门的情形。北平对古玩店有句俗语说"三年不开张，开张吃三年"，就是这种情形吧！在这条街上，胡开文、贺连青、李玉田的湖笔徽墨，荣宝斋、清秘阁的字画纸张，倒是有去购买的经验。小学时候，二年级就习写毛笔字，去琉璃厂买一个小小的白铜墨盒，上面刻着山水画，买来后，请母亲用毛线钩一个墨盒套。有习字的日子，就提着小墨盒上学去。在九宫格的毛边纸习字簿上，照柳公权的字帖春蚓秋蛇地涂写一番。柳字细巧，本是适合女孩子练字的，叔叔给我买的这本柳公权玄秘塔字帖，我可也习写了好多年呢！夏秋之季每天守着春蚕吐丝，就是为了用丝棉做墨盒芯子。把一块"天然如意"的墨条用棉纸包裹上，再熔蜡油滴满包纸上，是为了巩固墨条不致断裂。耐心而有趣地磨了浓浓的墨汁，注入墨盒里。我爱用七紫三羊毫毛笔，蘸着完全自己调制的墨汁，写出来的字虽不怎么样，兴趣却浓。这些都是求之于琉璃厂的。

磨墨一事是中国人读书生活中不可缺少的，我婚后常常看见公公在书房里，他的爱妾曼姬正据桌安坐，弯着胳臂一圈一圈有规律地运作着，给老太爷磨墨呢！唯有这时他们是和谐的，安详的，他们一定有宇宙虽大，却只有他俩的感觉吧。记得某年过年，老太爷不怕忌讳，竟甩一副故宫流落出来的灰色宣纸写下——

老思无病福

饥吃卖文钱

这样的对子作为开春执笔。这副对联裱好后,挂在他们的书房里。它一直是我喜爱的,曾想问老人家可否送给我这第六房儿媳妇留以为纪念,一直未出口,如今只留下记忆了。我又记得我返台见到先父的启蒙学生吴浊流先生,他屡次对我说,他八岁受教于先父,常在放学后到老师的单人宿舍里,为老师研墨、拉纸,看老师写字。他曾把这深刻的、亲切的印象,写在他的禁书《无花果》里。

说到纸,也是琉璃厂的产物,前面所说我初习字用毛边纸的习字簿,当然用不着到荣宝斋、清秘阁这类讲究大店去买,但长大后却喜爱到荣宝斋去选购一些彩色木板水印笺纸,我买来并非用它来写信,我哪里舍得,也没那么风雅,只是喜爱它,当作艺术品那样地欣赏保留。记得有一套是齐白石的写意小品,鱼、虾、螃蟹等等,印在笺纸的左下角上,别提多雅致了。印制木板水印笺纸,是荣宝斋的一项专门技术,听说他们近年来更发展成把古今名画亦以木板套色水印方式复制了。去年在香港,金东方妹送了我一锦盒装"萝轩变古笺谱",是上海博物馆出品,仿古宣纸笺是那样的古朴可爱。萝轩笺谱原有近二百幅,是明代天启年间吴发祥制作,这套只选了八面,印制在信笺的中央,其雕镂极细致,在简练的运笔下,画出花篮、竹石、孤雁、花卉、书架、花鹿等,以两色设色,简单中的古朴精雅,我抚摸把玩,不由得想起年轻时到琉璃厂买这类文物的"附庸风雅"的心情了!

在琉璃厂过来过去的二十多年中,还能记忆的是路南的有正书局,每年阴历大年初一,店面玻璃窗中贴满了中国古典小说如《三国演义》等的绣像全图,好像看连环图画,也是小孩子所喜欢的。琉璃厂古文物商店的匾额也颇有其特性,题额者多为书法家,在我印象中有姚华(茫父)、张伯英、陆润庠、翁同龢、张海若、祝椿年等,其他记不起来了,但是他们各为谁家题的匾额,已不复记忆。

书店(不是旧书铺)给我更快乐的还是琉璃厂那几家新式书店——商务印书馆、中华书局、北新书局、现代书局。在小学时,每学期开学,拿着书单要到商务和中华去买教科书,是我最快乐的事。商务很大,台阶上去,有左右两个大门,进去后,是一条宽敞走廊,第二道门是转门,起码在六十年前他们就有了转门。可见其洋了。再进去左右是高高的柜台,我形容其高,是因为我是个小女生,柜台要仰望之,我伸长手臂把书单递上去,店员配了书,算了账,跟我要了书款,然后就有一个空中缆绳系着一个盒子,把书单和书款放入盒内弹到账台那边,等一下再弹回来。这样店员就不必一趟趟在账台跑。小小心里觉得这书店好神气,在这样的书店买了书真高兴。有时放学回家路过商务的时候,也会跑上台阶,从这门进去,穿过走廊,再从那门出来,小小的我就这样走走,也满心高兴。中华书局则在商务斜对面,只是一栋平房,气派小多了。除了教科书以外,在小学生时期,曾有多年订阅中华的《小朋友》半月刊和商务的《儿童世界》杂志,那是我课外的精神食粮。记得《小朋友》上曾连载王人路翻译的《鳄鱼家庭》,是我爱读的小说,王人路是电影明星王人美的哥哥,当年写译过许多给小朋友阅读的作品。

北新书局(路北)和现代书局(路南),则是我上了中学以后在琉璃厂吸收新文艺读物的地方。我小学毕业后父亲过世,母亲是旧式妇女,识字不多,上无兄姊,我是老大,读什么书考什么学校都要我自己做主,培养我读书(不是教科书)的兴趣,可以说"家住书坊边"——琉璃厂给我的影响不小。现代书局是施蛰存一些人办的,以"现代"面貌出现,我订了一份《现代》杂志,去看书买书的时候,还跟书局里的店员谈小说、新诗什么的,觉得自己很有文艺气息了!

如果厂甸用"逛"的,那就不是专属于文人雅士了;逛厂甸儿一年只有两次,就是新历年和旧历年的时候。厂甸的范围原属海王村公园一带,但北伐以前的北京时代,其热闹繁盛要延长东西南北数方里;一整条新华街,北起和平门脸儿,南达虎坊桥大街;还有整条东西琉璃厂,刚好形成十字形。海王村公园里面,摆了几百个摊子,玩具、饮食、玉器等等各有其集中点。这是给儿童及一般家庭妇女逛的。据齐如山先生说,典型的中国制玩具有几百种,过年时候就会全部在厂甸出现了。记得早上起来,在家里就可以听到胡同里赶早班逛厂甸的儿童买的风车、噗噗登玩具,一路风吹、人吹,呱呱山响。饮食摊位则在海王村门口两旁及后面,而海王村里面中央在"北京"时代则搭起一高台子,设许多茶座,是为了逛厂甸的文人雅士携眷或携妓来居高临下风光一番的。这到北伐以后就没有了。先翁曾作《厂甸新春竹枝词》,就是描写当年这种"逛"厂甸的情形。

至于厂甸新春的旧书摊及画棚子,是设在贯通南、北新华街整条大马路上,大画棚子多在师大门口一排,对面附小门前则是旧书摊,都各延伸数里长。文人学者们逛旧书摊,费一上午或一下午是不够的,总要天天来、上下午都来。琉璃厂的旧书铺也在此设临时书摊,但是贵重的绝版古书,当然还得请你到铺里去看了。画棚里的字画,我始终不懂,只是看热闹罢了。但记得那里有很多董其昌、郑板桥的字,八大山人的画,后来才知道,假的多。

在北平居住的二十五年间,不管是否住在琉璃厂附近,都一样几乎每天到琉璃厂这一带来。读附小二年级时,我家搬到和平门里的新帘子胡同,每天得坐车绕顺治门走顺城街到附小上学,但不久开辟一座和平门,打通南北新华街。记得正在动工的时候,也可以从一垛垛的土堆上走过去,觉得非常新奇有趣。从新帘子胡同又搬到虎坊桥大街,这次到南新华街南头儿了,上下学也是得走新华街、厂甸到附小。后来又搬到西交民巷,虽非琉璃厂区,但小学还没毕业,还是得每天到厂甸上学。父亲病重时,我家住在梁家园。父亲去世后,就搬到南柳巷,婚后夫家在永光寺街,全属琉璃厂区。最后几年住在中山公园旁的南长街时,我在师大图书馆工作,仍是每天到厂甸来上班,还是没离开琉璃厂。

琉璃厂—厂甸—海王村公园,对于自幼年成长到成年的我,是个重要的地方。长于斯,学于斯,却是个"家住书坊边,不知书坊亭"的人,很惭愧。没有学出什么,只怪自己的兴趣太广,只好从虚荣心上讲,有些得意罢了!

一九八六年一月十四日

苦念北平

不能忘怀的北平!那里我住得太久了,像树生了根一样。童年、少女,而妇人,一生的一半生命都在那里度过。快乐与悲哀,欢笑和哭泣,那个古城曾倾泻我所有的感情,春来秋往,我是如何熟悉那里的季节啊!

春光明媚,一骑小驴,把我们带到西山,从香山双清别墅的后面绕出去,往上爬,大家在打赌,能不能爬上"鬼见愁"的那个山头!我常常念叨"鬼见愁"那块地方,可是我从来也不知道它究竟在哪里。

春天的下午,有时风沙也很大,风是从哪儿吹来的呢?从蒙古那边吹来的吗?从居庸关外那边吹来的吗?春风发狂,把细沙送进了你的眼睛、鼻子和嘴里。出一趟门,赶上风,回来后,上牙打打下牙试试,咯咯吱吱的,全是沙子,真是牙碜。"牙碜"是北平俗话,它常被用在人们的谈话里。比如说:

"瞧,我这两天碰的事儿都别扭,真是,喝凉水都牙碜!"——比喻事不顺心。

"大姑娘哪兴这么说话,也不嫌牙碜!"——比喻言语粗鄙。

"别用手指甲划玻璃好不好,声儿听着牙碜!"——形容令人起寒战的感觉。

"这饭怎么吃着这么牙碜!掺了沙子啦!"——形容咀嚼不适的感觉。

春天看芍药牡丹,是富贵花。中山公园的花事,先是芍药,一池一畦地开,跟着就是牡丹。灯下看牡丹,像灯下观美人一样,可以细细地品赏,或者花前凝望。一株牡丹一个样儿,一个名儿,什么"粉面金刚"、"二乔"、"金盆落月"。牡丹都是土栽,不是盆栽,是露天的,春天无雨不怕,就是怕春风。有时一夜狂风肆虐,把牡丹糟蹋得不成样子。几阵狂风就扫尽了春意,寻春莫迟,春在北平是这样的短促呀!

许多夏季的黄昏,我们都在太庙静穆的松林下消磨,听夏蝉长鸣,懒洋洋地倒在藤椅里。享受安静,并不要多说话,仰望松林上的天空,只要清淡地喝几口香片茶。各人拿一本心爱的书看吧,或者起来走走,去看看那几只随着季节而来的灰鹤。不是故意到太庙来充文雅,实在是比邻中山公园的情调,有时太嫌热闹了,偶然也要躲在太庙里享受清福。但是太庙早早就要关门了,阵地不得不转移到中山公园去,那里有同样的松林,同样的茶座,可以坐到很久,一直到繁星满天,茶房收拾桌椅,我们才做最后离园的客人。

最不能忘怀的是"说时迟,那时快"的暴雨;西北的天空忽然乌云密布,一阵骤雨洗净了世间的污浊,有时不到一小时的工夫,太阳又出来了,土的气息被太阳蒸发出来,那种味道至今还感到熟悉和亲切。我喜欢看雨后的红墙和黄绿玻璃瓦,雨后赶到北海划小船最写意。转过了北池子,经过景山前的文津街,是到北海的必经之路。文津街是北平城里我最喜爱的一条路,走过那里,令人顿生怀古幽情。

北平的春天,虽然稍纵即逝,秋日却长,从树叶转黄,到水面结冰,都是秋的领域。秋的第一个消息,就是水果上市。水果的种类比号称"果之王国"的台湾并不逊色,且犹有过之。比如枣,像这里的桂圆一样普遍,但是花样却多,郎家园、老虎眼、葫芦枣、酸枣,各有各的形状和味道,却不是单调的桂圆可以比的了。沙营的葡萄,黄而透明,一掰两截,水都不流,才有"冰糖包"的外号。京白梨,细而无渣。鸭儿广,赛豆腐。秋海棠红着半个脸,石榴笑得合不上嘴。它们都是秋之果。

北平的水果贩最会吆唤,你看他放下担子,一手叉腰,一手捂着耳朵,仰起头来便是一长串的吆唤。婉转的唤声里,包括名称、产地、味道、价格,真是意味深长。

西来顺门前,如果摆出那两面大镜子的招牌——用红漆一面写着"涮",一面写着"烤",便告诉人,秋来了。从那时起,口外的羊,一天不知要运来多少只,才供得上北平人的馋嘴咧!

北平的秋天,说是秋风萧索,未免太凄凉!如果走到熙熙攘攘的西单牌楼,远远地就闻见炒栗子香。向南移步要出宣武门的话,一路上是烤肉香。到了宛老五的门前,不由得你闻香下马。胖胖的老五,早就堵着房门告诉你:"还要等四十多人哪!"羊肉的膻,栗子的香,在我的回忆中,是最足以代表北平季节变换的气味了!

每年的秋天,都要有几次郊游,觅秋的先知先觉者,大半是青年学生,他们带来西山红叶已红透的消息,我们便计划前往。星期天,海淀道上寻秋的人络绎于途。带几片红叶夹在书里,好像成了习惯。看红叶,听松涛,或者把牛肉带到山上去,吃真正的松枝烤肉吧!

结束这一年最后一次郊游,秋更深了。年轻人又去试探北海漪澜堂阴暗处的冰冻了。如履薄冰吗?不,可以溜喽!于是我们从床底下捡出休息了一年的冰鞋,掸去灰尘,擦亮它,静待升火出发,这时洋炉子已经装上了。秋走远了。

这时,正是北平的初冬,围炉夜话,窗外也许下着鹅毛大雪。买一个赛梨的萝卜来消夜吧。"心里美"是一种绿皮红瓤的,清脆可口。有时炉火将尽,夜已深沉,胡同里传出盲者凄凉的笛声。把毛毯裹住腿,呵笔为文,是常有的事。

离开北平的那年,曾赶上最后一次的"看红叶",冰鞋来不及捡出,我便离开她了。飞机到了上空,曾在方方的古城绕个圈,协和医院的绿琉璃瓦给了我难忘的最后一瞥,我的心颤抖着,是一种离开多年抚育的乳娘的滋味。

这一切,在这里何处去寻呢?像今夜细雨滴答,更增我苦念北平。不过,今年北平虽然风云依然,景物还在,可是还有几人能有闲情对景述怀呢!

一九六二年

我的京味儿回忆录

故居何处

自从开放到大陆探亲以后,亲友见了我,都会问我,是否要到大陆去探访亲友故旧和故居,我笑笑摇摇头,谢谢他们的关心,我告诉他们,一时尚无此打算。十年以来,已经辗转和大陆亲友通了信,近二三年更在港和我唯一留在大陆的三妹母女及外子承楹的幺妹、妹夫见过面,也时常通信。在美的晚辈——儿子、媳妇、女婿、侄子也都去过大陆,见过家人了,每个家人亲友的状况大概知道,也就不忙在一时去相见。至于地方,我常笑对此地的亲友说:"北平连城墙都没了,我回去看什么?"正如吾友侯榕生十年前返大陆探亲,回来写的文章中一句我记得最清楚也颇同感的话,她说:"我的城墙呢?"短短五个字,我读了差点儿哭出来。

但是近来却因此一热门儿话题,使得北京的景色、童年、人物,扑面而来,环绕着我,不知道回忆哪一桩好了。过去的写作,无论小说、散文的内容,也无论文字的运用,总是"京味儿"的居多,在那儿住了二十六年了嘛!这次正要把这一类的作品,尚未结集的,出一专集,想着还有许多记忆深刻的没有记出来,就打算再写一次打总儿的,但是从何说起呢?我的晚辈以及在大陆的亲友,曾经把我住过的街道、故居、我的母校等拍了照片寄给我,虽然有的已经无从确认,却也给了我许多回忆。有一位表弟读到我作品中所写的街道、商号等,竟去寻找拍了照片寄给我看,真使我感谢又感动。那么我何不就从我在北京—北平—北京—北平所居住过的地方:珠市口—椿树上二条—新帘子胡同—虎坊桥—西交民巷—梁家园—南柳巷—永光寺街—南长街,顺序以杂忆方式记录下来呢!

珠市口

一九二二年父亲在北京安顿好了他的职业,便回台湾来接母亲和我到北京去,那时我五岁,穿着小和服。当时暂住西珠市口的谦安客栈,这种客栈可久居、暂居,可单身或携眷。珠市口分东西,以正阳门大街为界,是当时很繁华热闹的市区,因为当时北京是首都,北伐尚未成功。北京城方方正正,城分内外,一切繁华都在正阳门以南的外城,所以饭店、戏院、大商号、八大胡同妓院都在前门(即正阳门)外一带。

我们所暂住的谦安客栈,旁边就是北京著名的第一舞台,我赶上看一次北京的大义务戏,什么都不记得,只记得有一童伶武生李万春。在台湾跟他的小弟弟李环春谈起来,环春说:"您看我大哥戏的时候,我还不知道在哪儿呢!"意思就是说,他还没出生呢!

从谦安客栈向西走下去,就是虎坊桥、骡马市,是南城的热闹大街。珠市口向南去,离城南游艺园、天桥、天坛等地不远,附近则是八大胡同——妓院的集中地,白天冷冷清清,华灯初上,每家妓院照得像白昼一样,妓女的名牌都挂出来,镜框里用彩色小灯泡缀着黛玉、绿珠、翠环等花名。这时全城已静,只有八大胡同门前是车水马龙,停满了点着四个倍儿亮车灯的自用洋车,那都是当时北洋政府时代的达官显要所有。高级的妓院叫"清吟小班",大都是苏州人,"二等茶室"则是北地胭脂了。到了北伐成功,迁都南京,八大胡同有名无实,完全成了历史名词了。

椿树上二条

在谦安客栈暂住不久,就搬到椿树上二条了。这是我在北京生长、生活起步的第一个居家。其实这是永春会馆的后进,正门在椿树上头条,这里另开一个后门出进,中间隔着一个大院子,院子里有一棵槐树,到了夏天槐树开花,唧鸟(蝉)叫,树上挂吊下来许多像蚕一样的槐树虫,俗称吊死鬼;淡淡绿像槐树花一样的颜色。它也是我的第一种大自然玩具。预备一个玻璃瓶,一双筷子,把吊死鬼夹下来放进瓶子里观赏。看那蠕动的一群,实在肉麻,不知为什么我们小孩子会喜欢这样的玩意儿?

在椿树上二条,开始了我成为一个北京小姑娘的生活,我开始穿着打了皮头儿的布鞋,开始穿袜子,开始喝豆汁儿,开始吃涮羊肉(都是我母亲捏着鼻子一辈子不曾入口的),也开始上师大附小一年级,ㄅ、ㄆ、ㄇ、ㄈ,接受全盘的中国新教育了。

当然,父亲也开始严格地管教我,不许我迟到,不许我坐洋车上学。清晨起来,母亲给我扎紧了狗尾巴一般的小黄辫子,斜背着黄色布制上面有"书包"二字的书包,走出家门。胡同有小黑狗紧追我两步,老怕它咬我脚后跟。走出椿树上二条,穿过横胡同,走一段鹿犄角胡同,到了西琉璃厂,首先看见的就是羊肉床子大宰活羊血淋淋地倒在门口,心惊肉跳地闪避着走过去,到了厂甸向北拐走一段就是面对师大的附小了。在晨曦中我感觉快乐、温暖,但是第一次父亲放我自己走去学校,我是多么害怕。我知道必须努力地走下去,这是父亲给我的人生第一个教育,事事要学着"自个儿"。

在椿树上二条,母亲又给我带来了三妹燕珠和弟弟燕生,弟弟的来到,是林家的喜事,因为我有两位异母姐姐和二妹留在台湾,这时我父亲已有五个女儿,这弟弟来到人间是很重要的。凡是我母亲在北京生的孩子,名字上都有一个"燕"字。

我在《城南旧事》写作中重要的人物——宋妈,也在弟弟出生后来做他的奶妈。

那时候家中的日常用品,常常都是到下斜街的土地庙去买,庙会的日子好像是逢三吧。我随母亲、宋妈去土地庙,她们买家用品,笤帚、畚箕什么的,我就吃灌肠、扒糕(至今想起那食物还要流口水),不然就是玩那永远连个小泥狗都套不着的套圈儿游戏。

这时家中由三口变成六口了,椿树上二条一溜三间的房子,似乎不够住了,父亲就托送信的邮差给找房子,因为父亲这时已经在北京邮政总局工作了。在这以前他是在日本人办的日文报纸京津日日新闻工作。

新帘子胡同

新帘子胡同是在内城,刚搬去的时候,我到厂甸上学,必须沿着顺城街走出顺治门(也叫宣武门),再走西河沿到学校,这时路途远,不能走路上学了,于是就包了洋车每天接送我。但是过不久,就在正阳门和宣武门之间开了一个新城门,那就是最早叫兴华门,后来叫和平门的。城墙还没开好,人是可以走路通过了,这给了小学生我一个大乐趣,每天上学走过拆城墙所堆集的城砖土堆,崎岖不平地走来跳去,有一种小心、选择、完成的不畏艰难感吧!我喜欢每天走出所居住的和平门里新帘子胡同,走一段大街,穿过和平门,就到了南新华街的学校,再也不要坐洋车绕宣武门了。

新帘子胡同的家因为在胡同尽头,是个死胡同,所以很安静,每天在我放学后撂下书包,就跟宋妈带着弟弟妹妹到大街上看热闹,或者在我放学回来时,宋妈和弟、妹已经站在门口儿"卖呆儿"等着我了。

宋妈在门口儿,都是拿了小板凳,并不是人家描写北平大姑娘站在门口儿"卖呆儿"的那种样子。小板凳不止一个,因为弟弟妹妹也要坐,宋妈教弟弟妹妹念歌谣,看见我回来,他们就会冲着我念:"拉大锯,扯大锯,姥姥家门口唱大戏。先搭棚,后结彩,羊肉包子朝上摆。接姑娘,请女婿,小外孙也要去。人家姑娘都来到,我的姑娘还没来。说着说着就来了,骑着驴,打着伞,光着屁股,挽个髻。"

我们到大街上看热闹,因为北京如有大出殡,这儿也常是必经之路。出殡的行列能有几里长,足够你看上两小时的。

虎坊桥

在北京的居所,只有两次住大街的,谦安客栈不算,虎坊桥是叫大街,南长街是大街,西交民巷则比街小,比胡同大。虎坊桥是我成长中最难忘的地方,这时我的二妹也从台湾送到北京来,而我母亲又在虎坊桥生了四妹、五妹,家里人口旺,虎坊桥大街上也多彩多姿,我在《城南旧事》和其他短篇怀念中,都有以此地为背景,或者专文记载。我的二妹来时已八岁,该入小学二年级了,但是她因言语不通,没读过书,所以插入隔壁的第八小学(后来叫虎坊桥小学)一年级。有一天她放学回来,对母亲说:"老师叫我明天拿孔子公去。"母亲纳闷,怎么叫作拿孔子公去呢?原来老师是叫拿通知簿去,她以台语谐音听成孔子公。她所以知道孔子公,是因为台湾亦尊孔,管孔子叫孔子公的。

虎坊桥的这所三进大房子,原来是广东的蕉岭会馆,我林家是七代以前从广东蕉岭移居台湾头份,祖父生前还每年返蕉岭拜家祠,因此父亲在北京也就跟客家人很熟,租了蕉岭会馆全包。北京各省会馆很多,都是清朝各地上京赶考学子所居住的,民国以后没有考举之事,会馆里虽然仍住有各省学生,也有很多租给人住家,以便有收入做管理会馆的费用。

父亲爱漂亮、清洁,把蕉岭会馆油刷整理一新,那时父亲交游广,家里人口多,我们已有六姐弟,再加车夫、宋妈及另一奶妈,家里就有十一口人了。周末总是有客人来玩,母亲每天多是到广安门大街的广安市场去买菜,鱼虾就到西河沿去买。春天门口有挑担或推车专卖黄花鱼、对虾的,青菜则有整辆车的红梗绿菠菜。清末皇族趣谈,说西太后逃难在外,乡下没得可吃,某日御厨上来了一道菜。西太后在她那宫里每天一百八十道菜中从没见过,吃起来倒不难吃,便问这是什么菜,御厨思索了一下,找了句吉祥好听的,便说:"太后老佛爷,这是金镶白玉板红嘴绿鹦哥哪!"原来只是油煎豆腐烧菠菜,就是这种红绿相映的菠菜。

我住虎坊桥,已经上三四年级了,每日仍是走读,这次和住新帘子胡同相反方向。上学是由虎坊桥大街走到京华印书馆向北转走一条南新华街,经过臧家桥、大小沙土园等路口,到了厂甸、海王村直走下去,就是附小了。记得沙土园口上有一家蜀珍号,专卖干货的,他们自制辣萝卜干,颜色红白相映,辣乎乎的,好吃极了,我常常买了一包,没等到家就在路上打开捏一根一根地吃。又有一家小南方饭馆,中午不愿回家吃饭,就在这饭馆吃霉干菜肉末包子,每次只是吃三大枚或加叫一碗汤共五大枚,而且不用付现款,记在一个小折子上,每月算账。

这时是北伐"闹革命"的时候,也是新文化运动、妇女解放运动到了极致的时候,许多女孩子剪了辫子了,在我附小也每天看见有新剪发的同学。附小韩主任禁不住召集全校同学到大礼堂,说明"身体发肤受之父母不可毁伤"的大道理,但时潮扑来,拦不住了,我也剪了发,虽胆战心惊的,还好父亲看见了,没讲什么。但是制服的问题,却很严重,使我痛苦极了,这时我们又搬家了。

西交民巷

知道北京东交民巷的人,都知道那是使馆区。西交民巷没有东交民巷那么漂亮,但因为是银行区,所以也很整洁,我家对面就是中国银行,父亲叫我到日本正金银行去取款,是在东交民巷。我小小年纪,手捏着银行存款簿,也捏着一把汗。父亲叫我去取"金叁拾圆也",是有意训练我吗?我自此不得不凡事努力以赴,父亲老早离开我们,亏得我这做大姐的受了父亲的严格训练,也不知天高地厚,什么都不怕地硬闯。

说到制服,我们学校原是穿中式右大襟衣裙或大褂儿。新潮来,学校改制服样式了,是衣连裙翻领的,质料仍是月白竹布。我的父亲真不讲理,他说穿这样差的料子和样式像外国乞丐,非叫我仍穿中式竹布大褂儿不可。制服怎么能不穿呢!母亲也怕父亲,她出个主意,每天让我把制服穿在里面,外套竹布大褂儿,到了学校,我就先脱了大褂儿叠好放在传达室,才去教室上课,放学时再到传达室套上大褂儿。这样有多久,我已经不记得了。

宋妈常常带了弟弟、妹妹,端了小板凳到对面中国银行的树荫下去坐,等着我和二妹放学回家。这时二妹还在虎坊桥的第八小学。我们每天都要穿过和平门,我先到附小,她再一直走下南新华街,到了虎坊桥大街东拐走一段就到了。

我们的隔壁是一位回教的外科大夫赵炳南挂牌行医,父亲跟他成了街坊朋友。记得我家有一架手摇的日本小留声机,小小的唱片,唱出来的是日本童谣《桃太郎》什么的,赵大夫觉得有趣,还借去听来着。后来我们搬离了西交民巷,他也搬到对面一所平房。我所以对他有深刻印象,是我的五妹燕玢有一年脸上敏感长满了疙瘩,西医无法,就到赵炳南那儿去治疗,涂了他给的药膏(小扁盒装),很快起了一层痂,掉了后就是一张漂亮白净的小脸蛋儿了。又多年后,焯儿三岁得疝气,小儿科麻大夫最后要给动手术了,我很担心。那天早上,上麻大夫诊所经过西交民巷,看见赵炳南的牌子,我忽然灵机一动,停车下来问门口儿挂号的,治不治疝气。他很和气地说:"倒是也有人来治过。"我就带进去给赵大夫看,并且告诉他,我们曾是街坊的事。他听了很高兴,给了仍是小扁盒的药膏。肿胀存水的疝气,果然不数次就消肿痊愈了。因而对赵炳南的印象很深。

若干年前(有十多年了)在海外看到一篇报道,赵炳南已成为大陆的名医,不再是一般人叫他是"瞧疙瘩的"了。他所治的疑难之症,不光是像我妹妹满脸疙瘩或者我儿子的小肠疝气,什么鼠疮、湿疹、挖子弹……各种怪病他都治好过。他出生在一个糕饼店的工人家庭,十四岁的时候在北京的一家德善医室当学徒,每天工作二十小时。有一天他在制膏药,一边用棍子搅油膏,一边打瞌睡,一只手不小心插进了滚烫的油膏锅里,手上的皮整个烫脱掉了,疼得他无法忍受,只好拿些冰片撒在上面。谁知老板看见了,夺过冰片,还揍了他一顿。可能受了这刺激,他在小小年纪便努力钻研,终于掌握了一些外科疗术技巧。老年后还出版了一本《赵炳南临床经验》的三十万字大书。

我在西交民巷住的时候,念小学五年级了。某年家旁的房子,白粉门墙上忽然发现了"福音堂"三个字,每个周末,像上课一样,洋人传道。我的父亲要我去听,他以为也许可以学点儿英语吧!其实我是喜欢那儿发的画片,英语一个字儿也没学过,倒是学会了这样的歌:"耶稣爱我真不错,因有圣书告诉我,凡小孩子都牧羊……"

街头上也常常来一队救世军的传教人,就在中国银行门前空地上,他们也是洋鬼子,穿着救世军的灰色制服。紫红色的领子上有"救世军"三个字,听见他们用的乐器(摇鼓)一响,各家的小孩都往外跑,围着他们看热闹,听传教,谁真的去信教哪!

这时我的父亲却因肺病住了医院,他住过德国医院,日华同仁医院。在我们又搬到梁家园的时候去世。

梁家园

梁家园的家是两层楼,这在北京南城是较少见的。出了南口是热闹的骡马市大街,购日常用品很方便,著名的店如佛照楼、亿丰祥、西鹤年堂都在这一带。北口外对面就是十九小学(后来叫梁家园小学),我的二、三妹及弟弟都入这间小学,出入真是方便极了。我记得在房顶平台上就可以眺望教室前的大操场。可惜的是父亲这时已病重,终于在东单三条的日华同仁医院以四十四岁的英年去世。父亲临死前遗命要火化,骨灰带回台湾。而且他还嘱咐说,骨灰盒不能随便放在行李箱里,一定要手捧着。父亲在日本火葬场火化,日本和尚念的经。但在做七的时候,是用北京规矩,烧的纸糊冥器楼船人物等。从此以后,我们便在并非陌生的异乡北平和寡母相依为命过日子。

父亲去世后,祖父曾来数信要我们回台湾,我才念初一,首先就不肯,我说我才不回去念日本书!名字中带有"燕"字的弟弟妹妹们,更是对台湾一无所知,而母亲,我知道她在北平过了这么多年自由自在的日子,她是台北板桥人,是讲闽南话的,父亲是头份客家大家庭,母亲在客家村里过了两年吃力的儿媳妇的日子,她是缠足,个子矮小,也要背着孩子轮流上灶台,怎能跟那些大脚片子的婶母、姑母们比,她怎么愿意回去呢! 好了,我这大女儿这么一说,她也就顺从我们,正乐得不回去了。

南柳巷

既如此,为了生活的节省,就搬到南柳巷五十五号的晋江会馆,不必付租金的房子。我们虽非晋江人,但是母亲的祖先却是福建同安移民到台湾的。

在北平我们认识的朋友、同乡,说闽南话的,比客家人为多,所以生活虽较艰苦,却不寂寞,我们姐妹多,每天上下学绕着母亲过日子,她为我们洗衣煮饭,烧我们爱吃的饭菜。

她的菜式是台湾菜,客家菜,许多青菜如韭菜、莴笋叶、菠菜什么的,都用开水烫了蘸日本万字酱油。她也善烧五柳鱼,青蒜烧五花肉,炒猪肝、猪心,姜丝炒猪肺等等,原来都是台式或客家菜。我却另有一套北京吃儿,当然以面食为主,饺子、馅饼、韭菜篓、抻条炸酱面、薄饼卷大葱、炒韭黄豆芽菜什么的。在这样的饮食爱好下,我从小就学着帮宋妈擀皮包饺子,用炙炉烙合子。喜欢做是因为爱吃嘛!

说到吃,我倒要"插播"一下,住西交民巷的时候,每天中午回家吃饭,看见饭好了,菜可还没炒,就急得跳脚,怕下午上学迟到。母亲就拿炼好的猪油和日本万字酱油浇在热腾腾的京西稻煮的饭里,吃起来是甘、甜、香,别提多好吃啦。可是半年下来,我们上学的孩子,脸蛋儿就都胖嘟嘟的滚圆起来。

入中学正是发育成长期,我又好吃,自己倒也有几样怪异的食谱:

汽水泡饭。夏季里打开一瓶冰镇的玉泉山汽水,倒入热饭里,好像汤泡饭似的,吃起来非常爽凉。

茶泡饭就酱萝卜。六必居、天源或铁门,都是北平出名的酱园。

母亲说我喜欢这样吃，是因为小时候在日本吃"御茶渍"吃的，日本人常吃茶泡饭，日本的酱菜叫"福神渍"的，配着吃也是很清爽的。一直到现在，我还是喜欢吃茶泡饭就酱瓜，就这样也能当作一顿饭。

烧饼夹烧羊肉就酸梅汤。夏季的下午四五点，每家羊肉床子都会烧一锅五香羊肉，香气四溢。这时放学，肚子有点饿，买烧羊肉夹在刚出炉的烧饼里，旁边如有干果店，就来一碗冰镇酸梅汤，热烧饼羊肉就冰凉酸梅汤，现在想着还是流口水。我想起现在我为什么喜欢吃洋玩意儿叫"潜水艇"的，把法国长面包烤好剖开，夹入烤牛肉或鲔鱼或火腿，再夹一些生菜、洋葱等，配一瓶可口可乐，意思是一样的啊！

烧饼油条夹泡菜。这是吃早点的，热芝麻酱烧饼夹刚炸的油条，再夹入一些酸辣泡菜，另有一番味道。

自从我们决定不回台湾老家以后，我当然就一天天地成了林怀民所形容的我："台湾姑娘，而有北京规矩。"饮食、语言，我都是京味儿了。闽南话虽然说，但是变成了"北京台语"。

就在我家斜对面，是名为"永兴寺"却看不出庙样儿的房子，俗名儿叫南柳巷"报房"。它在北平报业史上却是得写上一笔的，因为永兴寺成了北平报纸的派报处，每早四五点，天还没亮，所有批卖报纸的都集中在此。就在我家墙外，一片吵噪之声，因为他们就蹲在墙根儿等报。卖杏仁茶的挑子也来了，冬境天儿，北平人习惯早上喝碗杏仁茶，热乎乎的，取暖。等到各报馆把报纸送来了，又得吵噪一阵，因为先批买了报，先送、先吆喝、先卖钱呀！

北平街头的吆唤，是抑扬顿挫，各有其妙语及悦耳之声。报纸本来不是街头小吃，也没有敲梆子打锣，或以藤棍击其所卖之器，像卖缸瓦瓷器的敲缸瓦瓷，焊洋铁壶的敲铁壶，收旧货的打洋钱大的小皮鼓，磨刀的打一串穿连的铁片。受小朋友欢迎的是"打糖锣儿的"，他的小木槌打在小铜锣上，清亮的锣声没几响，小朋友就都从小宅门儿跑出来啦!围着挑子,看上面有百十样儿好吃、好玩、好看的东西,如果蛋皮、酸枣面儿、青杏儿蘸蜜、彩色玻璃珠串、小泥人儿、汽水球、香烟洋画儿、贴纸画儿、小玻璃戒指、手镯等等。没有钱的小孩儿站在挑子边,以羡慕的眼光看这看那,拿起这看看,问价儿,捏起那看看,问价儿。打糖锣儿的,早就知道谁手里捏着钱,谁一个子儿也没有,就瞪眼哏哆说:"少动!回家拿钱去!"看,多么伤小孩子自尊啊!

至于卖小报儿、晚报的,说相声的曾这样形容他们的吆唤:"快买份儿群强报看咧! 看这个大姑娘女学生上了新闻喽!"北平的小报,如小实报、群强报、时言报等,上面连载小说特多,看小报是市民的消遣,时局紧张变化多的时候,则是晚报的销路好。

南柳巷是个四通八达的胡同,出北口儿,是琉璃厂西门,我的文化区;要买书籍、笔墨纸砚都在这儿。我在《家住书坊边》中,曾详细描述过,现在,我不但是在家住书坊边,而且是"家住报房边"了。出南柳巷南口了,是接西草厂、魏染胡同、孙公园的交叉口,是我的日常生活区;烧饼麻花儿、羊肉包子、油盐店、羊肉床子、猪肉杠、小药铺,甚至洗澡堂子、当铺、冥衣铺等等都有,是解决这一带住家的每日生活所需。出西草厂就是宣武门大街,我的初中母校春明女中就在这条大街上。

春明女中是福州人办的私立女校,学生人数不多,所以全校同学几乎都彼此认识。因为在南城,是京剧演艺人员住家地方,所以有一些和京剧有关的子女,以及演话剧电影的,都在这儿上学。比如话剧电影明星白杨(学生时代名叫杨君莉)比我低一班,北平学生流行演话剧,学生话剧运动开会,我曾和白杨代表学校去参加。她和她姊姊当时住在西城一个公寓里。她皮肤白皙,眼睛灵活,笑口常开,很可爱。老生余叔岩的两个女儿慧文、慧清,和我同班,是好友。她们的功课棒极了,慧文后来读医,慧清学财商,生活保守,父亲不许她们听戏,更别说唱两句了。言慧珠也在本校,比我低多班,所以没见过。

南柳巷也是在我一生居住中占有重要的地方,时间又长,从我在无父后的十年成长过程中,经过读书、就业、结婚,都是从这里出发;我的努力,我的艰苦,我的快乐,我的忧伤……包含了种种情绪,有一点,我们有一个和谐的、相依为命的家庭,那是因为我们有一个贤良从不诉苦的母亲。

永光寺街

一九三九年我和承楹结婚,夫家住在附近的永光寺街一号,走路五分钟就到,我虽然离开了南柳巷,但那儿还是我的娘家,来往非常方便。我来到一个四十多口人的大家庭做第六个儿媳妇。这家庭的情形和生活,我在《闲庭寂寂景萧条》一文中,曾有描述。永光寺街房子是公公自宦海退休后,自己设计建造的房子,他在《枝巢记》中曾为文描述,里面提到所种植的白丁香、马缨花、葡萄架、紫藤架,我都欣赏。前两年焯儿访大陆,特回他出生故居,想寻找爷爷、奶奶、叔伯的住屋。谁知院子里盖满了一个一个小破厨房,住了二三十人家,哪还有白丁香、绿葡萄、红缨花、紫藤花的影子呢!这也是可以想见的。焯儿想拍一张奶奶堂屋地,竟无法拍到,惨哪!

大家庭的生活,有其好处,一九四一年我做了第一个孩子的母亲。(夏家老规矩,生了孩子满月时,要先到婆婆屋里向她叩头,并且说:"娘,给您道喜!")我那时仍然在师大图书馆工作,家里虽然有仆妇,但是我不在家时,婆婆、妯娌,都帮着照顾孩子,可以说在办公室整日伏案工作而无"后顾之忧"吧!我们这一房住在东院楼上,焯儿是个夜哭郎,住在楼下的爷爷,冬日里会夜半披衣上楼来观看。二嫂更是疼爱焯儿,她常常上楼来陪我住一两天,照顾孩子。二哥、四哥都到后方四川,二嫂和她的五个孩子从上海移来北平依大家庭住,在大家的生活都很艰苦下,她竟把还缝着五彩丝线的陪嫁缎子衣服,叫我给焯儿拆做外罩大褂。

夏日的天棚下,在堂屋里一边和婆婆话家常,一边替她搓吸水烟的纸媒儿。有时卖南货的上海人来了,挑担放在院子里,婆婆就挑买她所需的金华火腿、杭州茶叶、锡箔银纸、福建烟丝等。这种生活经历一直过到抗战胜利后,我做了两个孩子的母亲,我们才要求搬到南长街一所小三合院的房子,过独立的小家庭生活。

南长街

南长街是一条安静、美丽的大街,它是属于紫禁城区。这条大街向下走,过了西华门大街就是北长街,太监李莲英的大府第在那儿,一女中在那儿,我未曾问过家人原因,为什么这条紫禁城区的大街,会有那么一排八所小门小户的三合院呢?我们就住其中的一所,门牌二十八号。我后来猜想,这当时一定是前清在宫里当差的旗丁、车夫、厨子、小太监的住家吧!在我们家后面死胡同里有一人家,有个说话阴阳怪嗓娘娘腔的老人,据说就是个太监。可能民国后,公公把这排房子便宜买下的吧!房子虽小气,地区可好,对面就是中山公园的冰窖后门,天气好的假日,我们推了藤制小孩车,拉着大的,推着小的,四口儿过马路从冰窖门进去,就是大柏树下的那一片茶座了,柏斯馨,长美轩,春明馆,可以饮茶、吃点心、下棋,屋子里可以开画展。

南长街南口外的府右街,有私立艺文中小学,焯儿在这儿读一年级,我也在这时做了第三个孩子的母亲。我每天早上牵着焯儿的手,送他到学校,下午又去接他。站在教室窗外,看他们上最后一堂课,大概是有多余的时间,老师就让小朋友自由讲故事,焯儿有发表欲,常听他讲的,总是有"放屁"的故事,有一次竟然唱起京戏:"武家坡蹲的我两腿酸,下得坡来向前看,见一位大嫂……"窗里窗外的人都笑了,我也只好不好意思地笑吧!

这时已经是时局不安的时候了,刚一光复,台湾的家人——包括我林家和母亲简姓娘家(母亲生母家姓简,后给黄家做女儿),都不时来信要母亲返台,拖延到一九四八年下半年,才做决定。

我们在南苑上飞机,飞机在北平城绕过,最后的一瞥是协和医院的琉璃瓦屋顶。

综观我在北平住了二十六年,北京话说得嘎巴脆,七声的闽南话却是以国语的四声来说,可谓是"京味儿台语",所以返台后人常问我:"你是高雄人吧!"

我的京味儿回忆,到此暂告一段落,写时老是想起这个那个还没写呢,其实,要撒开儿写,是没完没了的,留待日后想起什么再慢慢儿找补吧!

一九八七年十二月

平凡之家

旧时三女子

我的曾祖母

一年前的冬日,我陪摄影家谢春德到头份去。他是为了完成《作家之旅》一书,来拍摄我的家乡。先去西河堂林家祖祠拍了一阵,便来到三婶家,那是我幼年三岁至五岁居住过的地方。

春德拍得兴起,婶母的老木床,院中的枯井,墙角的老瓮,厨房里的空瓶旧罐,都是他的拍摄对象,最后听说那座摇摇欲坠的木楼梯上面,是我们家庭供祖宗牌位的地方,他要上去,我们也就跟上去了。虽是个破旧的地方,但是整齐清洁地摆设着观音像、佛像、长明灯、鲜花、香炉等等,墙上挂着我曾祖母、祖父母的画像和照片,以及这些年又不幸故去的三婶的儿子、媳妇和孙辈的照片。看见曾祖母的那张精致的大画像,祖丽问我说:"妈,那不就是你写过的,自己宰小狗吃的曾祖母吗?"

这样一问,大家都惊奇地望着我。就是连我的晚辈家族,也不太知道这回事。

如果我说,我的曾祖母嗜食狗肉,她在八十多岁时,还自己下手宰小狗吃,你一定会吃惊地问我,我的祖先是来自哪一个野蛮的省?我最初听说,何尝不吃惊呢!其实"狗是人类的好朋友"的说法,是很"现代"而"西方"的。我听我母亲说过,祖父生前有一年从广东蕉岭拜祭林氏祖祠归来,对正在"坐月子"的儿媳妇说:"你们是有福气的哟!一天一只麻油酒煮鸡,老家的乡下,是多么贫困,哪有鸡吃,不过是用猪油煮狗酒罢了!"

你听听!祖父说这话的口气,是不是认为人类对待动物的道德衡量,宰一条小狗跟杀一只鸡,并没有什么分别?甚至在那穷乡僻壤,吃鸡比吃狗还要奢侈呢!

自我懂事以来,已经听了很多次关于曾祖母宰小狗吃的故事。不过,随着年龄的增长,对于曾祖母宰小狗这回事,每一次都有更多的认识、了解和同情。

说这老故事最多的就是三婶和母亲。三婶还健康的时候,每次到台北,都会来和母亲闲谈家中老事。老妯娌俩虽然各使用彼此相通的母语——一客家、一闽南——又说、又笑、又感叹地说将起来,我在一旁听着,也不时插入问题,非常有趣。她们谈起我曾祖母——我叫她"阿太"——亲手宰烹小狗吃的故事,都还不由得龇牙咧嘴,一副不寒而栗的样子:就好像那是刚刚发生的事情,就好像我阿太还在后院的沟边蹲着,就好像还听得见那小狗在木桶里被开水浇得吱吱叫的刺耳声,使得她们都堵起耳朵、闭上眼睛跑开,就好像她们是多么不忍见阿太的残忍行为!

但是,我的曾祖母,并不是一个残忍的女人,她是一个最寂寞的女人。

我的曾祖父仕仲公,是前清的贡生。在九个兄弟中,他是出类拔萃的老五。为了好养活,他有个女性化的名字"阿五妹",所以当时人都尊称他一声"阿五妹伯"。我的曾祖母钟氏,十四岁就来到林家做童养媳,然后"送作堆"嫁给我的曾祖父。但不幸她是个生理有缺陷的女人,一生无月信,不能生育,终生无所出。那么,"阿五妹"爱上了另一个美丽的女孩子罗氏,就是一件很自然的事情了。那个女孩子是人家的独生女儿,做父母的怎肯把独生女儿给"阿五妹"做妾呢?因为我的曾祖父当时有声望、有地位,又开着大染布坊,他们又是自己恋爱的,再加上我阿太的不能生育,美丽的独生女儿,就做了我曾祖父的妾了。妾,果然很快地为"阿五妹伯"生了个大儿子,那就是我的亲祖父阿台先生。

我想,我的曾祖母的寂寞,该是从她失欢的岁月开始的。

阿台先生虽然是一脉单传,却也一枝独秀,果实累累,我的祖母徐氏爱妹,一口气儿生了五男五女,这样一来,造成了林家繁枝覆叶的大家庭。那时候,曾祖父死了,美丽的妾不久也追随地下。阿台先生虽然只是个秀才,没有得到科举时代的任何名堂,但他才学高,后来又做了头份的区长(现在的镇长),事实上比他的父亲更有声望和地位。但是就在林家盛极一时的时候,我的曾祖母,竟带着她自己领养的童养媳,离开了这一大家人,住到山里去了。

并不是我的祖父没有尽到人子的责任,我的祖父是孝子,即使阿太不是他的亲母,他也不废晨昏定省之礼。或许这大家庭使阿太产生了"虽有满堂儿孙,谁是亲生骨肉"的寂寞感吧,她宁可远远地离开,去山上创一个属于她自己的天地。

在那种年代、那种环境、那种地位下,无论如何,阿台先生都有把母亲接回来奉养的必要,但是几次都被阿太拒绝了。请问,荣华和富贵,难道抵不过在山间那弯清冷的月光下打柴埋锅造饭的寒酸日子吗?请在我的曾祖母的身上找答案吧!

终于,在我曾祖母八十岁那年,寒冬腊月,一乘轿子,把她老人家从山窝里抬回来了。听说她的整寿生日很热闹,在那乡庄村镇,一次筵开二三百桌,即使是身为区长,受人崇敬的阿台先生家办事,也不是一件顶容易的事吧!而且,祖父还请画师给她画了这么一张像:头戴凤冠,身穿镶着兔皮边的补褂。外褂子上画的那块补子,竟是"鹤补",一品夫人哪!我向无所不知的老盖仙夏元瑜兄打听,他说画像全这么画,总不能画一个乡下老太婆,要画就画高一点儿的。我笑说,那也画得高太多啦!

据我的母亲和三婶说,阿太很健康,虽然牙齿全没了,佝偻着腰,也不拄拐杖,出出进进总是一袭蓝衣黑裤。她不太理会家里的人,吃过饭,就举着旱烟管到邻家去闲坐,平日连衣服都自己洗,就知道她是个多么孤独和倔强的人了。

大家庭是几房孙媳妇妯娌轮流烧饭,她们都会为没有牙齿的阿太煮了特别烂的饭菜。当她的独份饭菜烧好摆在桌上时,跟着一声高喊:"阿太,来吃饭啊!"她便佝偻着腰,来到饭桌前了。我的母亲对这有很深的印象,她说当阿太独自端起了饭碗,筷子还没举起来,就先听见她幽幽的一声无奈的长叹!阿太难道还有什么不满足吗?

现在说到狗肉。

三婶最会炖狗腿,她说要用枸杞、柑皮、当归、番薯等与狗腿同煮,才可以去腥膻之气,但却忌用葱。狗肉则用麻油先炒了用酒配料煮食,风味绝佳。三婶虽是狗肉烹调家,却从不吃狗肉,她是做子媳的,该做这些事就是了。不但三婶不吃狗肉,在这大家庭里,吃狗肉的人数也不多,三婶曾笑指着我的鼻子告诉我说:

"家里虽然说吃狗肉的人数不算多,可也四代同堂呢!你阿太,你阿公,你阿姑,还有你!"

秋来正是吃狗肉进补的时候。其实,从旧历七月以后,家里就不断地收到亲友送来的羊头、羊腿、狗腿这种种的补品了。因为乡人都知道阿台先生嗜此,岂知他的老母、女儿、四岁的小孙女,也是同好呢!

不是和自己亲生儿子在一起,我想唯有吃狗肉的时候,阿太才能得到一点点快乐吧?因为这时所有怕狗肉的家人,都远远地躲开了!

据说有一年,有人送来一窝小肥狗给阿台先生。这回是活玩意儿,三婶再也没有勇气像杀母鸡一样地去宰这一窝小活狗了。阿太看看,没有人为她做这件事,便自己下手了,这就是我的曾祖母著名的自己下手宰狗吃的"残忍"的故事了。

记得有一次我又听母亲和三婶谈这件事的时候,不知哪儿来的一股不平之鸣,我说:"如果照我祖父说的,煮鸡酒和煮狗酒没有什么两样的话,那么阿太宰一只狗和你们杀一只鸡也没有什么两样的呀!"

阿太高寿,她是在八十七八岁上故去的,我看见她,是在三岁到五岁的时候,直接的记忆等于零。但是,如果她地下有知的话,会觉得在一个甲子后的人间,竟获得她的一个曾孙女的了解和同情,并且形诸笔墨,该是不寂寞啊!

我的祖母

我的祖母徐氏爱妹的放大照片,就挂在曾祖母画像的旁边墙上。这张虽是老太太的照片,但也可以看出她的风韵,年轻时必定是个美人儿,她是凤眼形,薄薄的唇,直挺的鼻梁。她在照片上的这件衣着,虽是客家妇女的样式,但是和今日年轻女人穿的改良旗袍的领、襟都像呢!

我的祖父林台先生,号云阁,谱名鼎泉,他是林家九德公派下的九世孙。前面说过,他科举时代没有什么名堂,却是打二十一岁起就执教鞭,一九一六年到一九二〇年,出任头份第三任区长,在淳朴的客家小镇上,是位令人尊敬的长者。在中港溪流域,是以文名享盛誉。他能诗文,擅拟对联,老年间的许多寿序、联匾,很多出于祖父之笔。我的祖母为林家生了五男五女,除了夭折一男一女外,其余都成家立业,所以在祖父享盛誉的时候,祖母自然也风光了半辈子。

我对祖母知道得并不多,年前玉美姑母到台北来,我笑对也已年近八十的玉美姑说:"我要问你一些你母亲的事,你可得跟我说实话。"因为我常听婶母及母亲说,祖母很厉害,她把四个儿媳妇控制得严严的,但她自己却也是个勤俭干净利落的人。听说,我的曾祖母所以很孤独地到山上去过日子,也和这个儿媳妇有些关系,因为当年的祖母,妻以夫贵,不免有时露出骄傲的神色来吧!而且我听三婶说,她的女儿秀凤自幼送人,也是婆婆的主意。我问玉美姑姑,玉美姑姑很技巧地回答说:"你三婶身体不好嘛!带不了孩子,所以做主张把秀凤送人好了。"其实我又听说,是祖母希望三婶生儿子,所以叫她把女儿送人的。我又问姑姑说:"听说祖母很厉害。"姑姑说:"她很能干。""能干"和"厉害"有怎样的差别和程度,是怎么说都可以的。

但是在我的记忆中,祖母却是可爱的,幼年在家乡的记忆没有了,却记得在北平时,我还在小学三年级的样子,祖父、祖母到北平来了。那时父亲、四叔——祖父的最大和最小的儿子都全家在北平,从遥远的台湾到"皇帝殿脚下"的北平来探亲和游历,又是日据时代,是一件不简单的事,我想那是祖母最最风光的时期了。他们返回台湾不久,四叔就因抗日在大连被日本人毒死狱中。四叔本是祖母最疼爱的儿子,四婶也因是自幼带的童养媳,所以也特别疼。过两年,祖父独自到北平来,父亲已经因四叔的死,自己也吐血肺疾发。记得祖父住在西交民巷的南屋里,我常听他的咳声,他似乎很寂寞地在看着《随园诗话》,上面都是他随手所记的批注。等到祖父回台湾,过不久,父亲也故去了。

这时祖父的四个儿子,先他而去了三个,祖父于一九三四年七十二岁时去世,死时只有一个三叔执幡送终。祖父死后的年月,不要说风光的日子没有了,祖母又遭遇到最后一个儿子三叔也病故的打击,至此满堂寡妇孤儿,是林家最不幸的时期。真是"屋漏偏逢连夜雨",一九三六年时,台湾地震,最严重的就是竹南、头份一带。我们这一辈,最大的是堂兄阿烈,他又偏在南京工作,看报不知有多着急,那时家屋倒塌,大家都在地上搭棚住,七十多岁的祖母也一样。后来阿烈哥返台,在一群孤儿寡妇中,他不得不挑起这大家族的许多责任。

阿烈哥说,幸好他考取了当时的放送局,薪水两倍于一般薪水阶级,负起奉养祖母的担子。他也曾把祖母接来台北居住就医过,可是她还是在八十岁上、在祖父死后十年中风去世了。她死时更不如祖父,四个儿子都已先她而去,送终的只好是承重孙阿烈哥了。

而我们那时北平,也是寡妇和孤儿,又和家乡断绝音信多年,详细的情形都不知道。只是祖母在我的印象中却是和蔼的、美丽的。

我的母亲

我的母亲是板桥镇上一个美丽、乖巧的女孩,她十五岁上就嫁给比她大了十五岁的父亲,那是因为父亲在新埔、头份教过小学以后,有人邀他到板桥林本源做事,所以娶了我的母亲。

母亲是典型的中国三从四德的女性,她识字不多,但美丽且极聪明,脾气好,开朗,热心,与人无争,不抱怨,勤勉,整洁。这好像是我自己吹嘘母亲是说不尽的好女人。其实亲友中,也都会这样赞美她。

母亲嫁给父亲不久,父亲就带着母亲和母亲肚中的我到日本去,在大阪城生下了我。父亲是个典型的大男人,据说在日本到酒馆林立的街坊,从黑夜饮到天明,一夜之间,喝遍一条街,够任性的了。但是他却有更多优点,他负责任地工作,努力求生存,热心助人,不吝金钱。我们每一个孩子,他管得虽严,却都疼爱。

在大阪的日子,母亲也津津乐道。她说当年她是个足不出户的异国少妇(在别人只是个十几岁的少女),偶然上街,也不过是随着背伏着小女婴的下女出去走走。像春天,傍着淀川,造币局一带,樱花盛开了,风景很美。母亲说,我们出门逛街,还得忍受身后边淘气的日本小鬼偶然喊过来的"清国奴"这样侮辱中国人的口号,因为母亲穿的是中国服装。

后来父亲要远离日本人占据的台湾,到北平去打天下,便先把母亲和三岁的我送回台湾。在客家村和板桥两地住了两年,才到北平去的。母亲以一个闽南语系的女人嫁给客家人,在当时是罕见的。母亲缠过足,个子又小,而客家女性大脚,劳动起来是有力有劲的。但是娇小的母亲在客家大家庭里仍能应付得很好,那是因为母亲乖,不多讲话。她说妯娌们轮流烧饭,她一样轮班,小小的个子,在乡间的大灶间,烧柴、举炊,她都得站在一个矮凳上才够得到,但她从不说苦。不说苦,也是女性的一种德行吧,我从未见母亲喊过苦,这样的德行在潜移默化中,也给了我们姊弟做人的道理。像我,脾气虽然急躁,却极能耐苦,这一半是客家人的本性,一半也是得自母亲。

父亲去世前在北平的日子,是最幸福的,但自父亲去世(母亲才二十九岁),一直到我成年,我们从来都没有太感觉做孤儿的悲哀,而是因为母亲,她事事依从我们,从不摆出一副苦相,真是所谓"在家从父,出嫁从夫,夫死从子"了。

我的母亲常说这样两句台湾谚语,她说:"一斤肉不值四两葱,一斤儿不值四两夫。"意思是说,一斤肉的功用抵不过四两葱,一斤儿子抵不过四两丈夫。用有实质的重量来比喻人伦,实在是很有趣的象征手法。我母亲也常说另一句谚语:"食夫香香,食子淡淡。"这是说,妻子吃丈夫赚来的,是天经地义,没有话说,所以吃得香;等到有一天要靠子女养活时,那味道到底淡些。这些话表现出我的母亲对一个男人——丈夫的爱情之深、之专。

现在已婚妇女,凑在一起总是要怨丈夫,我的母亲从来没有过。甚至于我们一起回忆父亲时,我如果说了父亲这样好那样好,母亲很高兴地加入说。如果我们忽想起爸爸有些不好的地方,母亲就一声也不言语,她不好驳我们,却也不愿随着孩子回忆她的丈夫的缺点。

我的母亲十五岁结婚,二十九岁守寡,前年八十一岁去世。在讣闻里,我们细数了她的直系子、孙、媳婿等四代四十多人,没有太保太妹,没有吃喝嫖赌不良嗜好的。母亲虽早年守寡,却有晚年之福。

在这妇女节日,写三位旧时女子——我的曾祖母、祖母、母亲,无他,只是想借此写一点中国女性生活的一面,和她们不同的身世。但有一点相同的,无论她们曾受了多少苦,享了多少福,都是活到八十岁以上的长寿者。

一九八五年三月八日

闲庭寂寂景萧条
——母亲节写我的三位婆婆

女人最弱,为母最强

一九三九年五月我和承楹结婚的前夕,有这么一件有趣的事。我们虽然举行的是新式婚礼,却还有些旧时的礼节,比如"过嫁奁"吧,母亲多多少少也为我准备了一些嫁奁:四铺四盖、四季衣服、四只箱子、一盒首饰,以及零星的脸盆、痰盂、台灯,甚至连马桶都陪送了。

清荣舅是现成的大媒,他负责送嫁奁,要出发了,母亲要把这两对描金的福建漆箱子上锁的时候,清荣舅连忙拦住她,笑嘻嘻地说:

"不要锁,交给我,等车子快到他家的时候,"他说着举起了右手,把大拇指和食指大大地张开,然后用力地一打合,玩笑地说:"就这样,咔嗒一下锁住,明白吗?这就叫锁住婆婆的嘴呀!"大家知道是玩笑话,都笑了。

但是当他完成送嫁奁的任务回来后,却是很正经地对我说:"英子,婚姻的事不可预料,谁想到小小的英子,有一天会嫁到有一个公公两个婆婆,八个兄弟的四十多口人的大家庭去做儿媳妇呢!老夏家虽然是忠厚老诚的书香人家,但无论如何,它和你现在的寡母姊弟相依为命的家庭生活迥然是不同的,处处要注意啊……"

事实上,清荣舅舅说我将有两个婆婆还少说了一个呢。我将有三位婆婆,除了承楹的亲生母亲,还有一位被称为二太太的姨娘,而名义上承楹又是过继给没有子嗣的五叔、婶做儿子。只是那时五叔已去世,五婶已到抗战的后方去了。

婆婆共娶六房儿媳妇,我在她的媳妇中是年龄最小的。虽然我要去生活的大家庭,跟我原来的生活如此不同,但我一点儿也不害怕或担心,在母亲的潜移默化中,我们跟亲友都是快乐和谐相处,何况我在婚前已常去夏家玩,未来的婆婆知道儿子房里来了女朋友,并且会留下来吃饭,晚饭添菜很方便,她小小的个子登上那只小板凳,自己打电话叫天福送清酱肉来。上了堂屋的饭桌,她也会凑上前来,看我们多多地吃菜加饭,她才高兴。

婆婆闺名张玉贞,是江西九江一个开缎子号的女儿,后来张家移居浦口,所以婆婆说话没有江西老表的口音,反而是"南京大萝卜"的乡音更重。她这一辈的老妯娌共有五位,个个饱读诗书,只有婆婆不识字,连认钞票也以看颜色确定价值。但是她自十几岁嫁给公公后,却一口气儿生了八个儿子一个女儿。

公公二十四岁登拔贡榜,二十五岁晋京做小京官正值戊戌变法,他这一生就在政界和国学界,到五十五岁北伐成功,他也自宦海退休,专从事著书修志。婆婆曾对我们说,晋京以后,住在江宁会馆,她已经是四五个孩子的母亲了。每天晚上,床上睡两三个,摇篮里睡一个,她则在一灯荧然下缝缝补补,一只脚还要踏着摇篮,日子是这样一步步一年年过来的。

婆婆虽然不识字,在生活、思想上,却也有她的原则,那是从她日常说的谚语中可以理解的。我想中国旧时不识字的人(包括男、女),

由口传口述的俗语、谚语、格言，表现出他们的思想或态度以及好恶。婆婆的谚语出口成章，而且有时幽默得很。我记得每天早上她起床后，便坐在堂屋里的太师椅上，一边抽着水烟，一边指挥仆妇工作。她性子急，炉子上水不开，她就要数叨仆妇不会弄火，她说："人要忠心，火要空心。"于是便自己拿起火筷子拨弄那煤球炉子去了。

我们大家庭的生活中心，就在婆母的这间堂屋，她从早起便坐镇堂屋，各房头要商量什么事情，晚上闲聊，都请来吧！我结婚的最初几年，还没有分炊，大家都在堂屋里吃大锅饭。这大圆桌从早点起就不清闲，因为婆婆自己吃，公公又另吃，一天到晚像开流水席似的。婆婆最爱招呼她的儿子们多吃，早上她说："要饱早上饱，要好祖上好。"午饭时她说："吃是本分，穿是威风。"只有在晚饭时她也许会说一声："晚饭少吃口，活到九十九。"有时在杯盘狼藉盘底朝天的饭后，她倒也开玩笑说："真是吃得家人落泪狗摇头呀！"人多嘴杂她便说："乱得像素菜！"因为南京人过年都要炒十样素菜，把每种菜切成丝炒好掺合在一起。

婆母讲到她做儿媳妇时代的生活，便说："那时候儿媳不好做呀！要起五更梳头，早起三光，迟起慌张嘛！"所谓三光，是头、脸、脚。早起早梳洗，迟起误了到婆婆屋去请安，是有失礼貌的。那时梳头、缠足是费时的化妆。我知道婆婆每天晚上洗脚缠足总要弄到半夜才入睡。她对她的儿子们最卫护，有时她见儿子和媳妇争论，她不愿责备儿子，又不好叫儿媳妇让步，便会说："男人是'嘴上长狗毛'的，别理他！"她就以这样轻松的口气，明着是骂儿子，私心却是要儿媳妇让着儿子，多么有技巧呀！

红氍毹上一坤伶

从大陆可以辗转传来家人消息的时候，我一直听不到姨娘的音讯,她就是我的三位婆婆之一,公公的姨太太。到后来才点点滴滴地传来说,她是在公公之后故去的。公公是一九六三年九十岁时去世,比公公大一岁的婆婆则在一九五〇年七十八岁时去世,他们都很幸运,没有活到"文化大革命"。姨娘就惨了,她独自一人不知住在哪里,家中的人下放的、被斗争清算的,谁也顾不了谁。据说姨娘的大批财产——房屋、金子、皮货都已上缴了。到后来她病亡的时候,通知夏家,夏家却说早已跟她划清界限了,因此不能治理丧事,最后是由她娘家嫂子办理的。从十八岁就跟了公公的姨娘,就是那么孤独地在一九七三年七十二岁时离开人世了。

林佩卿,姨娘的艺名,是当年在北平城南游艺园唱老旦有些名气的坤伶。林佩卿当年在红氍毹上的风采,如今老一辈在北平常听戏的,或许会有些记忆。她在舞台上的生命虽不长,但听说她以一个十几岁的大姑娘扮演老旦,唱做俱佳,也是难得。她亭亭玉立,北方人的高挑个儿,白净的皮肤,端正的五官,皓洁整齐的贝齿。按说以这样一个标致的女孩子,是应当唱青衣花旦吧,为什么去唱那拄杖哈腰的老旦?原来林佩卿是满洲旗人家的姑娘,虽然不知道她是镶的哪颜色的旗,确知她是个良家女儿。辛亥以后,旗人子弟无以为生,被送去学戏的很多,也不算稀罕。林佩卿的哥哥学拉胡琴,妹妹学唱,但毕竟是保守人家,不忍心自己的女儿在舞台上搔首弄姿地演花旦,就选了不容易大红大紫,也不容易上大轴戏的老旦来学。想象中,她的年轻时代,修长清癯的扮相,一声"叫张义,我的儿……"也曾赢得了不少喝彩声吧!

我见到她的时候,她已经是中年妇人了,平整光亮地绾一个髻,耳朵上是一对珍珠耳坠,很大方,也有气度。而且她跟了公公以后,洗尽铅华,不要说绝口不提她的舞台生活,连哼也没哼过一句戏词儿哪!在我们那个旧家庭里,对于身世的重要,远超过金钱。婆婆在生了九个儿女,含辛茹苦地带大之后,丈夫却又娶了一房姨太太,婆婆当然受不了，而且在这保守的读书人家里，也没有娶姨太的。当年的公公是个风流倜傥的才子，宦海得意，他接姨娘最初是在城南的贾家胡同筑"爱巢"，后来公公为了要把姨娘接回家，所以先征得两个大儿子的同意，而且他们也有时到贾家胡同去，只是瞒了婆婆一个人。公公在沉痛之下，曾对儿子们说："我一生就做错了这么一件事，对不起你们的娘。"他又解释说："我不过是和朋友赌一口气。"公公究竟是和哪个朋友赌的气，又是哪门子气，家里也没有人知道。婆婆当然常常不愉快，有时也会闹一闹，公公也没办法，他对婆婆是敬重的，有几分怕她。当然公公也爱婆婆，他爱婆婆是敬畏的爱，责任的爱；他爱姨娘是怜惜的爱，由衷的爱。姨娘跟公公时，还是一个完美无瑕的大姑娘。

姨娘曾经洗砚研墨，跟着公公学字学诗，也风雅过几年。我不以为公公所说的"我一生就做错了这么一件事"，是一句由衷的话，我想她仍是公公的一个爱妾，只是公公在老妻和那么一堆大儿大女面前，不愿过分表现对她的情意就是了。然而，从公公的许多诗词文章中，字里行间都有和姨娘的爱情的履痕屐迹在啊！公公在文中多称姨娘为"曼姬"，他偶尔也提到婆婆，他管婆婆叫"健妇"。每有游，必赋诗；每游必有"携曼姬游"的字样，从这里还看不出公公对姨娘的情意吗？

姨娘是个非常节省的人，公公北伐前在关外做官的那个时期，该是姨娘这一生最风光得意的年代了。她跟着公公在关外逍遥自在地住了几年，上面没有"大"，下面没有"小"，她是唯一的一个。回关来的时候，有几箱子皮货，我婚后只见她每届春季便在院子晒皮货，家中上上下下为之侧目。我记得我到堂屋去的时候，婆婆便会唤住我，跷起了小拇指说："这个人，又在晒皮货啦！"这几箱皮货，终于落到上缴的地步。

我和姨娘很谈得来，在大家庭时，她就住在我楼下，我下楼见她屋门敞开着,就进去聊聊天。她也喜欢吾儿祖焯,在要来台湾时,她正好住娘家,我带了焯儿向她辞行,她把收集的旧中交票、河北银钱局崭新的拾枚、贰拾枚票送给焯儿,我至今还保留着。

姨娘一生无所出,想跟婆婆姊妹相称,被婆婆拒绝,虽收到老七做儿子,但婆媳间相处极恶。她一生没得到什么,得到的只有公公对她的全心的爱吧!

独向黄昏一孤冢

在箱子底下,压着一个老式的提袋,是用梭子手工织的,现在的女孩子不懂得梭子这玩意儿,我在小学的女生缝纫课上,倒也略学过,那编织方式就像现在用钩针钩线绳一样。抗战胜利以后,这线织提袋是由承栋二哥带回来交给我们,里面是装了一包五婶留给我的"细软"——一对金镯、玉佩等等。

她是我从来没见过的婆婆,承楹过继给她的时候,我还不知道在哪儿,等到我们一九三九年结婚,她已经随着南京的大批家人逃难直奔入川了。我手中除了"细软"之外,还留有她和我的通信。我们结婚后,就寄信并结婚照给她,虽然一在日本占据的北平,一在抗战的后方,但通信的机会,比现在台湾跟大陆似乎还好些呢!

五婶也姓林,名宝琴,字蕴如。她初知道我也姓林,非常高兴,一九四〇年一月八日来信说:"……昨接来信照片,披阅之下,恍如面晤,见汝(指承楹)身体似觉略长,面容亦较丰满,深慰远念,汝与含英工作相偕,志同道合,甚善甚善。含英与我同姓,自是一家,今为姑媳,可谓有缘,唯望得归故里相聚,则予愿足矣!"接着她把南京五叔留下的房产,仔细地描绘了一遍,并且详细地告诉我们,前进后进属谁属谁,告诉我们要注意,其实这所房子已被日本人炸为平地,怎好告诉她。

五婶是在她们老妯娌中,学识最高的,她自幼随她的祖父读经史,后来曾在江苏省立女子师范学校任国文及历史教职。她的旧诗尤佳。林家和夏家同属江宁籍,两代相交,五婶是在芜湖和五叔结婚的。五叔是承楹最小的叔叔,因为得祖母的钟爱吧,读书平平,我想他还不及他妻子的文采!

我写此文,本预备找到五婶的照片同刊,曾写信给五婶的娘家侄子我们的表兄林杞先生,可惜的是他手中也没有,倒是告诉我一些林家族史,及他追忆姑母的事迹。最可贵的是林表兄把留在他手中的唯一的一册五婶的手迹,入川以后的诗著寄给我,他信中说:"知道你要写一篇纪念'我的三位婆婆'的文章,意义非常好,也表示了你的孝思。你亦是林家姑奶,你以往未见过我的五姑(即你们的五婶),林家过去的事也应当知道一些,在这资料中更可知她老人家的身世个性。……"

五婶的手泽,是写在毛边纸订成的本子上,题名"随记",纸已发黄,是从一九三七年因抗日离南京,先避难到安徽当涂无为,一路以诗方式写的,写到她居四川白沙,共得四十四首,是可谓史诗了。五婶是一九四三年谢世,时年六十八岁。这手泽保存了半世纪。

她和五叔无所出,五叔是个平庸的男人,但他们的感情非常好。五叔于一九三四年去世,从此她就孤独地过了一生。抗战时期,我们与她海天远隔,虽然过继给她,却可说没尽到孝,真是遗憾。她疼爱承楹和我,就在那样的艰苦抗战岁月,她又多病,还给我留下些首饰,如换别人不是早该变卖疗病了吗?

在她的四十四首诗作中,大都是思乡忧国之作,一路进川,对于写景也非常好,我吟之再三,不禁鼻酸,想到她入川后,一直期待归回故园,终不可得,或可以说是忧伤而去吧!她最初是由南京避难到当涂无为,有一首《过于湖》写她于清光绪丙申在芜湖归夏氏,今番重游已经是四十一年过去了。《舟行》一首写海上险景:

四十余人共一船,风波险阻泊江边。
天心故厄颠连者,历尽凄凉草舍前。
(舟行避着泊于僻处险风三日岸边有草屋三间。)

她从无为又到汉口,由汉口入川,经过宜昌,《自宜昌入蜀道中》写道:

层峦叠嶂倚天开,避户山居次第排。
梯级生成如建设,宛然图自画中来。

蜀山雄秀蜀江清,三峡奔流宛转行。
潮打浪花侵客坐,崎岖怪石水中生。

到了四川以后,在一次轰炸后奔赴白沙居住,便去世于此,她曾于《江楼闲眺》写道:

家住吴山畔,人居蜀道边。思乡流尽泪,望远隔遥天。
每忆儿曹信,时怀雁序还。漂零何已,空赋断肠篇。
万种愁思并,艰难集一身。病深唯占药,家远故依人。
倚枕听朝市,凭窗望水濒。扁舟归去客,怅触暗伤神。

她在一首《山墓》中写道:

青青墓上草,中有长眠人。
羡君宁静处,却免撄风尘。

这是她诗作中的最后一首,岂不是为自己写照?五婶的孤冢留在四川白沙,却也有四十四年之久了。

我的三位婆婆,除了亲婆婆过世较早几年,也许还有家人的祭拜,另两位婆婆就更可怜了。五婶某诗中有"闲庭寂寂景萧条"之句,读后感触颇深。前年焯儿夫妇由美到大陆去,到了北京他要去永光寺故居,那宅子已经住了二三十家人,堂兄弟不要他去,他非要去,他说:"我要看看奶奶的堂屋,我小时在那儿嬉戏的地方。"堂弟拗他不过,他去了,庭院杂乱一片,盖满了一家家的小厨房,他想由院子里拍一张奶奶堂屋的照片而不可得,只好从长廊直照过去,那是怎样一张破烂照片啊!

一九八七年母亲节

【海音附记】我对过继婆婆五婶,因为从未相见相处,所以知道得太少。写了前稿后,又写信给五婶的娘家侄子表兄林杞先生及夏家的侄儿夏阳(夏祖湘),要他们从记忆中给我写些他们对五婶个性或为人的描述,下面就是他们所写的摘录:

我对姑母的追思

林 杞

……姑母名林宝琴,字蕴如,一名夏林(任教时名)。生于光绪二年(公元一八七六年),光绪二十二年于芜湖适南京同乡夏仁师姑丈。一九一一年即任教于江苏省立女子师范学校,担任国文及历史教席。一九三三年姑父患神经忧郁症,于一九三四年逝世。一九三七年抗战与南京家人一路南下,经由安徽当涂、无为、重庆至白沙。一九四三年久病谢世,葬于东川白沙之阳。

姑母为人沉默寡言,明是非,识大体,处世泰然而有定见,常言命也,听其自然,颇为达观。姑母对我非常宠爱,因我家男丁少。而我与姑母相处虽不久,但时有过从,受尽至深。

姑母与姑父情感至笃,而姑父对姑母的和顺无微不至,真可谓是琴瑟和鸣,比翼连理,有不渝之情。姑母在北京因病及侍奉婆母(海音注:因婆母亦吸鸦片)而染嗜阿芙蓉,姑父亦随而好之,我经常见姑父煮生烟饼熬成膏,不厌其烦。在卧室内设一长榻,榻旁一小方桌,桌上置有烟盘,盘内有烟灯、烟枪、烟签、烟膏等。两人轮流吞云吐雾,望之风神潇散、羽化登仙之况,真是逍遥安详、神仙眷属。平时手不释卷(爱读唐诗及林纾所译小说),自姑母病后,提心吊胆地护侍,至甚憔悴。

姑母常以我林氏祖德宗功言行典故告勉,对林氏始祖比干公,以至唐时九牧公明经及第以来,仕宦相继,有无林不开榜之誉,面告示,因此受她影响而编纂《林氏家乘》。

我最后一次与姑母晤谈,彼此甚为感慨,是一九三七年十二月十三日南京陷于日本军阀前半月,我至安徽当涂探望姑母,相谈痛恨日军阀横行霸道,论及时事,她说:"……顽敌压迫而至焦土抗战,从此是最后关头,我们骨肉流离,是永无宁日了。"因此回忆一直到现在,我们还是在流离牺牲中,岂不痛心吗?……

印象中的五奶奶

夏　阳

……我最记得五奶奶的印象,还是在南京的时候,抗战以前。大概在三四岁的时候,我已经从事"新闻事业",就是每天大概下午的光景,穿过花园去到三祖父那里,把报纸送去院子对面五奶奶处,给她看。她就问我拿了水果没有?我说:"有。"她就算了。说:"没有。"她就给我,印象中都是苹果。然后我就拿给祖母,要她切两半,一半有子,一半没有子,有子的留给哥哥放学吃,我认为有子的那一半比较大,所以留给哥哥,真是"融四岁,能让梨"呀!五奶奶好像都在屋里消磨,记忆中像是瘦小的,每天看见她似乎都在抽水烟,地板上全是烧焦的洞,都是她吹水烟剩余的烟丝烧的。

看她诗中说逃难到无为的时候,有江边草舍的记述,我似乎也有一点点印象。三爷爷在芜湖去世的,我有印象,以后去汉口、重庆、白沙,我都有一些记忆,但记不得当时的五奶奶。她在白沙去世,我也没有印象,哦!对了!她大概后来因病留在白沙吧!我记得和奶奶、三奶奶坐木船回南京,当在一九四三年之前。五奶奶诗中有"凭窗望水濒"句,我记得许多人去过一个地方,从船窗可以看见江景,我印象很深,但不知是不是五奶奶住的地方?……

婆婆的晨妆
——缠足和篦发

五十多年前,我初结婚时,婆母常跟儿媳妇们谈起她做儿媳妇时代的生活,曾很感慨地说:"那时候儿媳妇不好做呀!要起五更梳头,早起三光,迟起慌张嘛!"她又告诉我们,所谓三光是头、脸、脚。早起早梳洗,迟起误了到婆婆屋去请安的时辰,是有失礼貌的。

那时梳头、缠足是费时的化妆。婆婆是缠足,我们知道她每天临睡前洗脚、缠足,总要弄到半夜才入睡。先是仆妇给她准备了几壶开水,她把开水灌入一个高脚的木盆里,慢慢烫洗。我们可以想象散开裹了一天缠脚布的脚,是多么紧疼!如今可得好好泡泡,松快松快了。洗好擦干之后,还得在足缝里撒上"把干"的滑石粉之类,这才穿上睡鞋、睡袜上床。

我的母亲也是缠足，但是四五岁缠足，到了十岁样子就放足了。这倒要拜日本侵台之功，他们禁止妇女缠足，所以母亲放了足，但是脚底的骨头已经折断，她有时表演给我们看，用手握住脚背凹弯下去，中间竟是折叠的。

中国妇女缠足在唐以前是没有的，据说是起于南唐李后主："后主宫嫔窅娘，纤丽善舞，乃命作金莲高六尺，饰以珍宝绸带缨络，中作品色瑞莲，命窅娘以帛缠足，屈上作新月状，着素袜，行舞莲中，回旋有凌云之态，由是多人效之。此缠足所自始也。"（摘自《闲情偶寄》中附录余怀之作）唐以前的诗人墨客所写作品中形容妇女的足美，如李太白诗云："一双金莲屐，两足白如霜。"韩致光诗云："六寸肤圆光致致。"杜牧之诗云："钿尺裁量减四分。"《汉杂事秘辛》云："足长八寸，胫跗丰妍。"都指的是没缠过的天足。

好在这一千多年前的缠足之俗，到二十世纪的现在，已经全都消灭。生在现代，我们真是幸福的。

再谈婆婆的另一晨妆——梳头。这也是很重要的，三光之一嘛！

婆婆早晨起来，洗过脸后，就会拿出她的梳头匣子，肩头上披一块布，把头髻拆散，让头发披散下来，梳头、抿油、绾髻、别金簪，完成梳头的化妆程序。然后再在脸部擦面霜、白粉，这时三光完成了，只等我们到堂屋向她"请安"，其实就是带孩子去叫"奶奶"，奶奶会把早预备好的糖果拿出来，说一声"乖"塞在孙儿们的手里，我也会叫一声："娘！我上班去了。"（我也是三光：烫发卷儿、胭脂粉儿、高跟鞋儿）把孩子撂在堂屋，等仆妇收拾完屋子下来带走。这时三光已毕的奶奶早坐在堂屋里的太师椅上抽水烟袋了。

所谓堂屋，是一家之主婆婆的起居室（living room），也是我们这几十口人大家庭的生活中心。婆母从早便坐镇堂屋，不论是出去的、回来的、办公的、上学的，丈夫、姨太太……出出入入，各房头要商量什么事，或是晚上闲聊，都在这里，她都看得见。我们结婚初期，尚未分炊,所以饭厅也在这里,吃大锅饭的时候,饭桌上就是交换消息的地方。说实话,我很怀念这婚后前几年的生活。

我不是说婆婆已经梳洗三光完毕了吗?但是她下午有时会在堂屋里,或天气好在宽大的前廊下,坐在藤椅上,又披散了头发,把它们由脑后拢到右前边来,用篦子篦头发。篦发也是梳发的一种,但用具不同,篦子和梳子是两种梳具,可以这么说:疏者叫梳,密者叫篦。就叫它们是梳子的姊儿俩吧!篦子的形状、质料和梳子都有不同。梳子的质料,有木的、竹的、玉的、角的、金的、银的、珐琅的、铜的等,但是篦子的质料却只有竹的,因为它们的作用不同。梳子除了梳头以外,还可以当头上的装饰品,就是现代中外妇女的发饰,也还有用梳子的,而篦子只有一项用途——篦头发,是专为了去发垢,如头上发间的头皮、油垢、尘灰等。

你也许会说,头发脏了就洗嘛!但是要知道,旧时妇女是不太洗头发的,怕洗多了受凉得头风呀!所以旧时连婴儿小孩都不洗头而只篦头发的。

我看婆婆用篦子从头顶一绺一绺地篦下来,动作很有韵律的呢!

那篦子也不是直接用,要把撕薄了的棉花塞在篦子上一排,等篦好了头发,再把棉花剔下来,污垢随着棉花下来扔掉,一点儿都不会留在篦子上,篦子仍是干净的。我婆婆虽已经发白又秃,还是这么篦头而不洗头,正如我读到杜甫某诗中"耳聋须画字,发短不胜篦"的情形一样。

我还见到一种小篦子,只有平常的一半大,原来那是给男人篦胡子用的。把它和耳挖子、打火机、修指刀、牙签、小放大镜、眼镜盒、烟袋、烟、手帕、小镜子、钱袋等男人身边用品都挂在腰间带子上,很有趣。

《水浒传》里曾读到有"篦头铺"一词,就是现在的理发店呢!

我在李笠翁的《闲情偶寄》中《修容篇》的"盥栉"一章中读到一

小段他对用篦子的看法,颇有见解。他是这么说的:"善栉不如善篦,篦者,栉之兄也。发内无尘,始得丝丝现相,不则一片如毡,求其界限而不得,是帽也,非髻也;是退光黑漆之器,非乌云蟠绕之头也。故善蓄姬妾者,当以百钱买梳,千钱购篦。篦精则发精,稍俭其值,则发损头痛,篦不数下而止矣。篦之极净,始便用梳,而梳之为物,则越旧越精;人惟求旧,物惟求新,古语虽然,非为论梳而设,求其旧而不得,则富者用牙,贫者用角。新木之梳,即搜根剔齿者,非油浸十日,不可用也。"

这样看来,我们老祖母头上的三千烦恼丝,可也不简单哪!

黄昏对话

秋很高,黄昏近了,她的颜色像浓红的醇酒,使人沉醉。我在这时思想游离了,想到西山的红叶,但是沉醉在这个黄昏下的,却是摇曳的大王椰子;绿色的椰叶上蒙着一层黄昏的彩色,她轻轻地摇摆着。

妈妈不知在什么时候穿过摇摆的椰树来了。

妈妈的银发越来越多了,它们不肯服帖在她的头上,一点小风就吹散开,她用手拢也拢不住。她进来一坐下就说:

"我想起那个名字来了。"

她的牙齿也全部是新换的,很整齐,但很不自然地含在嘴里,使得她的嘴形变了,没有原来的好看,一说话也总要抿呀抿的。我说:

"什么名字呀?"

她脱掉姻伯母修改了送给她的旧大衣,流行的样子,但不合妈妈的身材。她把紫色的包袱打开,拿出一个纸包来:

"刚蒸的,你吃不吃? 我早上花了一盆面,用你们说的那种花混。"她递给我一个包子,还温和,接着又说:"就是那个,一种花的名字。"

她想了想,又忘了。

我把包子咬了一口,刚要说什么,美丽过来了,她说:

"婆婆,你别说花混好不好!你说发粉,你说,婆婆,你说——发粉。"

妈妈笑了笑,费力地说:"花、混。"她知道还是没说对,哈哈笑了,"别学我好不好?"

"你不是说你是老北京吗?"美丽又开婆婆的玩笑。

"北京人对婆婆说话要说您,不能你你你的。只有你哥哥还和我说您。"

"我哥哥是马屁精,他想跟你要舅舅的旧衣服穿,就叫您您您的!"美丽说完跑掉了,妈妈想拍她一下也没拍着。

我想起来了,又问:

"您到底说的什么花的名字呀?"

"对了,"妈妈也想起来了,"就是你那天说你爸爸喜欢种的,台湾话叫煮饭花,北京人叫什么来着,瞧我又忘了。"

"再想想。"

"想起来了,"妈妈高兴地又抿抿嘴,"茉莉花。"

"茉莉花?怎么也叫茉莉花呢?茉莉花是白的,插在头上,或是放在茶叶里的呀!"

"就是也叫茉莉花,一点不错。"

"台湾话为什么叫煮饭花呢?"

"要煮饭的时候才开的意思。"

"那也是在该煮晚饭的时候。可不是,爸爸每天下班回来,从外院抱着在门口迎接他的燕生呀,阿珠呀,高高兴兴地进来了,把草帽向头后一推,就该浇花了。这种茉莉花的颜色真多,我记得还有两色的,像黄的上面带红点,粉红的上面带紫点,好像这里的啼血杜

335

鹃花。"

"你记不记得这种花结的籽?"

"怎么不记得,黑色的,一粒粒像豌豆那么大,掰开来,里面是一兜粉,您说可以搽的,可以搽吗? 您搽过吗?"

"可以搽,可是我没搽过。"

"您搽粉也真特别,总是不用粉扑,光用手抹了粉往脸上来回搽着,那是为什么?"

"用手搽混,比混扑还好用哪!"妈妈的"混"又来了。

"那您现在怎么又不用手了呢?"

"现在的混扑好用呀?"

妈妈说着就用手往脸上来回搓了一遍,这是她平常的习惯,这样搓一遍,脸上好像舒服了。我看着她的皮肤在这几年松弛多了,颈间的皮,在箍紧的领圈里挤出来,一下子就使我想到"鸡皮鹤发"这四个字上去。妈妈大概也在想什么,黄昏的浓酒的颜色更浓了,它的余晖从墙外,从树隙中穿过来,照在廊下的玻璃上,妈妈坐在那旁边,让黄昏笼罩在她的银发上,使我想到茉莉花池旁妈妈的年轻时代。不知道妈妈在想什么? 会在想我的婴孩时代吗? 偎在她的怀里吃奶? 梳紧了我的一根又黄又短的小辫子? 为了被猫叼去的小油鸡在哭泣? 为了不肯上学被爸爸痛打? 但是妈妈这时微笑说:

"你爸爸能把一挑子花都买下来,都没地方种了,就全栽在后院墙脚下,你记得吧?"

又是爸爸的花!

"我记得,后面那个没人去的小小、小小的院子,顺墙还种了牵牛花呢! 到了冬天,花盆都堆在空屋里,客厅里又换了从厂甸买来的梅花,对不对?"

妈妈点点头。

我又想起来了:"好像爸爸的花,您并不管嘛!"在我的印象中,没有妈妈浇花、种花的姿态,她只是上菜场,买这样买那样,做了给爸爸吃,他还要吹毛求疵,说妈妈这样那样弄不好。只有一回妈妈不管了,因为爸爸宰了一只猫吃。我说:

"您记得爸爸宰猫的事吧?"

"哼!"妈妈皱皱鼻子,好像还闻得见三十多年前的猫腥味儿,"你的太婆,就曾自己宰过一只小狗吃,因为没有人敢宰。"

太婆自己宰狗吃的故事,我听过好几次了,就是爸爸宰猫的事,我也记得很清楚,而且我也是吃猫的当事人之一,但是我喜欢再谈到它,好像重温功课一样,一遍比一遍更熟悉我的童年,虽然它越过越远。

"爸爸怎么想起要吃猫来啦?"我问。

"也巧,虎坊桥厨房的房顶上有个天窗,你记得吧?原来没有糊纸的,那次糊房子就给糊上了一层纸,刚好一只又肥又大的野猫踏了空,便从天窗掉下来,跌得半死,你爸爸立刻想到宰了吃。"

"我记得是车夫老赵帮着弄的。"

"是嘛!猫皮扒下来,老赵还拿去卖钱呢!"

"那锅肉怎么煮的?"

"像红烧肉一样红烧的呀!切了块儿。"

"哎哟!"我耸耸肩,咧咧嘴,表示怪恶心的样子,但是妈妈笑了:

"你还哎哟哪!你吃得香着哪!只有你爸爸和你和你弟弟吃。我们可是离得远远的!"

是受了爸爸这方面籍贯的遗传吧,我们的祖先是来自狗猫猴蛇都吃的那个省份,说是最讲究吃,其实多少还带点儿野性。

"后来呢?"其实结果我早知道,但是还要听妈妈讲一遍。

"后来那只锅,怎么洗,我也恶心,老有一股味道,我就把它扔掉了。"

"猫肉什么味儿?"我问妈。

"你吃过的呀!"

"可是早忘了。"

"是酸的,听说。"

妈妈站起来,扑掸着落在身上的香烟灰。她又点起了一支香烟。

黄昏越来越浓了。美丽过来,捻开电灯,屋里亮了,屋外一下子跌入黑暗中。

美丽说:"婆婆,你在这里吃饭吧,天都黑了。"

"我在这里吃饭?你舅舅呢,那你舅舅回家吃什么?"

"讨厌的舅舅,谁教他不快结婚!"

妈妈坚持要走,她走过去收那块紫色的包袱,发现她带来的包子被三个女孩子吃光了,她说:

"也不懂给你爸爸留,我特别做的冬笋下。"

"婆婆,读'馅儿',不是'下'!"然后她们打开了冰箱,"看!"

妈妈看见里面留着还有,安心地笑了。

妈妈穿起那件不合体的大衣,走到院子里,黄昏的风又吹开她的银发,我想说,拿发夹夹上吧,但是三个女孩子已经拥着妈妈走出门去了。

故乡一日

今天阴雨,乘坐在直达故乡的公路车里,闻着低气压下流散不出去的汽油味,我想着往事。

上次回故乡,是大前年的事了,为了参加堂弟阿棋的婚礼。当晚是住在幼美姑姑的家里。幼美姑姑是爸爸最小最淘气的妹妹,我是爸爸最大最调皮的女儿,我想这是幼美姑姑特别喜欢我的原因。

那次,记得天没亮幼美姑就起床了,我在睡梦中听见鸡叫声,以为是公鸡报晓,翻个身又睡了。等到早晨起来,梳洗完毕来到饭桌前,看见满桌饭菜中,有一大盘我最爱吃的白斩鸡,才知道黎明前的那声鸡叫,正是它被姑姑宰割时呢!

客家人是三餐吃干饭的,但是我却没有这种习惯,我早被都市的恶习和夜读夜写的生活折腾得常常是不吃早点、却吃夜宵的,但是我仍然食欲旺盛地饱餐了这顿早饭。我想我所以变胖,太适应任何食物和任何吃法,也是主要的原因吧!

吃了早饭我就忙着赶车回台北,姑姑帮着我收拾提包,把熟鸡腿包了塞进提包里,象征着我吃了鸡腿便可以多走动,常常回家了,所以临走时她问我:

"英子几多时再转来?"

我看着屋外姑姑种的满园子番茄,已经系结了青实,朝阳正照向它们,我说:

"谁知道!也许几个月,也许几年。"

姑姑说:"哧!"她不满意我的答复。

果然几年过去了,我才又一次回来故乡,这次是为了伯母的整寿。

车驶进故乡小镇的街上来了。故乡近年的进步是突飞猛进的,最大的工厂开设在这里,景象是不同些。我很担心,如果没有人来接车,我下了车,应当朝哪方走?如果沿门打听,也许见到的小朋友正是我的侄甥们,岂不正造成"儿童相见不相识,笑问客从何处来"的事实?

还好,车子驶到总站,我已经从车窗看见另一个堂弟阿桢等候在那里了,我多高兴!下车来,他告诉我,因为我信中没有写明车次时间,他和阿烈哥是从早上就轮班在这里等我的。

伯母已经搬到小镇的边边上去了,要走一些田间的小路,雨天脚下泥泞,幸好我穿了雨套鞋来。我跟在阿桢的后面走,忽然想起什么便问他:

"阿桢,你几个孩子了?"

"七个。"

"哟!"吓了我一跳。在我的记忆中,他有三个或四个,已经觉得不少了,几时增加到七个啦?只是在这几年我没有回来,就变成这样多了吗?

我的惊奇,使他回过头来,向我笑笑。他的笑,也使我想起了他的父亲——我的厄叔,最小最先死去的叔叔。

我永远忘不了我第一次回来的情景,厄婶拉着我的手哭着说:"转来好,转来好,你的爸爸和厄叔怎么就没有转来的命呢?"我忍不住失声痛哭,哭尽了我心中的委屈——厄叔叔和爸爸死在异乡以后,我们所受到的委屈,一股脑儿,都从心底涌上来。

厄叔死的时候,我还是一个小小女学生,但是对于厄叔,我有极深刻的印象,片片断断的,都能从回忆里,清楚地回到眼前。母亲曾说过,厄叔的脾气古怪,可是我就从来没有觉到过。他风度翩翩,比起高颧骨、凹眼睛的爸爸要漂亮得多。

厄叔给我最初的记忆,就是他对我刚开始入学读书的帮助很大。我第一次去考小学,就是厄叔带着我。一个北平夏季的大雨天,我从考场出来,看不见厄叔就哭了,等他从后面赶过来拉起我的手时,才因心安而破涕为笑。以后,我常常被这双温暖的大手携着,他带我去游公园,去买书去听戏。我初学毛笔字的时候,厄叔特地到琉璃厂买了一本柳公权玄秘塔字帖给我,这本字帖用了许多年,一直到厄叔死去,它还平静地躺在我的书包里。

厄叔是祖父最小的儿子,祖母最疼爱的。父亲在日本做生意的时候,他也被父亲带到日本读书。后来父亲的生意失败,带母亲和我到北平去谋事,不久把厄叔也接到那里去读书。厄叔和父亲的年龄相差十多岁,两个人的生活、思想太不同,虽然父亲一向都是爱护家人的。

几年以后，厎叔又把厎婶和阿桢弟接到北平。不久，他们就离开父亲另住，就是因为他们兄弟之间的思想距离太大。

后来，厎叔和朝鲜的抗日分子来往，他们计划发动什么事情的时候，因为事机不密，到大连就被日本人捉去，结果被毒死在监狱里。当厎叔的照片登在一张日本的报纸上时，父亲看了痛哭起来。那张照片上的厎叔瞪圆着眼，两手交胸，我从来没有看见过他这么凶的样子。父亲接到厎叔的死讯后，亲自到大连去收尸，回来不久便发了吐血的毛病。当时祖父写信来，为这件事责备父亲。我记得父亲一连几夜没有睡觉，给祖父回信，写了几十页，把信纸粘接起来寄出去，就像一卷书。

厎叔唯一的儿子，小时曾经是我的游伴的阿桢弟，现在竟做了七个孩子的爸爸啦！人生真难料！

我一边走一边痴想，走过弯弯曲曲的田边的小路，眼前就到了家。

七十整寿的寿星，正和大家一样，光着脚在泥地上走，她忙着呢！来往于自己住的小屋和借来请客的邻居地主的大房子。我向她拜寿，掏出代表台北全体的寿礼红包来，她抹着眼泪说："来就好！"

我被带进湫隘狭窄的小屋，里面乌压压的满屋子人，都是些三姑六婆二舅母这样的亲戚们。小孩子惊奇地望着被称作"唐山阿姑"的我。她们告诉我，哪个和哪个是谁谁的孩子，都是侄甥辈，我只能说，我的不知名的甥儿侄儿，像山上不知名的花儿那样多！

酒席开十桌，够豪华的。上到第十个菜，上菜的人说，这才不过是一半哪！谁说乡下人俭省？吃着"大肠肚子咸菜汤"、"洋葱煮鱼丸"这样的菜，我问邻座的姑姑，这是什么料理？谁在厨房主持？姑姑严肃地回答我说："好料理，你的三婶、厎婶、大嫂都在厨房里。"

当别人正吃得津津有味的时候，我忽然没有了胃口，有一股气味向我的鼻孔侵袭。我来找，一回头，发现身后的大板墙那边正是牛槽,那就难怪了。我很想捏起鼻子,但是我凭什么要这样做?只因为我是都市的宠儿?都市的空气比这里更清洁?更何况在我的生命史上,幼年也有过两年乡下生活的记录呢!我这么想着,不禁笑了。姑姑误会了我的笑容,她说:"好料理吧?"我点点头。

酒席吃完了,我到凤姊家去休息。凤姊说晚上要请我听戏,正旅行到镇上来的阿玉的戏班子,是非常叫座的。她去买票,我浏览着凤姊这栋新建的房子,满挂着的祝贺镜框和对联。姊夫原来有一辆"拖拉库"由他自己驾驶,做些运输煤炭或其他物品的生意,但现在他是民意代表了,所以墙上的镜框都是书写着"民之喉舌"、"为民造福"等等的字样。

这时在寿婆那里帮忙的婶婶、嫂嫂们都来了,她们忙了大半天,都还没跟我说上话呢!厄婶还是那么清瘦和忧郁。她见我总是忍不住冲动地轻叫着:

"英子!"然后哭了。

看见我会使她想起她这一生的转折点——在冰天雪地的北方,在正被人家艳羡的生活中,她骤然失去了那青年英俊的丈夫——厄叔。她现在虽然做了七个孙儿女的祖母,但他们怎抵得过那一个属于她的厄叔呢!

这时屋里全静下来了,只听厄婶一个人的饮泣声,没有人劝解她。也许大家都知道(也都有过这经验吧!)让她哭泣一阵,心中的郁闷发泄出来,不是无益的事情。

但我还是要打破这沉重的气氛,我从皮箧中取出一沓我的近照,递给厄婶,说:

"您看这些都是我。"

这样,她才停止哭泣,含泪微笑地一张张看着。我送给每人一张,她们都珍重地收起来。

晚上听戏,是凤姊大请客,我们一群妇孺,结队前往。婶婶要我脱下"踢死牛"的尖头皮鞋,她不信那双鞋会使我舒服,于是我换上了木屐,招摇过市。

幼美姑姑是戏包袱,关于戏的一切她都知道。她告诉我,阿玉母女的戏班子是跑乡镇有名的。她的女儿们都是初中毕业后参加戏班,所以不可以轻视呀!

这一晚的戏听完看完以后,太使我开心了!她们所演的,应当是称为"地方戏"的那一种,但是我看了后,觉得这种戏已经打破了"地方"的观念,就是对于"时间"的看法,也应当另具眼光。它像现在人们所争论的现代诗或现代画一样,称之为现代戏,是无愧的!因为在这出号称香艳、悲伤、警世、武打的戏里,它的乐器包括胡琴、二胡、单皮、锣鼓、麦克风、小提琴……为什么不可以呢?她们所唱的既然有歌仔调、流行曲、西皮摇板、采茶相叻调等等,当然就得这些乐器来配合。她们既然穿了古装唱流行歌曲,那么饰演花花公子的,穿了粉红缎子香港衫戴了水手帽,又有何可挑剔的呢?因此,她们在一台戏里,也就忽而客家语,忽而闽南语,忽而国语不足为奇了!唱到一半,女主角又凭什么不可以从后花园赠金给公子后,跑到台前来,用播音小姐的腔调,穿着古装,站在麦克风前,预报明天的戏目,请君早临呢?所以,当我看了最后一幕以"拥吻,幕徐徐落下"而结束时,不禁向台上发出会心的微笑了。

科学的进步,时间和空间的距离和间隔都缩短了,错置了,我们既然可以在收音机里、电视机里听到和看到过去的真实的声音和情况,为什么古今中外不可以在戏台上融于一堂?现代的艺术家也告诉人,美和丑是难以界分的。这一台戏给了你非常"现代"———一种清清楚楚可又模模糊糊的感觉。这一切,怎不教人开心呢!

我和所有的观众一样满意地踏上归途。

我这次是回到凤姊的家来歇一晚。在没有垫褥的榻榻床上,凤姊给了我一床十斤大棉被和一个小硬枕头。我不能嫌不舒服,我应当记着,幼年的我,是曾经有过两年这种睡觉方式的记录呀!人能忘本么?!

临睡前,凤姊过来了,她说:

"明天不能再留一天吗?"

我摇摇头说:

"不能,故乡虽有趣,但我明天还要工作,一早就走。"

她到外屋去,我听她和她的女儿在说什么,又有搬动碗盘的声音。我想,她一定在切鸡腿,分红龟,一包包让我带到台北去分给众人,但不知这次吃了象征着常常走动的鸡腿,下次回故乡会在什么时候?

一九六〇年

春声已远

郁达夫之死

二十年代初,有几个在日本读书的中国青年,他们虽然不完全是攻读文学的,但对于文学有着热烈的爱好,所以集合几个同志组织了一个研究文学的团体,这里面有郭沫若、郁达夫、田汉、张资平、成仿吾等人,他们后来都成了我国文坛上的作家,这个团体就是有名的"创造社"。但是我们今日再看一看这几位作家:郭沫若远走香港,前些时并且听说他已经到佳木斯去了;郁达夫于日本投降后在新加坡失踪,他的死竟像传奇一样被人们传谈着;田汉的桃色纠纷一直闹到台湾来,是人所共知的;张资平这位多角恋爱作家竟因为失足伪职,而抱恨终身,走到哪里也刷洗不清;成仿吾早就做了××大学的校长。三十年了,他们不再是青年,而"创造社"也在文坛历史上无形地结束了它的生命。这里面唯一死去的是郁达夫,他一生尝尽了颠沛、贫困、病痛、失恋的滋味。人们常说"写故事的人,他本身往往就是一个故事"。

看郁达夫作品的人,常常觉得他是一个颓废派,他越是烦恼的时候,越会自暴自弃,酗酒、女人,样样都来的。据说有一次暨南大学打算聘郁达夫为教授,竟被当时的教育部长一棒子打下来,说郁某人生活浪漫不足为人师表云云。实在讲起来,郁达夫是一个有着"自我暴露"的病态的人,他的暴露往往超出限度,郭沫若说他这种暴露自己是为了发泄他在文学上的想象力;也有人说过郁达夫看起来是颓唐派,本质却是清教徒。实际上也正是如此。

他这种暴露竟引出一段婚姻的不幸:郁达夫和王映霞的恋爱是人所共知的,在《日记九种》中郁达夫供出他对于王映霞的热恋,因为热恋王映霞而内心感到对妻荃君的惭愧,终于感情敌不过理智,他和王映霞到底达到同居之爱。不幸好景不长,他和王映霞在刚一抗战时便起了家庭纠纷,后来有人为他们调解过。他们也一同到过福建,又远赴南洋,终于破裂。郁达夫又显出他那"自我暴露"的本领,大作其《毁家诗纪》登在香港的报章上。王映霞何以堪?也回敬了一些文章,在抗战的初期算是给战争的文坛点缀了一个插曲。

他寂寞地任《星岛日报》编辑,到新加坡陷落,郁达夫这个人没有人再提起,那时他是怎样生活着,以至他是怎样死的?这个谜一直到日本投降后,郁达夫的公子郁飞给沈兹九女士写信询问他父亲的消息,由沈女士的回信可以知道郁达夫在新加坡陷落以至于死的一段纪实:

郁飞小朋友:

信早收到,因为才逃难回来,所以什么事情都得从头理起,忙得很,到今天才复你,你等得很着急了吧。

你爸爸是在日本人投降后一个星期才失踪的,到现在还没有回来,大约是凶多吉少了。关于你爸爸的事是这样:

在新加坡陷落前五天,我们一同离开新加坡到了苏门答腊附近小岛上,后来又溜进了苏门答腊。那时我们大家都改名换姓,化装了生意人,谁也不知道我们的来历。有一次你爸爸不小心,讲了几句日本话,就被日本宪兵来抓去,强迫他当翻译。他没有办法,用"赵廉"这个假名在苏岛宪兵部工作了六个月。在这期间,他用尽方法掩护自己,同时帮忙华侨,所以他给当地华侨印象极好。他在逃难中间的生活很严肃。那时我们也在同一个地方,不过我们住的是乡下。他常常偷偷地来看我们,告诉我们日本人的种种暴行,所以他非常恨日本人,后来他买通了一个医生,说有肺病,不得不辞职,日本人才准了他。

一年半以后,新加坡来了一个汉奸,报告日本宪兵,说他在做国际间谍。当地华侨为这事被捕的很多,日本人想从华侨身上知道你爸爸是否真有间谍行为。结果谁也说没有,所以仍能平安无事。在这发生以前,我们因为邵宗汉先生和王任叔伯伯在棉兰,要我们去,我们就去棉兰了。他和王金丁先生和其他的朋友在乡间开了一家酒店,生意很好,就此维持生活。

直到日本人投降后,他想可以从此重见天日了,谁知一天夜里,有一个人来要求他帮忙一件事情,他便蹑了一双木屐从家里走出,就此一去不返。至于诱他出去的那人是谁,现在还不清楚,大约总是日本人。我们为了这事从棉兰赶回苏多方面打听,毫无结果。以后我们到了新加坡,又报告了美军当局,他们只说叫当地日本人去查。哪会有呢?

问题在此:日本降后,照例兵士都得回国,而宪兵是战犯,要在当地受人民控告的。人民控告时,要有人证物证,你爸爸是最好的人证,所以他们要害死他了。而他当时没有想到这一层,没有早早离开,反而想在当地做一番事业。

你不要哭,在这几年当中,你爸爸很勇敢,很坚决,这在你也很有荣誉的。况且人总有一死的呀,希望你努力用功。

再会。

你的大朋友　沈兹九

这短短的一封信写得多么简洁而沉痛！不要说他的儿子郁飞要哭，凡是关心这一生颠沛的作家的人都不免要为之悲愤、为之痛惜而一掬同情之泪了。

这封信中，沈兹九女士告诉郁达夫的儿子说，郁达夫在逃难中的生活很严肃，言外之意好像是说郁达夫一向都是习惯于不严肃的生活似的。但据说"赵廉时代"的郁达夫也曾娶了一个南洋婆子且生下子女多人。

为了出版《郁达夫全集》，也起了一段纠纷而终不得成事实，原因是这样：有许多版权仍在王映霞手里，她说出全集可以，但其中有关于她的要删掉，包括《日记九种》中的初恋时期。那么郁达夫的历史中如果除掉王映霞，岂不像"麻婆豆腐"一菜免去辣子一样无味了吗？

郁达夫的原配妻，就是日记中称之为"可怜的荃君"的那位荃君，现在仍寂寞地住在杭州的"风雨茅庐"里，这是郁达夫生前所置的产业，在狂风暴雨的大时代，他可惜未曾至此一避风雨了。

一九四九年一月

悼钟理和先生

大约在两星期前，华苓打电话来说某处所选中译英的短篇小说，尚缺少本省作家的作品，要我代找。这个消息使我很兴奋，立刻就近要了文心、清文的，同时写信给肇政和钟理和先生，要他们寄几篇来选，因为他们几位都是常写小说的本省籍作家。华苓在催，但是钟理和先生的却迟迟未到，我只好选了他在《联副》不久前刊过的一篇《还乡记》凑上送去。接着他的四篇剪报寄来了，所附的信是别人代笔署他的名写的，我可以猜想到他一定是病了，因为起起倒倒对于他已经是常事了。但过了两天，却又接到理和先生的亲笔信，他说他突然病倒了,这回病得凶狠些,所以所要的剪报迟寄来,同时他又说他所选的四篇作品,在他是有意义的,因为他写的是乡土的台湾,都市的台湾自有别的作家去写。我的工作忙忙乱乱,还来不及写信谢谢他,并且告诉他说已经来不及,所有的稿子都已送走,而今天便又接到一封寄自高雄美浓镇的信,笔迹不是理和自己的,我猜想一定是他细心要修改稿件的信。接信的当时,我从木栅回来,人很疲乏,吃了午饭睡觉第一,午觉醒来才拆开信,那上面写着:

海音女士:
　　家父于八月三日突然老病复发,四日终于不治辞世,五日下午依遗言火化。事出仓促,不能及时通知,请原谅。
　　前些日子寄去的作品,用完后请替我寄回来,以后希望您仍像以前一样地照顾我们。还有好些作品没有出版,我希望将来能把他的作品集成一集出版。《笠山农场》父亲遗言要请您跟肇政叔叔设法出版,现在原稿在台北,已经写信去要了,接到后即将寄给您们。心里慌乱,言语无绪。敬祝,大安
　　　　　　　　　　　钟铁民拜　八月七日

看了这封信,我愣住了,因为理和先生的死,似在意料中,又出乎意外。他在本刊那篇万字连载《复活》是五日才刊毕,他四日已经死了,这可能是他在世所见到他的最后一篇刊出的作品,而相信他日前写来的短信,也可能是他生前写的最后的一封信。想到他和《联副》两年来的写作的关系,以及对他的敬佩和认识,似乎不会使我的心情平复,同时本刊的读者,在读了理和先生的许多作品以后,也会对这位默默一生的作者寄予无限的怀念吧!

从理和先生的作品中,读者也会看出他是一位不快乐的作者,因

为在他的作品中难得——不,简直从没有看见过"欢乐"与"诙谐"的场面,而多的是"悲悯"和"忧伤"。每读他的作品都使人心情沉重起来,有欲哭无泪的感觉。但是他并不是一个卖弄笔墨来赚取读者的眼泪或同情的作家,而是他写作和生活的背景,正有着无限的辛酸,笔触所及,不由得要流露出来。理和先生一生热爱写作,从年轻到死亡,他所写的,在情感上毫无虚构,这正应了贝多芬的名言:

"为何我写作?我心中所蕴蓄的,必须流露出来,所以我写作。"

但可怜的是他一直盼着有一本自己的集子出版,却到死也没有实现。

理和先生今年四十六岁,一生除了热爱写作外,没有辉煌的履历和学历,而更不幸的是十几年来一直在和肺病搏斗。他在第一次通信上便沉痛地写说:"我在一个人生涯中最为有用的少壮之年便罹此疾,空让大好时光虚掷,自思此生已无多大希望,今后倘能当名小卒,呐喊呐喊为文坛添点热闹,于愿足矣!"

然而这点愿望也不能让他完全地达到,他还有些作品尚未发表,但当我们再读到他的作品时,这个人已经不在这个世界了。

钟理和先生的平凡(也不平凡)的一生,是这样的:

他的学历仅仅是日据时代的高小毕业再上一年半的村塾(读汉文)而已,而实际上,村塾所读的汉文,对于他后来的写作,并没有什么大帮助,因为当时所读的都是古文。在日据时代,政治环境是那样的恶劣,一切条件都不适合一个人成为一个中国文的作家,所以他有了今天的成就,除了酷爱文艺的起码条件以外,还是有赖于他个人的遭际。

他自己曾说过他的写作生涯的最初动机:

> 我少时有三个好友,其中一个是我异母兄弟,我们都有良好的理想。我们四个人中,三个人顺利地升学了,一个人

名落孙山,这个人就是我。这事给我的刺激很大,它深深地刺伤了我的心,我私下抱定由别种途径赶上他们的野心。这是最初的动机,但尚未定型。

他在高小读书时,借着由父亲手里得到的一点点阅读能力,热心地浏览中文古体小说,一部《杨文广平蛮十八洞》,可以说是他启蒙的中国小说了。后来他进入村塾后,阅读能力提高了,随着阅读的范围也增广了!举凡当时能够搜罗到手的古体小说,莫不广加涉猎,后来更由高雄、嘉义等地买来新体小说。当时祖国大陆上正是五四之后,新文学风起云涌,当时很多名作家的选集,在台湾也可以买到。那些新文艺作品,几乎使他废寝忘食地倾读着。于是在熟读之余,便也偶尔拿起笔来写。有一次他把改作后的一篇短文拿给他的兄弟看,他默默地看过后忽然对理和先生说:"你也许可以写小说。"他虽然不明白兄弟的这句话,究竟是出于无心还是有感,但对理和先生来说,却是一句重要的话。以后他的兄弟到台北到日本,都常常给他寄来文艺理论的书籍。他兄弟的这种做法,使他不断地和文艺发生关系,他后来从事文艺工作,兄弟的鼓励有很大关系。

但是把他更驱向文艺的,却是他的婚姻!

当理和先生读完了一年半的村塾,第二年他十九岁,家里从屏东县迁到现在的地方来开拓山林,而就在那里,他认识了一个农场的女工平妹,并且爱上了平妹,不幸的是女工也姓钟,同姓联姻,在本省是大忌,他自述说:

我们受到旧社会的压力之巨和为贯彻初衷所付的代价之巨,是无法形容的。这是我生平的又一次刺激。被压迫的苦闷和悲愤,几乎把我压毁。这时候我兄弟的那句话开始对我发生影响了,我借笔墨来发泄蕴藏在心中的感情的风暴。这思想把我更深地趋向文艺。由此时起,要做作家的愿望开始在心中萌芽了。

一九三八年夏天,他只身跑到东北,一九四〇年便回台湾把他的平妹带走。平妹也就是他的妻,这个结合对他太不容易了。而平妹呢?在贫病交迫的日子里,她勇敢地又背起了犁耙回到农场,现在她还是一个耕种着四分田和养着几只猪的农妇。读者在理和先生的作品中,早已看到一个那样忍耐着丈夫的病、家庭的贫的主妇,如果说平妹嫁给理和先生没有得到什么吗?她得来的却是全部的爱,一直到死!现在他们有四个孩子,一个读高中,一个读国小,两个还小,生活一直不如理想,理和先生死了,更不堪想象。

二十年来,理和先生并没有过一个固定的职业。当他一九三八年到东北去,是做着驾驶汽车的工作,后来在公司里工作。一九四一年,他们移居北平,在文化古城中加强了他要做作家的愿望,虽然他的工作一向没有和"文化"有关,他在北平经营的是"煤炭零售商"!但是他几乎把全副的精力花在写作和自修上了。

最不幸的是他的病。一九四六年他回到台湾来,初担任县立初中代用教员,但转过年的年初就得病,后来进松山疗养院,开刀切去了七条肋骨,一个人只剩半个了!这期间他没有写作,但是一九五〇年出院回到乡下的家里,便在疗养中继续他热爱的写作。这时好像完全达到他的夙愿了,因为事实上他不能担任任何工作,看书、写作,不正是他所希望的吗?然而时好时坏的病体,实在是在挣扎中生活的。

在这种情形下,他的笔触何来幽默与欢乐?但是他从不发牢骚,本着他热爱文艺的意志,尽情地写作下去。平妹,下田种着地,上山砍着柴,她也从不抱怨。

理和先生在病后的作品多属短篇,而且也多在《联副》发表,其他刊物如《自由青年》上也间或发表一两篇。唯一的长篇小说《笠山农场》是曾得文艺会奖的,但一直不得机会出版单行本。

一个一生的精力付诸写作的人,盼望着有一本自己的集子出版,该不算奢侈吧,但是一直到死,理和先生的小小愿望都没有达到,但是谁又想到他这样突然地离去了呢?

不久以前我曾在通信中向理和先生谈及说,台北的西区扶轮社(全部本省籍会员)对于本省的文化年年都奖励,我很想建议他们掏出点钱来出版一本省籍作家的作品合集。理和先生很高兴,写信频频询及,但是我还没碰到什么机会向什么人去讲呢,理和先生已经不在世了。他临死的遗言要肇政和我帮他出版集子。对于这样一位作家,我们应当尽力而为,为了安慰他,也为了这是我们应当做的事。

一九六〇年八月十日

同情与爱
——我访赛珍珠

报载美国将在明年赛珍珠逝世十周年时,发行一枚纪念邮票。邮票设计已完成,是一张她晚年的照片,赛珍珠于一九七三年逝世时,已经八十一岁,这张所谓晚年照片,还是那么漂亮,使我回想起一九六五年八月间在美国,曾到费城的赛珍珠基金会去访问当年已七十三岁的赛珍珠。

赛珍珠对于中国读者,甚至全世界的读者,都不陌生。她写作,以至得诺贝尔奖的作品,全部是以中国为背景。她和中国的关系,不必介绍,读者也都知道的。但是当她回美国以后,后半生写作极少,却热心于战后救孤工作,所以才有"赛珍珠基金会"的成立。

那天是八月十一日,我和她约定的是下午四时半在费城德兰塞街的基金会见面。基金会坐落在安静的住宅区里,小小的三层楼房,两扇玻璃门上红油漆各写了三个"赛珍珠"中国篆字。推门进去,客厅里有个彩色小喷水池,旁边装饰着佛像、小石观音像,椅子和墙壁上挂的画都是中国的,她下来迎我,带我到楼上她个人的小会客室里。

赛珍珠本人比我在报章杂志上看的照片都年轻,她的皮肤白皙,穿着宝蓝色缎子的衣服,衬着光亮的银发,耳朵戴着珍珠耳环,项间很简单一条项链,化妆适度,非常雅致,不像一些美国老太太,花红柳绿地穿着,以及全身披挂着珠珠串串的。我心想她学会了中国女性的"雅"。

我对她说,当她出版世界名著《龙种》、《大地》时,我还是个小学生,等到我能阅读她的作品时,她已经差不多回美国了。说老实话,我实在并不喜欢赛珍珠那些以中国为背景的作品,记得当年保罗·穆尼和露易丝·雷娜两大明星合演《大地》,那洋人梳条中国辫子的形象,至今想起来都不喜欢。听说她说的中国话是带江北口音的,因为她是随传教的父母在中国镇江长大的;只是我不知道她还能不能说中国话了,所以我连问也没好意思问,倒是对她的救孤工作,有些兴趣。那时她正出版一本以韩战为背景的小说 The Living Reed,我问她为什么有兴趣以韩国为背景写小说,因为她只旅行过韩国,并不像在中国曾居住那么久。她说:"我们美国人曾有那么多年和那么多人在那儿打仗,但对韩国知道得太少,所以才以韩国为背景写这本小说。"谈到基金会的工作,她也说:

"这虽是一个救济孤儿的机构,可不是开孤儿院,而是筹募基金,送给亚洲的混血孤儿。这些孤儿,都是美国大兵在日本和韩国留下的,现在越南也开始有了。"

我也很欣赏她呼吁捐款的宣传小册,上面有很动人的文字,应当是出于这位世界闻名的女作家的手笔吧。她是这样写的:

在流离失所时出生……

孤独,恐惧……

来到一个他们一无所知的世界。

这些我们美国大兵的儿女仍在不断地出生。

孩子们是无辜的。

帮助他们以有美国血统而骄傲,不是羞辱。

帮助他们知道爱,不是恨!

帮助他们知道安适,不是痛苦!

帮助他们获得知识,不是白痴!

请站在美国人的立场帮助他们!

我虽很同情和敬佩她的救孤工作,但也很庆幸我们中国这种混血孤儿虽然有,但是少而又少,那次访问她以后好几年,好像台湾才也设立了这么一个机构。

找出一张访问赛珍珠时和她合拍的照片。后面的墙上,挂的是一幅中国花轿行列的绘画。

一九八二年六月

遥念胡蝶

岁月回到五十年前,我在北平读春明女中初中的时候。有一天下课,我们几个喜欢电影和爱活动的同学,相约去看上海明星电影公司拍外景,是胡蝶、郑小秋演《啼笑因缘》,地点是在先农坛的四面钟下面,阶前摆着简单的道具,不过是一个大鼓架子。在《啼笑因缘》里,胡蝶是一人饰两人,这时是拍她饰演唱大鼓的沈凤喜,郑小秋演樊家树。人家都说郑小秋个子矮,和胡蝶演对手戏要登上小板凳,这是故意挖苦。那天胡蝶梳着一条油松大辫子,鼓妞儿的打扮,郑小秋穿团花缎子长袍,少爷的打扮,但那件长袍为什么是紫红色的?后来听说因为拍黑白片,这样才可以使色调和谐。郑小秋没拍戏,看见有一堆小女生,便走过来很和气地跟我们打招呼,问我们是哪间学校的。那天去看我所喜欢的女明星,虽是半世纪后的今天,记忆犹新。

一九六五年秋,我受邀访美归来,在日本停留一周,为的是去看我的出生地大阪城。这时老友王渤生、林慰君夫妇也因来台任教途经日本,我们早约好在日本同游。慰君当年也是胡蝶迷,不知哪儿打听来胡蝶也正居留日本,便经友人介绍认识了,这时距离我的小女生时代,已有三十年,胡蝶也是近六十岁的人了,她高挑的个子,还是那么端庄美丽。我当然先告诉她,我怎么在先农坛看她演戏,那时的小女生胆小竟不敢上前,并且说我是更早打从她演《火烧红莲寺》、《空谷兰》就是她的观众,她听了也很高兴。我问她养生之道,为何六十岁了,还这么漂亮,她说她不但不烟不酒,辣椒也不吃。又提起她的酒窝标记,她笑说,年轻时只右颊有酒窝,老了不知怎么倒变成两颊都有了!

不久以后,她自日来台,在她往来台日及居留台湾的十年间,我们成了时常见面的好朋友。日渐发现她的为人,如此次金马奖颁奖时新闻局长张京育所说,胡蝶女士不但代表了整个中国电影史,在私底下,她的待人接物处世之道也是令人崇敬的。其实还不止于此,她坦诚忠厚,且富幽默感,生活更是简单朴素。胡蝶在天母定居的时候,生活平静,闲来读书、莳花,下山来和我们聚晤,有时打打最小的麻将,无非是要延长更多的时间聊天儿。她的国语虽带一点点她家乡广东的口音,但她会说很多种方言,上海、苏州、福州、扬州等等。她每来总要带三五本文艺书籍回去,下次再来换,张明大姊和我所藏文艺书籍甚多,就够她看的了。她谈一些早年电影明星生活,是我们最感兴趣的了,而她论及同时期的明星,从不道人长短,只是有一次谈到当年一位大学校长因嘲讽张学良,竟造谣诌诗说什么赵四风流朱五狂,翩翩胡蝶正当行……那诗当年全国刊载,使胡蝶名誉极受伤害,胡蝶说:"现在张学良人在台湾,可以面对做证,我那时连见也没见过张学良呀!"旧时骚人墨客不知尊重女性,尤其是对待演艺人员。记得和胡蝶同时的明星阮玲玉自杀时便留四字遗言:"人言可畏"。阮玲玉那时已是和胡蝶能分庭抗礼的大明星了,都不能忍受人间的欺侮而自杀,宁可放弃大好的前途,可见谣言惑众是多可怕的事。

胡蝶和潘有声的结婚也是当年电影界一大事,白纱拖长及地,绣满蝴蝶,不知有多美丽。他们婚后育有一子一女,生活美满。可惜是后来出大陆住香港,潘氏病亡,胡蝶从而带着两个孩子寡居香江。

在台居留期间,关怀她的朱先生也往来台日做生意。朱先生来台,我们也都常见面,他是一位忠恳的商人,说起朱先生和胡蝶的缘分,应当从五十多年前说起了。有一天胡蝶在拍片,忽然有一少年徒弟搬道具有什么差错,被导演等骂个不停,胡蝶看不过去,便说:"人家年纪轻轻,不讲什么就好了,不要这么责备人家嘛,好了好了!"这才算给平息了。几十年来胡蝶哪里还记得这小事。谁知就在潘有声故去后,在香港朋友家认识了一位朱先生,朱先生对胡蝶说,你大概不记得有这么回事了,便原原本本道出当年片场被责骂的那少年就是他。朱先生认为大明星对他的关注是不可忘怀的,所以朱先生说,胡蝶有任何需要他帮助的,他都应当做,这时朱先生已经是一位成功的商人了,确是很照顾胡蝶。后来他们有了感情,但朱先生的太太在大陆,胡蝶非常忠厚,不愿拆散人家夫妻,便未成婚。后来离日来台居住恐怕也是这个原因。朱先生曾很诚恳地对我们这些朋友说,他愿照顾胡蝶,让她过十年安静健康的好日子。那时胡蝶的儿子尚在英国读书。这段缘分,胡蝶都很坦白地对我们讲。十年前胡蝶移居加拿大傍着妹妹胡珊,这时她的儿子也学成在加拿大奉养母亲。去年消息传来,朱先生倒先离胡蝶而去,在美国去世。他们俩的这段情缘很使我感动。

胡蝶离台时，要我选些她种的花儿草儿，我也盆盆罐罐地拿下山来。她移居加拿大后，也还来过台湾。这次听说她要来领奖，正高兴可以见到八十岁的胡蝶了，却不想她因旅途不宜，不能亲自来，她给张明大姊的信上说："……早就该写信给您，可是懒得很，真是要不得。蝴蝶是虫变的，我胡蝶是懒虫变的啊！……医生说我不宜远行。近日精神很差，一切都在退化，终日不做事情都觉得很累，每天要吃几种药，离不开医生……"

无论如何，她得此特别奖是实至名归，我们遥祝她健康！

一九八五年十二月六日

念远方的沉樱

回想我和沉樱女士的结识，是在一九五六年的夏天，我随母亲带着三岁的女儿阿葳，到老家头份去参加堂弟的婚礼。上午新妇娶进门，下午有一段空时间，我便要求我的堂的、表的兄弟姊妹们，看有谁愿意陪我到斗焕坪去一趟。我是想做个不速客，去拜访在大成中学教书的陈锳（沉樱）老师，不知她是否在校。大家一听全都愿意陪我去，因为大成中学是头份著名的私立中学，陈老师又是那儿著名的老师，吾家子弟也有多人在该校读书的。于是我们一群就浩浩荡荡地来到了大成中学。

到学校问陈老师住家何处，校方指说，就在学校对面的一排宿舍中。我们出了校门正好遇见一个小男生，便问他可知道陈老师的住家，并请他带领我们前往。这个男孩点点头，一路神秘不语地微笑着带我们前往（我至今还清晰地记得他那神秘的笑容）。到了这座日式房子，见到沉樱，她惊讶而高兴地迎进我们这群不速客，原来带我们来的正是她的儿子梁思明。

大热的天，她流着汗（对她初次印象就是不断擦汗），一边切西瓜给大家吃,一边跟我谈话。虽是初见,却不陌生;写作的人一向如此,因为在文字上大家早就彼此相见了。尤其是沉樱,她是三十年代的作家,是我们的前辈,我在学生时代就知道并读过她的作品了。

一九五六年开始交往,至今整整三十年了。三十年来,我们交往密切,虽然叫她一声"陈先生",却是谈得来的文友。她和另外几位"写沉樱"的文友也一样:比如她和刘枋是山东老乡,谈乡情、吃馒头,她和张秀亚谈西洋文学,和琦君谈中国文学,和罗兰谈人生,和司马秀媛赏花、做手工、谈日本文学。和我的关系又更是不同,她所认为的第二故乡头份,正是我的老家,她在那儿盖了三间小屋,地主张汉文先生又是先父青年时代在头份公学校教的启蒙学生。我们大家聚在一起的时候,话题甚多,谈写作、谈翻译、谈文坛、谈嗜好、谈趣事,彼此交换报告欣赏到的好文章,快乐无比!到了吃饭的时候,谁也舍不得走,不管在谁家,就大家胡乱弄些吃的——常常是刘枋跑出去到附近买馒头卤菜什么的。

这样的快乐,正如沉樱的名言——她常说:"我不是那种找大快乐的人,因为太难了,我只要寻求一些小的快乐。"

这样小快乐的欢聚的日子也不少,是当她在一九五七年应聘到台北一女中教书的十年里,以及她在一女中退休后,写译丰富、出版旺盛的一段时日里。

如今呢?她独自躺在马里兰州离儿子家不远的一家老人疗养院(Nursing House)里,精神和体力日日地衰退。手抖不能写,原是数年前就有的现象,到近两年,视力也模糊了,脑子也不清楚了。本来琦君在美国还跟她时通电话,行动虽不便,电话中的声音还很清晰,但是近来却越来越不行了。今春二月思明来信还说,妈妈知道阿姨们要写散文祝贺她八十岁生日,非常高兴,我向思薇、思明姊弟要照片——最重要的是要妈妈和爸爸梁宗岱(去年在大陆逝世)的照片,以配合我们文章的刊出,沉樱还对儿女们催促并嘱咐:"赶快找出来挂号寄去!"思明寄照片同时来信说:"妈的身体很好,只是糊涂,眼看不清楚,手不能写是最难过的事,我也只有尽量顺着她,让她晚年平静地过去。"据说这家疗养院护理照顾很好,定期检查,据医院说,沉樱身体无大病,只是人老化了,处处退步。

我们知道沉樱眼既不能视,便打算每人把自己的写作录音下来,寄去放给她听也好吧!但是思薇最近来信却说:"……希望阿姨们的文章刊出录音后,妈妈还能'体会',她是越来越糊涂了,只偶尔说几句明白话。每次见着她,倒总是一脸祥和,微笑着环视周遭,希望她内心也像外表平静就让人安心了……"琦君最近也来信说:"稿子刊出沉樱也不能看了,念给她听也听不懂了,只是老友一点心意,思之令人伤心!"

频频传来的都是这样的消息,怎能想象出沉樱如今的这种病情呢!

一九〇七年出生的沉樱,按足岁算是七十九岁,但以中国的虚岁算,应该是八十整寿了。无论怎么说,是位高寿者。而她的写作龄也有一甲子六十年了。沉樱开始写作才二十岁出头,那时她是复旦大学的学生。她写的都是短篇小说,颇引起当时大作家的注意,但是她自己却不喜欢那时代的写作,在台湾绝少提起。她曾写信给朋友说,她"深悔少作",因为那些作品都是幼稚的、模仿的,只能算是历史资料而已。她认为她在五十岁以后的作品才能算数,那也就是在台湾以后的作品了。可是她在台湾的几十年,翻译比创作多得多,创作中绝无小说,多是散文。她的文字轻松活泼,顺乎自然,绝不矫揉造作。她的翻译倒是小说居多。她对于选择作家作品很认真,一定要她喜欢的才翻译。当然翻译的文字和创作一样顺当,所以每译一书皆成畅销。最让人难忘的当然是茨威格的《一位陌生女子的来信》,出版以后不断再版。引起她翻译的大兴趣,约在一九六七年至一九六八年间,她竟在教书之余,一口气翻译、出版了九种书,那时她也正从一女中退休,很有意办个翻译出版社,在翻译的园地上耕耘吧!

说起她的翻译,应当说是很受梁宗岱的影响。一九三五年她和梁宗岱在天津结婚,他们是彼此倾慕对方的才华而结合的。尤其是文采横溢的梁宗岱,无论在写诗、翻译的认真上,都使沉樱佩服,她日后在翻译上,对文字的运用,作品的选择,就是受了梁宗岱的影响。但是在他们婚后的十年间,沉樱的译作却是一片空白,因为连续生了三个孩子,又赶上抗战八年。但是没有想到抗战胜利后,她和梁宗岱的夫妻之情再也不能维持下去,因为梁宗岱对她不忠,又和一个广东女伶结合,她的个性强,便一怒而携三稚龄子女随母亲、弟弟、妹妹来台湾,一下子住进了我的家乡斗头份,在山村斗焕坪的大成中学一教七年才到台北来。她并没有和梁宗岱离婚,在名义上她仍是梁太太,而梁宗岱的妹妹在台湾,她们也一直是很要好的姑嫂。

记得有一年她正出版多种翻译小说时,忽然拿出一本梁宗岱的译诗《一切的峰顶》来,说是预备重印刊行,我当时曾想梁宗岱有很多译著,为什么单单拿出这本译诗来呢!不久前,在一篇写去年去世的梁宗岱的资料,说梁于一九三四年在日本燕山完成《一切的峰顶》的译作,而这时也正是沉樱游学日本,和梁同游,当然完成这部译作,沉樱随在身边,这对沉樱来说,是个回忆和纪念的情意,怪不得她要特别重印这本书呢!也可见她对梁的感情,并没有完全消失,她的子女也说,母亲对父亲是既爱又恨!也怪不得这次我向她子女索取一定要有爸妈合照的照片时,她催着子女一定要挂号赶快给我寄来。如果不是海天相隔梁宗岱已故去的话,今年也是他们的金婚纪念呢!

在我收到的一批照片中,有几张是一九三五年二十四岁的马思聪、王慕理夫妇第一次到北平开演奏会,住在沉樱家一个月时合拍的。沉樱想到一九三五年时和故友同游的情景,如今她形单影只,怎能不有"座中泣下谁最多,江州司马青衫湿"的心情呢!

头份如今是个有七万人口的镇,斗焕坪是头份镇外的山村,经过这儿是通往狮头山的路。沉樱把这里当作她的"有家归不得"的精神的老家。她退休后在这儿盖了三间小屋。她所以喜欢这儿,不只是为了她在这儿住了七年的感情,不只是果园的自然风景和友情,而是一次女儿思薇来信说到曾做梦回台湾时,加注了一句:"不知为什么每次做这种梦,总是从前在乡下的情景。"就是指的斗焕坪。于是她才决定在那山村中,盖了三间小屋,使孩子们有了个精神的老家,她也跟着有了第二故乡。

她在台北居住忙于翻译出书时,总还会想着回到木屋去过几天清悠的日子,那是她一生文学生活最快乐的时期,所以她说:"我对生活真是越来越热爱,我在这个世界还有许多事没做呢!"

沉樱退休赴美定居后,时时两地跑,倒也很开心。一九八一年是沉樱回台湾距今最近的一次。一九八三年身体才变化大,衰弱下来。今后恐怕她不容易再有回台湾她的第二故乡的机会了,我们只希望她听了我们每人的录音,真能"体会"到和我们欢聚的那些美好的日子。

一九八六年八月二十三日

"野女孩"和"严肃先生"

一九五一年前后,有一天方豪神父带了一位他的学生来舍下。当时方神父在台大历史系教书,这位女学生就是历史系的学生。她是一位喜爱文艺的青年,方神父带她来也是为了这个。我那时尚未主编副刊,只是常向报章投稿略有小名罢了!此后这位喜爱文艺的大三女生就常常自己来。她经常的打扮是穿着牛仔裤白衬衫,骑一辆有横梁的男用自行车,上下车都是腿儿一伸,从后面跨上跨下的。

个子不大，健康活泼，带点儿野气，所以我后来常玩笑叫她"野女孩"，她不反对。"野女孩"来到我家说说笑笑本是很自在的，但是如有何凡在，她就显得不太自然了，也许何凡在陌生的年轻人面前不苟言笑，使人望而生畏吧！"野女孩"一直在给我的信中称呼他"严肃先生"，直到有一次（一九五七年）她在国外读了何凡在文学杂志上发表的一篇散文《一根白发》，来信才说："……夏先生的文章《一根白发》写得又幽默又文雅，想不到夏先生一脸严肃，却是幽默无穷，我要把给他的外号改一下了！一笑。"其实她并没有真的给严肃先生改外号，反而在她结婚后来信管她的丈夫也叫作"我那严肃先生"了。

说了半天，这"野女孩"是谁？於梨华是也。她和我从一九五一年交往至今，近四十年，从她的成长、成年、成熟、成名，乃至成了祖母级，时间拉得这么长，距离分得这么远，中间还游丝般若有若无地断了线，但心境却彼此深知。於梨华实在是我今生交的不平常的文友之一。

一九五三年九月里，於梨华台大毕业要出国留学了，我这时正怀着小女儿祖葳，大腹便便地去给她送行。到她家我没有进去，只坐在玄关格子门边的木阶层上跟她谈知心话。自认识她以来，除了对于文艺上的诸般——阅读、意见、喜爱等等交换意见外，其他家庭情况、生活琐碎也都是谈话的题目。她要走了，当然谈得更多，这时她的母亲出来，看见了吓一跳，责怪女儿为什么不请大肚子的我上来坐。

那年头儿留学生大多是坐船出国，梨华也一样，将近两周，船才走到夏威夷，她忍不住上岸寄了一张明信片给我，画面是 Waikiki 岸边的独木舟，这是一九五三年十月二日的事。她出国后的第一封信，我还保存着，三十五年了，梨华会觉得很意外吗？一小方块的信上，密密麻麻、疙里疙瘩地写下了她的海上观感：

……船上生活已将两周，终日凝望那片永不休止的海水未感厌倦,它的颜色日夜不同,在晚上,星光下虽觉更庞大可怕,但也更动人,我真恨自己笨拙的笔,写不出对它的喜爱来。我常常在想念你,到了火奴鲁鲁选买了这张画片,我很爱那一股静的美,不知你喜欢不?这两天试着写一篇《海上行程》,总觉言不尽意,写完了寄给你,如可用请转给武小姐(海音注:指当时《中妇》主编武月卿)——她答应过的——你不要偷懒,给我写信好不好?我对你的信是看得比那些男孩子写给我的还重要的。愿抵美不久就读到你的长长的信……

我是拿着放大镜把它抄录下来的,之所以这样不厌其烦,全文照录,一则是证明我数十年保存信件,不下于她自十五岁就写日记的习惯。再则也是说明梨华虽是出去留学,却满心还是在写作上,由此小方块的来信,可以看出她的文艺气息。在出国以前,她只写了少数小文散登各处,名气也不大,但自出国后数年,她便年年月月达到她写作的目的,而且大放光彩!在她读书、写作、结婚、育儿时,无不在信中向"海音姊姊"唠叨一番。

梨华是一九五三年出国的,一直到十二年后的一九六五年,我受邀到美国访问,我俩才又见面,她已是三个孩子的母亲了。那时她家住在芝加哥附近西北大学的所在地艾文斯顿镇。记得我自波士顿直飞芝加哥,一出机场听见一声亲切、熟悉、娇美的上海口音"海音姊姊"!原来梨华亲自到机场来接我,她搂着我,好高兴!

虽是三个孩子的母亲,气质仍未变,我从美国回来写了一本《做客美国》,是这样形容她的:

……在美国做了妈妈多半是不能再工作了,但是梨华却正好在家从事写作,所以在美国一住十二年,别人都会中文退步,她却勤于写作,作品一篇比一篇精彩。对于一个有三个孩子的美国主妇,写作也不是每个人都能做到的呢!她接我到她家住了一天,我见她书房里两张书桌上摆着两份稿纸,不同页数,问她是怎么回事?她说一是翻译稿,一是创作长篇小说,两样工作同时进行,真是了不起。梨华实在是一个写作最勤的女作家,她年轻精力足,家事一把抓,有时一天开车接送孩子就要五六趟,真是有活力的女性……

以上是我二十多年前写的她,那也是她最旺盛的年代。我自美返台后,于一九六七年创办《纯文学》月刊,梨华和已故的女作家吉铮,在海外不但把最佳作品交《纯文学》刊登,同时也为我在海外拉订户,代我请不认识的作家写稿,使这本杂志一开始就丰富得很,梨华是功不可没的文友之一,吉铮写了长篇《海那边》,梨华则有几个精彩短篇。

这一次是於梨华给我写信说,她将要出一本《於梨华自选集》(短篇小说),要我为这书写点儿什么。她说这本书选的是跨二十年的她的重要作品短篇小说,都是在台湾发表的,而且有几篇是在《纯文学》月刊上刊登的(《友谊》、《柳家庄上》),她的作品跨二十年,而我们的交情跨近四十年,我似乎没有理由拒绝她,但是我这几年写的东西多是回忆之作,写时无非借信件、照片搜寻些资料,文章总是拉拉杂杂、婆婆妈妈的,倒不如我的女儿夏祖丽访问她时,写得更有意义。

梨华到美国以后的信中(一九五七年)曾问起过:"……小妹妹们都长大了吧?那个长睫毛的想必出落得很漂亮了?……"这长睫毛的女孩,就是夏祖丽,梨华出国的时候祖丽六岁,写这封信问起的时候,祖丽十岁,但是等梨华一九七一年回台湾时,祖丽已经大学毕业,担任台北妇女杂志的编采记者了。

祖丽为妇女杂志访问了十六位女作家,后成单行本书名《她们的世界》。祖丽是个用心的记者,她认真深入研读作家的作品后才做访问,因此她的笔下确实能访问而写出作家的心境、思想来,我现在就把她写的於梨华的访问记摘出一些能代表梨华写作、思想和观念的,使读者对於梨华有更深切的认识,也可算是我们"娘儿俩"对她的共同认识和了解吧!

- 去国近二十年,於梨华从一个女学生变成三个孩子的母亲。异国的生活把她磨炼得更能干、更坚强有活力,但仍不失那份热情和敏感。
- 於梨华的文章对于人性的描写很透彻,对人生也有很尖锐的观察。但总让人觉得她是比较偏向人生黑暗一面的,她的许多作品看后会让人心情很沉重。
- 在她的小说里,也有许多婚姻上的矛盾、爱情上的冲突,和许多无法结合的恋情的悲剧。她对于婚姻的看法是认为:她不赞成婚姻制度,但是认为没有更好的办法前,唯有婚姻才可以保持男女双方的平衡。
- 於梨华就是这么一个坦白的女人。她曾说过,她不论做事、说话或写作都是凭感觉,她的人和她的作品都给人真的感觉,这也是她能深深吸引读者的原因之一。
- 她是一个热情、敏感、有冲劲、有活力的女子,在她的作品中或多或少可以看出她自己的影子。
- 谈到人生时,她说:"我觉得人生是一个悲剧。即使有喜剧,也只是悲剧的另一面。但人是不会放弃扭转这个悲剧的命运的。也许是这样,人才会有进步。"

一九八八年七月十六日

敬老四题

谢冰莹

今年春天,我听到一个消息,说是一直住在旧金山的前辈女作家谢冰莹,似乎有了健忘症的现象,她的女儿拟接她共同生活。我听了连忙告诉我大女儿夏祖美,请她打个电话探听探听。因为孩子们都和谢阿姨很熟,又因住旧金山,也不时有来往。冰莹先生是独住在百老汇路的一家老人安养中心,一向都很平安。她原是和丈夫贾先生同住,贾先生过世后便独居于此多年了。朋友多,倒也不寂寞。我每赴美,都会到那个拥挤、塞满了东西的小屋去探望她,她见台湾来的人最高兴了。虽然拄着四脚拐杖,也是乐呵呵地给客人沏茶端点心。

冰莹先生的腿,是因为当年与贾先生移民赴美,在船上摔断的,直到上了岸才动手术,但那手术并不是很理想,所以多年来一直不良于行。但她是一个生命力和活动力很强的人,又节省,每次出门,不论是参加什么会,或者看朋友、买东西,都拄着拐杖赶公车,日子倒也过得潇洒。中间也回来过台湾两次。她在师大原还留有宿舍,让给别人住。记得梁实秋先生自美来函,就曾在信中有云:"……谢冰莹也有信来,据告不拟再开刀。我觉得她太不幸了,我很同情她。"可见她的腿一直受困扰。

等到祖美回电话告知我说:"我给谢阿姨打电话过去,报名说我是美丽(祖美小名),她不知道,我又说我是林海音的女儿,她似乎也茫然。又问她是否子女要接她同住,谢阿姨倒是承认,但又说不出确实地址。"我听了也很着急,怕自此失去联络,便叫女儿再打听仔细。过了一阵,祖美写来一信,详细地报告了她所探听的谢阿姨情况,是这样写的：

>……我刚才打电话给谢阿姨的妹妹(严师母)，她是谢阿姨的同父异母妹妹。谢阿姨的情形是：
>
>大概在一年半前，他们就发觉谢阿姨有点不对劲，所谓的不对劲是有健忘症，我想也就是老年痴呆症吧！于是她的女儿决定接母亲去她家同住。大家不太赞成，因为女婿是洋人，但女儿特孝顺，坚持要接，就在两个月前女儿来了。但不巧，就在女儿来的当天晚上，谢阿姨半夜一点由床上起来上厕所，就摔倒了，把坐骨摔断，马上就住进医院开刀，接上一根钢管。没想不到几天，钢管就由里面穿出体外，原来是骨头碎了，于是只好再放一个人造骨头在里面，再接一次钢管。第二次开刀非常痛苦，人也昏迷了好几天，一共住院五十天。出院后医院安排她住到疗养院去，但那个疗养院，又破又潮湿，她女儿不愿意，于是只好送回谢阿姨自己家住。目前请了由大陆出来的一对夫妇照顾她。晚上那位太太住在那里。现在可以用钢架(walker)走几步，多半时候都是坐轮椅。好在谢阿姨平时身体底子好，否则这次开刀是不可能恢复到目前这个情况的。现在饮食已经可以吃正常人食物了。这些都是严师母告诉我的情形。妈就按照这个写或告诉您的朋友们吧！

祖美是于本年五月底发出这封信的，我收到后首先就给台南的苏雪林先生寄出，因为她们老姐儿俩是在台湾硕果仅存的前辈女作家，又是好朋友。

看冰莹先生的情形，令人喜忧参半，喜的是她的身体在这种情形下，居然恢复了，本来冰莹先生这辈子就是以坚强的毅力在人生路上奔波,梁实秋先生说她是一个很厚道的人,一点儿也不错。现在只盼她脑力和她的身体一样渐渐恢复吧。写到这儿又想起一事,也是上半年时,我的儿媳来台,跟我谈起在旧金山有一次参加一个集会,别人谈话说如何敬佩已九十岁的冰莹先生,谁知轮她站起来说话,竟说她自己"已经八十岁了"等语,可见记忆力已差矣!

给苏雪林先生发出信不久,就收到她的回信,原来苏先生给冰莹写了一信,请祖美转交,信是这样写的:

冰莹:你好。

我是苏雪林,不知你还记得否?以前你与我通信频繁,近三年来只字都无,不知何故?听说你近来又摔跤,入了医院,但已好些了。你的妹子严师母也到了美国陪伴你,又有一对中国籍夫妇侍奉你,我才放心了。我也常摔跤,病了近三年,但望你写几个字给我,要你亲笔。切盼。即颂近佳。

雪林启

一九九五年六月二十一日

苏先生为了怕冰莹也忘记她,所以一开头就写"我是苏雪林"。我也不知此信发出,会有什么回音,谁知过了一个多星期,冰莹的回信就来了,而且确是亲笔的,她说:

雪林姐:您好,来信拜收,非常高兴!

冰莹也许是今年流年不利,常常跌倒,真是倒霉!

现在家休息,收到您的信知道您近来不太好,我很挂念。我们常常不通信,这是不好的,有时我太不舒服,有时身体太坏,我什么都不想做,人懒得不像话,此后要振作起来,才像个人样。

雪林姐，请好好保重，不要过劳，以后我们常常通信吧！

祝姐健康

　　　　　　　　愚妹冰莹草上　七月七日

所谓"常常通信"，对于苏先生来讲，不是难事，苏先生几乎是无信不复，而且速度之快，没人能比得上。就以过年时的贺年片来说，我与何凡向不主动发片，但人家来了贺片，我们都会回的，礼貌嘛！只有苏先生这老前辈却是一向主动先贺年，弄得我们夫妇很难为情，所以去年要过年时，我就提醒何凡说，"我们今年一定要主动先寄贺片给苏先生，否则太不好意思了。"于是便破例先寄了去，谁知过几天便也收到苏先生的，原来我们彼此的贺片在路上相遇了！

凌叔华

我这篇敬老之作，原是要写我所熟识、目前高龄在世的谢冰莹（九十岁）、谢冰心（九十六岁）和苏雪林（一百岁）三位的，写冰莹时，我为找寻照片，意外地发现一九七〇年我给凌叔华和谢冰莹拍的合照。我很高兴地抽出这张照片，不免边看边回忆，二十四年前的情景，一下涌向脑际。那年六月，"故宫博物院"的古画讨论会在台北举行，邀请了海内外的多位学者、画家、专家，凌叔华女士便是来参加古画讨论会的。我很兴奋，因为凌叔华是我在初中对新文艺开窍时最心仪的作家。如今听说她将来台，怎不高兴。会在中山楼举行，我首先就和张秀亚联络，她也很兴奋，因为我俩都是"凌迷"。在那一两百人的茶会中，我和张秀亚是专门找凌叔华的。找到了以后，是谢冰莹先问她："认识我吗？"凌叔华愣了半天竟没认出来，我觉得很奇怪，她们是同辈女作家呀！等到说明后，凌叔华才拉着冰莹的手说："你瘦了好多啊！我简直认不出来了！"凌谢合影，便是我在会中给她们拍的"瘦了很多"的照片。

自那以后,我和凌叔华便略有音讯往来。她一直住在英国,她的第一篇(也是唯有的一篇)在台湾发表的作品《下一代》,便是由那时也在英国的徐钟珮寄来给我刊在《纯文学》月刊的。有了这一层文艺之交,我才算正式和心仪的凌叔华有了往来。在台湾,她的老朋友是苏雪林,她们当年曾同在武昌,还有一位女作家袁昌英,她们被称为是"珞珈山上三女杰",是文学史料不可不提的。她到英国后,便都以英文写作,在研究方面,是专研究绘画了,因为她自己也是画家呢!她用英文写作是受了弗吉尼亚·伍尔芙的影响和鼓励,伍尔芙一直鼓励她用英文写作,并且说要写自身熟悉的事物,这便是《古韵》(*Ancient Melodies*)的由来了。

我于一九九〇年五月,回到我的第二故乡北京去。在北京只有一周的停留,是够紧张的了。夏家在北京原是大家庭,现在还有二三十口家人在京,我去了,他们很兴奋,天津、镇江的家人也来会亲,忙得不可开交时,侄子告诉我,凌叔华正因病住在石景山医院,侄子家也住那一带,可以陪我去探望病中的凌叔华。我算计时间以及其他种种不便,终于牺牲了探望我自年轻即心仪的作家的最后一面,虽为憾事,但也觉得在她病重时我前往,究竟还能认识我吗?果然在我二十一号离开北京,她就于次日离开人间了。我读报道,想到她能在九十高龄(她生于一九〇〇年)叶落归根于北京,并且要求去几处地方(北海观景、故居史家胡同),也都达到目的,并且在京度过她的九十整寿生日,死亦无憾矣!可惜的是《古韵》一书,由年轻朋友傅光明翻译,直到她去世后才在台湾出版,凌叔华未得一见。

苏雪林

苏雪林先生是于本年三月二十四日过百岁寿诞,到今天已经过去四个多月了,那热闹的情景,还记在我脑海中。苏先生出生于一八九六年,跨越了两个世纪,而今年是一九九五年,还有五年,就又接上二〇〇〇年的世纪了。苏先生除腿不良于行,耳重听以外,身体其他如心脏、脑力等都很正常,一般的老人痴呆现象,她都没有。她要跨入二十一世纪,并非不可能,我们祝福她,正如生日那天,善唱歌的吴伯雄,登台献唱了一首《感恩的心》,他高亢浑厚的歌声,给予庆祝会一个最好的开头。他又对苏先生说:"等您一百一十岁整生日时,大家共聚一堂,还由我来献唱!"苏先生听了乐呵呵!那是可能的啊!吴伯雄是成大毕业的,成大校长吴京也是成大毕业的,他推着苏先生的轮椅上台。当苏先生亲自切那快顶上天花板的十层大寿糕时,真是壮观哪!

我这次是和台北的一些文友,还有我那特意由澳大利亚墨尔本赶来的二女儿夏祖丽同去的。北部的文友商量着安排行期,大致分批同行,预先登记的,校方还可以预备住宿,因为庆祝前后三天,一天旅程,次日庆祝,第三天学术研讨会和回程。本来苏先生一再婉拒为她做生日,因为她在生日前又跌一跤,摔坏了坐骨,正住院手术治疗。她又有一个固执的脾气,不肯住院,老喊回家,这也是她不愿麻烦人的性格。可是一批批的晚辈,都不顾苏先生的说法,只是说:"苏先生,您只管住您的医院,我们只管庆祝我们的。"所以无论她住院或已返家,校方和友人都安排妥当了,她也无可奈何,只好坐着轮椅,快快乐乐地出席接受庆贺了。

三月二十四日那天,风和日丽,南南北北,国内国外,出席了上千人,校园熙熙攘攘,都是笑容满面来庆贺的人在走动。晚餐是自助餐待客,大家吃得好高兴。晚上大家就拥向礼堂去,礼堂布置得堂皇美丽,国剧表演有《麻姑献寿》,天主教圣功女中合唱团的三首歌曲,因为苏先生是天主教徒,现场弥漫着祥和与快乐的气氛。还有国乐演奏,昆曲等,苏先生耳朵重听,但见她以手扶着耳朵,仔细聆听。起先服侍她的人，问她要不要先回屋休息，她不肯，和大家一起观赏，直到十一时散会才随大家一同离去。这哪里是百岁老人，可说是百年如一日啊！

这次盛会，除了次日由马森教授主持一个苏先生学术研讨会外，还有文建会赞助出版了一本印刷精美的《苏雪林山水》分赠来宾（文建会主委郑淑敏也是成大毕业的）。大家都知道苏先生是学者、作家，却不知道她也是一位功力颇深的画家。苏先生几十年前到法国留学，原是学艺术的，回国后只以著作见之于世，大家只知道《屈赋》是她的最爱，光是《屈赋新探》就有一百四五十万字。这种学问本是曲高和寡，但她仍坚守自己的原则，她说她要把一般人认为最艰深、最难理解的东西叙述出来，她认为现代人不能理解，当求知音于一二世纪以后！

她虽工于画，但从未显示于公众面前，连个展览会也没开过，所以好多人都不知道她是位有功力的画家。我和祖丽每南下到台南去，即使不是专为看苏先生，也总忘不了顺道到那栋静静的宿舍去一趟。她见了我们，总是笑容满面。多少年来，很喜欢看她笑眯眯的容貌，给人以亲和的感觉。而且她说话的腔调，有着童稚的清脆之声，不像别的老年人的粗哑。

吴京校长在祝寿晚会上当场宣布，发起设立"苏雪林教授学术研究室"和"苏雪林学术文化讲座"，希望文化界同好努力劝募使之早日实现。

谢冰心

和本世纪同龄的谢冰心先生，出生于一九〇〇年，今年是九十六岁老人了，听说她自去年九月因病住进北京医院至今，也有十个月了。心里很惦记，便打电话给她的二女婿陈恕（北京外语学院教授），问冰心的近况。陈恕教授告诉我,去年八月她因肚子不适去住院,不久返家,但过一阵又因感冒于九月二十五日住院至今。她的手脚有些肿胀,反应也就不太舒适,但自三月起开始稳定了,谢天谢地!回想我于一九九三年在北京去拜访她的那一幕,实在有趣,也认识这位幽默老人的可爱处。我到京的第二天便由中国现代文学馆的舒乙先生陪我去拜访四位老人(冰心、夏家老嫂子、老舍夫人、萧乾)。我和冰心说是初见,其实不然,半世纪前,我十几岁在北平《世界日报》做实习记者时就曾去访问过她,她那时正生小孩坐月子。我提起这事,她完全忘记了,一直追问我,到底是何年何月?生哪个孩子?我怎么说得出呢,便只好说:"我也老了!"谁知她听了便拍着我大笑说:"你呀!小意思!"惹得全屋人都笑了,我这"小意思"和大陆文艺界称为"中国文坛老祖母"的九六老人大笑不止的时候,我的侄媳妇便给拍入镜头了。这是个很好的纪念:看看她的笑容比起长她四岁的百岁老人苏雪林又如何?同是可爱的老人吧!这次是冰心住院最长的一次了,谁也没想到,在这以前,她虽然行动差些,但思想敏捷,谈笑自如,爱热闹,疼爱晚辈。听说她的外孙要到美国留学,到医院去看望姥姥时,她正在病重抢救,医生和护士穿梭不停地为冰心灌氧气,打点滴。过天外孙告别还在抢救中的姥姥,她却一再地嘱咐,好好去留学读书,无论家里发生什么情形,都不许中途回来。

我采访冰心,正值她的新书《关于女人和男人》出版,她签名送我,我是多么高兴,当然也呈上我的作品。原来这本书原名是《关于女人》,一九四三年在重庆出版的,那时她以"男士"的笔名专写女人,风行一时,但渐渐也传开了为人所知,那就是冰心。如今这本著作加了"男人"(一九八七年在北京开始写的),她也以"冰心"原名出现。

这本二合一厚达四百五十页的著作,冰心说:"这两本书记载了几十年来我的人际关系的悲欢离合,死生流转。我一般不愿意再去翻看,因为每次开卷都有我所敬爱眷恋的每一个人的声音笑貌,栩栩地涌现在我的眼前,使得我心魂悸动!"所以这两本女人和男人合成一本的著作,是由冰心的女婿陈恕教授全部编辑,而且还由陈恕写了很完整的"谢冰心小传"。

我们都知道冰心写作七十多年,几乎是一整世纪的伟大作家,她的著作可以说是包含这世纪的四代的读者了。名著如《繁星》、《春水》等,皆是她在一九二〇年,还在燕京大学就学时的著作,而她的《寄小读者》更是经典之作。《繁星》和《春水》是她受了印度哲理诗人泰戈尔的《飞鸟集》的影响,也仿着那亦诗亦短句的形式。冰心的文字洗练之下,也带含有一些哲理。《寄小读者》更是娓娓道来,温馨隽永,是为经典之作,当之无愧了。她的诗作是女性的、母性的:母爱、儿童和海,是她的环境习性使然。如果说她的作品因为太女性不过是儿童读物,缺少了关怀社会的情形,那就错了,她爱国爱家,关心教育,虽然现在年事已高,不但还不断写作,近年思想更趋积极,常常写些针砭时弊,批评社会黑暗面及腐败现象,这类的短评专栏式的文章,更赢得社会的敬重。

前面我提到她自己对于写的《关于女人和男人》(全书共收超过百个人物)不敢翻阅,怕引起情绪的不安,但这又使我回忆一事:

两岸消息不通的时候,却也漏出许多彼岸的"文化大革命",红卫兵造反的惨事,梁实秋先生曾对我说:"海音,如果那边的老舍、冰心有什么的话,我会给你写他们的。"果然不久消息传来,老舍受不了红卫兵的糟践,自沉于太平湖了,当我们不敢确定的时候,是听马思聪说的,老舍自沉,是没错儿了。而且也还有一个消息,是说冰心也被整得没命了,但是有关冰心的,没有确实的消息。梁先生果然守约,给我写了《忆老舍》一文,刊于《纯文学》月刊。而对于冰心的,我们虽不能确定,但梁先生仍是写了一篇《冰心的诗》刊于第六卷第二期的《纯文学》上。事实上,梁实秋对于冰心比对老舍还更熟悉。我读冰心的《关于女人与男人》一书中,发现有两文:《悼念梁实秋先生》和《忆实秋》。梁先生生前一直未和大陆亲友有任何联系,他要为文写冰心,没想到冰心活得好好的,反而是写了悼念实秋先生的文章,这人生际遇是很难说了。

我极盼此文刊出,冰心女士已经痊愈大好,从北京医院回到她那民族学院的小楼上了!

永无止境的崇敬心情

三十年代的作家中,林语堂博士是我所尊敬和崇拜的一位。当我在初中读书的时候,正是新文学发扬极致的高峰,我们被这新鲜的文学时代迷住了,不断地阅读着更多的新书。新的思想,新的笔调,打动了我们的心意,又有不断来自中国以外,地球的每个角落的文学思想和作品,冲击着我们的小心眼儿。我们不再是那种傻乎乎只会背书的小女孩子,洁白的心灵上,也知道点缀上一些什么主义、什么理想了。那主要的引进人物,便是林语堂博士。

精通古今中外的林语堂博士,在中西文化上做了现在大家爱说的"交流"工作。他用英文写成的《生活的艺术》、《吾国与吾民》,是将中国的文化、文学、精神、哲理介绍到国外去,虽然先是用英文写成,但立刻被译成多国文字,并且畅销国际间,是被誉为对国际宣扬中国传统文化贡献最大的一位作家和学者。

而我在少年时代所读到这些林语堂博士的作品,却又是再翻译成中文的,以西方科学方法诠释的中国文化,使我获益颇多,成为林博士的崇拜者。至于他所创办的以幽默见称的中文杂志《论语》,距今也有一甲子六十年以上了,除了《论语》以外,还有《人间世》、《宇宙风》。这些杂志开创了幽默和性灵的文学风尚,三十年代的作家,都向这些杂志投稿,如老舍、老谈(何容)、老向都是其麾下大将,后来皆以幽默作家成名。老舍更是世界性的大作家,他的世界名著《骆驼祥子》,便是最初刊于《宇宙风》的。

我们那时是小小的女学生,却也被这个新文学时代的潮流,感染和领会了幽默的作风,对我后来从事文学工作的影响,是很重要的。

林语堂博士也是一位语文学家,论语派的幽默,只是他开创人的性灵文学的一部分,他的最后也是一项最大的工作是编辑《当代汉英辞典》。想编一部辞书几乎是他一辈子的愿望,最早曾编成六十多册,却在抗战初毁于兵火。他于一九六六年从美国回到台湾来住,才在七载辛勤下,终于如愿以偿。

在他返回台湾的前一年(一九六五年),我正好受美国国务院之邀,有美国之行,他们安排我去采访林语堂博士夫妇,这正是我所期望的。临行前他的侄媳妇女作家毕璞曾对我说,林氏夫妇喜欢说闽南话,去访问时不妨多打乡谈,因为林先生是福建龙溪人。大概毕璞已经写信介绍了我,到纽约访问的头一天,我特先打电话过去,是林太太接的,一听说我是谁,立刻改口说闽南话,毕璞所说的一点儿也不错。林太太非常高兴,仔细告诉我到他们家的走法。

纽约东区六十五街,有一栋讲究的公寓,他们就住在那儿。见面两小时,我们谈了很多,大概他们那时已经准备返国定居,所以也问了我许多有关台湾的问题,并且打听他们的老朋友的诸般情况。他并且打电话给他们的大女儿如斯小姐,要她过来和我见面。他们只有三个女儿,其中二女儿林太乙是三姐妹中继承父亲衣钵的。太乙虽然中学以后就在外国读书,但是她的父亲却一直自己教她们中文,可以说是中英文并进,一点儿也没耽误。太乙后来在香港担任《读者文摘》中文版总编辑多年,我们在这时也成为好友。她把这份杂志编得十分中国化,她不光是选些文章译成中文而已,而是加入了许多中国作家创作的作品,散文更是特别叫座。

谈到散文,忽忆及林语堂博士对散文、小品的特别钟爱,在他过世后,他的女婿黎明先生和太乙夫妇俩,特把语堂先生生前未了的译作编排完成,即明朝张潮所著《幽梦影》,选译庄子、苏东坡、张岱等人作品的《扬州瘦马》,选译孟子、苏东坡、郑板桥等人作品的《西湖七月半》,都是著名的中国古典散文小品,交由正中书局出版,是非常叫座叫好的三本书。

对于翻译散文一事,语堂先生自己也说:"翻译是很微妙的工作,唯有能够和作者情意相通的译者才能翻译得好。因为译者实际上是以另外一种语言文字替作者发言。如果两者不像是老朋友一样,这怎么能办得到?"我更想起一事,即梁实秋教授生前有一次闲聊到英文时,曾说过叶公超先生对梁说,他认为在中国有两位英文、英语最棒的人,一是蒋宋美龄夫人,另一位即是林语堂博士。

林语堂博士挑选他认为是中国的好古典散文,并且激情将之译为英文,不但使外国人欣赏我国的美文,也给我们中国的青年学子一项最好的学习的礼物。虽然林语堂已在中国文坛矗立百年,但那是无止境的,他将随着历史永存下去,成为中国文化史的一环节。

一九九五年三月为林语堂百年纪念而写

写在风中

教子无方

母亲骂我不会管教孩子,她说我:"该管不管!"我也觉得我的儿童教育有点儿特别。

刚下过雨,孩子们向我请求:

"让我们光脚去玩,好不好?"

我满口答应,孩子们高兴极了,脱下板板,卷起裤腿儿,三个一阵呼啸而去。母亲怪我放纵,她说满街雨水,不应当让孩子们光脚去蹚水,我回答母亲说:"蹚水是顶好玩儿的事,我小的时候不是最爱蹚水吗?"母亲只好骂我一句:"该管不管!"

我们的小家庭里,为孩子的设备简直没有,他们勉强算是有一间三叠的卧室,还要匀出我放小书桌和缝衣机的地盘来。还有三个抽屉归他们每人一个,有时三个孩子拉出抽屉来摆弄一阵子,里面也无非是些碎纸烂片破盒子。他们只有一盒积木算是比较贵重的玩具,它的来历是:

儿童节的头一天,大的从高级班同学那里借来全套童子军武装,我家务忙,没顾得问他,所以,第二天一早儿,他穿上"童子军"就没了影儿。到了晌午,只见他笑嘻嘻满载而归,发了邪财似的,摆了一桌子文房四宝——笔墨纸砚什么的,还大大方方地赏了妹妹们一盒积

木。问他到哪儿去了,他这才踌躇满志,挺着胸脯说:

"今天儿童节,我代表学校到教育厅'接见'厅长去了。这些全是他赏的。"

我们一听,非同小可,午饭多给了他一块排骨啃。整个晚上大家都拿"接见厅长"当题目谈笑。

就是这样,我们既然没有游戏室,又没有时间带他们到海滨去度周末,蹚蹚街上的雨水,就好比我们家门前是一片海滩,岂不很好?而且他们蹚着水最快乐,好像我的童年一样——说实话,到今天我都不爱打伞、穿雨衣,让雨淋满身、满头、满脸,冰凉凉最舒服。

我记得童年时候,喜欢做许多事情都是爸妈所不喜欢的,因为他们不喜欢,我便更喜欢,所以常常要背着他们做。我和二妹谈起童年的淘气,至今犹觉开心。我们最喜欢听到爸妈不在家的消息,因为那时候我们便可以任意而为,比如扯下床单把瘦鸡子似的五妹包在里面,我和二妹两头儿拉着,来回地摇,瘦鸡子笑,我们也笑,连管不了我们的奶妈都笑起来了(可见她也喜欢淘气)。笑得没了力气,手一松,床单裹着人一齐摔到地下,瘦鸡子哇地哭了,我们更笑得厉害,虽然知道爸爸回来免不了吃一顿手心板。

雨天无聊,孩子们最喜欢爬到壁橱里去玩,我起初是绝对不许的,如果他们乘我买菜时候爬到里面去,回来一定会挨我一顿臭骂。有一次我们要出门,二的问爸爸:

"妈妈也出去吗?"

爸爸说:"是的。"

二的把两条长辫子向后一甩,拍着小手儿笑嘻嘻地向三的说:

"妈妈也出去,我们好开心!"

我正在房里换衣服,听了似有所悟,他们像我一样吗?喜欢背着爸妈做些更淘气的勾当?我的爸妈那样管束我,并没有多大效力,我又何必施诸儿女?这以后,我便把尺度放宽,甚至有时帮助他们把枕头堆起来,造成一座结结实实的堡垒抵御敌人,枕头上常常留有他们的小泥脚印,母亲没办法儿,便只好又骂我:"该管不管!"我心想,他们的淘气还不及我的童年一半呢?

成年人总是绷着脸儿管教孩子,好像我们从未有过童年,不知童年乐趣为何物何事。有一天我正伏案记童年,院里一阵骚动,加上母亲唉唉叹声,我知道孩子们又惹了祸,母亲喊:"你来管管。"我疾步趋前,嗬!三只丑小鸭一字儿排开,站在那里等候我发落。只见三张小脸儿三个颜色:我的小女儿一向就是"娇女儿泪多",两行泪珠挂在她那"灵魂的窗户"上,闪闪发光;大女儿的脸上涂着"迷死弗多"口红,红得像台湾番鸭的脸;那老大,小字虽然没写完,鼻下却添了两撇仁丹胡子。一身的泥,一地的水。不管他们惹了什么样的祸,照着做母亲的习惯,总该上前各赏一记耳光,我本想发发脾气,但是看着他们三张等候发落的小花脸儿,想着我的童年,不禁哑然失笑。孩子们善观气色,便也扑哧哧都笑起来,我们娘儿四个笑成一团。母亲又骂我:

"该管不管!"我也只好自叹"教子无方"了。

友　情

似乎只有春夏两季的岛上生涯过得真快,一转眼间就是三年了。今天,白天听着巷子里叫卖椪柑的声音,晚上按摩的盲者又拖着木屐,吹着笛子从窗前经过,和三年前自基隆舍舟登岸后,借住在东门二妹家的情景一模一样。

邻居的一品红开得正盛,陪伴着一株高大的橡皮树,在墙头迎风招展。在北平,这是珍贵的"盆景",此刻正陈列在生了洋炉子的客厅里,和冷艳的蜡梅并列。

想到了北平,便不能忘怀扔在那时的一大片,家搬到那里二十多年了,可留恋的东西实在很多,衣服器物,只要有钱原可以再购置,但是书籍,尤其照片,如果丢了就没有法子补偿。更可怀念是那一帮朋友——那一帮撇着十足京腔的朋友,他们差不多都没舍得离开那住进去就不想走的古城,现在不但书信不通,简直等于消息断绝。

这些朋友,有的是同事,有的是同学,有的是同乡,有的兼有以上两种或三种的资格。我们从梳着两条小辫儿一同上学到共同做事养家,又到共同研究哺育子女方法,几十年都没有离开这城圈儿,现在却像分居在两个世界里,不知何日重见。和这些朋友彼此互悉家世,了解性格,而且志趣相投,似乎永远没有断交的可能。但是经过长期的和世事封锁,将来再见,也想象不出他们那时是何等情景了。

我刚回到台湾时,幸运的是家人大部分团聚,甚至还多了许多亲戚长辈。不过寂寞的是友谊突然减少,偶然有剩余的时间,觉得无所寄托,认识的人虽多,可以走动的朋友却极少,值得饮"千杯酒"的知己更少。所以我那时常对人说:回到台湾,理论上是还乡了,实际上却等于出了远门儿,因为只有到一个新地方才感觉到没有朋友的寂寞,"出门靠朋友",没有朋友便有流亡身世,无所依靠之感。

幸亏第一个来填补这个"感情的真空"的是乡情,我所能感觉到的乡情有两种,一种是台湾的,许多亲友听说我"少小离家老大回",都来接风叙旧,对于我的"乡音未改",尤其感到愉快。另一种是大陆的,例如山东朋友明明听到我是"京油子",却坚持要称我是"老乡",广义地说,都是从大陆上来的;再狭义一点儿,好像我们都有资格参加华北运动会,他却不晓得我是回了"本乡本土"的呢!反而是到了台湾人的面担子上,老板娘却坚持说我连"半山"都不像。

第二个是,友情之门忽然开放,许多"不速之客"闯了进来,这完全是因为偶然在报章杂志写写稿子的缘故,日子一多,纸上也熟悉了。以文会友,一封表示"久仰"的信便可以建立了友情。

这许多新朋友是分住在各地的,有的在热闹的城市,有的在安静的小城镇,有的在风景区。台湾的交通便利,旅行成了极平常的事,再远的地方也不过朝发夕至。无论新朋友老朋友,都是到一处,搅一处,一地有一地的情味,一处有一处的风光,虽然台湾的恶酒不足以论文,甚至会吓跑了文思,但是做客异地,秋窗夜话,已经够得上是件乐事了。我常常感觉到,即使从小看大,乃至天天见面的老朋友,有些共同生活反而不容易产生,例如昔人说"联床夜话",想一想,越是亲近如邻居,反而不会有这种乐趣的。

木屋生活是有趣的,榻榻米上可以许多人拥被围坐,中间放一只矮脚桌,烟茶果点,有备无患。如逢冬夜,加上火盆一只,烧着熊熊的相思炭,上面烧水、烤薯、煮咖啡,无往而不利。战火余生,得到这样自由自在的生活,真该谢天谢地了。

两年来,在台湾交的新朋友,寄来的信已经塞得满满一抽屉。台北的电话太少,本市的朋友也要靠绿衣人联络,所以写信也成了伏案生活的一部分。写信有好处,"物证"在手,闲时可供消遣,必要时也可资复按,比起话说过了不存形迹,另是一番趣味。

信笔至此,风正吹着门窗咯咯作响,雨打椰树发出沙沙的声音来。若有足音到窗前而止,敲着玻璃问道:"海音在家吗?"我必掷笔而起,欣然应道:"在家在家,快请进来坐,乌龙茶是刚沏好的啊!"

爱与牵手

(高山族少女的恋爱生活)

高山族女孩子的恋爱生活,极富浪漫意味。女孩子到了可以结婚的年龄,父母便为她们辟室别居,任她过着婆娑无拘束的自由恋爱生活,这时求偶的少年郎们,便可以到她的"绣阁"前吹奏鼻箫或嘴琴,挑逗女孩子的心,向她求爱。在这个专营恋爱的时期里,她可以在所有追求者里面,选择意中人结为终身。试想在那未开化的山林

里,月光下,茅屋前,一个健壮的打猎少年,吹奏着他们自制的简单的乐器,唱着他们没有文字的情歌在求爱:

> 你哪儿去了,我最爱的人!
> 山高高,海茫茫,我看不到你。
> 鸟会飞过山,船会走过海,
> 可是我去不了,
> 我最爱的人,你哪儿去了?

那个满身装饰着珠宝的女孩子,会闻歌动心,把这可爱的少年迎进茅屋,度那良宵美景最快乐的恋爱生活。这是多么动人的一幕恋爱剧景啊!这样的恋爱才是真正的自由恋爱,是恋爱在大自然和乐声中,是专为恋爱而恋爱,不必为了对方的物质或学问去操心,不必为了环境的一切而顾虑。许多文人都曾诗咏过这种原始的爱情,像二百年前郁永河在他的《稗海纪游》里曾诗:

> 女儿才到破瓜时,
> 阿母忙为构屋居;
> 吹得鼻箫能合调,
> 任教自择可人儿。

当一对男女恋爱成熟时,便双双牵手到她的父母面前,表明他们已恋爱成功互许终身。高山族管婚姻叫"牵手"便是这意思,这"牵手"两字也被台湾的汉人作为"妻"的名称好几百年了。台湾许多文献上都有记载:

> 女将及笄,父母任其婆娑无拘束,番雏杂还相耍,弹嘴

琴挑之,唯意所适,男送槟榔,女受之,即私焉,谓之牵手。自相配乃闻于父母,置酒饮同社之入,自称其妻曰牵手,汉人对其夫而称其妻亦曰牵手。《诸罗县志》

婚姻名曰牵手,订盟时,男家父母遗以布,麻达(未婚男子)成婚,父母送至女家。《台湾府志》

婚姻无媒约,女已长,父母使居别室中,少年求偶者皆来,吹鼻箫弹口琴,得女子和,即入与乱,乱毕自去,久之,女择所爱者乃与挽手,挽手以明私许之意也。《稗海纪游》

汉人虽然也称妻为"牵手",但是汉人的物质条件的婚姻,哪里比得了高山族那样真正相爱而成"牵手"呢!可是话又说回头,经过人类文明洗礼后的高山族,不知他们的恋爱生活会怎样地演变呢!

寂寞之友

当你脑中毫无蕴蓄,而硬要透支灵感,是多么困难的事!我坐在这里好久了,钢笔也不知蘸了多少次墨水,却无法继续写下去。一赌气,扔下笔,推开稿纸,打个呵欠,伸伸懒腰,一头仰在椅背上,闭目深思。猛一睁眼,看见天花板上正爬着我的"寂寞之友",不知它在这里等待我有多久了?我微笑地望着它,心里不禁喊道:"朋友,来了吗?"

可是我的脸和它正是个垂直线的距离,虽然和它已经很熟悉,夜夜在这里见面,但是关于它的种种故事,对于我印象太深,无论怎样亲切,也会习惯地怀着戒心——我怕它也许一高兴,撒泡尿滴到我正张望的眼睛里,我连忙把藤椅挪挪窝。

伏案太久了,仰起身来靠在椅背上是一件很舒服的事,任思想去游离。把紧张的思索抛开,正像一条珠链断了,珠子撒了满地,任意地滚散出去,有的便不知滚到哪个角落里去了。我把一根思索系在那"寂寞之友"的身上,看它不变的姿势能维持多久?可是有时反而是我敌不过它,在思想游离之间便忘记了它的存在。猛然想起它来,再注意地望去,它却不知在什么时候跑得无影无踪了,你真要找它是不容易的,它是个又扁又软的肉体,快,又没声音。

我真奇怪,怎么自幼就知道的这种小动物,一直到现在才引起我的注意:是在像今夜一样的时候,我坐在书桌前发怔,思泉枯竭,就是吸满一管子墨水,也是写不出字来。我轻嘘了口气,把视线从桌上移到窗上,正好看见这个可怕的小东西趴在那里,它是在窗子外面的,因此在屋里所看见的是它的白色肚皮,赤裸裸地贴在玻璃上。那样子是极丑恶的,看到它就要使我浑身酥麻。打个冷战,我却站了起来,把脸趋上去,是想对它观察一番。因为我忽然想,长这么大了,从来没有仔细看看这种小动物呢!在我以为或许可以在它那白肚皮上发现像蝎子的肚子一样,有一张牌九什么的。可是并没有什么奇迹,只是光溜溜的白色而已。

我的好奇心又驱使我伸出手来,想隔着玻璃摸摸它的肚皮,可是伸出去的手又缩回来了,自幼养成对这东西的恐惧心理,即使隔着玻璃,我也不敢去动一动。

一直到它扭动腰肢,一瞬间便溜走到不知什么地方去,我才收回视线,这时忽然像一股泉水的复活,灵感汩汩而出,我又回到稿纸上来了。

许多夜晚的出现,不禁引起我对它研究的兴趣,我有时会忽然停笔,跳出思想的陷阱,去寻找我的寂寞的朋友,像白天我寂寞地做着家事时一样,会忽然放下针线,推开街门来看看,张家李家的什么什么人刚走过去或者回来了,虽然对这些熟悉的面孔从来没有招呼过,可是他们也会使我惦记。

它最喜欢贴在玻璃上，我想，白白肚皮贴在上面一定很凉爽，它喜欢靠近光亮的地方，对于猎取食物比较便利吧！有时在桌边，也有时在书堆上。它的名字虽然叫"壁虎"，可是它并不太喜欢高踞墙壁。它总是停驻在很快便可以隐没的地方，宽阔的墙壁，也许它认为逃避起来太不方便吧！

它的颜色和姿态在仔细地观看后，实在是很美丽的。褐灰色的花纹，布满了全身，一直到尾巴。说起尾巴，那倒是它全身最可怕的地方了，尾巴很长，占了全身长的二分之一。当它静静地趴在那里，只有尾巴高高翘起摇动着，那一定是正在打主意——攫取食物的主意。我听说过，把它的尾巴切下来，还会跳动着去找到自己身体接上去。又说那尾巴钻进人的耳朵里如何如何，那真是不可思议，当你想到这儿，手总不由要伸去摸摸自己的耳朵。走路和攫取食物的迅速，使你看都来不及，正在飞着的小虫，只凭它一张嘴便抢到嘴里，真是可佩的技术。

有人说台湾南部的壁虎是会叫的，过了北回归线到台中以北便成了哑巴。去年到南部旅行，的确听到它们的叫声。可是北返时在新竹小住，也听见它们的叫声，朋友说："三十八度线打破了，会叫的壁虎渐渐北上。"果然不错，在一个寂寞的晚上，孤坐灯下书写，忽然一声"吱——吱"，它们果真叫到台北来了！

日落百老汇

纽约有一条世界闻名的百老汇路，这条路贯通了整个曼哈顿岛，岛上按号码排的横街有二百多条，直的大马路也有十几条。百老汇路斜斜地自岛的这头通到那头，几乎和每条街每条马路都能相遇。这条路的出名，是因为音乐影剧院就有一百多家，许多著名的音乐影剧，都是在这里做世界的首演。

我在纽约就住在百老汇路上的纽顿旅馆,这是一家住家旅馆,位于百老汇路的第九十三、九十四两街的中间。不远的九十六街就有一个地下铁道的出入口,是快车的车站,搭车很方便。这也是为什么黄媛珊女士邀我在纽约期间与她同住的理由。她在这个旅馆租了一个套房,开了两班烹饪班,交通便利的地方,才可以招来较多的学生。

我住在客厅里,有一张沙发两用床。这是临街的七层楼上,虽是闹市,并无喧声。除了夜半或清晨偶有消防或救急车通过时,那自远而近的尖锐的警笛声,使我这因肥胖而越来越禁不起惊吓的心脏难过以外,这里真是一个便利的地方。

我早晨醒来,总是先拉开百叶窗,把玻璃窗推上去,探头到窗外。没有什么目的,不过望着街心发发呆,用我的胳臂和脸探一探今天的温度。我初到纽约是五月上旬,虽是春季的尾声了,但时时冷热不均,人们都习惯在有空气调节器的室内,听收音机的天气预报,作为出门穿着的依据。

百老汇路很宽大,中间有一条种植着花草的安全岛,把马路分成左右。安全岛上设有露椅,好天气时,坐满了看望街景的老头儿老太太,想想看,一条百老汇路有多长?安全岛上的露椅有多少?每天来这里闲坐的老人有多少?

纽约的地下铁道又快又方便,它的伸长系统安排得很完善,一毛五分钱走下去,随你换车搭乘到多么远的地方。但是我在时间充裕的情形下,总还是喜欢乘公共汽车,因为地下铁道又闷又脏又挤,常令我有窒息的感觉。而公共汽车是每条街都停一停,慢腾腾的,非常的"老爷"。乘公共汽车的常有体态臃肿、举步蹒跚的老太太们,她们没有本事也没有必要去挤地下车。她们的有生之年所余不多,但是却更觉得无法遣送。我最初不明白她们上上下下公车是到哪儿去?后来才知道她们是从独居的家里出来,到这条热闹而又有地方坐的百老汇路来打发日子!

美国的家庭生活,我们早已知道,是两代的家庭,只有父母和未成年的子女。老一代的祖父母,有他们自己的天地,所以虽有儿孙,并不绕膝。两老如果都活着,还可以彼此携扶,如果是剩了鳏夫或寡妇,形单影只,住在公寓里,如果不出去,可能一整天都没机会说一句话。就是出去了,又跟谁谈呢?所以只好搭了车子到百老汇路来坐上老半天,看看街景,晒晒太阳,和邻座的老人谈谈。

我每次从居处出来,到马路对面去搭一〇四号的公共汽车时,总要经过安全岛的一排露椅,在等车的时候,还可以望着他们。黄昏归来,又眼见她们拖着臃肿的身子迈着蹒跚的步子,自露椅上离去。第二天她们又来了,又走了,生命从黄昏的百老汇路上一天天地减去。我是东方人,多愁善感,让我像美国人那样,对他们的老人视若无睹,是不可能的。我每次看见他们,总使我想得很多。我首先想到的就是,这条"百老汇"路的名字,是我们中国哪位高明的人士给翻译的?这位先生当年翻译它的时候,不过谐原文的声音,没想到在意义上,这条"百老汇集之路",却正是名副其实。

当然,美国并不是只有这条老人聚会的马路,我在大大小小的城市,都可以看到像百老汇路的情景。我记得旅行到科罗拉多州的丹佛城时,有一天下午,我在华氏九十多度的炎热下,自印第安历史博物馆出来,因为距离所居旅社不远,就沿着街旁的树荫向回走。人行道的这边,因为有树荫,所以摆了一排排的露椅,椅上坐的几乎全是老人。有一位老太太还在做着刺绣,足见视力还没有背弃她。我把脚步放慢了走过去,觉得这一幕情景,给了我很深的印象。

我又发现许多咖啡店或自助餐厅中,有许多身体较健康的老太太在吃东西,她们也是独来独往,大盘的冰淇淋、奶油点心,双份地叫着吃。

我就想,年轻时候她们也一定都是节食的,现在不怕身体肥胖,放心地吃,也许吃是解除寂寞的方法之一。反正老了,做了寡妇了,既无须为悦己者容,为什么不享享口福呢?但是这些老太太还是较年轻,肠胃较好的,到了对于吃都没有能力或兴趣的年纪,就只好坐在街边看风景了。

七月下旬在新奥尔良,访问该地的 *Item States* 报时,该报的妇女记者柔丝·关恩太太问到我对美国妇女、家庭、生活的观感时,我曾把我对美国老人在街头露椅过生活,和我们东方家庭对老人的照顾,做一比较。她听了对我说:

"我们对老人的照顾很周到呀!养老制度、退休制度、社会福利、医药健康,统统都有特别为老人的。"

"但是在我这东方人看来,似乎缺少了些什么。"

"是什么呢?"

"No heart."我说。

她想想笑了,似乎也表示同意。第二天的报上关恩太太登出了一篇访问我的专栏,大字的标题是:"All Care, No Heart for U. S. ASH, Finds Visitor."

美国这个年轻活泼的国家,是不太喜欢承认他们"老了"的,所以我记得关恩太太也还提了这么一句:"他们不老啊,他们很健康地生活着呢!"

但是即使不服老,她们也是不能开车了,不能挤地下铁了,不能工作了,因此,才退休下来。不过他们为退休老人所安排的福利制度,确实是做到使他们生活无忧的地步。每月有足够的养老金可拿,寡妇又可从死去的丈夫那里得到赡养费,虽然独居公寓,但是美国家庭设备是很方便的。不过即使是这样,她们还是愿意花钱到外面去吃,这是因为自己做着吃,不但麻烦,而且更感到寂寞。

美国老人对于工业社会的这种生活安排,并无怨言,只是精神上的寂寞寡欢恐怕难免,这从他们的行动上可以看出来。东方是不是会有一天也"进步"到西方这样呢？我在看了美国老人的生活后，不由得要这样问自己。

寂寞之旅
——看大峡谷

到美国亚利桑那州的大峡谷，是一次寂寞无声的旅行。自从七月十九日的晚上八点钟，坐上由洛杉矶开出的观光火车，到二十一日早上到达新墨西哥州的首府圣菲，中间共经过六次的转车，和在大峡谷旅行了一整天，我只有机会说了有限的几句话。

这次坐的是圣菲线的超级号观光车，对于坐这种观光火车，我在不到一个月前，从科罗拉多州的丹佛城到旧金山去，已经有过一次经验了。一个人困守在一间一个半榻榻米大的单间里，两天一夜，真是闷煞。美国国务院是好意，让你坐遍了美国的交通工具——喷气机、螺旋桨机、乡间慢火车、观光火车、灰狗号巴士、地下车、高架车、轮渡、密西西比河上的老汽轮和最摩登的电动游艇。没想到坐多了平稳快当的喷气机以后，对于这种观光火车，竟倒了胃口。怪不得美国火车乘客稀少，净剩了不急不火的老头儿老太太，他们是慢悠悠地坐上火车，一路逛着风景到远处去看孙子孙女；或者是有钱的黑人老夫妇，利用度假过过坐火车单间的瘾。像我这样一个穿着旗袍，来自东方的单身女客，真是罕见呢！还好这次没有上次的时间长，不过一夜的工夫。

洛杉矶的南加州大学接待中心，真是礼貌周到，他们派了国际关系三年级学生伊撒思君送我到车站，我们进了车厢，他为我放好行李后，谈了几分钟话，就告辞了。我有过上次被摇昏的经验，伊撒思走后，我就关上房门，拉下壁间床，铺好床毯，换上睡衣睡觉。日程表上告诉我，明天一早七点零五分到达亚利桑那州的威廉姆斯，立刻转乘巴士到大峡谷去。上床本嫌太早，又不习惯在摇动的车厢里看书，所以夜里醒来好多次，大有长夜漫漫的感觉。

火车上的侍者，一律是年龄较大的黑人，在到达前两三站的时候，就来叫醒客人，为的是有时间梳洗更衣，还可以到餐车去吃早点。这间小包房里，包括衣橱、鞋柜、收音机、抽水马桶、洗脸盆、镜台、风扇、沙发、椅子、床铺等，都是利用按钮，用时拉出来，不用推进去，所以占地虽少，样样俱全。乘客可以拉撒洗睡，不出房门一步，不由得使我想起，我在台湾参观过的龟山新盖的模范监狱来了。

到威廉姆斯，已经来到高原了，所以黑人侍者告诉你的是高原时间。到美国旅行，一路由西而东，由东而西，南下北上，时时在拨改手表上的时间，提前或退后，弄得人糊里糊涂，有时老了几点钟，有时又年轻了几点钟。

清晨的威廉姆斯火车站，冷冷清清，从火车里下来了三对老夫妇，其中一对是黑人，加上寂寞的我，一共七个人，都是要往大峡谷去的。火车站上，有存衣物的小橱（locker），把两只箱子放去，锁好，自己带着钥匙，就轻装简从地随着三对老夫妇上了巴士。

从威廉姆斯到大峡谷，巴士行驶一小时又三刻，中间不时穿过凯巴柏国家森林。坐在清晨的巴士上，行驶在海拔七千英尺的森林里，守着车窗，默默地观看窗外的植物，也是一件有趣的事。

观光第一要事是交通，美国人在这方面没话讲。不要以为我们七个人是今天逛大峡谷仅有的旅客，到了大峡谷的伊托娃旅馆一看，已经拥挤着许多客人，陆续乘游览车出发了。原来到大峡谷的旅客，是从四面八方来的，除了火车以外，还有两处飞机场，若干公路线。客人们有的在旅馆里订了房间过夜，为的是到峡谷下面走走。

大峡谷是个怎样的地方，让我怎么形容它呢？在我未来以前，知道它是世界七大奇景之一，也知道它既是峡和谷，便有山和石。这又使我想起花莲到天祥那段路的旅行来了，两面是高山峭壁，人夹在狭长的石巷中,望着头上高高的一线天,真有"山静似太古"的感觉。但是美国的大峡谷,决不同于台湾的太鲁阁,它不是高而狭,相反的,却是个太大的大石坑。

如果我向读者形容说,大峡谷是在海拔七千英尺高原上的一个大缺口,它有二百英里长,十四英里宽,一英里多深,里面是一层又一层的七八百万年冲积下来的岩石,怕也不能给读者们一个可以想象的概念吧?

大峡谷虽然这么大,但是从下了火车坐巴士一路赶来,还没有看见它的踪影。进了旅馆,先到柜台"登记在案",然后向后院走去,展开在眼前的,就是大峡谷的一端,极目而视,前面是个无穷尽,二百英里长嘛!谁也没那么好的眼力,一眼就能到尽头。这一点,可说是观光事业的聪明处,如果你从四面八方的路上来,都先看到了大峡谷的壮观,人家旅馆跟西部牧童式的向导,还不喝西北风了吗?

我在火车上没来得及吃早点,所以这时便在旅馆里的咖啡间买了咖啡和热狗吃,然后上了一辆游览巴士。因为同时出发的有好几辆车,我便紧记号码,又把那穿戴着花衣、窄裤、长靴、宽檐帽的牧童认清楚,以免把自己丢落在大峡谷的伟大风光里。说是牧童,也有四五十岁了,他是向导,也是司机,更是车掌。他身兼数职,从容不迫,一边开车一边讲解大峡谷,还忘不了逗旅客们发发笑。有一次他自作聪明地说:

"我知道咱们这辆车上有各地来的观光客:西班牙、墨西哥……那位年轻的女士是从日本来的……"

车上只有一个东方面孔,我知道他指的是我。我不是怪牛仔不认识旗袍是中国服装,但是美国人总把中国人认成为日本人,却不可不辩,所以我赶忙更正说:

"我是从中国来,台湾,美丽宝岛!"

以一天的时间旅行大峡谷的,大多是以上下午分西东两路走,先走西路。也就是坐在车里沿着大峡谷的西面边崖行驶。在不同景色的地方就停下来,大家下车观赏风景,并且拍摄照片,也有拍电影的。在边崖的地方,都装设有栏杆看台,为了看风景拍照片的方便,也免得失足掉下深崖。

那层层的几百万年的岩石,都是光秃秃的,上面没有植物生长。有的地方可以看见一点植物的,是因为那一带岩石多夹掺着土。但植物生长得并不茂密,远远望去,像是癞痢头。岩石层的颜色不同,赭红的、土黄的、青灰的、蓝紫的。蓝紫色的地方似乎最多,也最好看。

旅行没有伴侣,虽然自由,但是毕竟很寂寞,当我凝望着眼前的奇景时,心中不免有所思感,我在想:这是高原吗?也可以说是数百万年前的海底。那么我是站在高原上呢?还是海底?我又想:如果我是一只大鹏鸟,飞到峡谷的上空看看,一定很伟大,但站在这里就显得太渺小了!可是这些感觉,当时却无处诉说。

中午的太阳,直射在这一片广大的岩石层上,使它又干又热。岩石层中有一条水在流,黄泥的水色,像我们的浊水溪。这就是两千多英里长的科罗拉多河,它从科罗拉多州下来,流入加利福尼亚湾,中间有一百多英里是经过这峡谷的岩石层,就是眼前这条黄泥汤。我们从若干英里外的高处,看它穿行在广大的岩石层中,像泥中的蚯蚓,微不足道,但是它却是峡谷中唯有的一个"动"的点缀。

我虽感到孤单,可也懒得找旁人说话,就默默地凭栏远望,随着看不到头儿的景色,想着没边的心事。我忽然想起,在华府独自出发旅行时,美国劳工部妇女局的康宁女士对我赠言说"寂寞是自由",此时此地,正好体味这句话的含意。

打开照相机,给紫色岩层拍彩色照,我不知道有多少"远"可以收入我的镜头?也不知道那条蜿蜒的河水,能否显示在彩色片上?我也请求一位西班牙大姑娘为我拍照,看她们曾站在没有栏杆的悬崖边照相,我也照样做,在差一步就掉下去的地方站着,不敢回头看,只好要求她们向后退,好尽量把背景收进去。

西路逛完了,车子开回旅馆,这时大餐厅开门,里面坐满了先到的客人在用餐,外面还在排长龙。吃饭的地方,除了在后院的咖啡间吃热狗外,只有这一处,所以餐厅的茶房头儿要很会安排座位。当时虽然很饿,但是落在队伍的后面,不知要等待何时。这时忽然看见远远在餐厅门口的茶房头儿,举手向排队的客人们问:

"请问有哪位是单身的客人?"

我马上挺身而出,他伸出手,礼貌地请我过去。我向餐厅走去,经过队伍,大家都用羡慕的眼光看我。原来在餐厅座位中空出一个单座来,所以在千百位游客中,我得到优先了。

吃完饭,还没有到再出发的时间,游客们随便散步,或者到大休息室吸烟、看电视,及到土产店买纪念品。我从土产店里买了一本以大峡谷做背景的儿童故事书 *Brighty of the Grand Canyon*,是美国有名的马故事女作家玛格丽特·亨利的作品,配上卫斯里·丹尼斯的插图。听说这部书正在拍电影。我穿过土产店,又来到后面的庭台上。看远处岩石层,景色辽阔无边,使孤独的旅行者,更加寂寞。我自懂事的年龄到现在,从无独处的经验,想不到却在离家万里的地方尝到了。除了家人外,我有很多朋友,都能愉快相处,在这个奇景之前,我想到家人和亲友,真希望缩短我和亲友的距离,如果能和他们共享美景,岂不是人生乐事?

在美国旅行,到处看见黑人,因为他们在迅速地增加和拼命拥向都市,成了美国的最大问题。美国黑人有时使人产生"可怕"的感觉,但是美国的红人却会引起人"可悲"的心情。美国的印第安人,还是喜欢离群索居,躲到远远山坳里的保留地。他们的人口越来越少,在都市里,在公共场所里,偶然可以看到的年轻一代的红人,也无非是出卖他们的一点儿"乡土风味",以娱好奇的宾客。印第安人多居住在西南部各州,亚利桑那即是其一。大峡谷的深层里,也居然还有那固执的、不喜欢文明社会的印第安人居住着。那儿没有田,没有水,没有一切,可是他们不肯离开。如果你在大峡谷多停留一天,就可以安排个骑马下深谷,访问红人村的机会。我没有如此做,是因为下一站到另一个红人多的新墨西哥州,已经为我安排访问红人保留地的山村。

下午东路行走,除了仍是沿大峡谷悬崖观景外,还有参观大峡谷博物馆,在博物馆的望远镜头下,看见了深谷底的红人村。又曾登砖建的古瞭望塔。在塔上,除了居高临下看峡谷外,因更上一层楼,又可以眺望远处无垠的沙漠。

回程在离伊托娃旅馆不远的另一家胡伯旅馆后院,又看了一场印第安人的歌舞表演。这种表演,在迪斯尼乐园的印第安村,已经看过,一次虽不多,两次就显得不稀奇,看了反是更加深对一个残存种族的惋惜了!

创作要目

1955 年　第一本散文集《冬青树》由台北重光文艺出版社出版。
1957 年　短篇小说集《绿藻与咸蛋》由台北文华出版社出版。
1960 年　小说集《城南旧事》由台湾光启社出版。第一本长篇小说《晓云》由台北红蓝出版社出版。
1963 年　自传体小说《婚姻的故事》由台北文星书店出版。
1965 年　短篇小说集《烛芯》由台北文星书店出版。
1965 年　第一本儿童读物《金桥》由台北台湾书店出版。
1966 年　《蔡家老屋》由台北台湾书店出版。
1967 年　长篇小说《孟珠的旅程》由台北纯文学出版社出版。长篇小说《春风丽日》由香港正文社出版。《我们都长大了》《不怕冷的企鹅》由台北台湾书店出版。
1968 年　广播剧集《薇薇的周记》由台北台湾书店出版。
1971 年　《春风》由台北纯文学出版社出版。
1971 年　《狡猾的老猫》《中国竹》由台北纯文学出版社出版。
1972 年　《窗》由台北纯文学出版社出版。
1975 年　《林海音自选集》由台北黎明出版社出版。
1978 年　《请到我的家乡来》由台北台湾书店出版。《猛狗唐恩》《小兔班杰明的故事》《一只坏小兔的故事》由台北纯文学出版社出版。
1988 年　《一家之主》由香港香江出版社出版。
1988 年　《林海音散文》由台北纯文学出版社出版。

1989 年　《鸽子泰勒的故事》由台北纯文学出版社出版。
1992 年　《隔着竹帘儿看见她》由台北九歌出版社出版。
1996 年　《静静的听》由台北尔雅出版社出版。
1997 年　《林海音文集》由浙江文艺出版社出版。
2000 年　《做客美国》《春声已远》《芸窗夜读》《穿过林间的海音》由台北游目族出版社出版。

图书在版编目(CIP)数据

林海音精选集/林海音著.－北京：北京燕山出版社，2014.12
ISBN 978-7-5402-3689-2

Ⅰ.①林… Ⅱ.①林… Ⅲ.①自传体小说-小说集-中国-当代 ②散文集-中国-当代 Ⅳ.①I217.2

中国版本图书馆CIP数据核字(2014)第239122号

林海音精选集

林海音 著
责任编辑/尚燕彬　王　滢
装帧设计/小　贾
北京燕山出版社出版发行
北京市西城区陶然亭路53号　邮编100054
全国新华书店经销
北京中科印刷有限公司印刷

开本 850×1168　1/32　印张 13　字数 337,000
2015年3月第1版　2015年3月第1次印刷
定价:35.00元
版权所有　盗版必究